# 剑虹散文

柴剑虹 著

中国大百科全书出版社

**图书在版编目（CIP）数据**

剑虹散文 / 柴剑虹著. -- 北京 ：中国大百科全书
出版社，2022.3
　ISBN 978-7-5202-1101-7

　Ⅰ. ①剑… Ⅱ. ①柴… Ⅲ. ①散文集-中国-当代
Ⅳ. ①I267

中国版本图书馆CIP数据核字(2022)第047131号

| | |
|---|---|
| **责任编辑** | 黄　鲁 |
| **责任印制** | 朱东旭 |
| **封面设计** | 翔　鸣 |
| **出版发行** | 中国大百科全书出版社 |
| **地　　址** | 北京西城区阜成门北大街 17 号 |
| **邮　　编** | 100037 |
| **网　　址** | http://www.ecph.com.cn |
| **印　　刷** | 北京君升印刷有限公司 |
| **开　　本** | 710 毫米 ×1000 毫米　1/16 |
| **字　　数** | 300 千字 |
| **印　　张** | 24 |
| **版　　次** | 2022 年 3 月第 1 版 |
| **印　　次** | 2022 年 3 月第 1 次印刷 |
| **书　　号** | ISBN 978-7-5202-1101-7 |
| **定　　价** | 68.00 元 |

本书如有印装质量问题，请与出版社联系调换　电话 :010-88390629

# 前　言

何谓"散文"？古今中外的文艺理论家们有许多不同的解释。近60年前我在北师大中文系学习时，最早接触到的就是"文""笔"之区分：有韵者为文，无韵者为笔；读了六朝刘勰的名著《文心雕龙》，知道他又将"文"厘分为乐府、诠赋、颂赞、诔碑、哀吊、杂文、史传、论说等20类，其实均是形染于心、情感于心、声动于心的文字。后来，便把不押韵、不重排偶的散体文章（包括经传史书等）统称之为"散文"。在现当代的文艺理论课中，文体概念模糊了，强调的是"形散神不散"的"形散神聚"基本要求。也正是在那些年初步的学习中，我的兴趣集中到"散文习作"中，于是便有了本集"景物编"前面的几篇短文，诚然也包括该编中那篇试着押韵的散文诗《时间》。

这几十年来，我的习作，除了参与古代文学、西北史地，尤其是敦煌吐鲁番学研究的"学术论文"外，数量最多的还是包括了各种文体的写人物、写文物、写出版物的文章。由于出版工作和传播文化的需要，我所写亦属于广义散文的序跋、书评类文章已另外编集，其他一些文章则选入本集中的"人物""文物""出版"三编。

宋代大文学家苏东坡《和子由渑池怀旧》诗云："人生到处知何似，应似飞鸿踏雪泥。泥上偶然留指爪，鸿飞那复计东西。"我编这本散文集，也不仅只是为自己的人生经历留下点滴"雪泥鸿爪"而已，也为了给文史研究界留下一些有参考价值的相关资料，虽不揣浅陋，亦不免献丑。《文心雕龙·隐秀篇》曰："凡文集胜篇，不盈十一；篇章秀句，裁可百二；并思合而自逢，非研虑之所求也。"这已经是很高的标准了，本集拙文逾十九，秀句欠千一，希冀读者友人鉴谅而指正，庶几能免于"不知我者谓我何求"的尴尬。

本书出版，得到大百科全书出版社同仁的全力支持、无私指导和责任编辑的精心编校，在此由衷地致以谢忱！

柴剑虹

2020 年 12 月 24 日

# 目　录 ■

# 景物编

# 西湖春光 ·

你观赏过春天西湖的风光么？

清晨，登上宝石山，在保俶塔旁俯瞰西湖：淡雾飘漫，环湖的山峦忽隐忽现。深蓝色的湖水没有一丝皱纹。湖面上，只有公社的捕鱼船形成一个 U 形，慢慢地在移动着拉网。白堤上的柳树、桃树连成一条墨绿色的长带，把湖面隔成两半。西子湖，像一个怕羞的少女，用面纱盖住了自己美丽的面庞。

桃红色的晨曦从东方透散开来了。看着，看着……突然，一个金红的火球从东方天际边跳了出来；登时，水中也出现了一轮红日，把湖水映得通红。雾散开了。夜间印月的三潭把阳光反射到四周，像三颗红宝石。

太阳慢慢升高了。阳光耀眼，白堤上红绿分明：桃花开得火红，点缀在绿柳条之间，装饰这西子姑娘。白色的鱼鸥在变得淡绿色的湖面上回旋飞翔。迎着春风，舞起杨柳万千条。迎晨的小舟在水中荡漾着，拖出一条条弯弯曲曲的银色带子。青色的山峰格外庄重，静静地注视着湖边升起的一缕缕轻烟。西湖又开始了新的美丽的一天！

（1961 年 10 月 14 日于北京师范大学中文系）

# ▪ 腊 梅

寒假里，一位在杭州的同学来信向我诉说他的愿望：下一场大雪，让西子湖换上素装，好去观望"断桥残雪"的奇丽风光。我回答说：其实，你不妨到孤山去，那里有不少腊梅，供你细细观赏，这不仅是一种愉快的享受，还能给人以启迪，激发遐想。

我为什么如此赞佩腊梅？你看，那数不尽的星形小花，点缀在挺拔的枝干上：红花似火，好像一片朝霞；黄花如玉，宛如冰肌玉骨。它们没有桃李那样绚烂多彩，也不像秋菊那般孤芳自赏；而是热烈中带着幽静，恰似那含笑不语的恬静的姑娘。

但是，引起我赞叹不已的，却是它们与严寒搏斗的本领和顽强不屈的精神。残忍的西北风呼呼怒吼，迫使残叶纷扬，那些畏惧严寒的树木，只剩下些光秃秃的枝条，任严冬蹂躏，在朔风中哆嗦、呻吟。松柏四季苍翠碧绿，固然可敬；独腊梅既美丽又倔强，冰天雪地之中，居然鲜花怒放！任凭风吹雪压，纹丝不动，仿佛石雕玉琢，宛然矗立。风越大，它越坚定，雪越大，花开得越旺。

我还赞美腊梅的谦虚品质。春夏时节，桃李争艳，百花齐放。腊梅却穿着一身朴素的绿衣裳，既不婀娜多姿，也无红花作妆。这时，它并不高嚷自己在冬天的鲜美，也没有夸耀自己耐寒的力量。它一声不响，只是在阳光下健壮地生长，孕育着和严冬作战的力量。

我敬慕腊梅的品质，因为它不畏环境的恶劣，永远斗志昂扬。即使在阴霾的风雪的日子里，也能应付自如，勇敢顽强，茁壮地怒放出灿烂的花朵，恰如一个革命者那样的坚强。

我爱腊梅，我深深地敬仰它，亲爱的朋友，我向你推荐，希望你还是去看看那些不平凡的腊梅吧！

（1962年1月于北京师范大学中文系，曾刊载于《北京师大》报）

# ▪ 西湖之晨

朋友，你观赏过西湖早晨的风光吗？

清晨，请你登上宝石山，俯瞰全湖。

东方，晨姑娘还未戴上粉红的面纱，露出白净的面孔。群山像暗褐色的睡狮，卧在湖边。淡雾环绕着它们，像要喊醒它们似的。湖水像一面光滑的镜子，慢慢地明亮起来了。白堤和苏堤像两根墨绿色的长带，把西湖划成三块。湖畔的建筑物逐渐透出它们的轮廓来。

太阳露出了红红的笑脸。顿时，湖水被映得通红。三潭像三颗红宝石，把霞光反射到岸上。公社的捕鱼船在湖面上缓缓地移动着，形成一个 U 字形。微风让柳条儿轻轻摆动，拂落了无数片鲜艳的桃花瓣。西子姑娘醒了。

一缕缕青烟袅袅而上，消失在五彩云霞中。沿湖草地上已有不少人在做早操；满头银发的老人正带领着练功者在打太极拳；穿着各色汗衫的小伙子们在林荫道上疾跑，"一、二、三——四！"的喊声惊起了水中的鱼鸥，展开雪白的翅膀，掠过孤山顶上的栎树林。有些人坐在绿色椅凳上朗读着诗文。一群群少先队员举着火红的队旗越过断桥，金色的阳光亲吻着他们可爱的笑脸。"我们是春天的鲜花……"的歌声似乎在告诉呆立在一旁的"断桥残雪"石碑：什么"断"呀"残"呀，统统滚开吧！今天的西湖，永远是生机蓬勃的春天！一辆辆淡黄色的公交车在柳树荫中飞驰而过，载着人们去开始一天的新工作。

朋友，你是否觉得，今天的西湖比以往更加明亮？哦！在湖畔的一座小楼里，一位伟人正通宵达旦在工作。他坐在桌旁，一会儿低头沉思，一会儿挥笔疾书，一夜间写成的光辉文献整齐地叠在茶杯旁。他老人家又为全国人民献出了一个宝贵的晚上。窗外的小鸟喧嚷起来了，他关了台灯，拉开窗帘，微笑着，和蔼地望着锦绣祖国的晨景。

　　新的平常而又不平凡的一天开始了。让家乡西湖更加秀美吧！

（1962 年 12 月 5 日 于北京师范大学西北楼）

■ 西湖断桥

# ▪ 孤山赏梅

深冬。西子湖的水面上结着一层薄薄的冰。四周的群山，都还披着银白色的素装，那堤岸上的柳梢儿和桃枝儿，也还没有冒出嫩绿的芽苞。可是，到孤山去游玩的人，只要看见梅花一朵朵的开了，都会止不住心头的喜悦，回去悄悄儿地告诉亲友："孤山的梅花开了！春天快来了！"

这轻轻的一语，具有多么大的诱惑力啊！于是，趁着假日，人们便三五一群地，踏着白雪，冒着削脸的寒风，到孤山赏梅去。

到了山脚下，别的景色似乎都消失了，人们的两眼尽望梅树看去。看：那数不尽的星形小花，深红的、浅红的、粉红的、白的、黄的，层层点缀在挺拔的枝干上。红花似火，远远望去，像是一片朝霞披在梅树上；白花、黄花宛如玉石雕琢而成，晶莹剔透，玲珑可爱。梅花没有桃李那样开得炽热，绚烂多彩，却给人以幽雅的感觉。它们没有绿叶作衬，却在冰雪的辉映中显得格外精神、格外艳丽。它们与蓝天、白雪、碧湖，织成了一幅无与伦比的天然彩锦，引得赏梅的游人情不自禁地啧啧赞叹。

梅树周围，草坪上，小路间，都飘散着阵阵淡淡的清香。这香气仿佛是从雪地里升起来的一样，渗到冬日洁净的空气里，带有一丝儿凉意，钻进人的鼻孔里，沁人肺腑，精神亦为之一爽。

在放鹤亭周围，梅树最多，赏梅的人自然也最多。我问一位园林工人：

"为啥大家这样喜欢梅花呢?"他说:"寒天开花,实在难得呀!"这简单的回答,给了我很大的启发。是啊,人们是在赞赏梅花和严寒搏斗的本领呢!你瞧,凛冽的西北风呼呼怒吼,吹落了绿叶,吹折了树枝,吹走了群山的翠绿,吹冻了湖水,好像是下了狠心,要把人间的好景色带走。可梅花呢,居然敢在冰天雪地之中,冒出团团蓓蕾,开出朵朵鲜花。任凭风吹雪压,各色花朵好像刻铸在树枝上似的,纹丝不动。风吹得越紧,花开得愈旺;雪下得越大,花显得愈艳!而到春夏时节,桃李争艳,百花齐放,梅,却只穿着一身朴素的绿裳,既不高嚷自己冬日的鲜美,也不争报迎春的功劳,只是默默地孕育着再次和严冬抗争的力量。

我正想着,放鹤亭边一个年轻人,情不自禁地高声朗诵起新近传抄的毛主席的《卜算子·咏梅》词来:"风雨送春归,飞雪迎春到。已是悬崖百丈冰,犹有花枝俏。俏也不争春,只把春来报。待到山花烂漫时,她在丛中笑。"这铿锵有力、意味深长的诗句,一句一句扣入我的心扉,更增添了我对梅花的敬意。望着眼前的梅花和笑盈盈的人群,我觉得已经看到了祖国繁花似锦的春天,而我们伟大的领袖,正是六亿神州春天的缔造者和无限春色的报春人!

（1963 年 1 月于杭州）

# · 茶山青青

清晨，朝霞在天边迅速地飞散着，为钱塘江和它两岸的山丘、田野染上了绚丽的色彩……

我在江边歇了一会儿，便踏上了到梅家坞去的山间小道。小路顺着苍翠的山坡蜿蜒而上，把我带进了风景幽雅的山中世界。小路左边是陡峭的山坡，紧依着钱塘江。透过疏疏斜斜的树丛，可以俯视缓流的江水和江面上游动的淡雾。小路右边长着一排排苍劲的松柏，巨人般傲然屹立于岩石之间，生机勃发。向前走了一程，一阵沁人肺腑的香气迎面扑来，抬头一看，一块崭新的"钱江果园"路标高挂在一棵树的树干上。我想：原来这里有个大果园啦，怪不得这么香咧！愈往前走，路就愈窄了。清冽的山泉从石缝里渗出来，把地面淌得湿漉漉的，然后又汇成一股细流，沿着路旁的小沟，叮叮咚咚地冲下山去了。

再往前走，路面又渐渐地开阔了。青青茶山一座一座地呈现在我的面前。真是"高山云雾出名茶"，看着那山峦上弥漫的白雾和一排排整齐的茶树，我知道，龙井茶叶的著名产地梅家坞，离我越来越近了。我这是第二次去梅家坞。第一次，是与几位同学来这里劳动；这一次，是生产队的卢镇豪书记写信来让我去帮助整理村史，顺便也看看梅家坞这几年的变化。我回想起第一次访问梅家坞的情景，心里激动得很，连路边迷人的景色也顾不上欣赏了……

四年前，我和几个同学到梅家坞来短期劳动，就住在生产队的"客厅"里。这客厅原先是屯放茶叶的仓库，后来生产队盖了新仓库，就把它派了新用场：用几块木板将它隔成两半，左边做生产队的办公室，右边做客厅。我们刚去的那一天，卢书记就笑着对我们说："你们别看不起这间砖头小土房呀！解放前，我们茶农能有个遮遮风雨的破茅棚，就算蛮不错啦！"在我们看来，卢书记最多三十岁。他方而黝黑的面孔，中等身材，经常穿着一套灰色的土布服，两只裤脚管一直卷到膝盖上，脚上总穿着一双被山上的泥浆染红了的草鞋。有时，他也和其他青年农民一样，头上戴一顶草帽，腰间挂一个茶篓。他很乐观，也很幽默风趣，说话常带笑。可是，我清楚地记得，有一次他给我们讲梅家坞村民解放前生活的时候，脸上却没有一丝笑容。他脸上的肌肉颤动着，眼里闪着愤怒的火光，一幕幕地叙述了旧社会的悲剧。那是什么世道啊！从春气动、草萌芽的初春，到大雪纷飞、寒风凛冽的严冬，茶农们穿着破烂不堪的衣服，风里雨里，忍冻挨饥，采茶、烘茶、炒茶，使完了气力，流尽了血汗，一担担、一箱箱茶叶全给恶霸、军阀们拿走了，剩下的只是粗糠野菜、树皮草根，只是烂棉絮、破草棚……逃荒、求乞、卖儿鬻女，在这山村，每日每夜都能听到悲痛的恸哭和寒心的呻吟。往日的梅家坞，真是一座黑暗如漆、冷酷似铁的人间地狱！卢书记愤怒地说："什么'上有天堂，下有苏杭'，在旧社会，杭州还不是富人的天堂、穷人的地狱！那些富人老爷杯子里的每一片茶叶中，都凝结着我们的血泪啊！"后来，卢书记又让我们看他身上的斑斑伤疤，其中腿上还留着被富家恶狗咬的伤痕。不用说我们也知道，这许许多多伤疤中的每一个，都包含着悲惨的故事。

　　当时，听了卢书记讲的那些事情，我们几个人好几夜都没能安睡。新旧两个霄壤之别的小山村总是交叉地浮现在我们面前，卢书记的话也总是在我耳边响起。过了几天，当我们要离开梅家坞的时候，卢书记送给我们几包龙井茶。他说："尝尝吧，我们的龙井茶不但色、香、味俱全，而且还是甜的呢！"他看我们都笑了，就讲了这样一件事："我不是自夸！有一回，一个资本主义国家的代表团来村里参观，他们的团长要和我们比茶。你们猜怎么的?

他傲慢地从皮包里摸出一包他们国家的高级茶叶来，抓了一把放进杯子里，又丢进五六块方糖，用开水一冲，请我喝。我二话没说，就拿出几片特级龙井来，并不放糖，也泡了一杯让他尝尝。那团长喝了几口，瞪大了眼睛，咂咂舌头，傻了。停了一会，才连声说：'好！好！真是名不虚传，比我们加糖的还香甜！'你们说为什么？"卢书记快活地眨了一下眼睛，问我们。不等我们回答，他就说了："唉！他们那些国家里的茶农，还不是跟我们解放前一样，茶叶中饱含他们的辛酸悲苦，就是再加些糖，也还是苦的！而今天我们的社员，则把自己对党、对新社会的热爱，把幸福生活的甜美，都融和到龙井茶中去了，那还有不香甜的吗？"瞧着我们满意的神情，他又兴奋地说："我们的龙井茶现在跑遍全世界了！亚、非、拉美不少国家的人民，一看见龙井茶的商标，就竖起大拇指。他们说：'这是解放了的中国兄弟们在自由的国土上制造的茶，是世界上最甜美可口的茶！'"在离开梅家坞的路上，我兴奋地想到：龙井茶，它不仅能振奋我们的民族精神，而且还能增加我们和其他国家人民的友谊呢！

……

从那次离开梅家坞至今，已经整整四年过去了。这几年，我一直惦念着这个可爱的小山村和可亲的卢书记。我听说去年敬爱的周恩来总理第五次来梅家坞视察，又一次和卢书记亲切交谈，关切这里的发展与村民生活。尽管我常从报纸上看到关于梅家坞的各种报道，可还是不满足，总想再去看看。真是"莫道溪畔村庄小，香茗一盏永难忘"啊！于是，在暑假到来之前，我提笔给卢书记写了信，他则回信热情地欢迎我再来……我这样想着，立时加快了步子，朝前奔去。

太阳从山背后升起来了，周围青青的茶山沐浴在柔和的阳光之中，显得无比耀眼。一排排茂盛的茶蓬透散出一阵阵醉人的清香。露珠儿在闪烁着，给那翡翠一般透亮的嫩叶增添了不少光彩。前边山坡地里，还传来了姑娘们优美动听的采茶调：

太阳一出啊喜洋洋，

茶山青青哩飘呀清香。

姐妹们心灵手儿巧呀，

采茶采得心花儿放。

一片茶叶一片心呀，

献给那救星共产党！

…………

我想：这准是"十姐妹采茶队"在唱！在路边的试验地里，我碰到了队上的老参谋梅大伯，他证实了我的猜想。他捋了捋胡子，兴致勃勃地说："嗨！还会有别人？前些日子，这批丫头每人写了一篇家史，哭了几场，白天黑夜地干得更起劲啦！昨日，她们那个沈队长又到北京开会去了，说是去总结'双手采茶法'。这下，她们可更开心啰！""大伯，卢书记这几年可好？"我迫不及待地问道。"好！只是够辛劳的啦！没日没夜地为大家操心，除虫、抗洪、防风、搞试验，里里外外，哪一桩不要他谋划呀？社员的日脚过得越发舒坦了，卢书记头上的白头发也一根根地多起来了。不过，为众人奔走的人，即便头上再多添几根白发，也是不会老的呀！"他见我点点头，又说："你这次来得正好，队里正忙着写家史、村史呢，你可以帮卢书记一把。对啰，什么时候有工夫，也帮我老头子写个家史。常言道：记住黄连苦，方知蜜糖甜。这东西，可是个传家宝呀！"

我笑着告别了梅大伯，按捺不住心头的喜悦，兴冲冲地朝村子走去。在村口，一堵雪白的粉墙迎面而立，墙上写着八个鲜红的大字："生产队阶级斗争史"。我驻足仰首看着，不禁热泪盈眶。在金光闪闪的每一个字里，我都看到梅家坞苦难深重的昨天和充满奋斗的光辉灿烂的明天！

我走进村子，又传来了姑娘们动听的歌声：

溪水清清溪水长，

溪水两岸采茶忙，

姐姐呀，你采茶好比凤点头，

妹妹呀，你采茶好比鱼跃网。

一行一行又一行，

采下的青叶篓里装，

千篓万篓千万篓呀，

篓篓嫩茶放清香，

年年丰收龙井茶呀，

梅家坞天天换新装！

是啊，梅家坞！你像我们伟大祖国的每一个普通山村一样，在日新月异地变化着，越来越年轻，越来越秀丽了！你真是我们祖国澎湃的跃进浪潮中一朵永远璀璨夺目的浪花！

（1963 年 8 月初稿于杭州、11 月修改于北京）

\* 本文曾获北京师范大学第一届学生征文比赛二等奖。

\*\*1964 年夏，我将北师大刊登此次征文比赛的书寄给梅家坞村的卢镇豪书记。当年 10 月下旬，我在河北衡水参加"四清"运动的驻地收到了师大传达室转来的卢书记的复信。

【附：卢镇豪的来信】

亲爱的剑虹同志：

谢谢您对我梅家坞的赞扬和鼓舞，谢谢您从北京、毛主席那里送来了书，我们一定更积极的搞好茶叶生产感谢您，一定好好学习来感谢您。

剑虹同志：我们西湖人民公社梅家坞大队和全国各地一样，在毛主席和党中央的正确领导下，依靠人民公社的集体力量，使我队的茶叶生产、经济面貌有了很大的发展。解放前一亩茶地只产茶叶 60 斤，而六三年每一亩茶地产茶 225 斤。茶叶总产量解放前只有 36 000 斤，六三年已达到 195 000 斤了。社员收入解放前每一户的平均收入是 150 元，六三年是 919 元。村子建设方面也有了大变化。六三年盖了一座 1000 多人大的礼堂（也可以晾茶的），村中的公路已是平坦的水泥路了。六四年春今年又盖了一座 830 平方面积的小学校，校内的设备是现代化的，这些建筑物还全是自力更生搞起来的。我们现在还要搞十二年的规划，大量的发展经济林，我们还到黄岩买来了 3000 株黄岩蜜橘苗，不久以后我们这里能产黄岩蜜橘了。

剑虹同志：我们公社正在搞社会主义教育运动（是点的教育）……现在我们正在为四清工作做准备。村史、家史已基本上写好了，是省委党校的同志写的，现在拿去领导审查。以后我可以寄去给你作参考。最后祝您在北京——毛主席身边念书幸福，祝您学习进步、天天向上。

此致
革命敬礼！

卢镇豪 10 月 20 日

# · 春游钓台

　　早就想去瞻仰富春江畔的严子陵钓鱼台了；可是，今年的春雨似乎来得特别早、格外勤，孤山的红梅还正含苞待放呢，雨却淅淅沥沥地下个没完没了。好不容易盼到二月的最末一天，听天气预报是"晴转多云"。我和亚奇在拂晓前就起了身，赶到杭州南星桥码头，登上了开往桐庐的双层客轮。

　　船开航后，经钱江大桥西驶约半个小时，就过了江水转折处，进入了富春江。这里，水波平缓，江面仍有一里多宽。两岸的翠峦、田园、房屋在初阳的照耀下，格外明媚动人。向北岸极目望去，山外有山，层峦叠嶂，好似游龙从天外飞来。想到古人形容这里的山势"群峰来自天目山，龙飞凤舞到钱塘"，真是妥帖极了。

　　九时许，船已过富阳县城，驶入了富春江最清丽奇秀的地段。这时，脑海里自然浮现出梁代诗人吴均在《与宋元思书》中对这一带景色的出色描写：

　　　　风烟俱净，天山共色，从流飘荡，任意东西。自富阳至桐庐，一百许里，奇山异水，天下独绝。水皆缥碧，千丈见底；游鱼细石，直视无碍。急湍甚箭，猛浪若奔。夹岸高山，皆生寒树。负势竞上，互相轩邈，争高直指，千百成峰。……

我站在船尾的甲板上，细细观赏着江面与两岸风光，想印证一下诗人的描写，却感到难以十分吻合。我想，古代文学作品中的景色描写可以帮助我们今天领略湖光山色之美，却是无法来同现实景象——印证的。诚如恩格斯在《自然辩证法》中所说："地球的表面、气候、植物界、动物界以及人类本身都不断地变化，而且这一切都是由于人的活动。"更何况文学家又不能像平庸的摄影师那样机械地摄取画面；文学家所处的时代，他们的思想、性格、艺术修养、欣赏习惯等等，都在对生活起"折射"作用。文学作品应该把生活现实反映得更集中、更典型、更灵动鲜明，才能更打动读者的心弦，产生强烈的反响。吴均对富春江景色的描写之所以千百年来为人们所称颂，原因也正在于此吧！

两岸景物渐渐向身后移去。船过中埠码头，驶经一个两岸夹山的地方。两岸石峰延伸，插入水中，使江面为之一窄，气势颇似三峡西陵峡出口处，所不同的是这里江流不急，水平如镜，十分清澈，山影倒映江中，别有一番情趣。船还没到桐庐，远远地就望见桐君山。举起望远镜细看，翠竹绿荫傍着几间旧屋，立着一座瘦塔。有人说西湖的"雷峰如老衲，保俶似美人"，那么眼前这座纤细的石塔像什么呢？一时竟想不出恰当的比喻来。船驶近桐庐码头，才看清桐君山原来耸峙在桐江与分水的汇流处，俯视两江三岸，地势险要。我们听说经过十年浩劫，原先山上的庙宇早已变为工厂的仓库，供游人赏景小憩的八角亭也被当作"四旧"砸毁，石塔已遭涂封，目前尚未重新修缮，也就不急着去登攀了。

在桐庐镇坐上班车，汽车沿着新建的公路疾驰，不到半小时就到了七里泷。富春江水电站就建在这里，雄伟的大坝，威武的输电塔，上下班时川流不息的工人，给这个一向静穆的小山村增添了热闹和光彩。很不巧，我们到七里泷时，天色阴下来了，灰蒙蒙的云慢慢地在山巅漂浮着，渐渐地堆积起来，虽然才下午三点多，却好像到了黄昏时分。我们向村里人询问去钓台的途径，他们对我们这个时辰还要去钓台都颇为惊讶，都劝说别去了。一位老者风趣地劝阻我们："还要翻几个山头，走十来里地呢！天黑以前赶不回来的，又不是去丈母娘家，急啥？明天去吧！"我们谢过了老人的好意，还是决定前往。我们想的是：已经天阴了，山里的天气，孩儿的脸面，说变就变，要是今晚"哭"一场（下雨），山高路滑，明天就不好去了。

经村人指点，走到一个叫"孝门"的地方，往左拐，进入了山坡下的田间小道。天阴沉沉的，山头的乌云越来越浓了。在坡地上耕作的农夫们已经三三两两地背起农具，开始往回走了。我们又走了约半里光景，面前伸展着好几条小路，右边是一道近十米高的土坝，大概是用来拦截山水做小水库用的。走哪条路呢？正在迟疑之时，从山坳里转出一位中年农民，肩上挑着一小担干柴枝走来。我们马上迎上前去问路。他往身后一指："就从这条路弯进去，翻过几道山坡，爬上去就到了！"我们赶紧又问："还要走多少时间？""要是我走，半个钟头就够了。你们呢，我就说不准啦！"他笑吟吟地回答。

山路崎岖。我们七折八弯地走了一阵，就开始喘气，感到两腿发软，浑身冒汗，口也干渴起来了。幸好，我们听到了潺潺的水声，一道细细的山泉，在道路左边的谷地涓涓地淌下去。我们赶紧蹲在缓流的积水处，用手捧起这清凉的水来喝了个够，然后擦把脸，继续往上走。又翻过了三四道坡，出了一身汗，喝了几回山泉水，终于登上了山顶。回首俯瞰，下面的山村、丘墟明暗相间，使人想到陶渊明"依依远人村，蔼蔼墟里烟"的诗句。

从山顶向南行，穿过一片松林，前面出现了一块平坦的空地，地边还有两间土屋，大概是守林人住的。再往前，就踏上下山的石阶了。石阶很潮湿，长了不少青苔。我们扶着路旁的小树，一脚一脚踩下去。忽然，眼前出现了一弯碧绿的江水和对岸的青山。踏着石阶向左拐过一道岩嶂，我们终于看到了耸立在前方一东一西两座石台，这就是两千年来名扬四海的严子陵钓鱼台了！

我们先奔到东边的高台，细细地观赏起来。两道石峰的前、左、右三面都是高数十丈的陡峭悬崖，恰如两幢摩天高阁从江畔凌空耸起。东台西边还侧生着一根狼牙似的"石笋"。壁间劲松挺拔，岩上翠竹映掩，更增添了钓台的气势。东台十分平旷，可坐上百人。从台上俯视，富春江到此被群山环抱，仿佛是一弯卧 S 形的小湖；对岸群峰连绵，山色苍翠，倩影倒映在水面，使水色显得格外秀媚。眼前的景色使我想起了新疆博格达峰的天池。但相比之下，天池的水色要蓝得多，周围的山也高得多，显出"西北汉子"的雄伟粗犷。七里濑则像是一个文静秀气、含羞不语的姑娘。我又想到这钓台的来由。严光（字子陵）是东汉光武帝刘秀的同学。刘秀当了皇帝，严光却隐居不仕。后来光武帝以同窗好友的身份请他，他才同刘秀见面，而且在和刘秀同榻睡眠时将脚搁到刘的肚子上。他对奉旨召他的司徒侯霸说："怀仁辅义天下悦，阿谀顺旨要领绝。"仍然不愿做官。当然刘秀也不会打心眼里喜欢他。"长揖万乘君，还归富春山。"（李白诗句）他隐居到这七里濑，临江结庐，高台垂钓。于是，这里便被称为严子陵钓鱼台，成为历代文人墨客凭览、题咏的名胜。听说台上原有纪念碑亭，亭中有严子陵塑像，两侧亭柱上挂着一副楹联："出处贵知己，缅当年樵水渔山，旧雨无心干帝子。　去来皆幻迹，独此地滩声岩影，高风终属古先生。"另外，台上还有石牌坊，上镌四个大字"山高水长"——这是宋代作家范仲淹所写《严先生祠记》中结尾四言。自然，在前些年的"文革"浩劫中，严子陵这位敢于藐视绝对权威的"逍遥派"，也成了横扫的对象，碑、亭、牌坊都连同塑像一起被"彻底砸烂"、荡然无存了！

西台比东台略高。因为宋代作家谢翱曾在这里酹酒哭祭民族英雄文天祥，更多一番意义。谢翱，福建人，曾招募乡兵数百人参加文天祥的部队，深得文氏信任。公元 1278 年，文天祥兵败被俘，谢翱隐匿民间。1282 年，文天祥在燕京慷慨就义。八年后，谢翱和严子陵的后裔严侣等人在钓鱼西台哭祭文天祥。在著名的《登西台恸哭记》中，谢翱这样写他祭哭时的情景：

　　……有云从西南来，滃泡浡郁，气薄林木，若相助以悲者。乃以竹如意击石作楚歌招之曰：'魂朝往兮，何极？莫归来兮，关水黑。化为朱鸟兮，有咮焉食！'歌阕，竹石俱碎！……

如今，我们所见和谢翱当年看到的景物差不多，"毁垣枯甃，如入墟墓"，台上只剩下一座空石亭，亭柱上的石刻对联亦被凿毁，亭前石碑也只剩下一个底座。我们真想大声责问：文天祥何罪，亦遭此厄运？眼前是无人回答的，正是"万壑有声含晚籁，数峰无语立斜阳。"（王禹偁《村行》）

天色暗下来了，雨云压在头顶。我们赶紧在钓台上拍照留影。然后，折身返回，沿着蜿蜒小路直奔下去，只用了一个小时，就回到了七里泷村镇；这时，雨点已经稀稀落落地打下来了。我们刚住进小小的"富春江旅店"，雨下大了，山那边还传来了隐隐雷声。一会儿，在雨声和雷鸣中，村里的广播喇叭响了，传来了中共中央十一届五中全会的公报内容。当我听到为刘少奇同志平反昭雪的决定时，脑海里不禁冒出郭沫若访钓台时写的"中天堕泪可安排"的诗句。大雨，你倾泻吧，这是全中国人民恸哭少奇同志的眼泪！惊雷，你轰鸣吧，这是全中国人民声讨"四人帮"的怒吼！我在想：真应该有人再写一篇新的《钓台恸哭记》，镌刻在巍巍石峰上，让人们永不忘却这沉痛的历史教训。

夜深了，我伏案写下了一首《访富春江钓台》的八十八字吟：

千寻石台，耸江边。一湾春澜似镜，两岸翠峦如染。子陵结庐垂钓处，览胜不减当年。只疑惑，昔日严公，何来百丈渔竿？

石亭毁，青碑断，劲松犹挺然。千年古迹成荒址，百代英烈遭谤谇，痛人民心肝。而今乌云散，再问青山：孰忠孰奸？

（1980年4月3日）

# 时 间 ·

    有人说："时光如水，青春一去不回，转眼间便已白发染鬓。"也有人说："光阴似箭，岁月会磨尽一切，无论是伤痕还是赞歌，最终都会匿迹销声。"于是，人们发出阵阵叹息：唉！时间可真是严酷无情……

    时间说："你们都错怪了我。从盘古开天地到如今，我不停息地在这个世界上巡行，迈着大步，不慢不紧，不退不停。山川海漠、草木兽人，什么都逃不过我的眼睛，一切都得受我的度衡。在人世间，从庸夫到伟人，从富翁到贫民，从战功赫赫的元帅到默默无闻的士兵，从白发苍苍的老人到天真烂漫的孩婴，我都公平对待，一个标准，谁也休想请我包涵半分！国家、家庭、战争，科学、文化、爱情，我无事不通，百科皆精。我既不对谁格外慷慨，也不对谁特别悭吝。是泰山还是鸿毛，在我的天平上称出重轻；是鱼目还是珍珠，在我的镜子里显现伪真。我既不轻信流言蜚语，哪怕它闹得风雨满城；我也不理睬阿谀奉承，哪怕它甜过蜂蜜糖精。我决不听凭一时的毁誉，当然也不会承认有什么'盖棺论定'。我虽然有着弃旧图新的天性，但并不盲目追求什么'摩登'（有人发明'时髦'一词，我可不担责任）；我当然尊重优秀的传统，那可是人类智慧的结晶，但坚决反对守缺抱残、守旧因循。我只是用那始终如一的标准——造福人类，将黑白是非判断，将高低曲直确定！我勇于传播时代的真理，也善于洗刷历史的冤情；我敢于暴露卑劣的面孔，也乐于揭示美丽的心灵。胜利时，我为人们敲响警钟；艰难中，我给人们增添信心；彷徨中，我劝人们勇猛坚定；急躁时，我叫人们沉着冷静。请你们说说，我这样公正无私，难道还叫严酷无情?"

哦，时间，听了你这番开诚布公的诉说，我们真该有愧于心！道是无情却有情，有你这样一位严厉、多情的证人，我们又怎能在叹息声中消磨一世、蹉跎一生? 你不知疲倦地迈步巡行，我们也该跟着你在前进中永葆青春！

（1981 年元月于北京师范大学）

# 我家老房子 ·

昨晚，我又在梦中回到了杭州的老房子，那二楼原先住过的房间清晰可辨，只不过出现了原先没有的书架，这应该是从北京现在的住所移过去的。梦里的我，从书架上取出一册启功先生的《古代字体论稿》交给学友伯涛兄，那是梦外的他，前些日子从广州来电话让我向启功先生要的。这不奇怪，大概是昨天我在电脑上用北大方正新推出的"启体"打印了一篇自己学习《古代字体论稿》的心得，引发联想，遂有此梦。奇怪的是近年来老房子的频频入梦，仿佛是要加深那逐渐淡漠的记忆……

我家老房子坐落在杭州钱塘门外的白沙街，离西子湖百数十米，不过一箭之遥。白沙街大约是杭城最短小的街道了，总长不足百步，一端通向西湖边的千年古刹昭庆寺，另一端与环城西路相交，距钱塘门旧址很近。整条街只有紧挨着的三个墙门：1、2 号是我们柴姓一大家子；3 号是花园洋房，不知是哪位阔人的别墅，解放后就成了干部的公寓，"文革"前花园里一直保留着旧主人的铜像，我从二楼的窗口时时可以望见，却无近观之缘，因为隔壁的大铁门是终日紧闭的。街对面是铁路子弟小学之一隅南墙和西湖放水的钱塘闸闸门，50 年代初冲着水闸造了一所小型的"少年水电站"，只有在泄洪的日子，水声轰响，水电站的灯光亮起来了，我才真正感到对岸河堤的存在——据说那才是真的白居易诗中的"白沙堤"。

老房子是祖上留下来的，二层木结构，四围是泥墙，究竟始建于何年，我无从知晓。我小时候，祖母好像提起过这房子曾祖时即有。祖母出生于清光绪十一年（1885），可见老房子至少是咸丰、同治年间的建筑了。百年老屋，历经风雪雨霜，在我儿时就已显破旧之貌。起码在我居住的十几年里，其破旧留在我心头的一些印象是很深刻的。

一是一楼客堂和天井之间门上的烧痕，那是日本兵的杰作。鬼子侵占杭州时，我们全家都南下逃难了（怀孕的母亲逃到金华生下了我），留下一位船工看房子。据说有一天闯进几个喝醉酒的鬼子来，在客厅里比画一通，不由分说就将厅门点着了，然后狂笑着离开。幸好天井里有积着雨水的大缸，那位船工赶紧将火浇灭了。房子没有烧掉，烧痕则一直留着，好让我们时时想起侵略者的疯狂。

二是房子的许多板壁几乎被蛀空，这是白蚁的杰作。一到闷热夏日的夜晚，成群的白蚁钻出来围着灯光飞舞。于是我们便端起盛满水的脸盆凑到灯下，不一会儿盆里就飘浮着一层白蚁。白蚁年年照样飞舞，房子却有倒塌的危险，家里只好买来若干根木柱支撑。终于传来了好消息：广东出了一位治灭白蚁的土专家李始美，采取"擒贼先擒王"的办法，摸索出寻找白蚁主巢的经验，可以根绝蚁患。杭州是白蚁的重灾区，李始美应邀亲临示范，我家老房子亦有幸就治。李专家略施小技，即在我家客厅外的水泥地下挖出了白蚁的老巢。白蚁翔舞的景象在我家就此消失。

三是楼顶夹层的接漏，几乎成为下雨天我的必备功课。房子老了，漏雨自不可免，尤其是大风过后，屋顶瓦片受损，雨水漏得更欢。每到此时，我就从二楼架梯爬到楼顶的夹层去，打着手电筒，小心翼翼地踩在檩间的薄木板上，猫着腰，将一个个瓷盆、瓦罐、玻璃瓶对准滴水处摆好。等滴滴答答、叮叮当当的交响曲奏起之时，我的任务也就完成了。在今天整日伏在课桌上的小孩看来，也许这工作还带点兴味与诗意，可在当时我并不觉得好玩，夹层里的昏暗与霉味还在其次，若不小心踩断了木板，那后果便不堪设想了。当然，更可怕的是在台风袭来之时，狂风呼啸，暴雨倾盆，老屋颤抖着，呻吟着，我们也跟着一起呻吟、颤抖……此时，哪怕是雨漏如注也无暇顾及，只是一心祈盼着风停雨歇。我到北京上大学之后，老屋的泥墙曾倒塌过多次，为此耗费了我父母亲多少心血！

上面所写的只是几个不那么美妙的印象，其实，俗话说得好："金窝银窝，不如自家的草窝。"老房子留给我的欢乐与温馨是远远多于烦恼与悲苦的。平日里祖母及父母亲的慈爱关怀，过年过节大家庭的欢乐祥和，亲友来访的细语漫谈，温习功课的琅琅书声，休闲时倚窗望湖的神思遐想，庭院中的家务劳作或嬉戏玩耍，这老屋都是见证。记得我上小学时，曾从野外挖来一棵野桑苗栽在天井的泥墙下，后来居然长成与楼等高、迎风摇曳的大树；树下摆着一个石质鱼缸，里面游动着我从西湖钓来的鱼虾。天井里还有一架葡萄，因为没有嫁接过，结的葡萄酸得不能吃，仍然是我们年年摘取的目标。我和弟妹们少年时代的丰富多彩的生活，当然有许多离不开这老屋。现在，这一切都已随着老屋的拆除而消逝了。

在老屋岌岌将倾之时，我也曾幻想着"危楼春晓"，有朝一日这百年老屋能修缮一新。然而，随着大家庭成员的各奔东西，我家的人力与财力都远不足以担此重任，父亲的工作单位曾表示愿意参与此事，也退却了。这原因不是别的，就是这老房子所处的位置在杭城的建设规划中实在太关键了。前面讲到，白沙街虽小，却是内城通往西湖风景区的交通要道。昭庆寺已改成少年宫，寺前的街区早已拆除，成了平时休憩、节日举行重大活动的著名广场；对面的河道要疏通，河边的小学已迁走；老屋一端的环城西路要扩建，马路边要营造绿地，另一端的干部宿舍则要巩固。这样，老屋的继续存在就成了问题。国家事大，小家事小，这个道理我们是懂的，也是应该服从的。

我家老房子终于被拆除了。我有幸在拆除前赶回家乡拍了几张老屋的照片，算是留作永久的纪念。如今，老屋原址已成了拓宽的马路和公共绿地的一部分，并没有矗立起高楼大厦或圈为私人宅院，这又使我感到十分的欣慰。我还可以在回乡的日子里去亲近她，还可以常常在梦里回到她那温暖的怀抱……

（2001年五一节）

# · 进疆第一乐章

　　从 1967 年起，我的毕业分配可谓一波三折：开始分到"《文汇报》驻京办事处"；遭取消后准备改为北京语言学院，又取消；公布为"山西大学附中"，仍为造反派反对。因为我自己在分配志愿表上填的三个志愿都是"新疆"，北京师大的分配小组终于在岁末正式通知我被分配到新疆工作，又因当时在"文革"的狂飙里新疆两派纷争犹酣，"武斗"犹未平息，被告知分到新疆的同学暂时不适合前往报到，可在学校或家中等待消息。我不想再置身于校园不平静的派性漩涡之中，就回到杭州家中继续做"逍遥派"。1968 年三四月间，同是分到新疆的外语系的蒋森和同学来信告诉我，学校接到先行去新疆报到的化学系朱和声、张银云夫妻的消息，目前乌鲁木齐的局势已渐趋平静，我们可以动身了。于是，我回到母校办好了离校分配手续，与蒋森和一道，买好火车票，于 6 月上旬的一天登程出发。在师大听说学校仅 66 届分配到新疆工作的名额是 60 个（包括分到南疆马兰试验基地的 3 位——政教系沈晖、中文系李长铎、林瑞琪，都是我熟识的；我们年级另 4 位是白应东、李德录、沙的克和郑云云），先我们而出发的已有 20 多位。当时大学生毕业分配只能有硬座的待遇，从北京到乌市火车要走近 80 个小时。可我们好歹也算是经过乘坐"大串联"列车锻炼的，这一点旅途的劳顿真是不在话下，怀抱着为边疆教育事业做贡献的理想，似乎一点也不在乎即将面临的困难，反倒有点李太白"青春作伴好还乡"的感觉了。深夜时分,火车行经鄯善到吐鲁番区段时,遇到强风,刮起的沙石暴雨般地击打在车皮和窗子上,发出阵阵响声,车厢也摇晃着前行。我无法入眠,遂拿出纸笔来写下一首触景生情的小诗,现在只记得最后一句是"高奏迎客第一章"。当时并没有料到,这只是北京大学生进疆的序曲,真正的"第一乐章"正在乌鲁木齐等待着我们。

内地分配到新疆工作的大学生下车后被安排住在火车南站下边一个旅馆里,先要接受军宣队的"分配前教育"之后才能正式报到并落实工作单位。其实,那种教育说来也十分简单,就是每天集中一次学习《毛主席语录》(包括最新指示),然后听军代表的训话。只是训话的内容却令我们相当惊讶,不外乎两条:一,你们分到新疆来,要吸取犯错误的教训(大概军代表认为只有"文革"中犯了错误的学生才会被"发配"到新疆来),老老实实地接受改造;二,新疆"文革"中只有保某某某的"3C"派才是捍卫毛主席革命路线的,"3X"派则是错误乃至反动的,你们必须明确表态支持"3C"派。我们下车伊始,根本不了解当地的实际情况,岂能轻易表态?于是绝大多数同学都采取了默不作声的态度。那时吃饭还要粮票,那家旅馆没有食堂,我们被安排在建设兵团一个工厂的食堂,走过去要花20多分钟,更可气的是我们被有意安排跟一批衣服上缝了"牛鬼蛇神"字样白布的人一拨吃饭。大家受不了这样的待遇,就只好到附近的小饭店买馒头、发糕来填饱肚子。大家不表态,军代表好像也不太焦急,日复一日地重复着他的训示。记得有一位西安交大的毕业生实在看不过去,居然当着军代表的面表态要支持"3X"派,听说第二天那位老兄就被人架到郊区去挨了一顿揍。我们还被请去看露天电影,观众大概主要是"3C"派的人,因为播演正片前照例要放映伟大领袖接见该派拥护的新疆负责人的新闻纪录片,每次放到伟大领袖与这位负责人握手时,银幕上的画面就停住不动了,于是,观众中就响起了经久不息的掌声、欢呼声和口号声。大概这样过了有十来天时间,可能是上面有了新指示,也可能是两派的联合有了新起色,我们在饭店接受训示的教育活动终于告一段落,军代表通知大家到设在"八楼"(军区招待所)的分配办公室去落实分配地点和单位。

因为我从北京开的报到单上写明是"乌鲁木齐市"，又是上级明文规定要当老师的师范院校毕业生，所以报到时还算顺利，开了单子让我到市教育局去报到，教育局又将我分到位于"反修商场"（原名"友好商场"）后边的"半工半读师范学校"（因简称"工读师范"，遂引起不少人误会，以为是改造少年犯的学校）。和我一同报到的蒋森和同学则被分到离火车站不远的十二中学。可是有许多别的院校的同学则分配得并不顺畅，尝到了"秀才遇见兵，有理说不清"的滋味。例如各个医学院校毕业的二十几位同学大多被分配到南疆的卫生站、兽医站；西安交通大学铸造专业的那位仁兄被分到乌市的一家铁锅厂，美其名曰"专业对口"；中央民院一对毕业生（听说是庄则栋的妹妹、妹夫）一个到博乐，一个到温泉，说是"照顾夫妻关系"才都到北疆；一位大连海运学院的同学被分到塔里木农场，理由是"沙漠绿洲也要发展养鱼业"，算是和海洋搭上边了。如此等等，令人啼笑皆非。尽管如此，大部分同学还是一面满肚委屈、满脑疑问，一面满腔热情地各奔工作岗位了。我们北师大地理系毕业的陆计明同学，本来是分到北疆离乌市不远的一所学校的，他听说南疆更艰苦，便主动要求去了阿克苏地区。外语系的沈敏同学是我的杭州老乡，在师大是管弦乐队拉大提琴的，我则在合唱队待过，原先就认识，他比我晚到乌市，我去火车站接他。他下得车来，穿着短裤，背包上挂着一块醒目的毛主席语录牌，写着："下定决心，不怕牺牲，排除万难，去争取胜利。"雄赳赳气昂昂地走在大街上，引起不少路人驻足观看（当时乌市几乎无人穿短裤）。他被分到中蒙边界的青河县，在基层一干就是十多年。

我要到工读师范去报到，当时的明园一带是两派冲突激烈的地区，不时会发生武斗。我并不知其中利害，但已经在乌市生活了一段时间的朱和生、张银云二位怕我人生地疏，就主动陪我前往。我们走在"反修路"（原名友好路）上，马路上几乎空寂无人，偶尔有一两响零星的枪声传入耳际。我们刚走到反修商场门口附近，突然老朱猛地卧倒在地，我和银云还未反应过来，就看见一个土制手榴弹扔在离我们前面不远的地方，蹦了几下，幸好没有冒烟爆炸。就这样，带着尚有余悸之心，踏进了工读师范的校园。说是校园，其实就是两栋苏式的小楼——教学楼与学生宿舍，中间是小操场，并无院墙与周围其他单位相隔（后来听说也是临时借用有色金属局的，因为要到远郊离达坂城不远的东湖去建校），教工们则住在旁边干打垒的平房里。校领导表面上好像都"靠边站"了，但因为学生也分成了两派，各住一楼，谁也没有掌握"实权"，所以我还是向原校领导报到。学校的原负责人是穆文彬同志，50年代初在家乡河南当过小学教员，在乌鲁木齐教育界以狠抓师资而闻名，所以派他筹建工读师范。他那时的年龄也就三十六七岁，可大家都称之为"老穆头"。我来报到，老穆显得十分高兴，马上安排我跟他同住一个干打垒房间。他听说陪我来的张银云已经分到了北门的新疆师范学校，流露出遗憾的表情，马上动员还未落实报到单位的朱和生也到工读师范来。老朱没有表态，他似乎有点失望。后来老朱分到十三中，工读师范改为十九中，十三中和工读一中、工读三中都合并到十九中，老朱还是成了老穆麾下之将。到1971年，我们这所市十九中学一下子聚集了8名北师大毕业生（另外7位是：化学系朱和生、范士福、毛拉·库尔班，地理系张宗逊、王荣芬，体育系郁志高，外语系朱冠豪），加上北大的二位（张家瑞、陈戈），南开大学的二位（皇甫明远、吕品），北京政法学院一位（王英），内地"名牌大学"毕业生可以编成一个班了，这正是老穆的得意之处，当然这些都是后话了。也就在那一天，我第一次见到了同样靠边站又临时负责总务的何遵礼老师。他带我们到食堂，特意让大师傅为我们做了一顿羊肉抓饭。这是我平生第一次吃抓饭，感觉也是最香的一顿抓饭。不仅是饭香，而且从老何和颜悦色的接待中感受到了久违的温暖。

正式报了到，却并无教学任务。学校1965年从江苏和东北招来的首届学生（原先就是高中毕业生）已经毕业分配基本完成，1966年从本地招的一个班女生居绝大多数，虽没有上过多少课，则处于待分配的状态。一班学生分成两派，通过操场上的高音喇叭"交谈"。我这个刚分配来的新老师，自然成了他们"争夺"的对象（居然为此还为我取了个"元宝"的外号），于是两派学生都来动员我参加他们的"天天读"。我当然不能轻易表态，就采取了"自己读"的办法：每天上午，学着老穆头的样子，盘腿坐在炕上（屋里没有桌子），捧着"红宝书"大声朗读。老穆则是抽着卷得长长的莫合烟，半眯着眼睛，大概是一面听我读，一面想着学生让他"考虑"的"问题"。当老师却无书可教，我颇感空虚，于是又跑到八楼分配办公室去，要求到下面地县去锻炼。一位军代表一句话就把我轰出了办公室："你看看这么多学生找我要求照顾留在乌鲁木齐，你却不想好好待在城里，真不可理解！"回学校的路上，我一直在想：他确实不理解我们到新疆来是为了什么？

不久，工读师范正式进驻了军宣队。几位年轻的战士对学生及年轻教师态度都很好，除了照例天天组织学习毛泽东思想外（称之"雷打不动"），开会批判学校的"牛鬼蛇神"和开展"自觉斗私批修"活动，又进一步落实"深挖洞、高筑墙、广积粮"的最高指示，在学校周围挖开了"防空壕"，同时还组织师生到东湖去建设新校区，日子一下变得紧张而充实起来。到1970年初，"复课闹革命"也提上了议事日程，"工读师范"停办，要改为普通中学，准备恢复招生，奏响了我进疆后第二乐章的前奏曲。

（2007年春节于北京）

*本文收入《献身边疆教育的人们》（陆计明、任伊临主编），新疆人民出版社2007年出版。

人物编

# 缅怀慈母

　　慈母杨惠仙于农历戊午年二月十九日（公历1918年4月1日）诞生在浙江新昌县农村一个贫穷的家庭。

　　上世纪从民国初期到二三十年代，军阀割据，兵荒马乱，加之连年水旱灾患，民不聊生。30年代中，浙东一带的大饥荒，迫使才十几岁的母亲带着胞弟杨锦元离乡逃难。我少年时，虔诚信佛的祖母曾告诉我，也是因缘所致，流落于杭州街头形同"叫花子"的姐弟俩，为位于钱塘门外白沙街的柴姓船户（经营西湖货物运输）收留。当时我父亲柴焕锦刚从省立蚕桑职业学校毕业不久，而母亲则还未成年，祖父母遂确定了母亲的童养媳身份，这正是母亲早年取名"花顺锦"的缘由——这姓名浓缩了她早年惨痛遭遇的内涵，也喻示着一位慈母刚柔兼备的性格。母亲生日那天，正是佛教观音菩萨的诞辰。对于我们家来说，她就是观音下凡惠及人间，她在参加工作后正名为杨惠仙，真是太恰当不过了！

　　1937年"八一三事变"后，日本侵略军疯狂南犯。12月下旬，余杭、杭州、富阳相继沦陷。杭州的政府机构和学校纷纷南迁。祖父母也携全家逃难，白沙街老房子被鬼子点火焚烧，幸被留守人救灭，未成废墟。由于浙东地区抗日军民的英勇奋战，浙南地区未落于日寇魔爪。1944年端午节，母亲在金华市生下我。第二年日本投降，全家返回杭州，母亲抱着我在家门口亲眼目睹了日军撤退的狼狈景象。

1949 年 5 月杭州解放。就在第二年，有丝绸工艺专长的父亲被浙江省人民政府任命为浙江制丝二厂（原菱湖丝厂）的技术副厂长。当时，我进附近昭庆寺的普化小学读书才一年，两位妹妹莉莉、蓓蓓尚年幼，父亲赴菱湖工作，母亲则在杭州家中担负起抚养子女、承担全部家务的重任。记得大约是我就读小学三四年级时，为减轻母亲的负担，父亲让我暂时转学到菱湖小学读书。只读了不到一学期，就因为我和小伙伴的贪玩（游泳、划船、打康乐球）耽误学习，我被父亲严厉责罚后又回到了杭州继续上普化小学。1955 年夏秋之际，我高小毕业考上了杭州一中（杭高），莉莉、蓓蓓、剑明则随着母亲到菱湖生活、学习。母亲进丝厂当缫丝工人，同时还要照料孩子、做家务。我知道，当时三个弟、妹在大运河边过着最快活自由的童年生活，也是母亲很辛苦的一段时间。1955 年小玲妹出生，1958、1959 年间，母亲因病腹腔动了一次手术。1960 年小弟剑勇出生，当时正值国家困难时期，父亲刚从菱湖调回杭州省轻工业厅，工作头绪多，无法照顾家庭；母亲虽然身体虚弱，还坚持进春光绸厂当工人。尽管心中不舍，无奈也只得将剑勇寄养在一位孤单老人的家中。那户人家就住在离杭州女中不远的凤起路与环城西路相交的街口，母亲吩咐我和已在女中读书的妹妹放学经过那里就去看看，每当母亲知道剑勇在那里饭菜很差、营养缺乏时总是伤心得暗自落泪。

我从读初中起已经是早出晚归，一日三餐都在学校吃，从白沙街到贡院前有 3 里多地，要经过一条长长的光线很差的小巷，也没让父母亲和祖母少操心。上初三后当了住校生，虽然节省了走路时间，却更难得见父母亲面了。那时，我最高兴的事是暑期到卖鱼桥在大运河坐一夜小火轮到菱湖度假，不仅因为可以在空气清新的乡镇里自由自在，还能天天见到父母亲。父亲 1960 年调回杭州，第二年夏，我考上北京师范大学中文系，又得远离父母北上。在家里，母亲忙着为我准备行装；在火车站，父亲一遍遍地殷切叮咛，让我对读过的朱自清先生的《背影》有了更深切的体会。1962 年初，上大学第一个寒假前，祖母逝世，我未能回杭，暑假回家，看见母亲消瘦的脸庞，真切地感受到她里里外外操劳的辛苦。1962、1963、1964 三年我一放暑假就赶紧坐20 多个小时的火车回杭州，好和父母亲及弟妹们团聚。1964 年 10 月至 1965年 7 月，学校安排我们到河北衡水参加农村"四清"运动，经过了河北中部大水灾的衡水，生活条件十分艰苦，开始半年吃的是糠窝窝，住的是真正的牛棚（生产队的几头耕牛与我们的地铺只有半道山墙相隔），工作也不轻松，多数同学的体重都下降了不少，我虽然比较瘦弱，还是坚持下来了。1965 年暑假回家，母亲很心疼，尽力为我增添营养，使我很快恢复了体力。

1966 年"文革"风云骤起，在杭州，父亲受冲击"接受批斗"，母亲不仅要在工厂上班，还和弟、妹们一起担惊受怕。开始，我随"红卫兵大串联"匆匆回杭，悄悄回家住了两天，却见不上父母的面。记得第二年，我们这些66 届毕业生还不能分配工作，为躲避师大校园里如火如荼的"夺权斗争"，我和两位校友又回杭州，先是回母校杭一中"复课闹革命"（为高三学生讲《毛主席诗词》），后来索性到梅家坞村去参加采摘茶叶的劳动了，仍和父母见不到几次面。母亲希望我能分配回杭州工作，而我心中很清楚：像我这样不积极"造反"的"保守派"，要分回家乡是不可能的。1967 年下半年，分配方案陆续下达，给我的岗位名额一变再变，从最早的《文汇报》驻京办"，到"北京语言学院"，均是虚晃一枪；后来公示去山西大学附中，我已写信告诉了家里，结果也被造反派否决。于是，在正式填写志愿表时，我索性在三个志愿栏中都填上了"新疆"递交给系里，终于获得了批准。因为当时新疆的局势还不稳定，不能前去报到，我于是再回杭州暂住。当母亲得知我已确定分配到离家万里之遥的新疆时，惊讶万分，虽心痛不已，仍勉励我到边疆好好工作！第二年春夏之交，我终于在北京登上了开赴新疆的列车，分配到乌鲁木齐市半工半读师范任教。

1969 年春节前，接到家里电报，要我回杭一趟；回到家里，才知道母亲正为蓓蓓妹、剑明弟要赴黑龙江插队劳动而苦恼——去黑龙江本来没有蓓蓓的名额，她去火车站送同学却跟着上了远去的火车，在东北待了一阵回来仍坚决要求去"北大荒"；剑明也要求去黑龙江，而他上学的市 12 中工宣队说因我们父亲有问题而不让他去。蓓蓓意志坚决，母亲只得同意。我到 12 中找了工宣队，据理说明父亲的"问题"根本是"莫须有"后，剑明终于被批准支边。于是，我到城站送剑明登上北去的火车，列车开动之前，我看见满车厢的学生大多在哭泣，而剑明却是一脸茫然。回来告诉母亲，她只能心痛垂泪。后来，69 届杭大政治系毕业的大妹莉莉又被分配到长兴教书。于是，我在新疆，蓓蓓到黑龙江鹤立河农场，剑明远赴黑龙江中苏边境的同江农村，莉莉到三省交界、交通不便、最基层的牛头山煤矿中学，小玲初中尚未毕业，剑勇刚上小学……我们六兄妹，天南海北，遥隔万里。接二连三的操心、劳累和思念，使刚过五十的母亲头发一下子花白了。多年之后，蓓蓓先转到新昌农村插队，再回杭州接替退休的父亲工作，后又到广州和妹夫亚奇团聚；剑勇大学毕业后分配至广东省地震局；莉莉和丈夫郭受农也调回杭州工作；小玲、建华夫妇从工厂调到文化单位；我考研究生回到北京学习、工作；等到在黑龙江艰苦奋斗了十多年的剑明终于回到家里，母亲一颗一直悬着的心才算安稳下来。我们也更真切地体会到了母亲博大无边的慈爱！

在我的记忆中印象最为深刻的，除了对子女的关爱、照料、牵挂，是母亲为白沙街老房子的修缮、处置花费了大量心血。这座历经一百多年风雨沧桑的土木结构的祖居，因被白蚁蛀蚀，年久失修，自 1958 年夏天那场登陆杭州的大台风刮坏屋瓦、吹塌西墙后，不仅漏雨是家常便饭，而且时时有倾塌之虞，成了我们柴家的心头大患。大凡老房子的修缮之事，基本上都是母亲在操劳。后来，因为杭州是白蚁的重灾区，从广东请来了治蚁专家李始美，我家老房子有幸就治，从客厅外水泥地下挖出了蚁穴，又加撑了几根木柱，算是暂时免除了倾覆之虞，但一到刮风下雨之时，一家人仍然提心吊胆。我们私家无力改建，而父亲单位提出由公家参与拆建的建议，也因房子临近西湖景区属于计划拆除点而不被批准。90 年代中，正好有商人要购置这幢房产，母亲断定此处私房终究无法保留，下决心予以先行转让，于是几经周折，排除各种干扰，秉公处置，弟、妹们和大婶、四叔几家终于搬离了危房。后来，果真此房连同隔壁省委干部宿舍大院，以及旁边的"十八间"商住两用房均被彻底拆除，成了通往西湖的一片绿地。我想，这应该也是母亲对这个大家庭的一大贡献，而她因此而受到的委屈和辛劳是很难用言语表达的。

母亲一生勤俭，持家有方，且待人宽厚仁慈，不仅在亲友里颇具威望，在工友与邻里中也很有人缘。1996 年父亲去世后，年逾古稀的母亲仍上下操劳，又为了不给我们这些子女增添负担，直到耄耋之龄仍独自在莫干山路住所生活自理。因为我们几个分别生活在杭州、广州、北京，母亲每天看电视台播放的天气预报节目，用纸笔记录这三地的天气情况，寄托她对子女的殷切挂念。在天气好的日子里，她每天从四楼上、下，走到附近的小广场做操、步行；刮风下雨天，便在阳台上坚持做操锻炼半小时左右。2007 年春夏之交的一天，因在广场锻炼时临时请的小保姆独自走散，母亲着急之中不慎扭伤了脚，到莉莉家休养。7 月初，我在武夷山参加中国敦煌吐鲁番学会理事会后转道杭州探望母亲，她还在房间里坚持挪步给我看，说恢复得好，免得我们牵挂。8 月初，她主动提出要先到小玲家住几天，后又到剑明家。据弟、妹告知：8 月 8 日下午，母亲忽然提出不吃晚餐，不看新闻联播和天气预报，自己洗了澡，就在上床休息之时倏然仙逝了！这一天是农历六月廿六日，正是传说中观音菩萨的另一个生日，也是六月十九日观音成道日后第七天。我们总觉得是母亲心中早有预感，所以要定在此时飞仙而去！

慈母仙逝十年了，我们心中的缅怀之情也与日俱增。在即将迎来慈母百岁华诞之时，谨以此文记下我们的心声，也敬献给在天堂依旧关切着我们的母亲，祝愿她安康吉祥！

（2017 年 11—12 月）

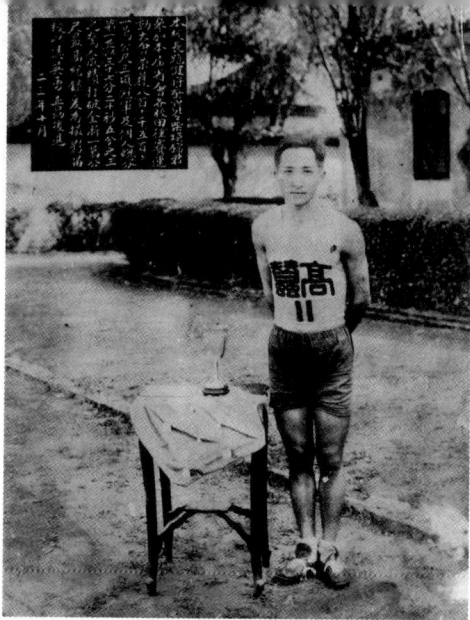

# · 父亲和体育

　　转眼间，慈爱的父亲魂归青山已经五周年了。五年来，我几次想动笔写点关于父亲的文字，却总也集中不了思绪，父亲一生淡泊名利，自认没有轰轰烈烈的业绩，他在九泉之下会赞同我写吗？因此，我迟迟未落笔。

　　不久前，中国体育博物馆的崔乐泉博士对我说："为了充实中国近代体育史的资料，你应该写一篇关于你父亲与体育锻炼的文章。"这话提醒了我，我确实答应过要写这样一篇文章的。大约是1997年的春天，杭州的一些体育爱好者到南山陵园祭扫父亲墓后，曾打电话给我，问："为什么柴焕锦先生墓碑碑文上没有写上他的体育成就？"我回答说：家人拟写碑文时，考虑到父亲对国家的主要贡献是在丝绸生产上，参加体育比赛在学生时代，是业余之事，所以就略去了。打电话者仍然觉得这是个缺憾，希望我能写篇文章来弥补。我答应了，也想过该如何写，却一直没有写成。

　　父亲20岁前后在杭州蚕丝学校制丝系高级班学习时，曾是浙江省著名的业余长跑运动员：两次参加全国运动会，1932年曾首创第一届环西湖长跑赛的纪录，同年又获第五届全国运动会沪杭长跑赛第四名；1934年获重阳节登高赛优胜，同年又获省会各校田径运动会800米、1500米、10000米三项冠军及个人总分第一，并创下了万米赛跑37分20秒6的全省纪录（据说，该纪录一直保持到1949年）。但是，父亲从来没有和我及弟妹们说起过他的体育成绩。我最初还是从祖母的叙说中知道一点情况的。

我刚考上杭州一中（杭高）的初中部时，父母亲还在外地工作，祖母在白沙街家中带我。我一日三餐都在学校食堂吃。每天一大早要走大街过小巷步行三四里地赶到学校去上早自习，夜里要上完晚自习才回家。我自小身体瘦弱，颇有点吃不消的感觉。祖母为了鼓励我，便讲起了父亲上学时锻炼身体的故事。那时，父亲就读的蚕丝学校在苏堤旁的金沙港，离家也不近。父亲的体格并不健壮，也不爱动，祖父常笑他像个"文弱书生"。学校里开运动会，请家长观看，祖父不去，理由便是父亲参加不了比赛，没有看头。还对父亲说："你什么时候能参加比赛了，我就去看！"父亲受此激励，便背着祖父练起了长跑。要么上学时沿西湖从家中一直跑到学校，要么在学校附近的湖堤上锻炼，刮风下雨亦不间断。大约练了一年光景，1932年春，杭州要举行第一届环西湖长跑赛，赛程近万米，父亲悄悄报名参加了，居然一举夺冠，开创纪录。祖父事先不知道，见到红木底子的大奖牌抱回家，还有点半信半疑。当年，全国运动会举行沪杭长跑，学校推选父亲参加，因为买的跑鞋不合脚，第一天跑下来，双脚便布满了血泡，父亲坚持到底，获得了第四名。父亲为浙江学生争了光，蚕丝学校引以为自豪，师生们都亲切地称父亲为"蚕宝宝"。这次比赛，祖父虽然预先知道，但因为在沪杭公路上跑，仍然未能去观看。到1934年，省会学校田径运动会在梅登高桥体育场举行，不巧那几天祖父身体不适不便到场观看。父亲在运动会上接连获得800米、1500米两项冠军后，全校沸腾了。在万米比赛开始前，学校校长特意派车去接祖父。祖父到了看台，万米赛已在进行之中。跑道上健儿飞奔，全场助威声此起彼伏，祖父一时看不清父亲在哪里。校长骄傲地说："你不用找，最前面的那个就是我们的蚕宝宝！"祖父这才看清一个小个子已遥遥领先于其他运动员，而且步履轻捷，毫无倦意。要不是校长指点，祖父无论如何也不会相信这个健步如飞的运动员正是自己的儿子！在全场的欢呼声中，父亲以领先其他运动员一圈多的优势冲过了终点线。父亲不仅刷新了万米跑的全省纪录，而且创造了在一届运动会上连夺三项冠军的奇迹。

祖母的叙说，不仅打消了我上学走路的倦怠，也鼓起了我参加体育锻炼的勇气。以前，我总觉得自己身体弱、个子小（我上初中时身高还不到 1 米 5），与体育比赛是无缘的。从此，我练短跑、跳远、标枪、跨栏、体操、乒乓球，居然也有长进。尤其上北师大后，一年中个子长了十几厘米，跳远、百米、跨栏的成绩有较大提高，其中 200 米低栏还在全校运动会上获得了第四名（成绩是 29 秒 8）。毕业后到新疆当教师，还和体育老师搭档当过校田径队的教练，培养出了在自治区和全国比赛中夺冠的少年运动员。1978 年我 34 岁考回母校当研究生，参加校运动会百米比赛，还跑出了 12 秒 5 的成绩。当然，这些都是后话了，可以说，父亲练长跑的故事对我最直接的影响就是增强了战胜自我的信心。当时，祖母从箱子里找出了一堆父亲获得的奖牌（大多是红木底子的铜盾牌）让我看，又找出父亲用过的一双跑鞋让我继续穿着它锻炼。后来，跑鞋穿烂了，我一直舍不得丢弃，回京后搬了几次家，不知装在哪个箱子里，如能找到，我还想留给我的儿子。大部分奖牌在"文革"浩劫中因父亲挨斗被惊恐的弟妹们烧掉了，1995 年回杭州，看到几块幸存的已经成为文物的铜盾牌，征得父亲的同意，连同当年三夺冠的照片，一起捐献给了中国体育博物馆。博物馆很重视，不仅给父亲颁发了证书，还特地在"近代体育展室"设立了专柜陈列。

　　我知道，当年父亲曾有一个心愿，就是能代表中国的运动健儿参加在德国柏林举行的第 11 届奥运会，但后来未能如愿。1997 年 5 月，我到柏林考察德藏的吐鲁番写本，特地带着父亲的照片去参观当地的奥林匹克体育场，以慰父亲的在天之灵。我也知道，父亲从蚕丝学校毕业后，就一心扑在制丝技术上，不久抗日战争爆发，失去了再参加体育比赛的机会。新中国成立后，他被任命为浙江制丝二厂的技术副厂长，还兼任过一届厂里的体协主席。他虽然从不向别人提起自己在体育运动中曾获得的荣誉，但体育在他心中永远有着崇高的地位。父亲的墓碑上虽然没有记载他的体育业绩，但陈列在中国体育博物馆里的奖牌将永久地叙说他平凡而动人的故事。

（2001 年 6 月 5 日）

## 【附记】

2019年冬，我到浙江大学出版社开会，同时参会的中国丝绸博物馆赵丰馆长带给我一份我父亲1940年初发表在《浙江特产》上的一篇文章复印件，真使我如获至宝。兹照录全文如下。

## 烽火中成长的浙东丝厂
### 柴焕锦

敌人的炮火成长了浙东丝厂蓓蕾，又轰开了浙东丝厂的花朵，待我们再努力地灌溉，又结成美满的果实。

浙省蚕丝的威权，几乎完全掌握在浙西的杭、嘉、湖三属，丝厂也都设立在这三个区域以内，浙东仅在萧山开设了两厂。自敌人的炮火，从卢沟桥蔓延到浙江，于是：这握有蚕丝威权区域的浙西，不久大部沦陷。不但外销生丝没有生产，连用户生丝也受到极大的打击，农民的生计，国家的税收，发生很大的影响。幸而浙东半壁，没有受到敌骑的蹂躏，站在蚕丝岗位上的同志，不愿离开自己的阵地，像前线战士一样的站在一条战线上，想把浙东建立一个坚固的蚕丝新堡垒，一方面维持浙省生丝国际贸易，一方面准备作他日收复浙西时复兴的基础，于是浙东丝厂便应运而生。现在把我所知道关于浙东丝厂的情形，做一个简略的报告：

### 一、丝厂设立的动机

浙东虽不能称为一个广泛蚕丝的区域，但他拥有萧诸新嵊四县的蚕丝产地，每年也可收获十万担丝茧，本年因时局所限，年成歉收，也有六万担左右；这个巨额，我们不能用平时的眼光加以轻视，当然也是增强抗战力量的一份，现值生丝外销市场价格猛涨的时候，差不多一粒乾茧能够取一颗枪弹。如果把浙东所产的蚕茧，运往上海，有多方面的不便和损失，因为蚕茧面积大，运输不便，而且现在的海航不能畅通，说不定会受着敌人海军的封锁和劫掳。即使能安全地运到上海，敌人也许利用奸商出面购买，转以资敌，而且价值也较生丝倍减；同时从浙西迁来及浙东失业的近万丝工，又无法可以生活。想要补救以上的弊害，决定在浙东设立丝厂的动机。

## 二、政府的提倡奖励

浙东需要设厂缫丝，已成了茧丝同志共同的主张：政府方面，一面由财政部贸易委员会蚕丝专员陈石民先生开始设计，并努力提倡浙茧浙缫的办法。一面会同本省油茶棉丝管理处拟定统制茧行，贷款收烘蚕茧，贷款设厂，分配代缫各项办法。并对技术人才，机械零件等项，逐步设法予以解决。最近政府求改进缫折和品质，深感各丝厂有设置煮茧机及锅炉的必要，但各厂商为财力所限，无法置备，决定丝厂设车在 80 台以上者，由政府贷给 76 笼复式煮茧机一台，五呎 × 十二呎多管外焚式锅炉一具，价值二万元左右。此项贷款，可由各厂分期偿还，或在代缫费中陆续扣回。这办法实行后，不但使各厂不须先付资金，而有合理的设备；且估计每年可减少损耗百万元以上。同时完成节省原料，缫制优良生丝以利外销的目的。

## 三、木机丝厂应运而生

因为海口封启无时，影响航运交通，已往铁制多条丝车等的设备，输入非常困难。而且外汇高涨，价格昂贵；所以设法改进木制多条丝车，经过多次的设计改良以后，试用的成绩，与铁制无分轩轾。新设丝厂，大部仿效制造。

## 四、萧山原有丝厂的迁移与复工

战前浙东仅有的丝厂，为萧山龛山的东乡与转坝头的庆云二厂，战后因为厂址与杭垣不过一江之隔，迫近军事的最前线。为避免敌军敌机的威胁，便相继停止缫丝，两厂的机械等设备，可以说是新颖而完备的。政府为增加生丝产量计，即令厂商设法迁移或复工，最近由油茶棉丝管理处派员前往庆云丝厂，督同拆运到嵊县设厂，装置开工。东乡丝厂亦在赶修机械，购运煤斤，准备复工。

### 五、现已开缫和准备开缫各丝厂

浙东丝厂，在二十八年春期开始，由政府实行丝茧统收统缫统销的一贯政策后，又经过了数月来的激励推动，已唤起工商界踊跃响应，竭力筹资开办。据最近调查所得，新设立的丝厂，嵊县有蚕校附属，锦源，江夏，华堂，天一，剡源，诚信第一、第二等八厂。义乌有义乌一厂。诸暨有经成一厂。新昌有锦文、锦纶二厂，共计十二厂，合计丝车一千五百台，其中除锦源已有半数开车外，预定二十九年的春天，当可全部开缫。估计每月产丝五百担，那么每年可产生丝六千担。

### 六、创设丝茧检验所与附设示范双宫丝厂

商营丝厂新设立的既然这样多，但其中也要在设备、组织、技术各方面稍有缺点，政府若不设立丝茧检验所，不但对于各厂难收管理之效，而且茧之缫折和缫成生丝的品质也无从评定优劣，业务的进行便无法改善，势必有粗制滥造的弊害，徒损丝茧的价值。因之，政府已拟创设丝茧检验所，以便检验茧质及缫折作为代缫的标准；俟缫成生丝再评定其品质与等级。丝茧检验所中，附设一示范丝厂，添办新式多条丝车八十台，座缫丝厂六十台，将代缫之干茧，事前实际试缫，明定缫折及缫制品质下脚成数等，作为代缫丝厂之规定标准，同时亦可代缫生丝，兼得缫费。此外利用各厂选出之双宫茧，缫成生丝，可代替土丝，供给内地绸厂原料，维持原有绸厂的生产事业，所以双宫丝厂的设立，均在设计筹划中。

### 七、请专家指导

生丝品质的佳良与否，关于工女技术上的问题虽然很大，但对于机械的改良，设备的改善，管理的合理等，也是不能忽略的。目前对于丝厂设备各方面，不能和战前一样便利，在这种场合下，需要想出多种临时代用的方法来，使缫丝的业务，能顺利进行。所产的品位，也能达到预定的目标。所以

目前筹设中的丝厂，关于一切技术机械改进的问题，以及业务的困难等，都可呈请政府，转请专家代为设计指导。至于感着最困难的制丝机械及零件问题，已由政府与某厂接洽承办，可能范围内，还能在浙东设一分厂，以求购运上的便利。

（本文原刊于民国二十九年元旦出版的《浙江特产》发刊号）

【剑虹 2019 年 12 月 31 日过录本文后注】

父亲本文当写作于 1939 年末，时年 27 岁。文中提及的陈石民先生（1895—1968）为浙江高级蚕丝学校校长。该校为浙江丝绸工学院（今浙江理工大学）前身。据相关资料，丝绸工学院名誉院长朱新予先生（1902—1987）生前一再提到："30 年代蚕丝业的兴旺，是当时一代同仁辛勤奋斗的结果，作为校长，陈石民是当时的带头人，誉为'蚕头'也不为过。"由陈校长亲自设计的蚕丝学校的校徽上就有解剖的"蚕头标志"，表示前身"蚕学馆"是全国首办的蚕校。又例如**"蚕宝宝"（柴焕锦）**、"蚕铁娘"（马骧）等体育健儿也曾在当时浙江体育界传为美谈。陈校长培养学生不仅强调德育智育，同时也十分注重身体素质的提高，他坚持要求把体育作为升级毕业的重点考核科目，专诚聘请体育专家周汝型等老师加强指导训练，在历届省市体育运动会中人才辈出，不少男女运动员名列前茅，有的还多次参加全国运动会。**柴焕锦曾两次参加全国运动会，在运动场上、越野赛跑、登高比赛中多次获得冠军，并保持了全省万米长跑纪录，直至解放前一直未被打破，一生获奖累累，声誉卓著，故被誉称为"蚕宝宝"。**柴老缅怀石民师时体会特别深刻：**"我在丝绸事业中能健康服务至今，而且有所成绩和一些贡献主要是学校特别是石民先生等的悉心培养和谆谆教导，使我终生难忘。"**新中国成立后，陈石民曾任杭州市第一届政协常委、市民革宣传处长等职。

# 通达真哲人·
## ——记启功先生指导我治学

近年来海内外介绍启功先生的文章虽有若干，大多侧重介绍生平经历及他的书画造诣，其中还不乏失真之处，而对他的文史研究则鲜有论及。我受启功师教导多年，无论做人治学，受益无穷。最近征得老师同意，撰成此稿，但由于本人学识浅陋，文章篇幅有限，只能蜻蜓点水、浮光掠影地介绍。

启功先生，为清世宗胤禛（雍正）九世孙，但其曾祖溥良、祖毓隆皆以科举入仕，父早逝，家道中落。他本人六岁入私塾，后来再进学堂，读中学时，还从苏州学者戴姜福读经史辞章，学作诗词。因生活所迫，中学未毕业便辍学，教过家馆，1933年又由陈垣（援庵）先生推荐，先后在辅仁附中和辅仁大学本部任教，1952年辅仁并入北京师范大学后为该校中文系教员，一直至今。应该说，他是靠自学成材的。启功先生生在民国元年，少年苦辛，既非遗老，又绝无遗少思想，从不以皇裔自矜，以至成名之后，学界多不知其真姓。许多慕名求教求字者给他写信，竟每每错冠姓氏。我们这些学生，则习惯地称他"启先生"。前几年北京曾举办"爱新觉罗家族书画展"，邀老师参展，他对"族人作书画，犹以姓氏相矜"的做法颇不以为然，写了这样两首五绝以辞：

闻道乌衣燕，新雏话旧家。谁知王逸少，曾不署琅琊。
半臂残袍袖，何堪共作场。不须呼鲍老，久已自郎当。

做人治学无论顺境逆境，均要自尊自强，绝不贪求虚名，这正是启先生最可贵的一点。

凡是接触过启先生的人，都说他是乐天派。其实，达观、风趣，并不仅仅与人的性情有关。启先生是在人生与治学的道路上都历尽磨炼的人，我根据自己近三十年来对老师的了解，私下斗胆为老师的治学概括了五个字："通达真哲人"。我以为，通达乃是治学的最高境界。

我是1961年杭高毕业考入北京师范大学中文系的。当时，启先生虽是系里教师，我们这些学生却无法亲聆其教。原因很简单，五十年代后期，启先生蒙受不公正待遇，不但被取消了刚评上的教授资格，连给学生讲课的权利也受限制。一直到1963年夏，他已被"摘帽"近四年之后，在新二阶梯教室为二、三年级讲诗词格律，我才第一次听他讲课。当时，他形象地将平仄声符号画成竹竿，用截取竹竿的方式来讲解格律句式，不仅妙语连生，而且还不时地吟唱古诗以增强学生的实际感受。启先生把许多学生（尤其是北方籍学生）深感头疼的音韵声律讲得生动风趣、深入浅出，使我们茅塞顿开，兴趣倍生，全然忘却了盛夏炎热。后来，启先生又利用晚自习来为我们年级讲书法鉴赏。可惜我那时的兴趣在散文写作，无心顾及书法，错过了许多受教育的好机会。当时，看着乐呵呵的启先生，我们这些幼稚学子，竟无人知晓他蒙受的冤屈。

"文革"之中，启先生的遭遇自不必说。起初，我听说他收藏的古代书画被迫上缴了，他的藏书柜也被贴了封条。大约是1967年春节后，像启先生这样的教授不再被重点"亮相"了，只是几乎每天都被指令去打扫卫生。当时，启先生身体不好，对此则处之泰然，有时晚上还偷偷地教喜爱书法的学生练字。有一天上午，我从西北楼宿舍出来，经过楼道厕所门口，忽然听到了熟悉的京腔："扫地也有窍门，先扫四角，再扫中间……"我探头一看，原来是启先生手执拖把在跟另一位愁容满面的教授（钟敬文先生）打趣。老师身处逆境中的这种达观情绪，给我留下了难以磨灭的印象。后来，当我到西北边陲工作，在工作与生活中碰到种种困难的时候，脑海里常映现出楼道中的一幕。十余年后，我又回到师大中文系攻读硕士学位，有了更多的向启先生求教的机会，才逐步领悟到老师学术研究上的通达，与他对生活的达观态度是分不开的。

老师治学的通达，表现在他既博学自谦，又绝不囿于陈规旧说，常常提出精辟独到的见解。

启先生精于文物鉴定，又是书画巨匠；不但才思敏捷，常常援笔立成，作得一手好诗词，而且博闻强记，数十年前自己创作或读过的许多诗词至今还能背诵得一字不差；他对中国古代文学、艺术、史学、语言学的研究也博大精深，能独辟蹊径。有人戏称老师为"五项全能""国宝"，而他自己却自谦为"庞杂寡要，无家可成"。记得我1979年第一次走进西直门内小乘巷他的居室，首先映入眼帘的便是老师自书的挂在墙上的一首《沁园春·自叙》：

> 检点平生，往日全非，百事无聊。计幼时孤露，中年坎坷，如今渐老，幻想俱抛。半世生涯，教书卖画，不过闲吹乞食箫。谁似我，这有名无实，饭桶脓包。　　偶然弄些蹊跷，像博学多闻见解超。笑左翻右找，东拼西凑，繁繁琐琐，絮絮叨叨。那样文章，人人会作，惭愧篇篇稿费高。从此后，定收摊歇业，再不胡抄。

此词作于1971年夏，其时"四害"横行，故有结尾之愤语。后来，他的一位侄孙女开玩笑说："照样胡抄"，老师认为有理，又将末三句改为"收拾起，一孤堆拉杂，敬待摧烧。"

其实，老师很看重杂家，他是主张博中求专、杂里求精的。我们这一班古典文学研究生共九名，1978年入学时大多已超过三十岁。第一学年除系里开了几门课外，大部分时间是自学；第二年按老办法将古代文学史分成先秦、汉魏、唐宋、元明清四段，让我们各攻一段，五位导师亦分段指导。启先生很不赞成这种教学方法，认为不科学、局限大。他讲过一则古代笑话：有位将军手臂上中了一箭，跑去治伤。一位外科医生只将露在皮肉外的箭杆锯掉，说："我只管外边一截，剩下的你找内科去罢！"当时，我与另两位同学被分在唐宋段，由启先生和邓魁英先生指导。启先生对我们说，"文学的发展，常常随着历史的标志为标志，某朝某代，什么初盛中晚、前期后期。其实文学和历史，并非变轨同步。文学家们，并非在'开国'时一齐'下凡'，亡国时一道'殉节'，因此清代袁枚就最反对把唐诗分为'初盛中晚'。"老师又说："譬如烹鱼、烧头尾和烧中段，从来也没法规定从第几片鳞为界线去切，只是硬切。而教书又毕竟与烧鱼不同，烧鱼可以裹上面糊用油一炸，断处剖面均被掩盖，更不需要血脉相通；教文学则既要在纵的方面讲透它的继承发展关系，又要在横的方面与兄弟艺术品种相关联，一个作家作品的上下、前后、左右都不是孤立的，要弄清就需要丰富的知识，深切的探索，精炼的选择和扼要的表达。"老师在给我们讲课时，不仅常常有意地突破"唐宋"这个小框框，还常常突破"文学史"这个大框框，深受我们的欢迎。"唐宋段"讲完之后，启先生干脆提出每周到我们宿舍来讲一次课，可以更灵活、自由。正是这些杂谈、对话式的课，既开拓了我们的学术视野，也丰富了我们的专业知识。

治学的通达，使得启先生能在学术领域里纵横驰骋，得心应手，他自嘲为"猪跑学"；他又往往能标新立异，称之"捅马蜂窝"。比如老师为我们讲中国小说史研究，先从前辈史学家的"六经皆史"论断讲到"六经皆史料"，进而指出"六经皆小说也"。他举了《史记》中许多例子对此加以说明。对于司马迁"究天人之际，通古今之变，成一家之言"这句话，老师认为是在强调谈、迁父子作为巫——史官的家学。所谓"究天人之际"本是古代巫师的基本职能，而"通古今之变"并非指严格史学意义上的历史事变，而是包括了大量的神话故事与历史传说，带有明显的小说因素。我认为老师的这一见解，大大有助于揭开中国古代史籍的神秘外衣。

由于老师自己写得一手好诗词，深谙其中三昧，因此对于中国古典诗词的论述，自不同凡响。除了百首《论书绝句》外，老师还写了二十首《论词绝句》、二十五首《论诗绝句》，可谓篇篇精彩，句句中的。如他曾将其中论苏轼词的一首写成条幅赠我，诗云：

潮来万里有情风，浩瀚通明是长公。无数新声传妙绪，不徒铁板大江东。

生动形象地说明了苏词创作风格的多样化，纠正了治词史者每凭一则谈苏、柳不同词风的笔记故事来论苏词的偏颇。老师《论诗绝句》的第一首是《综论》：

唐以前诗次第长，三唐气壮脱口嚷。宋人句句出深思，元明以下全凭仿。

老师解释道："嚷者，理直气壮，出以无心；想者，熟虑深思，行以有意耳。"一首七绝当然不能将古诗论全，却为我们探究古代诗风与诗人心理的关系作了精辟的提示。

老师绝不盲目崇拜古代的名家大师，他曾多次对我们讲李白、杜甫的诗也是鱼龙混杂，有不少很糟，如果读全了，"诗仙""诗圣"头上的光环就没有了。比如杜工部那首有名的《观公孙大娘弟子舞剑器行》的首二句"昔有佳人公孙氏，一舞剑器动四方"，按其声韵竟为：仄仄平平平平仄，仄仄仄仄仄仄平，可是似乎无人非议。为此老师也写了一首绝句：

昔有佳人公孙氏，一舞剑器动四方。便唱盲词谁敢议，少陵威武是诗皇。

又如论曾惜诗少，是因为他的古文已"板木乏灵气"；而王安石则"文富万言诗胆弱"，所以诗作得四平八稳。老师论古典诗词，让我想到：做学问，有些人是漫无边际，广种薄收，有些则又是攻其一点，不及其馀。启先生则是既着眼全局，又攻其关键，广而不浅，杂而不散，故而令人信服。老师自己则自谦而又风趣地对我说："正因为我不是专家，反正是在谈读书体会，错了也不怕批评，没有思想包袱。"

启先生治学的通达，还表现在他对我们这些后辈学子，从不以导师自居，总是平等待人，循循善诱。几十年来，老师一直牢记着他开始当教员时，陈垣老校长告诉他的"上课须知"，如感情要融洽，不可偏爱偏恶，以鼓励夸奖为主等等，启先生正是这样教导我们的。

我开始做研究生时，对考据不够重视。对此，启先生并没有批评我，而是在几次闲谈中，他拿出有些已出版的作品选注来，指出因失考而造成的"硬伤"，证明考据是一种重要的学术修养，是基本功，必要的考据与钻牛角尖式的考据癖是完全不同的两码事。有一次，我读向达先生《唐代长安与西域文明》中所附某日本学者考证胡旋舞的文章，觉得有的问题有待进一步探讨，萌发了再作考论的念头，启先生非常支持我的想法。后来，他看完我写的《胡旋舞散论》的初稿，马上提笔给北京大学阴法鲁教授写了一封信，介绍我去登门求教。后来，阴先生将我修改了的稿子推荐给《舞蹈艺术》丛刊发表，并介绍我结识了研究中国舞蹈史的专家王克芬老师等。后来，我参加《中国大百科全书·音乐舞蹈卷》的编撰以及从事敦煌舞谱的整理研究，都与此有关。

因为我大学毕业后曾在新疆执教多年，对西北边疆有些实际感受，因此打算撰写研究岑参边塞诗的硕士论文。启先生十分赞同，让我先为岑诗编年，为岑参边塞诗作注，再写研究论文。正是在编年作注的过程中，我发觉有些诗自己过去并未真正读懂，只是人云亦云，一知半解。比如那首著名的《白雪歌送武判官归京》中"瀚海阑干百丈冰"一句，以往注本都释"瀚海"为沙漠，然而沙漠少雨雪，又何来"百丈冰"？我遵照老师"竭泽而渔地占有材料"的指示，不仅参阅了大量史籍和考古发现的新材料，而且从少数民族语言中去找线索，终于得出了"瀚海"原为突厥语音译，意为"高山阴崖、陂谷"的结论。我将一番考证写在《"瀚海"辨》一文中，老师高兴地将它推荐给中华书局《学林漫录》发表，引起了学术界的关注。现在，国内一些唐诗注本与大学古典文学教学已采用我的说法。后来，我又在1979、1980年到新疆吉木萨尔、库车、库尔勒、轮台等地考察，考辨了边塞诗中不少地名，还发表了《岑参边塞诗系事补订》《岑参边塞诗艺术风格》等文，为硕士论文的完成打下了良好基础。

启先生指导我们读书，从不开列长书单，而是拣最重要的提示。有一回我写一篇研究元代维吾尔作家贯云石的文章，将初稿拿去请启先生审读，他什么也没说，就拿出一部陈援庵老校长的《元西域人华化考》让我细读。原来，我写初稿时没有参考这部重要著作，正是一个大缺陷。另一位同学撰写《儒林外史》研究论文，并不属启先生具体指导，老师也非常热心地写信给某博物馆要来有关吴敬梓的最新材料，供这位同学参考。

像当年陈援庵先生一样，启先生自己在学术上想到一个什么问题，常先对我们谈起，起草了一篇文稿，也愿意先征询我们这些学生的看法，请我们提修改意见。他写作诗词的几个稿本，更是经常向我们敞开，师生共同读到会心处，便相视一笑。1982年后他为《学林漫录》写的《坚净居随笔》，有不少段落都曾当我的面边读边改。有一次他写了一则有关诗律音节的随笔，涉及《敕勒歌》"野"韵句式，怀疑"天似穹庐，笼盖四野"中有一字衍文或某一为急读之衬字。我讲看到明胡应麟《诗薮》卷三引此诗即无"笼"字。老师当即提笔将我的话补进文章，而且非要写明是我见告，我惶恐之馀，更感到老师虚怀若谷、奖掖后进的可贵精神。另一方面，如果我们提出的见解与老师不同，他也从不批评阻止，反而鼓励我们发表。有一次我转给老师一封读者来信，对老师某篇文章中一个材料提出意见，尽管这只是一家之言，老师马上写了一封向读者表示感谢的信，交我寄出。有些人喜爱他的书法，常摹写"启功体"，而不乏形似者，他却感叹说："似我者死（无出路）"。我体会到，老师绝不赞成学生对老师亦步亦趋，认为那并非正常的师承关系，而是没有出息的表现。诚心鼓励学生突破教师治学的框框，能有所创造发明，这也是启先生治学通达的一个方面。

当然，对于一些涉及学术尊严的原则问题，老师也从不苟同。如1976年，一些人声称在北京西郊"曹雪芹故居"发现了墙上有曹氏诗作，邀他去参观捧场。老师认为假得可笑，称病未去；还写了一首《南乡子》加以嘲讽。

后来，事实证明了那些壁上诗绝非曹氏作品。大约十年前一个冬日，我正在老师家中求教，有位研究儿童教育的女士来访。那女士自己先讲了一大通话，大意是日本小学生的毛笔字写得如何如何好，而中国学生则又是如何差劲，中国的书法将后继无人云云。对这番实在偏颇的话，老师一直恭听不语。末了，女士问老师："请问要小学生练字，应该先学写何人的字帖呢？"老师马上答曰："山本五十六"。那女士没明白，老师又讲："您不是讲日本人的字写得好吗？您看那日本海战电影上山本五十六的毛笔字写得多棒，就学他的罢！"那女士这才惦出了启先生话里的分量。那女士走了之后，老师对我说："我们当然不能妄自尊大、盲目乐观，但中国的书法大概还没有危机到她讲的程度。至于小学生练毛笔字有好处，但不必硬性提倡，因为他们有更多的东西要学。宣扬'神童书法家'，有时近乎耍猴，有副作用。把外国的教育不加分析地吹得神乎其神，我们吃这亏多了。"至于有些人在学术研究上热衷于用什么"洋法""新法"来掩盖自身的知识缺陷，吓唬青年，他更不赞成。老师绝不是狭隘的民族主义者，他常常极坦诚地对我们讲起满族统治者进入山海关前的落后，晚清八旗子弟的腐朽，也并不讳言中国国民性中的鄙陋（尤其是知识阶层的弱点），但那正是为了振奋民族精神，维护国家、民族的尊严。我以为，这才是真正的通达。

　　从 1978 年至今，我得以经常聆听启功先生的教诲，所得教益，似琳琅宝库，一生受用不尽，实难一一形诸笔墨。本文所述，不及老师教导的千分之一，恐怕还写不到"点子"上，只好恳祈吾师启先生与广大读者原谅！

（1990 年 1 月）

# 魂系敦煌五十春 ·

## ——记"敦煌守护神"常书鸿先生

　　我第一次有机会与常书鸿先生交谈是在火车里。那是 1983 年 8 月 22 日。在兰州参加全国敦煌学术讨论会之后，代表们一道乘车去敦煌参观。傍晚，列车蜿蜒西行至河西走廊，远望车窗外在夕阳辉映下连绵群山上隐约可见的白雪，我很自然地想起来徐迟的报告文学作品《祁连山下》，说真的，当时我无论如何也不能将眼前这位年近八旬、满脸憨厚、说着一口浓重杭州官话的慈祥老人与徐迟笔下那位坚韧不拔的"敦煌守护神"联系在一起。

　　常书鸿先生听说我也是杭州人，十分兴奋，深情地谈起了自己的童年。1904 年农历二月廿一日，他出生在杭州旗下浣纱西二弄 2 号一个驻防旗人的家庭里，姓伊尔根觉罗，这在满语中是"平民之姓"的意思，其汉姓"常"大概正是从"平常"之意而来。他曾先后在梅青书院、时敏小学、惠兰高小读书，1918 年考入浙江省立甲种工业学校（浙江大学前身）预科，学习染织专业，1923 年毕业留校任美术教员，1927 年赴法国学习西洋画。常先生说："我是喝西湖水长大的，浣纱河畔、柳浪闻莺一带留下了我童年嬉闹、垂钓的足迹。我从七岁开始就用笔蘸着湖水帮助三叔在画稿上填色。可以说，西子的湖光山色陶冶了我的性情，给了我灵秀之气；法国十载，则奠定了我的艺术修养基础。但是真正确立人生目标与艺术追求，使我懂得生活真谛的，还是在敦煌这块戈壁绿洲中风风雨雨的几十年。这一点，你只要到莫高窟去体验一番，就会有感受的。"

常老的话千真万确。从那时至今，我又多次到敦煌参观考察，对常老的事业逐渐有所了解，也越来越清晰地看到了这位享誉世界的艺术家的人生轨迹。

从 1927 年到 1936 年，常书鸿先生在法国里昂、巴黎学画近十年。他的勤奋与天赋在异国艺苑结出了丰硕的成果，从一名预科学生成长为享有殊荣的画家。1928 年，他以彩色素描《木工》获康德铅笔公司速写一等奖；1932年，以油画《G 夫人像》获里昂美术专科学校毕业生作品第一名，又以《浴女》考得第一名；后被保送到巴黎高等美术学院，进入新古典主义大师劳朗斯院士画室学习。1933 年，以《湖畔》获里昂春季沙龙银质奖；1934 年，以《病妇》获里昂春季沙龙金质奖，《画家家庭》获巴黎春季沙龙银质奖；1935年，又以静物写生《紫葡萄》获劳朗斯画室第一名，《裸妇》获里昂春季沙龙金质奖，并当选为巴黎美术家协会超选会员，加入巴黎肖像画协会；1936 年，他的画作《姐妹俩》获巴黎春季沙龙金质奖，被选送参加国际博览会并获荣誉奖。巴黎号称世界艺术家的天堂. 可是一个外国人要真正步入它的艺术殿堂并占据一席之地谈何容易；而要毅然舍弃已经获得的荣誉地位，到工作与生活条件有天壤之别的戈壁荒滩上去当一名苦行僧就更不容易了！

1943 年初春，带着献身艺术的满腔热忱，常书鸿先生到了莫高窟，开始了长达半个世纪的敦煌文物的保护与研究工作。历经千年风霜、百遭劫难的千佛洞，当时已破败不堪、行将颓毁；而处于抗战时期，千里沙碛中的敦煌的生活与工作条件之艰苦也非常人所能忍受。常老有一段为人熟知的话道出了当时的心境：

　　说起来容易，做起来却难上难，它肯定不是《天方夜谭》中一个充满浪漫色彩的故事。在中国悠久的历史上有过不少出使西域的人物，汉代的张骞和唐代的玄奘便是著名的两个。他们一步一个脚印，长途跋涉在荒无人烟的戈壁沙海中，经受了各种难以名状的人间和自然界的折磨和考验. 以自己的忠贞和毅力，创建了千古传颂的业绩。我当然是不能和他们相比的。我只有一个小小的心愿，就是为保护和研究举世罕见的敦煌石窟这个民族艺术宝库，一辈子在那里干下去。

（《我与敦煌》）

从1944年元旦敦煌艺术研究所正式创建至今，五十年间，常老为敦煌艺术付出了艰巨的代价。无论是风沙、干旱、洪水、酷暑、严寒的肆虐，还是妻离子散、贫病交加的打击；无论是貌似革命的民族虚无主义思潮的干扰，还是"文革"中精神与肉体的折磨，都未能动摇常书鸿的决心，没有摧垮他献身敦煌艺术的意志。常老带领研究所的工作人员在保护石窟、临摹壁画、研究敦煌艺术上取得了举世瞩目的成绩。492个洞窟45000平方米的壁画、2000余身彩塑得到了认真的考察与保护，数千平方米的壁画被忠实地临摹。《敦煌新塑》《敦煌莫高窟供养人画像题记》《敦煌莫高窟石窟总录》以及《敦煌莫高窟》大型图籍相继出版，在国内外举办了三十多次敦煌艺术展……这一切，大大提高了敦煌在世界的知名度，增强了中国人的民族自豪感。如今，敦煌莫高窟已被联合国教科文组织列入"世界文化遗产名录"，成为各国艺术家的朝圣地。"敦煌学"成为一门国际性的显学，常书鸿先生功不可没！

"十年冰霜花事尽，春风喜度玉门关。"常书鸿先生用这两句诗表达了他对敦煌艺术获得新生与发展的喜悦之情。岁月流逝，人生易老，耄耋之年的常老虽已不能再在莫高窟工作，却仍对自己的事业矢志不渝。从1986年到1988年4月，他在夫人李承仙协助下，刽作了16幅《丝绸之路飞天》障壁画，赠送给日本奈良法隆寺；接着，他又在北京寓所完成了大型彩绘《敦煌舞乐和飞天》四幅联。图中的飞天乐伎形象姿态生动、神采飞扬，又使我们看到了常老一颗永远年轻的心。

常老对自己的故乡杭州也一往情深。1982年4月，他回浙江大学庆贺85周年校庆，第二年又专门为母校绘制了大型油画《攀登珠峰》；1987年，他回杭州浣纱西二弄2号故居寻觅儿时踪迹，又在北京与敦煌两地协助杭州电视台拍摄《魂系敦煌》专题片……

家乡人民也不会忘记常书鸿。1994 年 4 月，浙大出版社在常老九十华诞之际出版了他的自传体著作《九十春秋——敦煌五十年》。6 月 9 日，该书首发式在北京贵宾楼饭店十楼紫金厅举行。虽然常老此时已经病危．正躺在医院的病房里无法出席，但北京、杭州、敦煌及国外的 300 多位知名人士仍满怀敬仰之心踊跃与会，并纷纷在李承仙女士赶绘的飞天图上签名为常老祝福。这使我又想起了常书鸿先生对日本友人池田大作讲的一段话：

> 池田先生曾问过我："如果来生再到人世，你将选择什么职业呢？"我不是佛教徒，不相信"转生"。不过，如果真的再一次托生为人，我将还是"常书鸿"。我要去完成那些尚未做完的工作。

就在笔者这篇文章初稿刚刚完成的第二天，传来了常书鸿先生已于 6 月 23 日下午 3 时 40 分仙逝的消息。常老病危之时，曾给文化部领导写信表示："我的生命，只属于敦煌。我一生别无他求，只希望组织上支持我和我的家人将我未竟的工作继续下去。我的骨灰，也将与敦煌莫高窟永远相伴。"

魂系敦煌五十春，生死永作守护神。我们为常老深祈冥福，愿他的精神与敦煌永存！

（2004 年 6 月）

# 听季老谈书 ▪

近年来，我每次去 301 医院探望季羡林教授，总要带些新书去，而这位 96 岁高龄的老人也总是要签名赠我他新出版的著作，因此，我们的话题虽然既散且广，却往往会涉及书，常常围绕着书。季老思维敏捷，谈得兴味无穷，我则侍座恭听，受益匪浅。

去年 8 月 27 日，我和季老的秘书杨锐女士约定，第二天下午 3 点半去看望季老，并取季老为《敦煌研究》出刊百期撰写的贺词。28 日下午 3 点，我依约在出发前先给杨锐女士打电话，杨老师在电话中说："你快来吧，季老昨天下午就一再问你什么时候来，今天只午睡了一会儿，两点钟就起床等着你了！"（季老平常午睡到三点。）我听了大吃一惊，赶紧出发。

下午 3 点 20 分，我赶到季老病房。季老坐在桌前，两位护士正在带他做手臂操，季老的扩胸与手臂上举的动作做得都很认真、规范。看见我进门，季老马上停了下来，对护士说："我来客人了，先不做了。"我说："您继续做吧，挺好的。"季老还是示意要和我谈话，护士就离开了。季老非常高兴地说："咱们有好些天没有见面了！"我先取出特意为季老放大的四张 12 英寸彩照：一张是敦煌研究院杨秀清同志 2000 年 6 月 28 日在季老寓所门前荷花塘照的翠叶丛中的一朵红莲，因为这荷花是季老用友人带来的古莲子种的，正好在那一天绽放出第一朵荷花，故命名为"季荷"，所以我将这张照片题名为

《新千年第一朵"季荷"》；一张是我儿子新夏刚上小学不久时季老在房间里和他的合影，我取名为《大师和小学生》；另一张是我儿子上初中时和季老及季老的小猫咪咪的合影，老人和小孩的手都放在小猫背上，故取名《亲抚咪咪》；再一张是我在人大会堂休息室给季老和启功先生照的合影，取名《老友聚首》。8月6日那天我就告诉季老要带这几张照片来，老人一直期盼着，今天细细看了，特别开心。8月6日那天我来庆贺季老九五华诞时，和季老合了两张影，未及放大，今天带了两张小的，季老也用放大镜仔细看了。

杨女士拿来一张凳子，让我坐在季老桌旁。我先向季老汇报了即将在南京举办的敦煌学国际研讨会的筹备情况。季老询问了都有哪些代表来参加会议，我做了大致的介绍，并专门讲这次研讨会也是为了纪念潘重规先生的百岁诞辰。季老说："潘先生比我大几岁，他很了不起，在台湾培养了一批敦煌学家，郑阿财、林聪明，我都见过。他们来吗？我知道郑阿财来大陆次数很多。"我说阿财、朱凤玉、王三庆，他们都来，他们的几位学生也来，潘老的学术后继有人。季老说："那就好。"于是谈到敦煌学国际联络委员会这几年的工作，季老说："看来成立这个委员会很必要，代我向各国干事致意！也代我向参加研讨会的代表问候！"接着，季老如数家珍地谈到日本、美国、俄罗斯几位敦煌学家的治学范围。我向季老报告，日本书道博物馆已经整理出版了中村不折所藏禹域出土的文献图录本三大册。季老十分关注，还说："大谷光瑞这个人好像身份很特殊，我见过他。大谷探险队拿走的东西，有许多留在旅顺了。"当得知孟列夫博士已经于去年逝世，俄罗斯敦煌学研究面临后继乏人的困难时，季老感到很遗憾，并问起齐赫文斯基的情况。我报告说，这次东方所的波波娃所长也要来参加会议；而且由于上海古籍出版社的努力，俄藏敦煌文献的图录本已经基本上出版完毕，真正实现了资料的公开与回归。更重要的，是我们国家自己培养的中青年敦煌学家已经堪当重任，做出了举世瞩目的成绩。对此，季老高度评价，他十分满意地说："我们的敦煌学研究应该走在世界前列。我们有文化传统的优势，有文化背景的优势，这一点外国学者是很难真正深入，很难超越的。"

于是自然地谈到了对敦煌和新疆出土的少数民族语言文字文献的整理与研究。我再次向季老报告：前几年经我们学会牵线，与上海古籍出版社合作，出版了英藏西夏文、藏文文献的图录本；最近，西北民族大学与上海古籍出版社合作，又开始出版法国藏藏文卷子的图录。9月13日，参加南京会议的许多代表就要赶到兰州去参加西北民大主办的有关首发式和学术讨论会。我说："我在代表学会拟写的给会议的致辞中，专门强调了您多年来提出的要重视少数民族语言文字古文献的意见。"季老点头称是。他说："这是我们的薄弱环节，必须加强。"他问我："搞西夏文的，比白滨、史金波年轻的还有吗？"我说："聂鸿音比他们年轻，还应该有更年轻的。"季老说："你看史金波成了新的学部委员，可见研究少数民族文字也大有可为。"季老再次如数家珍地谈到日本、德国、法国、印度的一些专家，他说："过去有伯希和、韩百诗、拉露，有乌瑞、皮诺、哈密顿，我们今天应该有自己的权威。"他问我："听说现在搞满文研究的人很少，你知道还有什么人？"我回答说："不清楚。关德栋先生去年也去世了，我知道还有一位金启孮和他的女儿乌拉西春，近况都不清楚。俄罗斯东方所这方面的人多，我去年在东方所的会上见到庞英教授的女儿庞小梅（俄名达吉扬娜），她还在研究满文。"季老感慨地说："满文也是我们中华民族自己的一种语文，如果失传，那实在说不过去。现在要编《清史》，不会满文，怎么查考满文档案？怎么能编得好？"又说："藏文也一样，是我们兄弟民族的文字，藏族历史文化是我们中华民族历史文化不可分割的组成部分，因此整理研究古藏文资料也非常重要。西北民族大学以此为己任，实在是值得称赞。你们中华书局这样的出版重镇，也应该把培养这方面的作者、出版这方面的图书作为自己的职责。上海古籍做得好，真正做了大好事。"我说："前不久我们书局出了高田时雄教授的《敦煌·民族·语言》，对藏文语言与文献资料有很精到的研究。最近我们还要出陕西师大一位教授研究回鹘文契约的著作。"季老颔首称是。

我向季老报告：吐鲁番地区这些年来新出土和发现了一批文书，现在正在李肖博士的组织下，由陈国灿、荣新江等教授在进行整理研究。季老马上急切地问："有吐火罗文的吗?"他说:"王国维讲过新材料和新学问的关系,我多少年来都关心少数民族文字的新材料的出土,有的老材料被人反复地说来说去,已无多少新意,我希望有新的材料,新的进展。"季老感慨地说:"我已经96岁了,眼睛看不清,写东西也费劲,已经没有什么野心了。"我说:"您这样高龄,还在坚持看书写作,就是我们的榜样,也是学界的福气。"季老说:"过去我拟定一个题目,就先跑北大的四座楼,在里面的图书馆、资料室找材料。《蔗糖史》有80万字,就是这样写出来的。还有《新疆佛教》,就用了吐火罗语A(焉耆语)与吐火罗语B(龟兹语)的资料,你还帮我从新疆买过书。现在看不到资料,也只能写写别的文字了。"杨锐女士补充说:"《季羡林文集》的第25、26、27等卷很快就会出版了。"我说:"大家都祝愿您健康长寿,都希望源源不断地读到您的新作。至于敦煌学的研究,请您放心,我们大家一定努力不辜负您的期望,争取做得更好。"季老开心地笑了。

有一次,我给季老送去书局新出的《皓首学术随笔·季羡林卷》样书,顺便提到在地坛的书市上看到有季老的多种旧作新印,季老感慨地说:"有的出版社印我的书,并没有打招呼,编辑也不肯下功夫,错字不少,贻误读者;对我而言,又有炒冷饭之嫌。"正好我们书局有的编辑室也想编季老论佛教和论翻译及写作的书,我征求季老的意见。季老说:"论翻译和写作别的出版社已经出了,就不用再编了。我谈佛教的文章过去陆续发表,比较分散,有的已经不好找了,可以理理头绪,拟个选目,你帮助把关,集起来也许还有点用。"后来,按照季老的意思,我将拟定的文章篇目呈季老亲自审定,这就是今年1月正式出版的《佛教十五题》。当我将样书送给季老时,他很高兴,并且说:"今天想来,十五题还不够,我要接着写第十六题。不过我现在写不成长文章了,写短篇还可以。"他还向我透露了这"第十六题"的题目。我向书局的领导与责编报告了季老的打算,大家都非常高兴,期盼着季老的新篇早日杀青。

又有一次,我带去请季老签署重印《大唐西域记》校注本的新合同,既谈到季老亲自挂帅整理的这个本子能成为古籍整理的一个典范,来之不易;又谈到随着这些年西域考古与文物研究的进展，学界迫切希望能仍由季老挂帅，指导他的弟子修订《大唐西域记》的校注本。季老说他已经不可能再亲自动手了，几位能堪当此任的弟子（如王邦维）也都在忙别的事，要像过去那样集中力量，组成一个修订班子恐怕已经很难了。古籍整理要耐得住坐冷板凳的寂寞，要有足够的古代文化修养，要有深入钻研的劲头，还要遵循学术规范，随时关注新材料的发现。我谈到现在许多高校考量教员工作，整理古籍不算学术成果，所以目前组稿出版高质量的古籍整理著作困难不小。季老说：形而上学、教条主义贻害无穷，目前的高校考核评审标准是很突出的例子。我讲前年参加人民大学国学院开学典礼，任继愈先生在会上即席发言，呼吁要有高校带头来改变这种评审标准，但在座有几个大学的校长都不吭气，教育部一位副部长也不敢表态。季老笑着说："这也不怨他们，他们只是执行者。但我赞成任先生的意见，应该有勇气否定不合理的规定。"

还有一回，古籍整理出版领导小组办公室黄松同志让我捎给季老一箱新出的《大中华文库》，季老的助手杨锐老师特意让护工推了一辆轮椅在住院部门口接我。季老看到这个文库又新出了一大批书，高兴地说："出版中外文对照的中国古籍，这是功德无量的大好事，利中益外。早期国外翻译的中国典籍，有许多不准确的地方，影响了外国对我们传统文化的认识，应该有好的译本。当然我们自己翻译外国的书籍，问题也不少，我和许多同志呼吁重视翻译质量问题，希望引起重视，不断改进。"我提到目前寻求好的译者很难，尤其是找学术著作和古代典籍的译者更难。例如最近我们要出版勒柯克的《德国第四次吐鲁番考察记》，中央民族大学的耿世民教授推荐一位从德国回来的外交官翻译，尽管很认真，许多专有名称，特别是地名，还是拿不准，耿先生亲自审校了一遍，还有一些遗留问题，还得请吐鲁番文物局的同志再核对。季老说这个办法好，只有层层把关，才能提高质量。他特别要我代向耿世民教授问好。后来我向耿先生转达了季老的问候，耿先生很受鼓舞，特地要我转告季老，他下一步还要组织人将季老的德国老师瓦尔德施密特教授的著作翻译成中文，以告慰老人。

季老虽然这四年多来一直住在医院病房，却始终关注着中华书局的一举一动。他曾在书局 90 周年庆典上称赞书局的编辑是"两袖清风"，却衷心期望书局的经济状况能迅速改善，编辑的待遇能不断提高；他夸奖中华书局是中国出版界的中流砥柱，也曾为书局一时的种种波折与困难深感不安。这两年，书局的发展势头很好，他颇为欣慰。当他得知书局希望将修订二十四史与《清史稿》的工作提上议事日程时，深表赞同，很快和任继愈、何兹全、冯其庸几位先生联名写信给温家宝总理，建议政府支持此项工程，并呼吁关注古籍整理与编辑人才的培养。温总理很快作了重要批示，使修订工作得以顺利开展。前不久，我陪着书局徐俊副总编、黄松副总经理去看望季老。徐俊特地向季老汇报了二十四史与《清史稿》修订工作的进展情况，黄松也报告了《大中华文库》的最新成果，季老特别高兴，还一一签名送给我们最新制作的朗诵他的散文作品的 VCD 光碟。

季老的《病榻杂记》和《镜头人生》出版后，我都荣幸地获赠签名本，得以先睹为快。我先后写了两篇读书心得：一篇谈季老在书中体现出的赤子童心与健康思维对我们的启示，另一篇讲读季老书赏心悦目的感受。两篇短文均已正式发表，无须在此赘述。在后一篇文章里，有这样一段话，在《光明日报》发表时大约因篇幅的关系删去了，因为涉及季老对现今"国学热"的看法，我觉得还有必要引述一下：

> 本书末《与中国书店谈国学、古旧书业》一篇，我是第一次读到，深深感觉到季老坦诚的胸襟与宽广的学术视野，实非常人所能及。在学校与社会掀起"国学热"的今天，季老鲜明地提出"大国学"的概念，强调"国内各地域文化和五十六个民族的文化，就都包括在'国学'的范围之内"，"后来融入到中国文化的外来文化，也都属于国学的范围"。这是完全符合几千年历史事实和文化积累传承规律的真知灼见。最近季老还专门跟我谈到中国的佛教文化也是多民族共同创造的，决非仅仅是"汉族佛教"。

有一回，季老突然向我提出一个问题："你认为是阶级先消灭，还是宗教先消灭？"这时，我突然回想起20多年前佛教协会副会长巨赞法师在广济寺翻开德文版的《马克思恩格斯全集》，指给我看这两位革命导师对宗教与宗教文化的论述，便回答季老："应该是阶级先消灭。"季老颔首称是。季老告诉我，他过去的座右铭是大诗人陶渊明的两句诗："纵浪大化中，不喜亦不惧。"现在又增加了新的座右铭："为善最乐，能忍自安。"我去看他前，他刚将这座右铭写给了他的一位年轻弟子。杨锐老师便说："那您给柴剑虹也写一幅吧！"季老毫不迟疑地挥毫立就。得到季老赐予的这幅珍贵墨宝，我不禁心潮激荡，久久不能平静……

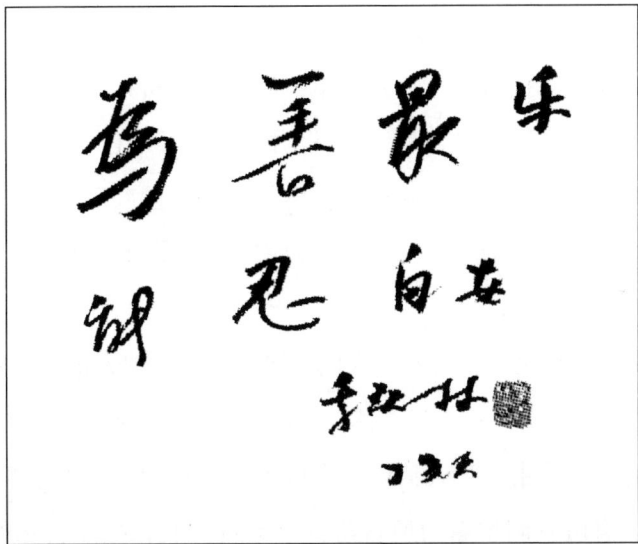

■ 2007年夏天，季老给柴剑虹题写的自己的新座右铭："为善最乐，能忍自安"。

（2007年11月16日）

# · 季羡林先生长寿之秘诀

## ——续《凡人小事》

1996年，为庆贺季羡林先生85岁华诞，季老的学生编集《人格的魅力》一书，征稿于我。我撰写了《凡人小事》短文，以日常之事说明季老并非超凡脱俗之神人圣者，而是散发着人格魅力的凡人。现在，为编辑出版纪念季老百岁诞辰的专书，新世界出版社的张世林兄仍希望我写一篇类似题材的文章。于是，我仍想叙写所知一二琐事缀成短文，算作是《凡人小事》的续篇吧。

在季老寿开九秩之后，有不少人问季老长寿之秘诀，也寻觅到种种答案。而据我所知，关键是三条：作息规律，生活节俭，童心不泯。

十几年前，因发生了某天清晨季老因家门被反锁而"跳下窗台，跟腱受伤"的事件，事后我问季老为何冒险？季老告诉我，除非特殊情况或环境，数十年如一日，他在燕园家中的作息时间极有规律：晚上8点半前准时睡觉，凌晨5点前起床，看书或写作一会儿，出门散步；回家早餐后再整理思绪，准备一天的工作程序；8点左右或步行或骑车去图书馆、资料室或办公室；中午略微小憩，下午继续工作。我问：这么早睡，睡不着怎么办？答曰：吃安眠药。又问：吃安眠药不是有副作用吗？笑曰："我吃了四十年了，没感觉有什么副作用！"如果打乱了这个作息规律，可就有问题了。因而有了那次的跳窗台之举。特别是在他晚年拜访者常常络绎不绝，各种应酬也增加了不少，往往往会打乱他的生活节奏，弄得苦不堪言。例如李玉洁老师在担任季老助手期间，根据她自己的爱好与判断，一面挡掉了许多求见者（其中不乏季老愿见的熟人），一面又安排了各色人等来见季老（其中许多人季老并不想见），结果是季老在疲于应付之后，责备李玉洁"限制自由"；李老师则向我诉苦"两头不讨好，受夹板气"。据我所知，2003年后在301医院疗养期间，季老仍然配合医院康复治疗的要求，过着有规律的生活。尤其是杨锐老师在医院辅助期间，因为作息时间安排得当，季老的身体与精神状态都很好。有两次我去十病房送书，都看到季老正在护士指导下在轮椅上做保健操，动作规范，精神矍铄。有一次，正好301医院康复科的朱才兴大夫在病房，朱大夫高兴地说，像季老这样能保持作息规律的老人，活过百岁应该是没有问题的。季老则称自己为"伪劣病人"，多次说自己"有信心活到120岁"。可惜这种作息规律有时也会被干涉。2008年秋，香港饶宗颐先生写信给我，讲要在北京举办书画展期间到医院看望季老，希望帮助联络。两位大师级的老友要见面，这当然不敢懈怠。我赶紧打电话请杨锐老师跟医院接洽；医院很快同意安排饶公于10月28号下午3点半探视季老（因为按规律季老午休到3点）。孰料当天上午10点多时，饶公的助手打电话来，说中央某位领导下午3点半要接见饶公。迫不得已，季老只好放弃午休，于当天中午在病房与饶公叙谈。晚饭时季老已觉得疲倦，于是打破规律提前睡觉。又孰料当晚有一位记者"想法"进入病房采访，季老只得强打精神应付，于是网上有了季老"苦不堪言"地"流泪"的照片，并传出沸扬一时的"书画门事件"。此事对季老健康的损害之重，是难以言喻的。之后我曾经几次看望季老，发现季老的精神状态已不如之前；最后一次我陪书局李岩总经理去探视时，除了反复强调感谢中华书局协助做《季羡林全集》的编辑工作外，很少再有其他的话题。那一个时期的生活规律如何，我就不清楚了。

季老生活之节俭，是人所共知的。除了那一身常穿的蓝布中山装外，平时一日三餐的饭菜也极为俭省，据说这也是他很少留客一道用餐的原因。如果安排请人到餐馆吃饭，他则喜欢到离北大不远的一家西餐店，简单而快捷。

2001年初，我们中国敦煌吐鲁番学会到北大开常务理事会，考虑到季老的方便，有人提议就在13公寓旁边的一个"北招"小餐厅先开会后吃饭，季老满口答应，说："开会开会，会为主，饭为辅，简便就好！"结果，那次会议谈得丰富、深入，会后大家还纷纷和季老合影；吃饭总共不到40分钟，至于吃了些什么，大概没有一个人记得了。有一个夏天，李玉洁老师分别打电话给王邦维和我，说过几天是季老生日，要请我们两家一起到香格里拉饭店吃饭，还说每人消费标准是千元左右。我俩不约而同地都大吃一惊，也都以天热不利于季老身体而谢绝了；当然，我们也都认为，这其实是李老师的主意，绝非季老本意。我听李老师说，在301医院住院期间，医院的配餐有时剩下，李老师要倒掉，季老总是坚持"不能浪费"，就留着由李老师接着吃掉或带走。当然也有例外：有一天季老向杨锐老师提出：坚决要求外出到莫斯科餐厅吃西餐，于是经医院同意，坐着轮椅的季老在"老莫"不仅饱餐一顿，而且喝了啤酒，又吃冰淇淋，颇为惬意。我知道了，同样感到吃惊，有一次在国图看望任继愈先生时便告知此事。任老一脸严肃地对我说："这怎么行！请您转告季先生：一定要注意饮食啊。"我转达任老的关切时，季老却笑着说："你告诉任先生，我是属猪的，吃不坏的，请他放心！"听了这话，我马上想起1985年夏，我们在新疆乌鲁木齐市举行敦煌学国际研讨会，会议担心年迈古稀的季老可能会不习惯边疆地区的饮食，想给他单预备些可口的，季老知道了，坚决反对，说："我这个人，过惯苦日子，什么都能吃，何况会议的饭菜这么好，我已经是大快朵颐了！"季老晚年还提出想尝尝著名的"谭家菜"。2008年8月初，我正在乌鲁木齐度假，杨锐老师打来电话，说季老生日要在与"谭府"有渊源的某饭店订了两桌，请若干位老朋友聚餐，也请我参加；又说：您大概是请的朋友中最年轻的。我听了为一生清苦的季老有此兴致而高兴，也为我因远离北京不能赶赴寿宴而遗憾。

季老的赤子童心，我曾在为世林所编《病榻杂记》写的书评中写及，主要是指老人虽身在医院，仍关切社会民生，指斥时弊。俗谚"童言无忌"，季老则是"翁言无讳"，晚年在病房写的文章，常常透出"路见不平一声吼"的山东汉子的爽直性格。每个人都不免受社会或家庭环境的制约，季老亦不能例外。他在温家宝总理探望时表示"假话全不说，真话不全说"，正是他晚年心境的真实写照。他曾几次对我说："一个人一生中如果讲的话百分之六十以上是真话，即使不得已讲了些假话，那还是好人；反之，如果百分之六十以上讲的假话，那就不是好人。"记得1997年5月8日商务印书馆在人民大会堂举行百周年馆庆纪念会，季老和启功先生、王选院士在台阶上相遇，启功先生拿手比画着眼圈对季老说："我成了被人参观的大熊猫，你是喵喵叫的波斯猫啊！"因季老家乡临清出产著名的波斯猫，季老又特别喜欢养猫，故启功先生跟他开这样的玩笑。我当时赶紧用相机拍下了这个充满风趣与童心的场景。2002年6月6日，我们中华书局在人民大会堂举行90周年局庆纪念大会，会前季老和启功先生在休息室交谈，中心话题除了猫、狗，就是儿童玩具，听他们的谈话，真正感受到了童心烂漫。就在这次会上，季老称赞中华书局"一身正气，两袖清风"，是出版界的"中流砥柱"，矛头直指当时已经刮得比较强劲的出书只看经济指标的拜金之风。后来在301医院的病房里，季老又多次谈及当今儿童图书出版中的问题。他恳切地说："我觉得，今天的少儿读物图画太多，文字过少，这是低估了少儿的吸收能力，不利于他们写文章，不利于他们增强读书能力。"季老自己，则对于好的儿童漫画情有独钟，北大有一位领导是业余画家，画了一组跟学生教育有关的漫画送呈季老看，老人爱不释手，有一段时间看漫画甚至成了他在医院生活不可或缺的内容，几乎每天要求杨锐老师带来一张新的，细细欣赏。季老对年轻人、对少年儿童的关爱还反映在一些日常小事之中。我这里再举一个亲身感受的例子。我孩子上小学、中学期间，季老曾多次问及他的学习、身体情况，还希望我假日带孩子到未名湖走走，到13公寓与他见面。有一次，季老和我孩子在书桌前合影，觉得我孩子身体不很健壮，就专门叮嘱要加强体育锻炼；又有一次，他发现我孩子也很喜欢家中的小猫，就特别安排照了一张共同抚摸猫咪的合影，并让我回家后给孩子看他为爱猫写的散文。有一次，一位在中国学习的法国留学生想向季老当面求教，希望我予以介绍。我向季老禀告，季老不仅满口答应，而且在语言交流不是很顺畅的情况下，在家中非常耐心地和这个留学生谈了半个多小时，告知对方探究某个课题要读哪些书和读书要领等。我曾带在央视主持过敦煌节目的刘芳菲女士到季老家拜访，季老也热情鼓励她：做文化艺术类节目，特别要继续努力拓展知识面，包括除了原先已掌握的日语外，也应该多学习几门外语。有人说季老常常"固执己见"，不讲情面；我倒感觉他是一个很重感情的老人。尤其是对于一时糊涂犯了错误的年轻人，季老一贯主张改正后即应宽宥，这方面例子甚多，不在此一一赘述。其实，为坚持原则而铁面无私，和期盼和谐的大度宽容，是并不矛盾的。纵浪大化，不喜不惧；为善最乐，能忍自安。这是季老耄耋之年奉行的座右铭，也正是季老能够健康长寿的重要因素。

（2011 年 5 月）

# 魂归敦煌 ·

## ——我送王重民先生的敦煌研究资料回敦煌

　　1982 年下半年，中华书局文学编辑室安排我担任王重民先生《敦煌遗书论文集》书稿的责任编辑。因为王先生已在"文革"中被迫害致死，书稿的前期编辑工作由他的夫人刘脩业先生来承担。刘先生为完成重民先生未竟之志，不顾年迈体弱，毅然放下自己的研究课题，一心一意地整理王先生遗稿。因为刘先生福州口音太重，又患耳聋，她感觉交流不便，就用写信的方式与我商谈书稿编辑加工的每一个细节，有时因为觉得一次考虑不够周全，一天要给我写两封信。后来，我觉得这样太耗费她的精力，而有的意见又一下子很难写得充分，就到北大燕东园刘先生的寓所去面谈。开始，她习惯地拿出纸笔来与我笔谈，而我，大约因为也是南方人的缘故，居然还可以听懂她讲话的十之六七。这样一来，刘先生非常高兴，舍弃了纸笔，谈兴大增。写信少了，约我去燕东园的次数则大大增加。除了书稿本身的问题外，刘先生还跟我谈了许多她与王先生在巴黎抄录敦煌卷子的情况。我则把这些交谈，看作是向学界前辈学习的好机会。通过交谈，不仅顺利地解决了书稿编辑加工中的许多问题，而且深切地感受到两位前辈对祖国文化遗产的热爱，感受到他们对敦煌学事业的追求与崇高品德。

　　1983 年秋天，《敦煌遗书论文集》已经顺利发稿。一天，刘脩业先生十分郑重地对我说："重民生前还留有许多敦煌资料没有来得及整理，我已年老力衰，无力再做下去，我愿意把这些资料送给你，由你来做。"我听了十分感动，从内心感激刘先生对我这个晚辈后生的信任。但是，作为王先生书稿的责任编辑，我虽然尽力做了我该做的工作，却不能接受如此珍贵的馈赠；况且我于敦煌学虽有兴趣却还是外行，也没有能力来整理这些资料。于是，我建议刘先生将它们赠送给敦煌文物研究所。我对刘先生说："重民先生致力于敦煌研究几十年，却一直没有机会亲临敦煌莫高窟去考察，这是多么大的遗憾。如果这些花费了他巨大心血的资料能回归敦煌，多少也可以弥补一些缺憾了！同时，也可以发挥更大的作用。我想，这也应该是王先生的心愿。"刘脩业先生欣然采纳了我的建议，并委托我将这些珍贵的资料送到敦煌去。我先将这批材料带到书局，作了初步的清点。材料中，除了王先生亲录的许多敦煌写本内容外，还有数千张他在巴黎国立图书馆抄录的敦煌写卷目录卡片。我还发现了夹在这些资料中的两封信件：一是1943年姜亮夫先生写给当时寓居在美国的王先生夫妇的信，另一封是俞平伯先生50年代因王先生向他征求对校理《敦煌唐人诗集》意见信函的回复。这两封信，可惜当时因时间紧迫，我未做复录，敦煌研究院也未安排整理发表。直到最近，研究院请已经退休的李永宁同志来整理这批资料，他应我的要求提供了两封信的复印件，使我有可能在今天先公布姜先生的信（见附录）。

1984年2月上旬，我带着沉甸甸的几大包材料（许多卡片是连盒子一起带上的），坐火车离开北京奔赴敦煌。当时，虽已过了立春，大西北还是天寒地冻，李永宁先生专门到柳园车站来接我。敦煌文物研究所的老招待所孤零零地坐落在离莫高窟不远的宕泉河边，本来冬天不待客，我住进去，就成了唯一的客人。晚上，招待所特意开启了取暖锅炉，热气进入冰冷的管道，发出惊人的响声。房间的温度还是很低，可我并不觉得寒冷，因为我带来了王、刘二位前辈对敦煌学事业的火热的心；王先生魂归敦煌，情动莫高，意暖鸣沙，驱散了早春的寒意。

2月11日，敦煌文物研究所隆重举行了王重民先生敦煌研究资料的交接仪式。除了段文杰所长因办夫人丧事未能出席外，研究所的其他领导与一些老同志都参加了这个仪式，还发表了热情的讲话，向我赠送了研究所画家临摹的敦煌飞天画。事后，永宁同志对我说："这可是最高的礼遇，前不久邓小平同志来参观，也是送了这样的画。"我想，这实际上是表示他们对王重民、刘脩业二位先生的尊敬与感谢。我在仪式上也发表了简短的讲话。今天也把近二十年前的这个讲话稿公布出来，以表示对王重民先生诞辰百年与刘脩业先生逝世十周年的纪念之情。

（2003 年 9 月 10 日）

【附录】

## 姜亮夫致王重民、刘脩业信（1943 年 5 月）

有三兄、脩业嫂俪鉴：

顷奉手教，惊喜欲狂，即细检发书时日，则为去年十二月二十日所发，而邮签有汉口、陕西西安、上海、海口诸地名，则知此函辗转已四月余而终入吾手者，盖又幸矣！去年冬曾闻人传言张西堂先生正为吾兄伉俪打听弟动定欲反，以贤伉俪动止闻之张君，则投函教育部遭退回，投函中央图书馆竟沉雁无消息。知尊驾已到美，而不知在美之何方。兹获半年来辗转而终入吾手之大札，能不益令人大快！吾兄寄昆明唐子衡书，唐君根本未转来，大约因其居址屡易之故与？吾兄贤伉俪所最垂念之事，为弟婚姻问题。廿七年八月廿八日，弟由蜀绕道至沪结婚，婚后三日即乘弟到欧时之意大利轮南下东大，亦于是年春迁入四川之三台县。到昆明后，因避空袭计，遂又相偕返三台。兹寄奉小照一张，系婚前二日在沪所摄者也。贱体自婚后渐次好转，失眠已大减，近来惟胃病尚未大愈，此盖所谓职业病也。

兄夫妇已抱子，可贺可贺！弟无成绩可告，因内人曾大病九月（婚前），至今未复元，且警报频传，不敢贸然求有子也。

兄身体亦又甚"顽强"，尚望为道珍重！

关于韵书事，弟所得恐未必完全。兹奉寄目录一纸，求一检视，果兄处有新卷，尚望以原照片见假，弟必为保护。此书弟已整理就绪，学术上实不必再要人白花力气，故弟欲罄所能得能知，总为一书，非只为私也。十三经校记在平时曾以假之友人，故能独不与海上存书同毁，多蒙关注，不胜感激。《图书季刊》为弟介绍撰着，弟始终未曾一见，非兄言之，弟至今尚不晓也。此间有此杂志，但为人借去，久而不归且据为己有矣。

兄、嫂何日能归国？其实若能得在美多留一日，仍以留一日为是。吾辈不能执干戈为社稷，则求所以以其本能报国者，不必以远在国外为不安也。若有机缘，弟亦颇思来游。

此间无可告语，终日为他人作嫁，可叹亦复可笑也。匆匆不一，即候俪福！

弟　亮夫　顿首

秋英附笔致候

五月三日

（柴案：姜亮夫先生此信似写于 1943 年 5 月。据向达先生 1943 年 3 月 9 日从敦煌莫高窟写给王重民先生的回信可知，王先生于 1942 年 12 月 14 日从美国寄信给向达，向于次年 3 月初到敦煌。向在复信中提及："吾兄工作，想非短期所可结束，此亦千秋事业，只要海外尚容小住，不必亟亟。"看来王先生在信中流露出希望尽早归国的想法，正与给姜先生信相符。因此我推测是给向先生写信后六天又提笔给姜先生写了信。）

# 一位对推进学术事业矢志不移的老人 ▪

## ——纪念刘脩业先生逝世十周年

　　1983 年，我受命做王重民先生《敦煌遗书论文集》的责任编辑。因为王先生已在"文革"中含冤去世，他的许多遗稿有待进一步整理——而承担主要工作的就是他的夫人刘脩业先生，所以我就开始了与刘先生的频繁联系。由于刘先生年事已高，耳朵失聪，她的家乡方音又极重，所以开始主要的联系方式是书信；后来为了翻寻材料，她约我到燕东园的家中去，发现我居然能大致听懂她讲的话，再辅之以笔谈，交流更为便捷，她十分高兴，因此便频频地约我去面谈。尽管从书局所在地王府井骑车到燕东园，骑自行车要近一个小时，每次我还是风雨无阻地去见老人。我明白，这不仅是编辑工作的需要，也是为了接受一位对推进学术事业矢志不移的老人崇高精神与优秀品格的教育与熏陶。

　　刘先生对有三先生著作的整理是极为认真的，花费了巨大的心血。经过十年浩劫，先生家中许多重要的原始材料已凌乱缺失，有时翻箱倒柜地找半天也一无所获，这对于一个年逾七旬、行动不便的老太太来讲，真是困难之极，可她却从不言累、言歇。更让人感动的是，她也有自己从事了多年的研究课题（如吴敬梓研究），但此时几乎完全搁置下来。她不止一次地说："我首先要做他（重民）没有做完的事，把他的著作整理出来，这样子才安心。"《敦煌遗书论文集》的初稿编成后，里面的每一篇文章她都校阅了不止四五遍。有时，为了一个字、一条资料的核查，她一天会给我发两封信。一年多的时间里，她写给我的信不下五六十封。有一回，为了整理敦煌写本《秦妇吟》的注释，她居然找出了 1947 年发表在《学原》一卷上的文章，将注释一条条地剪贴了一遍。如有新的收获，她就像个小孩子似的高兴得叫喊起来。她知道我在《光明日报》的"文学遗产"栏发表了一篇关于英藏《秦妇吟》写本新材料的短文，便要我补充到王先生的集子里去；她听我说对 P.2555 卷中七十二首"陷蕃诗"有进一步的考辨，也要将它写为"附记"补入论文集。这一切，对于刚做编辑工作没几年的我来说，都是很大的帮助与鼓励。

　　刘先生是位极坦诚、天真的人。她不止一次地对我讲起她对王重民先生的深挚感情，讲他们在巴黎国家图书馆东方部的辛勤工作，讲他们在这个艺术之都的共同事业与美好的爱情生活，有时，还拿出两人在巴黎的浪漫合影给我看。她讲，就是抄录、整理流散到国外的敦煌卷子这个共同的事业将他们连在一起，而且永世永生不再分离。她也对我讲为什么她的乡音如此顽固——因为她到北京后活动范围很小，接触的都是福建人，很快又远赴欧美，没有机会学普通话。她也提到过当过清末状元的祖父，讲到家庭对她钟情传统文化的影响，也对自己的孩子因学理工而不能承继父业而有些许的遗憾。她对在美国时与胡适先生的交往有十分亲切的回忆，赞扬胡先生对祖国文化事业的挚爱与贡献，认为历史应该还胡适以公正的地位。我记得她曾拿出两封胡适写给他们的亲笔信给我看，其中讨论了《西游记》的问题，可惜我没有记住具体的内容，而这信也不知是否还保存着。她 1932 年毕业于燕京大学国文专修科，1933 年进北京图书馆，1953 年调入科学院历史所，大半生从事图书数据工作，看重数据而不保守数据，愿意毫不自私地提供他人使之公诸于世，服务学术。我知道她自己无暇继续进行吴敬梓研究，却将许多材料无条件地提供给马蹄疾先生来做。有一次，她拿出几本稿纸来，上面是她亲自抄的胡适选注的《每日一首诗》（绝句一百首），这是她在美国时向胡适借原稿抄的，一直精心保存着。我觉得这对了解胡适的文学观及他在美时的心境很重要，遂向刘先生借来复抄了一本。后来，我邀了几位朋友，逐首评析胡适的选注，编成一书出版，并请刘先生写"前言"，当时刘先生的身体已经比较衰弱，但仍很快地交了稿。我想，先生心里应是很宽慰的。

1984 年夏《敦煌遗书论文集》出版前，刘脩业先生参与整理的王重民先生的遗稿《中国善本书提要》也将由上海古籍出版社印行。刘先生说，王先生关于敦煌研究还有不少原始材料没有来得及整理，有的原稿又缺失难寻（如全唐诗补编），她已无力再做。她便在 1983 年冬提出要将王先生在巴黎做的原始卡片送给我。这些卡片数量甚多，又是第一手纪录，当然弥足珍贵。可我认为这么重要的数据不应该由我个人拥有，便向刘先生建议将它们送给敦煌研究院来保存与使用。我对刘先生说："王先生搞了一辈子的敦煌研究，可他始终没有机会亲临敦煌看看，就让他亲手抄写的敦煌材料回归敦煌吧！"刘先生很高兴地接受了我的建议。于是，我带着刘先生的嘱托，当然也是带着王重民先生的意愿，于 1984 年 2 月将那些卡片和一些零散数据送到了敦煌。敦煌研究院还为此举行了一个隆重的接收典礼。隆冬的敦煌天寒地冻，我一人住在冷得使人无法安睡的招待所里，心里却是暖暖的，因为我将王、刘二位先生毕生为之倾注心血的对敦煌文化与敦煌学的热情带到了鸣沙山莫高窟。我带去的材料中，还有两封十分重要的信件：一封是姜亮夫先生寄给远在美国的王先生夫妇的信（大约在 1943 年）；另一封是 1956 年俞平伯先生回复王重民先生征求对补编《全唐诗》稿子意见的信（有若干具体的意见）。因当时我并没有留底，所以一直无法刊布。最近，敦煌研究院终于将整理王先生那些卡片数据列入工作日程，并请已退休的李永宁先生来具体实施，蒙永宁兄记得我多年来的要求，近期已将这两封信的复印件寄来。我将会很快地公布信的全文。

在我和刘脩业先生联系的那些日子里，我们都没有谈及王先生在"文革"中挨批斗、含冤逝世的事，因为我深知，我不能去触动刘先生心灵的痛楚，先生也已无暇去指斥那些颠倒黑白是非的小人，脩业先生已经将她对重民先生深挚的爱，刻骨铭心地珍藏起来，并化作拼命工作以继承遗志、完成遗愿的动力；忠贞不渝的爱情，早已与矢志不移的事业心紧密地联结在一起。我坚信：在广袤明亮的天国，他们也是一对最美丽、刚健，光彩夺目、形影不离的飞天！愿他们自在翱翔！

（2003 年 8 月 3 日于中华书局）

# 怀念周老绍良前辈 ▪

2005年8月21日，我正在和三十年前乌鲁木齐的几位学生一道游览新疆北端的喀纳斯湖景区。下午登观鱼亭、游湖，晚上就住在附近山坡上的消防支队的招待所里，同行的学生说当今在大城市里已难得看到星星，提议到外面去遥望星空。于是穿上厚衣服，走到空旷的小道上，仰望夜空。我们辨认了北斗七星，指认北极星，又在银河两岸找到了"牛郎"、"织女"。忽然，我看到一颗流星划过夜空，因为不是很亮，划痕也短，其他几个学生都未看见。我说："按古人的说法，人间将折损一员大将，不知是哪一位啊！"嘴里说着，心中怦然，似有不祥之感。第二天下山的路上，手机响了，白化文教授从北京传来了周绍良先生去世的噩耗。

应该说，我们对于周老的仙逝是既有心理准备，而在思想上又很难接受的。几年来，周老的身体一直处于逐渐衰弱的状态，但没有检查出有严重的疾病，这对于一个年迈八旬的老人来说是比较正常的；但是他每一次见到我或来电话、写信都强调说："我病得厉害，快不行了！"实际上，对于周老来说，这句话的潜台词就是："我要抓紧时间写书、写文章呀！"是的，这几年来周老每年都有新书出版，他也总在关切自己下一部著作的出版。他生前给我写的最后一封信，是寄给我并不认识的一位老先生转给我的，使那位老先生也颇感纳闷，觉得周先生是有点糊涂了，但短短两行字的信却写得很明白：让我向书局有关编辑询问他的一部著作何时可以出版。周老晚年一人独居在东郊的寓所，行动相当不便，唯有满架满桌的书和资料陪伴着他，用心写作，驱散寂寞。记得去年春夏之交我到双旭花园他的住所去看望，他刚从医院检查身体回来，已经消瘦多了的脸上挂着泪水，还指着书架上的资料对我说："我得把这些书做完啊！"我意识到，写书是延续前辈老人生命的强大动力。

我得以结识周老亦缘于书。我于1978年从新疆考回母校北京师大中文系攻读古代文学研究生不久，导师启功就多次对我提及他的世交周绍良先生；但我真正与周先生结缘，却是在1982年兰州举行的敦煌文学座谈会上。那是"文革"后中国敦煌学界的第一次学术聚会。在这之前我并未真正涉足过敦煌学领域，因为到中华书局当编辑要接触有关书稿，所以当时由副总编程毅中先生带我与会，我也试着写了一篇论文，只能算作是初步的学习；而绍良先生则早已是这个领域里的一员著名的老将，不但他的《敦煌变文汇录》是变文类作品最早的整理本（1954年出版），而且相关论文在学界也有较大的影响。就在这次会议召开前不久，他和白化文先生合编的《敦煌变文论文录》也由上海古籍出版社出版，为"文革"后敦煌学的复苏做出了贡献。在那次兰州座谈会上，周先生主张我们中国学者应该在收集整理敦煌写本中文学类作品和理论阐述上继续努力；他对我的习作予以鼓励，他自己也提交了关于新整理的敦煌词的论文。也正是那次会议的成功，为以后多位学者合作编写出版的《敦煌文学作品选》《敦煌文学》及《敦煌文学概论》奠定了基础。如果我没有记错的话，自这三本书之后，敦煌文学界再无这样的合作项目成果出版。这既说明了周老的号召力与推动力，也说明了80年代之后学术界的形势与风气都有了很大的变化。为了编写《敦煌文学概论》，编撰者们后来在颜廷亮先生的主持下，又在甘肃天水开过一次会。我与周老及张锡厚先生一起从北京赶去与会。因时间紧，当时张锡厚先生只买到了三张硬座票。那时北京到天水列车要运行30多个小时，这对年近古稀的周先生来讲，无论如何是很难承受的。可周先生却十分坦然地上了车。我预先为周先生开了一张介绍他佛协副会长、秘书长身份的证明，好上车后设法为他补一张软卧票。不料上车时小偷光顾了我的书包，将放有证明的活页夹偷走了。我赶紧向列车员报了案，又发愁这下如何为周先生办软卧票，还担心那封介绍信为坏人利用，周先生却一个劲儿地安慰我。车开动十几分钟后，突然列车长找我，说发现了我遭窃的活页夹被小偷丢弃在一个车门的后边。我拿过夹子，一检查，除了里面的钱已经消失之外，其余的东西都还在，包括那张介绍信。于是赶快为周先生补了票，我再送他去软卧车厢。为了让我安下神定下心来，周先生让我先坐在他的包厢里聊天。车到石家庄站，我要回硬座车厢，因为过道拥挤，就下车从站台上走，不料因为这趟车超员严重，不但所有硬座车厢的车门都不开，连车厢的车窗也都关下了，以免有人攀窗上车。这下我可慌了神，因为车马上就要开动，我身上连外衣都未穿，裤兜里也只剩下5元钱，如果"落乘"，前进与后退都成问题。我使劲地敲打着车窗，就在开车铃声响起之时，我所在那节车厢里的一个旅客认出了我（我帮他调换过座位），拉起了车窗，我凭着自己的一点体育素质，在列车开动时攀进了车厢。那次天水会议讨论的内容我早已记不清了，而会议之余安排参观麦积山石窟的情景却还历历在目。当时，经过"文革"浩劫的石窟刚刚恢复对外公开开放不久，一些栈道还未整修到位，有的窄梯陡坡年轻人走起来都很费劲，更不用说像周先生这样身体较胖的老先生了。但周先生坚持要和大家一道上去，于是就出现了前拉后扛的场面。周先生喘着气，还一面提醒我们注意塑像的年代、风格，一面招呼大家注意脚下安全。那天的参观十分尽兴，又有周先生的指点，可谓收获不小。周先生也不断地赞叹麦积山的石窟造像"了不起"，感慨"不虚此行"。会议期间还有一个小插曲：当地一些领导与"文人雅士"听说来了中国佛协的副会长，纷纷前来求字，这可难坏了周先生。周老特地找我商量："你知道我素来不习惯用毛笔题词，现在这么多人来要字如何是好？你是启元白的学生，也许知道该怎么应付。"我只是常看启功先生写字，哪有应付求字的经验？情急之中，我忽然想起启先生曾讲的陈垣老校长有时为人只题写两个字的事，就对周先生说："您给每人只写两个字，如'慈悲'、'忘我'、'智慧'等，既符合您的身份，也能省劲不少。"周先生采纳了我的建议，一晚上写了不下 20 张这样的"二字条幅"。大概正是这次实践，为周老以后的题词积累了最初的经验。我存有一张周老的字，写了"阿弥陀佛"四个字，当然是后来题写的。现在想来，周老的这些墨宝都已是珍贵而难得的纪念品了。

周老担任佛协的副会长兼秘书长，和我的导师启功先生有些关系。当时赵朴初会长物色秘书长，征求与周老同是佛协常务理事的启先生的意见。启先生讲："绍良先生最合适，他是周叔迦先生的公子，有家学渊源，又管过多年的佛协图书馆，学问好，脾气好，人缘也好，堪当此任。"对此，朴老深以为然。可是说句实话，周老在佛协秘书长的任上，勤勤恳恳，任劳任怨，做了许多事，耗费了不少心血，却常有力不从心之感。这原因不是别的，就在于周老的本质还是学者，偌大一个中国的佛教事务庞杂而繁琐，又时时有"非佛因素"纠缠其中，大凡尘世间的眼耳鼻舌身意、色声香味触法，都使得佛协所在地的广济寺难得清净，岂是像周老这样一位"三好先生"能驾驭得了的！记得 70 年代末、80 年代初，我曾多次到广济寺东北角的厢房拜访过巨赞法师，那时在寂静无声的寺院里，听巨赞法师充满睿智的谈话真正是一种享受。可现在的广济寺，也开始为人间杂事所困扰。我向周老提及此事，周老摇摇头说："巨赞是大智慧之人，我们哪里比得上！咱们是凡夫俗子，可是你很难想象有的出家人真的俗不可耐呀！"可见周老在秘书长任上一定碰到过不少棘手的难题，受过不少的委屈。后来佛协换届，周老从秘书长的位置上退下，真是如释重负。我几次向启功先生说起周老的处境与感叹，启先生说："真是难为他了！"

周老在人民文学出版社当了多年编辑，他编过许多好书，也写了不少好书。他喜欢藏墨，堪称我国私家藏墨的第一人，又有这方面精彩的专著问世；他下工夫收集古代的墓志碑帖，晚年全部转让给了国家图书馆，最终使物得其所；他对敦煌文学有全面而精到的研究，相关论文至今仍是这一领域里的经典之作。他作为博学于文的大师完全当之无愧。但是如果有人问我：周老治学，给你留下最深印象的是什么？我会毫不犹豫地回答："从不保守资料，一心提携后进。"多年来，无论何时何地，只要是有人向周老寻求治学资料，无论是他熟识与否，只要是知道线索或手头拥有的，不管是自己正在用或还未发表的，周老都会和盘托出或热心提供线索。尤其是对于年轻学人，周老会格外周到而热心地予以帮助。通过那次兰州敦煌文学座谈会以及后来认识周老的中青年学者，如颜廷亮、张鸿勋、张锡厚、项楚、邓文宽、方广锠、赵和平等，几乎都得到过周老在资料上的无私帮助。1983年组建"敦煌文献编辑委员会"，编辑《敦煌文献分类录校丛刊》，周老不仅常常自掏腰包请大家吃饭，连有的作者书稿的抄写费都是周老支付的。因为我是启功先生的学生，做一点敦煌学的研究工作，又在中华书局当编辑，周老一直视我为"同行老弟"，许多事都愿意跟我说，或通过我与书局或有些编辑联系，对我也关怀有加。他在书局出版的《百喻经注释》最初是通过我交给书局哲学编辑室的，因为编辑认为需要誊清后修改发稿，我就请内人重新抄写了一遍。周老觉得很满意，之后也常常打电话或写信来让我帮他查抄资料。这对我来说是微不足道的举手之劳，而周老却经常念叨起我的好处。前年他知道我从书局退休了，给我打了一个很伤感的电话。他说："想当年你风华正茂，居然也到了退休年龄。书局的老朋友越来越少了，看来我也得去见马克思了。"他还托人带给我一个铜墨盒，作为我退休的礼物，大概是希望我退休后能继续笔耕。由此可见他对后进者的殷切期望。

周老的生活十分朴素，有人觉得他喜欢"下馆子"吃饭，又爱喝两口酒，一定很讲究吃喝。其实并非如此，因为家里无人做饭，他又得常常热情待客，就只能去饭馆，有时剩下的饭菜就打包回家再对付一两顿。他在东四流水东巷的老房子、塔院晴冬园的宿舍和东郊双旭花园公寓的住所我都去过若干次，都是相当简朴的环境，被书架与书堆包围着，实在只适于做学问而不适于过舒服的生活。按他的经济条件，他完全可以过一种更安逸惬意的生活，尤其是到了耄耋之年。可他依然以多病之躯孜孜矻矻地做着学问，希望能抢回些时间，更多地留给后世精神的食粮而不是物质财富。我最后一次到人民医院的病房去看他，他向我诉"穷"——我相信这不是他心里真正要讲的话，他要倾诉的是对生命与工作的留恋，是只要投入、不求回报的无私奉献。

周老驾鹤仙逝之时，我正远在西陲，因为要参加吐鲁番学学术研讨会，未能赶回京城为他送行，心中无比惆怅。流星陨落，光华灿烂，周老留给世人的精神财富已经成为中华文化宝库中的珍品，周老的精神也已化为清风甘霖，会时时沐浴和滋润着后人，和这个时代同行俱进。努力学习周老的伟大人格，万分珍惜他留给大家的精神财富，应该是对周老最好的怀念。

■ 与周绍良先生合影

（2006 年 3 月于中华书局）

# 圆满与遗憾 ▪
## ——深切悼念任继愈先生

　　任继愈、季羡林二位老人于 7 月 11 日携手并肩乘鹤西行，举世悲悼。近二三十年来，因中华书局和中国敦煌吐鲁番学会的编辑工作与学术研究关系，我常亲炙二公教诲而得益匪浅，虽自觉当二公的学生或助手尚不够格，但努力追随之心一直不敢懈怠，对二老晚年的著述及相关情状还多少有所了解，故在追思二老道德文章之际，先草此以"书"为中心的短文，来寄托后辈学子对任继愈先生的深切悼念之情。

　　1978 年，我考回母校北京师大读古代文学研究生。因为当时中国社会科学院的第一批研究生也在师大上课、住宿，我们常常是互相串着听课。我和任继愈先生的研究生李申分在同一个外语班听讲，和其他几位学世界宗教学的研究生朱越利、李明友等也常来往，任先生来讲课我也去听。听他的课，不仅马上就能为他治学的严谨而折服，而且就会明白为什么他主编的《中国哲学史》能够成为印行不绝的经典教材。1981 年我到中华书局后，先在文学编辑室工作，和任老没有多少业务上的联系；但 1983 年 8 月中国敦煌吐鲁番学会在兰州成立，任老虽然只担任顾问，却是真正的"主心骨"之一，他厌弃"只挂名不做事"的务实作风，给我们这些年轻人留下很深的印象，我也有了更多求教的机会。因为任老知道我在中华书局当编辑，而他主编的《中华大藏经》正在紧张地编纂之中，他有时也让我带话联系。他对中华书局的优良传统是十分看重的，在称赞之余，也会对有些违背传统的弊端加以针砭。记得他多次跟我说："书局有的编辑不负责任，书稿一堆几年乃至十几二十年；更有甚者，压着别人的书稿，却从中找材料、挖观点，自己忙着写文章、出书。这是极坏的作风。"一直到前几年，他还跟书局有的领导谈及这个话题。这可以看出一个读书人、写书人对革绝出版界不正之风的期盼。我曾经提出希望他的新专著能够交给中华书局出版，他不无遗憾地说："我现在要做的事太多，续编《中华大藏经》，负责编纂《中华大典》，实在挤不出时间来写书，就是《中国哲学史》也该修订了。"我当然知道，不仅这几个大项目、大工程压在一位耄耋老人的肩上是何等的沉重，而且光是国家图书馆领导的会议也要占用他相当多的精力。到这次病重住院前，一位93岁的老人，仍坚持每周一、四两天到办公室坐班，这在学界大概也是绝无仅有的。前些年，书局汉学编辑室计划组织出一套《皓首学术随笔》丛书，其中有《任继愈卷》，年轻编辑与他联系，他慨然允诺，而且很快亲自动手选目，请助手将相关文章复印后汇编加工，书局排出校样后，又一丝不苟地亲自通读校样，使之高质量出版。我知道，他受命主持《中华大典》的编纂工作，几乎每一典、每一次重要的编务会和审稿会，都要亲自到会倾听大家的意见，提出自己的看法。其中的《哲学典》，他亲任主编，为了保证质量，他点名让我和周强、吴怀祺等四位教授分工通读了该典上千万字的校样，并亲自召集我们几个开会商议审读进度与要求，终于使该典按时出版。书局计划修订点校本"二十四史"和《清史稿》，书局派我到他家里征求意见，他欣然同意与季老等联名写信给温总理提出相关建议。记得他当时既高兴地又严肃地对我说："这是大好事！舍中华其谁？当然有难度，难就难在前人基础好，要再进一步就得花大气力。同时，要选好责任编辑。没想到你们这批当年的中青年编辑都退休了，还得带带新编辑，把好关啊。"

从1987年到1997年，我曾经主持《文史知识》杂志编辑室的工作。当时编辑部都是年轻编辑，任老几乎每次见到我都要关切地问到编辑们的业务进修问题。他常讲：编刊物不易，编月刊更是辛苦，但也最能锻炼编辑队伍，一定要把编刊与育人很好地结合起来。育人，既培养了新作者也培育了编辑自身。任老对《文史知识》的约稿几乎也是有求必应，不仅亲自为该刊的"佛教与中国文化""道教与传统文化"两期专号撰写了《佛教与儒教》《道家与道教》两篇重头文章，而且在1989年秋为《文史知识》百期题词"化深为浅，举重若轻，雅俗共赏"，言简意赅地概括和肯定了杂志的办刊方针。

多年前，任老高度近视的眼睛因视网膜脱落而动过手术，但因为他作为一名学术大家写毛笔字很有自己的风格，所以请他题词者还是常年不断，有时要耗费他不少精力。因此，有人托我向任老求字，我一般都是谢绝的。但是，如果是涉及与图书或图书馆有关的，就不好推辞了，因为我知道任老对此是情有独钟的。如有一回，我家乡的褚树青馆长让我请任老为即将落成的杭州图书馆新馆题写馆名，我告诉任老，他慨然允诺，很快就写好了。又有一次，书局出版部的一位同志将他喜爱书法的孩子的一个册页拿来，希望请任老写几个字加以勉励。我忐忑不安地到任老办公室递交这本册页，任老说："国图的人都知道我现在不写字了，在这里不便写，拿回家写吧。过几天你来取。"过了若干天，任老把我叫到他的办公室，拿出用报纸包得严严实实的册页交给我："你拿回去再打开，免得别人看到说我厚此薄彼。"这一次，任老不仅题写了"精益求精"以鼓励后生，还加盖了五个印章以示自己对年轻人的殷切期盼。我知道，任老多年来最反对的就是写文章、写书的粗制滥造，只求量，不讲质。对于这些年来教育界、学术界的浮躁之风和弄虚作假的邪气，他是深恶痛绝的。三年多前，在人民大学国学院的成立典礼上，他即席发言，便当着教育部负责人和几所著名大学校长的面大声疾呼："要迅速改变目前高校不合理的、形而上学的评估体系！""你们哪所大学带个头，别的学校肯定会跟着走，你们就是No.1！" 任老直言无讳的呼吁，说出了广大师生的心里话，因此当场便赢得了与会者最热烈的掌声。但限于体制等方面的原因，至少到目前为止，还没有能够得到教育界决策者和哪所学校的实际响应，这当然是令人遗憾的。

任老是一名无神论者，但花费了大量的精力来整理佛教典籍，研究宗教哲学。正如他在谈及编辑《中华大藏经》意义时曾强调指出的：

> 我们没有把佛经的整理看作是宗教界少数佛教徒的事，而是看作中华民族共同的文化遗产事业之一。这正如中国文化界、学术界把敦煌莫高窟佛教艺术当作全民族的文化宝库而不把它仅仅看作佛教徒的宗教遗迹的道理一样。凡是有价值的文化遗产，理应为全人类所共同享有，共同关心，共同爱护，共同研究，而不应视为少数信奉者的私事。
>
> （见《守正出新——中华书局》，中华书局，2008 年 12 月）

任老对我国古籍的整理研究，对优秀传统文化的继承、弘扬，是做出了巨大贡献的。借用佛教界的话，他是功德圆满的大智者。当然，他也有遗憾。8月初，我到兰州大学参加敦煌学学术史专家论坛，并主持季、任二老的追思会。会前，任老85岁高龄的胞弟、工程院院士、著名的沙漠治理专家任继周教授坚持要来东方大酒店与我们几位代表见面，他讲到任老对他毕生治学的重要影响，也特别指出最大的遗憾是任老晚年有一些重要的想法没有来得及整理成文发表，这也是学术思想界的损失。他领衔担纲的《中华大典》还没有最后完成，他主持的《中华大藏经续编》刚刚启动，这都是他晚年为之倾尽心力、辞世前还挂牵不已的大工程。任老的女公子任远博士告诉我，今年5月任老病重之初，为了和病魔作斗争，他还坚持提笔写字，直到实在写不成了才作罢。其时中华书局正筹备举行点校本"二十四史"和《清史稿》修订工程的第三次修纂工作会议，作为总修纂的任老已经住进重症监护病房，不可能再出席会议，却还想着要递交书面发言，因为实在无力动笔，只好指定我为他拟稿。当秘书呈上这个稿子后，他又忍着巨大的病痛，以极大的毅力亲自审定了这个稿子。现在，可以告慰任老的是，在他的关怀下，不仅这次会议开得很成功，修订工作也正在顺利地进行着，而且他所关注与提倡的"出版学术精品和传世之作"的事业，也一定能日益繁荣昌盛。

　　7月17日上午，是各界人士到八宝山为任老送行的时刻，其时大雨倾盆，天人共哀，为我国痛失大师而恸哭，我从心底吟出小诗四句来表达自己刻骨铭心的悼念之情：

大雨滂沱哭斯文，人间天上泪纷纷。

继绝开新情愈笃，无神论者泣鬼神。

愿任老在天之灵安详幸福，愿他的智慧之光普照人间。

■ 与任继愈先生合影

（2009 年 7 月）

## · 难以忘怀的往事

—— 怀念周振甫先生

今年 2 月 23 日是周振甫先生百岁诞辰。11 年前的 5 月 15 日，振甫先生因病逝世，当时很想写一篇悼念文章，只是那时书局的气氛很特殊 —— 老编审的学术、经验等等都在被轻蔑之中，想说的话只得郁积在心里；好在先生家乡浙江平湖的电视台来京采访，我讲了先生感人至深的几件事，算是对前辈乡贤的怀念。那次访谈的内容，电视台是否在当地播出，我不知道；这次世林兄要编辑纪念振甫先生百岁的集子，限时约稿，篇幅亦有限，就先写一些我难以忘怀的往事吧。

我从小生长在杭州，算是周振甫先生的"大同乡"，1961 年进北京师范大学中文系学习，亦可谓后辈"同道"；但恕我浅陋寡闻，大学五年，没有读过周先生的书，一直到"文革"的"复课闹革命"阶段，我回到母校杭州一中（杭高），为高三年级的一些同学讲《毛主席诗词》，找来周先生的《毛主席诗词浅释》参考，感觉和郭沫若先生的风格大不相同，初次领略了他治学的严谨、平实。后来到新疆教中学语文，每每以周先生的解说为依准，只是那时此类著述完全没有作者介绍，所以对周先生的基本情况仍是懵然无知。

1981 年 11 月，经导师启功先生推荐，我到中华书局工作，被分配在文学编辑室做编辑，办公室是王府井大街 36 号中华、商务的联合办公楼二楼南头的一个大房间。年逾古稀的周振甫先生也是文学编辑室的成员，就在旁边的一间小办公室工作。他住在工人体育场对面的幸福一村，每天一早自己坐公交车来上班，下午按时下班，往往一坐就是一整天。大概是因为编辑室已指派常振国同志做他的助手交付任务或请教业务，又因为他的平湖口音多数人难以听懂的缘故，我听说他除了通过冀勤、马蓉同志联系钱锺书先生书稿的编辑事宜外，平时很少和别人交谈。我作为新编辑，虽然很愿意多向这位前辈学者求教，也基本上能听懂他讲的方言，却有怕耽误他宝贵时间的顾虑，所以开始一年间，与他的接触并不多。有一天，我在启功先生家闲聊，启先生突然问我："周振甫先生最近怎样？"我说不很清楚。启先生说："周先生常讲的口语是'这里厢'，这里厢学问可大着呢，你要多请教啊！"我向周先生转达了启功先生对他的问候，他很高兴，说非常欢迎"彼此切磋"，包括去他家里坐坐；同时，也嘱咐我要多关心启先生的身体，说："经常有人托我向启功先生求字，我都推托了，怕给他添麻烦。"有一回，家乡的一个单位特别恳切地托周先生求启功先生题匾，周先生只好郑重其事地写了封信，让我带交启先生；我将启先生的题署带回后，他连说了多少遍"谢谢！"后来，又专门写了信，并托我带上家乡那单位送的茶叶给启先生表示感谢。

1982 年全国古籍整理出版规划会议召开后，书局准备组织一批古籍名著的今译书稿，因为 1980 年出版过周先生的《文心雕龙选译》，得到读者与学界普遍好评，书局就将译注《文心雕龙》和《周易》的任务交给了周先生。当时，程毅中先生认为新疆大学中文系刘兆云老师做《世说新语》的研究不错，就让我联系他做该书的今译工作。可是，《世说新语》本来在语言上既隽永、简洁而又口语化的风格特色很鲜明，要用今天的白话翻译难度实在太大。刘老师交了几次样稿，都不尽如意。我只好向周先生求援。周先生一面表示译好《世说》确实不易，一面又抽出宝贵时间试译了几则，让我寄给刘老师供参考。当时，我还不理解周先生何以敢于承担今译《周易》《文心雕龙》《世说新语》这样语言风格截然不同的经典古籍的工作；多年之后，他在我们一道访问韩国期间与我彻夜长谈今译《周易》的甘苦，我才了解到他的成果真正是扎实的文史底功与勤奋、执着、谦逊相融合的结晶。听说他做钱锺书先生《管锥编》的责编，撰写的审稿意见厚厚一叠，不下数十万字，起先我们还将信将疑，后来就有了亲身的体验。1986年，应北京十月文艺出版社之约，我和编辑室的黄克、许逸民二位分工合作撰写《乐府诗名篇赏析》一书，初稿完成后，呈请振甫先生审阅并作序。79篇乐府诗的注释和赏析文字，总共不到10万字，又并非周先生的分内工作，可他逐篇细阅，提出的修改与补充意见用蝇头小字在稿纸上密密麻麻地写了几十页之多，让我们感佩不已。当时，周先生的大作《诗词例话》已经誉满天下，深受读者喜爱（听说胡耀邦同志放在床头常常翻阅的书中，就有周先生的《诗词例话》）；而他在为我们这本书写的序中，精炼地概述了诗歌艺术赏析的基本方法，却谦虚地表示他"对赏析体会不深"，更让我肃然起敬。台湾出版界的同行告诉我：《诗词例话》在台有多个盗版本，但介绍作者的生平很不一样，有的写他是"武汉大学教授"。我告诉周先生，先生笑着说："我只在无锡国专读过一年，没上过大学，武汉大学校门朝哪边开我都不知道啊。"后来我托台湾的同行带来《诗词例话》的几种盗版本，呈给周先生，算是留作两岸出版史和文化交流史上一种特殊的资料。

1987年，我离开文学编辑室到《文史知识》编辑部工作，因为组稿、审稿的范围扩大了，向周先生请教的机会也增加了许多。有一回，家乡的《浙江画报》社想刊登介绍周先生的文章，请与我熟识的丁珊同志向我约稿，并问我要周先生的照片，我特意到先生家中去，说明情况之后，周先生马上拿出一本照相簿让我挑拣，我看中了一组先生在河南潢川"五七"干校劳动期间放牛的照片，这是用120胶卷照的黑白照片，其中还有他和叶至善先生一道放牛的留影。周先生给我讲了那时的劳动情景，他认为，尽管是处于"被改造"的境地，毕竟也是人生的一种历练。我挑了一张周先生单人的牧牛照，连同我撰写的一篇《与书有缘》的稿子一齐交给了丁珊。非常可惜的是，预定的文章没有刊出，那张照片也不知去向了。当年周先生是作为中国青年出版社的编辑被下放到干校劳动的。1971年，他和其他许多位老专家一道，被抽调到中华书局、商务印书馆的联合办公楼，参加中央布置的"二十四史"

和《清史稿》的点校工作，他具体承担《明史》的点校工作。文革结束时，被抽调的专家们陆续各自回原先的单位了，在中国青年出版社还没有顾得上安排时，周先生又被借调到人民文学出版社去为新版《鲁迅全集》做注释；不久，中华书局又趁机要求周先生留在书局工作，为书局增添了一位堪称国宝级的大师。

1987年9月，周先生成为首届韬奋出版奖的十位获奖者之一，当然是当之无愧的；但在实至名归的同时，除了书局的本职工作和他自己的写作任务外，各出版社请周先生帮助审稿之类的请求也纷至沓来，还有社会上一些作者、读者慕名请他帮忙。他非常热心而默默地应付着这一切。1989年，他办理了退休手续，但仍旧关心着书局、作者、读者，给我写信也多了起来，还常常自己坐公交车到单位来处理一些书稿方面的事情。我还保存着一封他在1989年6月28日给我的信，信中说："今天去看钱（锺书）先生，钱夫人杨绛先生，听说《文史知识》上刊有王水照先生与日本留学生谈《宋诗选注》一文极好，很想一读。不知能否寄一册给她。"这就促使我带着杂志去南沙沟拜访了钱、杨二位先生。无锡华庄镇崔巷有一位普通读者订阅的《文史知识》1996年6月号为邮局丢失，开始写信并寄书款给李侃总编请求补购，后来又写信请周先生帮忙，周先生马上写信告诉我，很快补寄了刊物。

1995年元月中旬，应韩国三联书店之邀，我和语言编辑室的郑仁甲副编审偕同周振甫、冯其庸二位专家一起访韩。我们住在汉城（首尔）的一个教会的招待所里，我和周先生同住一个房间，冯、郑在另一间。韩方安排的活动很多，周先生已经是84岁高龄，却毫无倦意，连续几个晚上和我谈他对《周易》的理解与做译注的体会。恕我愚钝，他讲的有关《周易》的许多内容我都已经记不得了，但涉及他治学心得与方法的几点却给我留下了深刻的印象：第一，要真正读懂古代典籍，不能凭"小聪明"，也不能随心所欲地乱猜度、乱发挥，而是要靠多读书，练好基本功，拓宽知识面，其中正确地认字、解字"顶重要"；第二，今译古籍，要从原文文本出发，扣紧时代特点、作品特色，了解作品写作的大背景和小环境；赏析经典，可以有不同角度、不同心得，但是脱离或歪曲原典，或拔高或压低"要不得"；第三，要吃透前人的观点与成果，但不要囿于成见，也不必迷信权威，如能突破创新，也应小心谨慎，如履薄冰，千万不可沾沾自喜，止步不前；第四，不管自撰文章还是翻译他著，文笔都应力求朴实，不能故弄玄虚，让人觉得高深莫测，也忌讳花里胡哨，给人华而不实的印象。讲到朴实，我又联想到1983年2月书局与版协共同主办"祝贺周振甫同志从事编辑工作五十年茶话会"时，我们文学编辑室的同志为周先生戴上大红花表示庆贺，周先生却显得局促不安，连连声明说："从事编辑工作五十年，这不是一个实数。我1933年考进开明书店，开始当的是校对，还不是编辑；'文革'时到五七干校放牛，也有好几年不能当编辑。"

大概是我们到汉城（首尔）的第二天，晚上躺在床上听周先生谈治学至深夜，凌晨醒来却发现他不在床上，着实让我吃了一惊；起身一找，发现周先生居然端坐在卫生间里看书。看我吃惊的样子，周先生笑眯眯地解释道："我醒得早，习惯要看点书，怕影响你睡觉，所以躲进卫生间了。"之后几日，无论我怎么劝说他早起在房间看书，再三声明决不会影响我睡眠，周先生依然凌晨悄悄起来躲进卫生间读书。在韩访问期间，行程很紧，本来还打算去半岛南方看看，不巧天降大雪，我们一直担心周先生的身体是否能吃得消，就未再远行。因为我听说周先生从未去过香港，恰好冯其庸先生也想去拜访他熟识的金庸先生，所以就建议结束访韩后转道香港返京，由我和香港中华书局的负责人联系，住进港中华的招待所。在香港头两天，周、冯二位一齐拜访了金庸、黄永玉先生，我另有安排未同行，记得周先生回招待所见到我的第一句话就是："我算是开了洋荤，见识了什么叫豪宅！"至于金、黄二位和他们谈了些什么，一字未提；我想，金庸老家在海宁，也应该有乡情可叙的。我们去游览海洋公园，我怕老人不适应乘坐在山、海之间空中运行的缆车，想慢慢步行上山，可周先生却说："我也要尝尝坐缆车的滋味，呒关系的。"在海洋公园整整两个半小时，周先生一直精神矍铄、兴致勃勃，真的不像是一位年迈八旬的老人。在韩国时，一位姓徐的艺术家想在中国自费出版一册他自己写的汉文诗集，将诗稿打印了一本征求意见，并托我们打听相关事宜。回到北京以后没几天，周先生特地写信寄书给我，全信如下：

剑虹先生：

这次去韩国，一切烦劳先生，多蒙提携，不胜感祷。代垫之款，等郑先生回京后，费神结算见示为感。

徐先生印诗集事，似可参考钱先生诗集。钱先生诗集已售缺。今复制数页供参考。钱先生诗集共七十七页，假定一页印七律五首，七十七页可印三百多首。钱先生诗集有长诗长序，计印269首。徐先生诗一百余首，倘以同样版式印，约当三分之一。印一千部，约一万元。倘以一千部给徐先生，请他支付一万元，当可成事。今附上钱先生诗集样张十二页，供参考。

附上钱先生《七缀集》修订本两册，一册送给先生，一册请费神转与冯先生为感。匆肃即请

大安

弟　振甫　上　1/28

后来，他又寄来了他看那本诗稿提出的具体意见，说"我用校对者的眼光看书法家的书法，写了一页，供徐先生一笑。"可见，校对的基本功，始终是作为编辑与学者楷模的周先生所注重的。

我每次去幸福一村周先生家，几乎都是周师母临时搬来一张凳子挤进先生卧室兼书房的局促的空间里，才能坐着叙谈。每当我感叹书局应该给他改善住房条件时，他总是摇摇头说："用不着了，已经蛮好蛮好了。" 我听说这套小二居还是中国青年出版社分配的房子，周先生从来没有主动向书局申请过住房。师母为人勤快、爽直、善良，一直很好地照料着周先生的起居生活；1998年夏天北京酷暑，师母突然因高烧不退而病逝，周先生骤失老伴，受到沉重打击，身体迅即虚弱。我最后一次到他家探望，他的步履已经很缓慢，

但案头仍然堆放着书本与纸笔，稿子上依然密密麻麻地写满了隽秀的蝇头小字。其时，周先生正在编校他自己的多卷本文集。在周先生五十多年的编辑生涯里，勤勤恳恳地"为他人作嫁衣"，而他自己的文集出版，却有一番曲折。此事黄伊等先生的文章已有详叙，周先生在 1996 年 11 月 14 日给我的信中提及此事之难，说"弟本认为难办，一切听之而已"。好在后来中国青年出版社的领导毅然决策，十卷本《周振甫文集》得以在周先生生前问世，这不仅是对周先生的慰藉，也为我们留下了一笔珍贵的文化财富。

1995 年 1 月 21 日，我们在汉城（现名首尔）参观焕基美术馆，韩国画家白溪先生热情地用钢笔为我们几个人画素描头像。他为周先生画了两幅，先生很满意，并将其中一幅送我留作纪念。现在，我把这幅素描提供出来，连同另外两张合影与这篇短文一起刊登于周先生纪念集，作为对他永远的纪念。

■ 与周振甫先生合影

（2011 年 5 月）

# 段文杰——敦煌研究杰出的领军人 ▪

段文杰先生逝世后，《敦煌研究》编辑部主任赵声良研究员来电约稿，希望从学术研究的角度撰写纪念文章。我结识段先生较晚，对他的学术专长所知甚少，本来不具备资格来写这篇文章，既蒙编辑部同仁不弃，只能勉力为之。

三年前，我曾经在"段文杰先生从事敦煌文物和艺术保护研究60年纪念座谈会"上发言，其中有这样一段话：

> 根据段先生自己的介绍和我初步的体会，段先生60年保护研究敦煌艺术的历程，大致可以分为三个阶段：第一阶段（上世纪40年代中—60年代初），从临摹壁画入手，细心揣摩熔中原与西域、印度风格于一炉的敦煌艺术的高超技法与特色，在提高临摹水平的同时，迅速进入了"临摹学"的研究领域，既创作了一批可以传世的临摹精品，也为壁画保护做出了重要贡献。第二阶段（60年代初—80年代初），从敦煌服饰研究入手，逐渐扩展研究视野，将壁画、彩塑形象与传世文献资料结合起来，分时期研究石窟艺术的内容与风格，在逐渐积累并全面把握敦煌石窟艺术研究成果的基础上，将敦煌艺术置于整个艺术史（尤其是中西艺术交流史）的长河中，进行理论探索，取得了突出的成就。第三阶段（80年

代中期以后），由于担任了敦煌研究院院长，除继续撰写学术论文外，主要精力转到领导全院的保护与研究工作上，在健全机构、培养人才、开展学术交流、增进中外合作、创办《敦煌研究》和推进洞窟保护与改善研究条件等方面均取得了举世瞩目的成绩。

因本人学识及会议发言时间所限，当时我未能就这三个阶段的具体内容做进一步的阐释。现在尝试就上述三个阶段段先生的贡献再谈谈自己的粗浅体会，以缅怀段先生并求教于方家。

一

段文杰先生曾坦言"在临摹实践中，我逐步进入了研究领域，但这仅仅是为临摹而做的研究工作"①。我将临摹敦煌壁画列入"临摹学"领域，是想说明：临摹古代绘画珍品，自魏晋以来，虽代有名家大师，也积累了相当的学问和经验，但在 20 世纪莫高窟壁画"长廊"为现代艺术家大量临摹之前，恐怕都不免孤陋单薄，还未能形成真正的学术门类。上世纪 40 年代初张大千先生蹲守莫高窟临摹壁画，因有大艺术家之匠心、慧眼、手笔和名声，成果颇丰，影响巨大；但如从研究角度分析，他的重点在参照原画进行再创作，即"艺术之再现"，或曰"临旧出新""推陈出新"，还不是临摹学的全部。张氏虽在敦煌"安营扎寨"两年零七个月，但从心态而言，他还是猎奇取艳的"匆匆过客"（乃至违背临摹原则，不惜剥离壁画而导致珍贵文物的毁损）；而常书鸿、段文杰等先生，则是张大千所戏称的"判了无期徒刑"，是与莫高窟"生死相依"长达半个多世纪的"护花主人"，拥有进入"临摹学"全领域的充裕时间和各种条件。在开始阶段的二十年间，段先生是在常老的领导与指导下进行壁画临摹的；但相对于担负着繁重领导工作的常老，段先生则有较充分的时间临摹壁画并进行相关的理论思考。因此，不仅他临摹的数百幅敦煌壁画颇多艺术精品，而且撰写了总结临摹经验与理论的学术论文，为当代临摹学奠定了坚实的基础。他在《文物参考资料》1956年第9期上发表《谈临摹敦煌壁画的一点体会》一文[②]，十分明确地提出：临摹"是一项严肃细致的艺术劳动"，"必须对原作仔细地观察、体会和分析研究，才能忠实地表达原作的精神"；他最先对客观临摹（或曰现状临摹，即临旧如旧）、旧色完整临摹（或曰修复临摹，即临旧修旧）、复原临摹（即临旧复新）三种临摹方式做了合理的区分，也最具体细致地阐述了不同时代、不同载体壁画的线描技法运用特点（其中对"接力线绝招"的揭示为前所未闻）；至于布色敷彩技巧，则除了"必须仔细研究这一时代的色调、色种以及颜色的质量"外，还必须熟悉"布色的程序"和"掌握涂色规律"。更为要紧的是，段先生不止一次地强调：临摹必须遵循"以形写神"的美学原则，兼顾神情、服饰，追求形神兼备的艺术效果，以及坚持临摹与保护相互依存的原则。前两点，在即将出版的《陇上学人文存·段文杰卷》的《前言》中有比较详细的说明，兹不赘述。后一点，我想再结合段先生1982年初发表在《敦煌研究》试刊第一期上的著名论文《试论敦煌壁画的传神艺术》[③]来谈自己的学习体会。

"以形写神"，是我国晋唐以来美术创作的核心命题，也关涉古典美学与现代临摹学的生命力。"形神兼备"，是千百年来无数美术家的苦心追求，也是敦煌壁画珍品的灵魂所在。笔者以前看相关论述，往往难免有隔靴搔痒、雾里看花或"空手论道"之感。段先生这篇论文则不同，由于成百上千幅壁画他烂熟于心，不仅可以如数家珍，随手拈来典型画面做例证，而且切入肌理，深得三昧。他将壁画作品中人物的"灵魂"，归结为他们的神态、神色、神情和神气；将"传神"概括为"通过人物外部形象，揭示人物的内心活动和精神境界"。他将壁画人物的眼神，大致分为喜悦、沉思、慈祥、愤怒、哀愁五类，并举例说明各类眼睛的具体描画方法，但是"每一种程式中又形成许多微妙的变化，显示出神态、性格的千差万别"。更重要的，他又通过画史故事与莫高窟第285窟菩萨画像的例子，精要地论述了眼神和整体五官面相及身姿、服饰之间相辅相成的关系。段先生这篇论文的另一创新之处，是首次总结了敦煌壁画人物形象（主要是神灵形象）传神的独特形式与手法，即：一、个体形象本身的传神；二、在人物互相关系中展现某种特定的精神状态；三、佛、菩萨在观者"瞻仰"中传神；四、用相反相成手法传神。文中画例丰富，阐述简明，极具说服力。不仅如此，他通过对莫高窟第196窟《劳度叉斗圣图》的恢宏画面的诠释，提及了画作个体神情与整个意境的关系这样一个崭新的论题，这对探究中国古典绘画与诗词都具有启示的意义。在论文中，段先生通过敦煌壁画中千变万化的人物形象，进而说明无论是宗教神灵还是世俗大众，都有外形塑造的多样性和内在精神表现的广泛性，既有共性，又有个性。同时，又都"随着不同时代占统治地位的意识形态和审美理想而发生变化"，也"总是在前代传神艺术成就的基础上不断进行探索、不断扩大领域、不断深入地揭示人物的内心世界中得到提高和深化"，这就和单调、呆板、凝滞划清了界线，也是临摹之精髓所在。

段先生临摹敦煌壁画逾三十年，恰如南朝宗炳（375—443）所云："身所盘桓，目所绸缪，以形写形，以色貌色。""目亦同应，心亦俱会。应会感神，神超理得。"[④]故能得心应手，挥洒自如。想到这里，笔者忽然有几句小诗吟出："貌真求气韵，形神兼备难。面壁数十载，画理动心弦。挥笔临精品，成竹在胸间。伟哉段夫子，典范在云端。"我认为，正是对敦煌壁画传神艺术的长期揣摩、感悟与研究，使得段先生在壁画临摹中擅笔独步，成果累累，创作出如《都督夫人礼佛图》这样的传世精品和莫高285窟、榆林25窟整窟摹本这样的巨制鸿篇，为现代临摹学的实践与理论做出了杰出的贡献。

需要说明的是，现代临摹学这个学术园地是经众多园丁的浇灌才得以繁荣茂盛的。除常老、段公以外，敦煌研究院的史苇湘、欧阳琳、李其琼、霍熙亮、孙纪元等老一辈美术家和赵俊荣、娄婕等许多中青年美术工作者的辛勤创作和研究，都为临摹学学科的创新与发展做出了重要贡献。同时，建立在临摹实践基础上的临摹学课题研究，也还有待于进一步加强。前辈筚路蓝缕，开辟蹊径在前；后人仍应继续拓展，奋力向前。

# 二

段先生对敦煌壁画中衣冠服饰的研究，对敦煌石窟艺术自十六国至晚唐时期各阶段内容、风格、特色的阐述和探析，都达到了较高的水平，为学界瞩目。根据段先生自述及我的学习体会，他的研究有以下特点：第一，"大多围绕敦煌艺术的民族传统和外来影响这个课题进行探索"，认为敦煌艺术是吸收了外来艺术营养而"形成了崭新的中国式的佛教艺术"，"反映中国人民的民族意识和审美理想、具有中国气派和民族风格的艺术传统强大的生命力和融合力"；而敦煌艺术所展现的丰富多彩的不同地区与民族的特色，又"丝毫不影响着大范围里统一的时代风格和民族风格"⑤。立足于文化交流融合，既重视外来影响，又强调统一的中国风格，这就与机械地将洞窟区分为"胡风""汉风"划清了界线。第二，善于利用数十年临摹壁画所获得的感性知识进行理论探讨，善于在谙熟局部、个案（微观）的基础上做精确的宏观把握与科学总结。看他的论述，仿佛是亲自置身于洞窟墙壁前，在就线描、构图、敷彩跟一个个具体的画匠在做交流和探讨；又犹如跟着一位手捧敦煌石窟艺术全书的高明的讲解员，倾听他深入浅出、生动形象的解说。对洞窟彩塑、壁画及开窟型制度整体把握和细节的熟悉恰恰是一般研究者最为欠缺的。第三，为研究敦煌服饰，段先生"通读二十四史《舆服志》"，"大量阅读服饰史论文"，"翻阅了近一百种资料，摘录了两千多张卡片"⑥，又配以丰富、准确的图示，充分运用了壁画图像与传世文献相印证，与诗歌描写及乐舞资料相对照的"二重"乃至"多重"证据法；同时，又初步理出了中国衣冠服饰的发展概况，将敦煌服饰置于历史发展的大背景之中来考察。尽管由于历史的原因，他这方面的研究没有能够形成总结性的专著，但从已发表的几篇论文看，无论是冠、巾、裙、襦、袍、裤，还是幞头、鬓鬟、面饰，段先生都有相当细密周详的分析，不仅拓展了中国敦煌学研究的领域，显示了中国学者的实力和优势，而且大大丰富了中国古代服饰研究的成果。

上世纪 80 年代初，段先生接任敦煌文物研究所所长后，尤其是 1984 年担任首任敦煌研究院院长后，主要精力转向带领所、院同志开展敦煌学的研究工作。我觉得有两件事值得回顾：其一，粉碎"四人帮"后，敦煌文物研究所也获得新生，从 1979 年起，段先生就开始带领所里研究人员撰写学术论文，这在敦煌可以说是前所未有的新气象。在短短不到一年时间里，研究所段文杰、史苇湘、贺世哲、施萍亭、李永宁、孙修身、刘玉权、万庚育、孙纪元、樊锦诗、马世长、关友惠等十几位同志就撰写了 13 篇约 26 万字的高质量论文，结集为《敦煌研究文集》；段先生于 1980 年初担任第一副所长，是年 8 月 1 日即为此集撰写了充满热情的《前言》⑦，赞许这种"重整旗鼓，埋头苦干"的"革命热情"，肯定这是"今后研究的起点"。该书于 1982 年初由甘肃人民出版社印行，如果我记忆不错的话，应该是中国敦煌学界沉寂了十多年后的第一部学术专著，犹如严冬过后的震撼人心的第一声春雷，其在敦煌学学术史上的地位是不言而喻的。其二，为了扩大研究所作为"敦煌学故里"的学术影响，团结全国的敦煌学研究者，促进国内外学术交流，段先生在 1981 年提出"组织全国敦煌学术讨论会"并写入研究所的《十年规划》之中。经上级部门批准，在全国敦煌学研究者的大力支持下，段先生领导了繁重的筹备工作，经多方努力，使这次规模空前的学术盛会于 1983 年 8 月在兰州与敦煌吐鲁番学会成立大会合并同时举行。参加此次会议的老、中、青三代学者共递交论文 116 篇，最后结集为 4 册《1983 年全国敦煌学术讨论会文集》，不仅在国际敦煌学界引起巨大反响，也鼓舞了全国文史研究工作者的士气，诚如段先生所言：堪称"我国敦煌学史的一座新的里程碑"。⑧

　　段先生担任敦煌研究院院长后，特别重视敦煌文化的宣传普及，也特别关注拥有四十多名研究人员的研究院"三级梯队"的建设。有两件我亲身经历与感受的事也值得在此一提。1987 年，敦煌莫高窟被联合国教科文组织列入"世界文化遗产名录"，为了更好地向国内外宣传敦煌，我提议编辑出版《文史知识》杂志的"敦煌学专号"，在季羡林、段文杰、宁可先生和李侃总编的支持下，编辑部决定和中国敦煌吐鲁番学会、敦煌研究院合办这期专号。

从 1988 年初开始设置栏目、拟定文章选题、确定组稿人选起，编刊工作就得到了段先生的大力支持。为了增加编辑对敦煌和敦煌艺术的感性认识，方便与研究院的作者商议稿件的修改加工，1988 年春末夏初，我带领中华书局《文史知识》编辑部的几位同志住进了敦煌研究院的招待所。为了让我们参观洞窟有更多收获，记得段、樊二位院长不仅安排了最好的讲解员为我们讲解，而且亲自组织我们和研究院其他作者交流，在文字加工上给我们许多有益的指导。考虑到这期专号应具备的权威性和普及面，我们提出：虽然一期专刊只有 11 万字的容量，但不仅涉及的内容要全面，作者要权威，而且文字要简明易读。段先生对此极为支持，不仅破天荒地亲自为这期专号撰写了三篇短文（《敦煌学回归故里》的专家笔谈和《敦煌艺术概观》《飞天在人间》），而且积极组织院里的研究人员写稿。我印象最深的是段先生的《飞天在人间》一文，把敦煌飞天的来龙去脉、时代特征、美学思想写得生动、凝练，十分精彩。考虑到普及敦煌文化知识的需求，段院长果断地拍板决定该期专号加印两万册，由研究院包销，以备在北京、香港等地举办敦煌展览等活动中使用。这是在《文史知识》各专号中加印数最多的一次，达到了很好的宣传效果。连同邮局发行的 8 万多册，这一期当时总印行数超过 10 万册，创下了敦煌学书刊单种印刷的新纪录。另一件事，实际上也与此有关，正是在我们合作编辑"敦煌学专号"之时，段先生又作出了另外一个具有"战略眼光"的决定：为了加强学术阵地，办好研究院正式创刊不久的《敦煌研究》杂志，派赵声良同志来我们编辑部进修。据我了解，在此之前中华书局的编辑部门从未接受过进修编辑业务的同志。经征得书局领导同意，赵声良从 1988 年末开始到《文史知识》编辑部进修了半年，和我们一同讨论选题，一同审读加工稿件，一同出差办专号，得到了锻炼提高编辑业务的机会。后来，声良又获得了去日本东京攻读硕、博士学位的机会，回到研究院后担任了《敦煌研究》编辑部的主任职务，不仅负责学术书刊的编辑出版业务，而且撰写了多本很有学术价值的专著，成为敦煌学界的后起之秀。我知道，培养和扶植年轻的研究人员，是段先生担任院长后的工作重点，现在成为敦煌研究院学术骨干、中青年专家的研究员、副研究员，几乎每一位在出国进修、参加国内外学术会议和考察、出版学术著作上，都得到过段先生的支持、鼓励和指导。段先生逝世的第二天，敦煌研究院有位中年学者就在悼念文章里重点写及段先生对年轻人的关怀，提出："爱才，是段院长作为院长的一个特点。"我相信，凡是得到过段先生扶植的学者都会在缅怀的文章中叙及他们的感念，毋庸我在此赘述了。

"胜事犹可追，斯人邈千载。"⑨段文杰先生已乘鹤西行，我们心目中一位"敦煌圣徒"的形象会越来越高大、清晰。同时，作为敦煌研究院杰出的领军人物，他在敦煌艺术研究和培养敦煌后学、宣传敦煌文化中的贡献也将永远铭刻在国际敦煌学史的丰碑上，鼓励人们继续奋力前行。

（2011 年夏）

注释：

① ⑤ ⑥ 段文杰：《敦煌石窟艺术论集·自序》，甘肃人民出版社，1988 年。

② 段文杰：《敦煌石窟艺术论集》，甘肃人民出版社，1988 年，第 335—341 页。

③ 段文杰：《敦煌石窟艺术论集》，甘肃人民出版社，1988 年，第 89—107 页。

④ 宗炳：《画山水序》，《历代名画记》卷六。

⑦ 《敦煌研究文集》，甘肃人民出版社，1982 年。

⑧ 段文杰为《1983 年全国敦煌学术讨论会文集》所写的《我国敦煌学史的里程碑——代前言》一文，甘肃人民出版社，1985 年。

⑨ 唐·岑参《终南山双峰草堂作》诗句，《全唐诗》卷一九八。

# 怀念左公 ·

2007 年 5 月我蒙法国远东学院的安排，第六次赴巴黎访问。期间向陈庆浩先生询问是否能去探望左景权先生。庆浩兄告诉我，他 2 月初曾去福利院探视，左公身体状况很糟，已经不认得人，还是不去看望为好。我一阵心酸，默然无语。11 月中，庆浩从法国打来电话说："左公已经走了，而且是在 5 月份之前，但似乎并未及时通知家属，大家都不知道。"我紧捏话筒却说不出话来，木然呆立良久。最近庆浩兄应社科院文学所之邀来京客座相聚，我才得以具体知道左公是去年 2 月中仙逝的。因之前他原先的监护人已回国内，所换监护人大概与左公的亲属朋友都缺乏联系，所以居然没有通告就举行了葬礼。呜呼哀哉！

我和左公原先并不相识，只知道他是清末经略新疆的名将文襄公左宗棠的曾孙，早年从中央大学历史系毕业后留学巴黎，50 年代后由吴其昱先生推荐给戴密微先生（P. Demiéville），到法国科研中心工作，在法国国家图书馆参加过法藏敦煌写本注记目录的编写工作。1993 年 5 月，我应法国科研中心和法兰西学院敦煌组苏远鸣教授（M. Soymié）之邀，第一次到巴黎访问。当时，我就想去拜访左景权先生，却听说左公脾气不好，一般不欢迎访客，只得作罢。

1997 年五六月间，我应魏丕信教授（P. E. Well）之邀到法兰西学院汉学所演讲，再次动了去看望左公的念头。左公的老朋友吴其昱先生知道了，非常热心地为我联系，得到左公允诺后，在一天下午，吴先生亲自带着我和同行的古丽比亚女士登门拜访。左公只身住在离共和国广场不远的一栋公寓楼里，一个位于二三楼之间的小套房，这对于已经年迈八十、腿脚并不利索的老人来说，实为不便。我们敲门进去，一位留着半长须髯、面目清秀的老人出现在面前。客厅小而光暗，一时看不清室内的摆设，定下神来，才看清北面放了茶几座椅，西、南两墙是书架，东边一张桌子上凌乱地堆着笔墨。左公虽淡淡地和我们打招呼，局促的空间也一时不便安排我们就座，但他的和善而期盼的眼神却分明在告诉我：不仅欢迎我们来访，而且是很愿意和我们交谈的。他拿起烟斗填入烟丝，微颤的手连划了两根火柴都未点燃，我赶紧帮他点着了烟，借着火光，这才看清左公穿的一袭藏青色西服，似乎已经有一段时间没有清洗了，磨得油亮的袖口和肘部已显黑色，脚上穿着与西服并不相配的布便鞋，也同样陈旧。一位历史学家，又是名将望族的后裔，在巴黎过着如此孤独清苦的生活，让我们感到心里很不是滋味。

我很快就打消了顾虑，先向他转达了国内几位老先生对他的挂念和问候，他显得很高兴，也关切地问起那几位老先生的近况，感慨地说："十几年前我回去一趟，大陆有变化，本想好好走走看看，但是对各种环境都不适应，交通不便，因此见到的熟人不多。"当他知道我在中华书局任职，很快就将话题转到了书局出版的点校本"二十四史"上。他指给我看书架上摆着的关于《史记》的书，说："'二十四史'的点校不容易，这个整理本总体质量是好的，就是《史记》用金陵书局本作底本不合适，我曾经对此提出意见，听说顾颉刚先生其实也清楚，也做了弥补工作。你回去向书局转达我的意见，将来修订最好还是换个底本。"他还告诉我，正准备重印他的关于司马迁与中国史学的论集，以后出版了会送我。

因为我知道左公参加了《法国国家图书馆藏敦煌写本目录》的编写工作，为此花费不少心力，而该书一、三、四卷均已印行，他直接参编的第二卷却一直未出版。该卷收编 P.2501 号至 3000 号的写本，我最关注的 2555 号正在其内，所以便向左公询及此事。左公摇头不语。在旁的吴其昱先生说："编法藏敦煌目录，左公贡献很大，但负责第二卷的一位女士坚持说她还要修改，迟迟不肯结稿，恐怕还要拖下去。"我知道左公于1983年发表过《法国所藏敦煌汉文文书新目释例》一文，清楚地表明了他和吴公等华裔学者在整个编目中的重要作用；他此时摇头不语，当然是另有苦衷。这时，左公对我说："国内一位搞翻译的写文章介绍编法藏敦煌目录时，称我是'法籍华人'，这是不对的，我从1948年来巴黎，从未加入法国籍，一直拿的是中国护照！"事实确实如此，左公在法国生活了近六十年，直至去世，还是持有中华人民共和国护照的中国公民。（我那次回国后曾经写了一篇简介欧洲汉学研究状况的短文，强调了左公、吴其昱、陈祚龙等"旅法的中国学者"对敦煌学的贡献，还附了一张左公和我的合影，发表在中国新闻社主办的《视点》杂志上。听说左公知道后很满意。此是后话。）

因为同去的古丽比亚是维吾尔族学者，左公便问她新疆的一些情况，细听之后还问："如果我去新疆，你们会欢迎吗？"古丽回答："当然欢迎您去！"左公感慨地说："敦煌吐鲁番学会1985年在乌鲁木齐开研讨会，请我参加，我有顾虑，没有去，错过了一个好机会，看来今后是不会再有机会了！"古丽说："我们随时欢迎您去呀。"左公摇摇头："年纪大了，跑不动了！"我说："左文襄公经略西域是有功劳的，平定阿古柏入侵，收复伊犁，不仅维护了国家的统一，也促进了西域开发，'大将筹边尚未还，湖湘子弟满天山。新栽杨柳三千里，引得春风度玉关。'杨石泉咏此诗后，后来不少人写诗称颂'左公柳'，便是最好的证明。"左公神情庄重地说："要尊重历史，还文襄公以真实面貌，很不容易啊。你看，我有一个亲戚，最近出了这样一本《左宗棠传》，我觉得写得不好，我不满意。"说着就拿出这本某出版社新出版的书来给我看。话题随即从人物传记的写作、出版转到"史家实录"上，又转到了他对希腊史的研究。

天色渐晚，左公似乎还有很多话要说，他便提出要请我们到街上餐馆去吃饭。我想推辞，吴其昱先生说："左公盛情难却，我们恭敬不如从命吧。"通过吴公的介绍，我才知道左公从来不自己做饭，也不会治炊，一日三餐都得到街上去吃。那天晚上进的是哪家餐馆，吃了些什么，我早已没有印象了，因为融洽的交谈已经使饮食真正成了"陪衬"，话题多而杂，有的并不轻松，但左公还是显得很开心。饭后我们要送左公回家，他坚决不肯，就在寂静的街道上和我们握手告别。我们看着他缓步慢行的背影，心里却是沉甸甸的。

过了几天，我和古丽应德国特里尔大学汉学系主任卜松山教授（Karl-Heinz Pohl）之邀，到那里去做《西域飞天与"天人合一"》的演讲，后来又去柏林考察德藏吐鲁番出土写本。就在我们暂时离开巴黎的那一周，左公打电话给吴其昱先生，希望再约我们见面。我一回到巴黎，吴先生马上和我约定了再访左公的时间。吴公说："左公此举异乎寻常，他平时难得愿意见人，别人都说他很孤僻的。"我赶紧给左公去电话，左公说想再聊聊天，还要请我们吃饭。想起左公步履蹒跚的样子，我辞谢了吃饭，答应到左公住处一道喝茶叙谈。就在这第二次见面时，我才知道一介书生的左公平时连烧开水都是颇不容易的，要煮水喝茶也真是难为他老人家了。这次聊天除了谈学问，也谈到了他的日常生活。我们劝他找个帮手料理生活，他摇头；我们劝他和大陆及台湾的亲属加强联系，他也摇头；我们建议他参加一些学术机构的活动，他仍是摇头。从这摇头之中，我更加感觉到他一定有难言之隐，也确实是很有个性、脾气倔强的老人。我建议他编一个自己的学术论文集，他迟疑了一会，问："你们中华书局能出版我的书吗？"我说用中文写作的部分应该没有问题，用外文写的恐怕有困难，最好能先译成中文。他说：中文的可以试一试，外文的要请人翻译可不是件容易的事，再等一等吧。

这两次拜访左公后，我完全改变了外界所传他"孤僻、怪异""不合群"、"脾气坏"的印象，同时也间接地了解到他一段凄恻哀怨的人生遭遇：青年时期和女友的婚约因家人的极力反对，不得不劳燕分飞，相约他先赴巴黎留学，女友稍后再远渡重洋去法国会合，孰料女友所乘客轮在南海遭遇大风浪而沉没。左公天天翘首遥望东方，岂料得到的却是天人永隔的噩耗！自此左公立誓终身不娶，亦和家人断绝来往。如此沉重的打击，当然会对一个人的性格产生影响。知道了这一点，也应该给左公以更多的关心与理解。著名画家吴冠中先生在他的回忆录《我负丹青》里这样写到左景权先生："（1950 年回国前）在此遇到同学左景权，便同宿相叙，惜别依依，他是历史学家，左宗棠的后代，当时不回国，至今仍在巴黎，久无联系，垂垂老矣，据说孤寂晚景，令人感伤。"其实，左公虽深居简出，对学术研究仍是十分关注的，尤其是对《史记》与希腊史。后来听说巴黎成立的国际上第一个"《史记》研究中心"，便与左公的推动密不可分。长期在港澳地区从事史学理论和史学史研究的专家杜维运在对他的访谈录中说："我的一位朋友左景权先生，他在法国国家图书馆工作，是左宗棠的后人，曾经出版用法文写成的《司马迁与中国史学》，他非常关注我的史学史研究，希望我抓紧时间写一本中国史学史的书，于是在他的督促和建议下，我开始写《中国史学史》。"左公和著名的外国文学专家、翻译家罗念生先生也有较多联系，1990 年罗先生逝世后，北京大学德语系杨业治教授在《忆罗念生》一文中写道：

> 1982 年夏他介绍在法国治古希腊史家图库狄得斯（修昔底德，《伯罗奔尼撒战争史》的作者）的左景权先生与我相识。左景权寄居巴黎，他从北京回巴黎后，与我和念生通了好几次信。三人间谈论了一些在中国研究古希腊文化和从事古希腊语教学的问题。左景权介绍了一些法国人在这方面的值得我们参考的经验和做法。他在给我的一封信中称赞念生，说"其在国内倡导希腊学，本人之热心及成就，均令权心折。但恐彼亦不免寂寞，后起又恐寡徒，有可惧者。"在我们的通信中，谈到了我们中国人和欧洲人在希腊学研究中的差异。我想有机会时在另一篇文章中详细谈论此事。

于此可见左公的学术视野和拳拳公心，可惜杨先生在 2003 年以 95 岁高龄逝世，我们未能再见杨先生详谈此事的文章。杨先生精通多国外文，也是一生甘于寂寞的语言大师。左公与他通信畅谈，也是同心相通、同声相应、同气相求的缘故。

2000 年我访问巴黎时，由庆浩兄带我再去看望左公。此时左公的身体已每况愈下，尤其是记忆力很差，丢过一次护照，还将房门钥匙锁在房内，只得花钱请专门的人来开锁；更不妙的是他的行走也日趋困难，这就威胁到他的上街吃饭，影响了赖以生存的基本条件。庆浩和我就劝他回国定居，因为以他当时在法国的退休金，到国内请一位保姆料理生活是没有问题的。他不同意。他还说不愿意再见到当时极力反对他婚事的姐姐。我说："过去了五十多年，过去的恩怨应该云消雾散，何况您姐姐是否在世都难说了。" 他仍是摇头，可见心灵创伤之深。他还说有朋友劝他进福利院，他也反对。他告诉我，他的敦煌学论文集，已经请台湾逢甲大学的林聪明教授在编，列入台北新文丰出版公司的"敦煌丛刊二集"，但似乎进展甚慢。我告诉他我和林及新文丰的高本钊经理均熟识时，他很高兴，希望我帮助催促。他的这个集子定名为《敦煌文史学述》，于 2000 年底前出版，他应该是感到宽慰的。就在那次离开巴黎前，庆浩兄与我通电话，说：左公生活自理越来越困难，您临走前还是再劝他回国或是进福利院，他还是比较听得进您的话。于是，我在戴高乐机场候机时，又一次拨通左公住处的电话。电话的那头，传来了左公坚决的声音："我哪里都不去，进福利院就等于进了疯人院，我不能去！"2002 年夏我和家人一同到巴黎，没有和庆浩联系上，但听说左公已经住进了巴黎近郊的一所福利院，由任中国航天航空公司驻巴黎代表的亲属曾诚先生做监护人。2004年我再到巴黎开会，庆浩告诉我左公所在福利院生活条件算是不错的，但精神状态却不佳，要么整天沉默不语，要么尽和管理人员讲他们听不懂的中文，常常发脾气，只是见到庆浩这样的老朋友，还能稍稍吐露内心的苦闷。那次开会后我和北大的几位教授去了奥地利，时间安排很紧，没有去福利院探视，成为憾事。

左公已经仙逝，他对中国史学、敦煌学、希腊史研究的贡献应铭刻于学术史的巍巍丰碑，不可磨灭。左公具体的治学成就，有他的论著在，无须我在此赘述。中国社会科学院的张弓先生曾在一篇文章里评及周一良、左景权二人分别对敦煌俗讲与佛经写本中的故事源流的考释，指出："左景权则详考

《佛说生经》卷一《甥舅经》（P.2965 号）所述印度故事"舅甥窃库"流传的来龙去脉：东向传至中国、日本；西向传至埃及、希腊。周、左二氏的精湛考证虽仅涉两则古印度故事，却有着广阔的学术视野。二文揭示中古时期以印度故事为媒介，在南亚至东亚、南亚至西亚南欧的广阔地域，已然确立了彼此之间内在的文化联系和精神契合。中国和域外文化融汇的这一情景，越发显示出中古时期的敦煌，在古代欧亚文化交会舞台上的重要地位。"（见《敦煌四部籍与中古后期社会的文化情境》一文）这一评价无疑是中肯的。我以为，左公的学术论著，既显示出我国老一辈史学家深厚扎实的文献学、语言学功底，又展示出他作为长期旅居海外的热心于文化交流的使者的宽阔视野。这次庆浩兄来北京前，根据左公生前的意愿，取得左公亲属曾诚先生同意，又经陈智超先生的联系，将左公的 400 册外文书海运回国，赠予中国社会科学院世界史所，其中法文书 223 册、法文期刊 35 册、英文书 52 册、德文书 42 册、西班牙文书 6 册，还有希腊文等书籍。1 月 18 日，庆浩和左公的一位曾任北京化工大学副校长的侄子左禹先生，一同参加了世界史所专门为此举行的捐赠仪式。这些左公生前用过的书刊，将继续为国内学者的史学研究发挥积极作用。庆浩兄也带赠给我一册左公自己的法文著作《司马迁与中国史学》（Dzo Ching-chuan：Sseu-Ma Ts'ien et l'historiographie Chinoise, Editions You Feng Libraire-Editeur, 1999），那是左公曾经答应要送我的珍贵礼物。现在，我将它转赠给国家图书馆的敦煌资料中心，留作永恒的纪念。

衷心祈愿左公在天国和他毕生相爱的人相聚相守，不再孤单寂寞，永远快乐！

（2008 年 1 月）

# · 缅怀吴其昱先生

　　元月 6 日下午 4 点，收到客座北京大学汉学家研修基地的高田时雄教授发来的短信："吴其昱先生去世的消息是否已听到了？"我心里一沉，又希望这个消息不是真的，马上给远在巴黎的陈庆浩、郭丽英二位打电话询问。6 点多，郭丽英、陈庆浩二位先后来电，证实吴先生逝世的消息得自法兰西学院汉学所图书馆的岑咏芳女士。7 点多，我接到岑咏芳女士发给我的电子邮件："昨天本想给您寄上电讯，告诉您吴老遽归道山的消息，却因诸事缠身而耽搁着。吴老的女儿前天晚上打电话给我，说他父亲于当天早上离世，是安然而去的。"得知了吴公逝世的确讯，我当然十分悲痛；但听说这位 95 岁高龄的老人是安然地无疾而终 [①]，又感到些许安慰。我回邮件请咏芳得知具体殡仪消息后能代我们中国敦煌吐鲁番学会和敦煌学国际联络委员会在吴老灵前敬献花束。咏芳马上回复了邮件：

　　看了您寄来的邮讯，非常感动！谢和耐老师在收到我发给他的消息时，亦马上给我回复，表达他的哀悼。他说吴老是他挚好的老朋友，他们曾联袂一起为法国国家图书馆藏的敦煌文献编修第一册目录，吴老的逝世，他深切感哀。正如您所说，吴老在安然无疾下而终，是对我们最大的安慰。犹记去年五月份期间，他还常来图书馆走动，最后一次，提着一大包日本红豆糕来，说给我尝尝。最近两三年，有颇多机会向他问学请益，他不但倾心相吐，还常请我上馆子，总是争着付钱。后来，他夫人说他记忆衰退，不让他单独出外，我常想到他家看他，但竟因这因那而未成，如今终成抱憾，不禁怅然！

过了一天，咏芳、庆浩又来电告知，吴公的葬礼将于10日下午4时举行。11日，咏芳来邮件简要而动情地报告了葬礼的情形：

　　昨天约十来人参加了吴老的葬礼。除了他的夫人，女儿和女婿，还有陈庆浩、谭惠珍和几个相识了许多年的朋友。

　　仪式简单但庄严。就在墓前的空地上，各人围着棺木，在安魂曲的音乐声中默哀。时近黄昏，金黄的阳光柔柔地撒下，巴黎入冬以来很少有这样的晴天。

　　他女儿宣读了追悼辞，最感人的是忆述父女共度的岁月，以及女儿对父亲的挚爱与仰慕。

　　我遵所托，为"中国敦煌吐鲁番学会、敦煌学国际联络委员会"献上花束。我跟他女儿说，吴老在中国有很好的朋友，他们将会撰写追悼的文字。她说很希望能读到（她不懂中文，但我们可以为她作简单的翻译）。

11日晚，庆浩也来电说明吴公家属希望只同意少数亲友一起举行家庭式的葬礼，所以未请更多的人参加[2]。

　　吴公已经安眠于他生活了六十多年的巴黎近郊一处寂静的墓地，而中外学界朋友的思念之情却不绝如缕，会用各种方式来悼念一位学贯中西的忠厚长者的逝世。当我将吴公仙逝的消息告诉上海古籍出版社的府宪展编审后，他马上用手机发来一首悼诗："九三相晤若神人，零六暌违已怅然。日日四时到文馆，常常一饮在波兰。天涯才俊中国心，河畔隐翁索邦山。巴黎不念风月地，从此愁云寄哪般。"（按："波兰"系巴黎一家咖啡馆名，吴公常请人在此喝咖啡。）

我初识吴公亦在 1993 年。是年初，我们中华书局一行 3 人希望就出版法藏敦煌文献等事宜访问巴黎，开始因法方对我们的身份还有些迟疑，我就写信给吴公请他帮助联系，他非常热情地和法国"敦煌研究组"负责人苏远鸣先生（Michel Soymié）接洽，终于促成了法方的邀请。我在 4 月 5 日去信给吴公报告了我们的行程，他收信后又马上到"敦煌研究组"替我们落实相关事宜，并于 4 月 20 日写信给我，告知接机、住宿等具体信息。我们 5 月 3 日到达巴黎，童丕先生（Eric Trombert）在机场出口处迎接并驾车送我们到新华社巴黎分社住下。第二天早上 9 时，我们按约定时间到了法兰西学院汉学研究所，法方人员尚未到，而吴其昱先生却已端坐在图书馆阅览室里翻阅报纸。第一次见到吴公，给我的第一印象是一位衣着朴素，特别愿意与来访的国人诚恳交谈的忠厚长者，讲话有浓重的苏北口音。当天和"敦煌研究组"会谈后，吴公热情地邀请我们一定要抽出时间到巴黎近郊 Ivry 城 Robespierre 街他的住所做客。约定了时间，他特地告诉我们地铁转乘的线路、站名，而且提前到地铁站出口处等候我们。我们当时并不知道他已年近八十，看着他矫捷的步履，以为他还不到七十岁呢。吴公原籍江苏东台，1943 年毕业于西南联大外文系，1948 年便到巴黎留学，但成家很晚，他的夫人是一位毕业于家政学校的日本女子，贤惠而能干，他们的女儿还在中学读书。他夫人的菜做得很好，却一直忙碌着，不与客人同桌吃饭。我记得，那一次家庭宴会的中心便是我们四人的聊天。吴公除了向我们介绍法藏敦煌文献的编目动向外，最关心的就是国内学术界的情况，关切中国敦煌学研究的进展，还特别一一问及了季羡林、周一良、启功等老先生的现状。从谈话中可以知道，他虽已在法国定居了 40 多年，为法藏敦煌文献的编目、整理研究做了大量的工作，与不少法国学者亦时有来往，但仍常常不免有孤寂之感和怀乡之情。所以，每遇中国大陆和台湾地区来访的学者，都主动攀谈，亲切接待。我后来得知，上海古籍出版社我们的同行与法国国家图书馆签约出版法藏敦煌文献图录本，也是请吴公牵的线，真是功莫大焉。那次我们还遇见了在巴黎研修回鹘文的新疆大学牛汝极博士，吴公不仅参加了他的博士论文答辩，而且他也经吴公的引荐认识了杰出的中亚史与突厥语专家哈密顿先生（J. R. Hamilton），使他获得了合作课题研究的机会，获益匪浅。可惜那次访问时间短促，我们在巴黎只住一周便转道德国特里尔、波恩、法兰克福而返京了。

1997年5月，我应魏丕信教授（P. E. Well）之邀访问巴黎，到法兰西学院汉学所演讲。我预先拟定了访问日程，5月19日下午到达巴黎，第二天就到汉学所拜访了魏丕信、戴仁（J-P. Drège）和吴公。5月22日下午我做演讲，吴公不仅亲临汉学所听讲，又热情邀请我和同行的古丽比亚研究员到他家做客。在交谈中，我提及想拜望左景权先生的愿望，但是听说左公脾气不好一般不愿见人，颇感为难，吴公马上表示："我和左公是老朋友，我来联系。"我当然很高兴，却并不知道当时左公正在和吴公闹点小别扭，贸然替我联系也许会有尴尬。经吴公努力，促成了与左公愉快而难忘的会面，也悄然化解了两位老朋友之间那点不愉快。后来我暂时离开巴黎去德国特里尔大学讲演，左公主动打电话给吴公，希望再次与我们见面；于是，我们回巴黎后，吴公又带我们到左公家一起喝茶聊天。那两次与左公会面的情形，我已写在《怀念左公》一文中（《敦煌吐鲁番研究》第11卷，上海古籍出版社，2009），此不赘叙。

2000年5月我第三次到巴黎时，与正在编写《法兰西学院汉学研究所藏汉籍善本书目提要》的藏书家田涛先生同行，并一起住在巴黎大学城的公寓里。吴公约我们到一家中国餐馆吃饭。他特地向我说明：女儿要准备高中会考，为了不影响她的功课，所以这次不能在家中待客了。我祝愿他女儿能够考上理想的大学，他非常高兴地说："我女儿很用功，一定会有出息！"言语之中，洋溢着对女儿真挚的爱与热切期盼。餐间所谈，除了对法藏汉籍编目提出建议外，还是关切国计民生，关心国际敦煌学的发展。当时，台北文津出版社已经出版了庆祝吴公八秩华诞的《敦煌学特刊》，刊出了海峡两岸和日本学者的19篇论文和吴公的论著目录。因其中提及他和谢和耐、戴仁等法国专家共同编撰《法藏敦煌汉文写本目录》第一、三卷之事，我说1997年访法回国后，曾经为中国新闻社的《视点》杂志写了一篇短文，特别指出了他和左公、陈祚龙等华裔学者对法国敦煌学研究的贡献。他连连摆手说："这是我们应该做的。只要大家携起手来，真诚合作，就没有做不好的事情。"谈及《法藏敦煌汉文写本目录》第一、三、四、五卷均已出版，而第二卷因法方一位编撰者迟迟不愿定稿而未能出版之事，吴公也颇感无奈。我提到1993年我们曾和法国国家图书馆中文部的负责人郭恩女士（M. Cohen）达成了合作出版法藏敦煌绢画的意向，但后来因法方的原因而未果；1997年来巴黎时我依然去拜访了郭恩，代表中国敦煌吐鲁番学会及北京图书馆敦煌资料中心送书给她，我在中文部查阅敦煌写本，她的态度也比过去积极和友善了。吴公点头说："彼此都要努力，文化交流需要大家都来做促进的工作。"他特别提到法国戴密微教授（Paul Demiéville）对国际敦煌学的卓越贡献，也包括对他和左公等华裔学者的信赖。戴氏去世后，吴公费了很多功夫将戴密微先生的重要著作《吐蕃佛教会议》（即《吐蕃僧诤记》）节选本和戴氏年谱、著作目录及生平传记先后翻译成中文介绍给中国学者。他语重心长地对我说："你在上次的讲座和一些文章中强调要开展实质性的合作、交流，我很赞成。我年纪大了，跑不动了，你们还年轻，要多来法国作学术交流。学术乃天下公器，有材料、有成果大家分享，互相促进。坐在一道，哪怕是聊聊天也好。"类似的话，吴公在2004年、2007年和我几次在巴黎见面时又说过多遍。我听说，多年来，他已经养成一个习惯，常常独自从家里出来，在街上买份报纸，然后到法国国家图书馆中文部或法兰西学院汉学所的图书馆看报读书，如果看到有来访的中国学者在阅览室，他一定会主动询问攀谈，然后热情地请人吃饭、喝咖啡。那次吴公还介绍我们认识了哈密顿先生，请这位大名鼎鼎的回鹘文专家亲自带我们参观了珍贵的中亚古钱币收藏品。后来，吴先生又带我们去哈密顿先生家中进行交流。凡是与学术交流相关之事，吴公都会不顾自身的劳累亲为引领。

2007年5月我应法国远东学院之邀又访巴黎，期间几次到庆浩兄家里做客，听说张广达老师等多位学者每周或两周一次在庆浩家举办学术沙龙，常常是请吴公来讲西域或西亚文献。年届九十的吴公准时坐地铁来，每次都认真备课，倾心讲授，大家都很感动。吴公听说我在巴黎，特地请咏芳女史安排了一家餐厅，请我吃饭。那次午餐，吴公吃得很少，却依然谈兴甚浓，谈到他正在做的研究工作与设想，希望有更多的中国年轻学者能够从事西域胡语古文献的研究，还特地带了一份他写的讲义给我看。本来午餐后他还要我一起喝咖啡，我因下午还有别的安排只得辞别，请上海师大来的一位年轻学者陪吴公喝咖啡。分手之时，他紧握着我的手，依依不舍地说："你要多来啊，最好每年来一次。"我尽管明白这不可能，还是频频点头；因为我理解这并非只是对我个人的嘱咐，而是一位久居海外的老人对祖国学界后辈的殷切期盼。听着吴公仍然健谈，看到吴公仍然行走自如，我觉得他一定会健康长寿，见面还有机会，岂料竟是永别！我绝对想不到这会是最后一次见面，否则，一定会推却其他一切事务而继续陪吴公畅谈的！

三年前，我写了怀念左公的文章；今天，又撰此短文来寄托我对吴公的缅怀之情。吴公的道德文章，我所能追忆的不及十一、百一；前辈远行，我等在怅然若失之际却能获得新的感悟。我记得左公曾经为国内有人在文章中称他为"法籍华人"而耿耿于怀——因为他并没有加入法国国籍，始终使用着中国的护照，这是他的心结所致；而吴公虽久居欧洲而情系祖国，学术专精而胸怀宽阔，浓烈的爱国情怀与思乡情结却并不因为国籍的改变而有丝毫的减弱。我认为，吴公和左公经历相似而性格迥然不同，但二老都不愧为平凡而伟大的爱国学者。阿尔伯特·爱因斯坦曾经感叹："我有强烈的社会正义感和社会责任感，但我又明显地缺乏与别人和社会直接接触的要求，这两者总是形成古怪的对照。我实在是一个'孤独的旅客'，我未曾全心全意地属于我的国家、我的家庭、我的朋友，甚至我最为接近的亲人。"（《我的世界观》）我觉得这仿佛也正是融合了左、吴二公的写照——一位因种种原因似乎缺乏与他人及社会直接接触的要求，另一位则希冀和社会及他人有更多的交流，但他们都是有强烈的正义感和责任感之人。因此，表面的"孤独"，遮掩不住他们心灵的炽热和光辉。卡尔·马克思在《德意志意识形态》中曾提出了"狭隘地域性的个人为世界历史性的普遍个人所代替"的期盼，后者即"世界公民"。在当今现实社会生活里，政治、经济、军事层面上的"爱国主义"观念往往难以与"世界公民"协调一致；恐怕在文化交流与学术研究的氛围中，还比较可能造就不分民族、国别、疆域和信仰的"世界公民"。我想，这也应该是吴其昱先生的一个遗愿。

听说吴公是将《般若波罗蜜多心经》翻译成法文的第一位学者，这也是传播文化的功德无量之举。在本文结束之处，请允许我用《心经》的偈语来为仙逝的吴公祈福："揭谛揭谛，波罗揭谛。波罗僧揭谛，菩提萨婆诃。"衷心祝愿吴公在彼岸自在吉祥！

（2011年元月20日于北京）

注释：

① 据陈庆浩先生告知，吴公多次告诉他自己的实际生年是1915年，而非1919年。

② 据吴公夫人在墓地告诉咏芳：吴公自去年查出肺部疾病，采用在家保守治疗；因今冬巴黎严寒，元月3日病情加重而住院，次日上午逝世，未再受病痛折磨，尚算安详。

## 【补记】

2011年4月我第七次赴法国访问。4月20日下午5时许，就在这篇怀念吴公的文章写成3个月之后，我和夫人孟卫，在岑咏芳女士及王永洲医师夫妇的陪同下，来到巴黎近郊的一处墓园，在吴公墓前敬献鲜花并鞠躬默哀。吴公的墓碑尚未竖立，听说正在制作之中。墓地肃穆宁静，在黄昏斜阳的照射下，黄、白双色君子兰和红花映衬写着吴公名字和生卒年的白色铭牌分外夺目。我们每个人都在心中默默祈祷：愿敬爱的吴公在天国安宁、快乐！

（2011年10月）

# 悼念孟列夫先生 ▪

　　老孟走了，哀哉痛哉！10月29日晚，中国社会科学院的李聯研究员打电话来，说接到俄国友人的电子邮件：孟列夫教授于当天早上在圣彼得堡逝世。我不相信这是真的，因为三个多月前我们访问圣彼得堡东方学研究所时，还与他在一起开会、一道吃饭，他说明年还要来中国参加敦煌学研讨会。30日晨，我同时接到东方文献研究所波波娃所长和日本高田时雄先生的邮件，证实了这一令人悲痛的噩耗。

　　老孟这几年的身体大不如前，这是大家都感觉到的，因为毕竟是快80岁的老人了，再坚固的"齿轮"也经不住岁月的磨损啊。过去他用中文讲话比较顺畅，他并没有在中国学过中文，因为他愿意多练，敢于多讲，且引以为自豪；可这几年来中国，在会上用中文发言，常常让大家听不太明白，向他提问，也往往答非所问；他自己也说似乎已经听不懂别的代表的中文或英语发言了。今年7月6日下午，中、日参加"敦煌学国际联络委员会"干事扩大会的学者，与俄方专家在东方所一楼会议厅举行座谈会，开始听说老孟身体不好，不一定来；但他准时来了，一条胳膊上绑着绷带，会场上一阵掌声，主持会议的波波娃所长请他先讲话。他用中文讲了他与其他俄罗斯同行整理研究敦煌写本的经过，讲了大约10分钟，居然讲得条理清晰，大家都听懂了。我们都很高兴，觉得他的身体状况有所恢复。会后东方所设宴招待大家，他也还有精神参加。他依然爱喝酒，俄国朋友劝阻了几次，他不高兴。我们一起用俄语唱歌，唱《喀秋莎》，唱《莫斯科郊外的晚上》，唱《共青团员之歌》，他也努力地唱，非常开心，似乎分散了他对酒的注意力。碍于礼节，我们不便问他的伤病。后来，他提前退席，跟大家道声"明年再见！"我们目送他缓慢地蹒跚着离去，不知道却是永别。当时东方所的朋友们没有告诉我们，老孟患肝癌，已是晚期；想劝他不喝酒，却做不到。

上世纪 80 年代初，中苏关系逐渐解冻，中国敦煌学研究者有机会看到了 60 年代出版的两册《苏联科学院亚洲民族研究所特藏敦煌汉文写本注记目录》的俄文原本，才对俄藏敦煌写卷有了初步的了解，也开始认识了孟列夫教授。1989 年秋季，已过花甲之年的孟列夫才争取到一个中国人民大学"进修生"的名额，有机会到北京来和中国同行们交流。我也是在那时和他初次见面。大概是我比较关注俄藏敦煌卷子中文学作品、又写过两篇文章，会讲几句俄语的原因，孟列夫教授提出要我陪他去敦煌访问。我答应了。当时，飞机还不能直达敦煌；坐火车，那时有一条不成文的规定：外国人必须坐软席。俄罗斯学者的经济并不宽裕，"进修生"的待遇又很低，孟列夫要我帮他买硬卧票——"如果来查票，就说我是新疆人。"孟氏如是关照我。深秋时节，我们一路同行，几乎整个白天都在车厢里聊天，我说得少，他讲得多，讲俄藏敦煌写本的编目，讲奥登堡考察队在敦煌的"发掘"，也讲他们的日常生活，讲二战时的惨烈遭遇。于是我知道他是吃过大苦的人，1941 年冬天德国法西斯围困列宁格勒时，他正是 15 岁的少年，饥寒交迫，靠着每天 125 克面包的定量，硬是活了下来，而他的家人几乎去世殆尽。他对两国学者间的交流与合作，抱着很大的希望。但是，大概是还有点禁忌，他介绍俄藏敦煌写卷还是语焉不详。我们也辩论：我说奥登堡考察队也切割了敦煌壁画；他说没有，那只是美国人干的。有时我想跟他讲几句俄语，算是温习，他不干，说："我要练中文。"从那时开始，他希望称他"老孟"。也正是在那时，我知道他爱喝酒。到敦煌，我们住进员工宿舍改的招待所，敦煌研究院热情地接待老孟，不收任何费用。第一天参观莫高窟，樊锦诗院长就带他看了奥登堡切割过壁画的洞窟，回到房间，他依然说："这不是俄国人干的！"我的理解是：他实在不希望、也不相信是自己的同胞切割了敦煌壁画。后来，我有事提前回北京，他继续在敦煌、兰州访问，开座谈会，演讲，非常高兴。

1991 年 5 月，经过我们与老孟的共同努力，东方所所长彼得罗相邀请中国敦煌吐鲁番学会派学者考察俄藏敦煌写卷。为了节省经费，我和沙知、齐陈骏教授一道经过六昼夜的长途旅行，坐火车到了列宁格勒。到东方所，我们要调阅卷子，老孟很帮忙，但有时显得力不从心，这才知道卷子归丘古也夫斯基先生管，老孟只有建议权。尽管如此，有老孟和柯恰诺夫副所长的协助，我们在列城三周的工作还比较顺利。老孟还几次邀请我们去他家聚餐，到远郊区他的别墅去做客，到树林里去散步。他夫人欧拉做的美味果酱让我们赞不绝口，离开列城回国时又送我们每人一大瓶。我们查阅敦煌写卷在东方所一楼的大厅里——据说是沙皇亲王宫殿的浴室改建的，现在成了会议室。房间里临时放了一个大书柜，我们一时未看完的敦煌卷子就暂时存在那里。听说上海古籍出版社拍摄敦煌藏品的工作，也在这大厅里进行。我在这之前根据柯恰诺夫所撰俄藏黑城文献的叙录，写过一篇研究黑城出土《文酒清话》的论文，这次获睹全貌，并且全部抄录下来。老孟遂提出他与我共同整理发表，我当然很赞成。后来，他一直没有工夫做此事，我也因为忙于杂事，无暇去做，就拖延至今。现在，包括《文酒清话》在内的黑城西夏文献图录本已经印行，老孟驾鹤仙逝，此事也该做了。

近些年老孟虽然身体大不如前，他并未闲着。几次有关敦煌学的国际学术会议，他都努力参加了。2000 年在敦煌考察锁阳故城时，他还雄起起地登上残垣，让我给他与夫人拍照。他夫人告诉我，他仍贪酒。我托他女儿带去的酒，他喝了便忘了，还说女儿没给他。于是我知道，他的记忆力在衰退。我心里暗暗着急，为他的身体，也为他知道俄藏敦煌写卷相关的许多情况，这是国际敦煌学史不可或缺的数据，应该写下来。他则是明明白白地表示另一种担忧：俄国敦煌学研究后继无人。当然，他还在做他喜欢的事。前年，他送给我东方所编辑的"清流丛书"（Чистый поток）中的一本小书——他翻译的唐诗。我知道他翻译过不少中国古典文学作品，却一直没有机会看到。这回翻开一看，选了50位诗人的作品，头一个便是"王梵志诗"，而且选了15首，是所选诗人里占比例最大的，可见老孟仍钟情于"敦煌文学"。我的俄文程度很差，用来阅读诗歌远远不够，很费劲地看了几首，感觉译得是很认真的，有自己的特色。比如李白那首脍炙人口的《静夜思》，就比我以前看过的其他俄国学者的译文要有韵味。

老孟走了，无以为祭，就用他翻译的一首王梵志诗作为这篇短文的结尾吧：

Кто уже умер，　　　（死竟土里眠，）

тот под землю уснул；

Ну а живой　　　（生时地上走。）

По земле куда надо идет.

Кто уже умер，　　　（死竟不出气，）

Тот бездыханен лежит；

Ну а живой　　　（生时不住口。）

Открывает без устали рот.

Умерший рано　　　（早死一身毕，）

Скоро окончилсвойвек；

Знать не надо，　　　（谁论百年后。）

Что на сотый случилось быгод.

Ждет нас приказ：　　　（召我还天公，）

Возвратиться к Владыке Небес，

Нам он себя　　　（不须尽出手。）

Проявить до конца недает.

老孟，您一路走好！

（2005年11月1日）

# 怀念冯其庸先生 ∎

　　2017年元月22日，著名文化巨匠、中国敦煌吐鲁番学会顾问冯其庸先生驾鹤仙逝，享年九十五岁。1981年，我因恩师启功先生引荐，得以求教于冯老，三十五年来亲炙教诲，获益匪浅。冯老对中国传统学术文化传承的巨大贡献，举世公认。本文仅简述他在敦煌吐鲁番学研究上的独特贡献以寄托深切的怀念之情。

　　冯其庸先生曾自道他对于敦煌、吐鲁番乃至整个大西北可谓"情有独钟"，且缘于自青年时期起就对祖国奇异山川和文化宝藏的热爱。他将"读万卷书，行万里路"作为自己治学的一个目标，喜做田野调查、古迹考察，这绝非常人所道之"游山玩水"，而是细心研读山川，力求融汇古今、贯通人与自然。1986年9月，他应邀赴新疆大学讲学，首次接触西域风物，三周多时间，除在四所高校讲学外，还游览乌鲁木齐与天池、轮台古城，又游历考察了北庭、交河、高昌、苏巴什古城和克孜尔、库木吐拉等佛寺洞窟，感叹"平生看尽山千万，不及龟兹一片云。""看尽龟兹十万峰，始知五岳也平庸。"也正是这首次的新疆之行，促使冯先生开始深入思考西域文化与传统国学的紧密关系。自此年9月至2005年9月，二十年间他十赴新疆，足迹遍及天山南北、塔河上下，祖国大西北壮丽的山河图景和丰厚的历史文化积淀，对冯先生的震撼非同寻常。2010年他写了如下一段动人的自白：

予曾三上帕米尔高原之最高处，因深知天之高也；予又曾深入罗布泊，至楼兰，经龙城、白龙堆、三陇沙入玉门关而还。予在罗布泊、楼兰宿夜，中夜起步，见月大如银盆，众星璀璨，四周无穷无尽，唯知予置身于一大而圆之无际广漠之中，庄子云"其大无外"，予于此星月满天、茫茫无际之罗布泊，乃深悟庄生之意矣！予故谓，凡身经罗布泊者，终不敢自以为大矣，于是予方知天之高而地之宽也。(《冯其庸年谱》序)

冯其庸先生也曾多次到敦煌莫高窟、阳关、玉门关考察，创作了不少精湛的诗词、绘画、摄影作品，此不赘叙。1995 年夏，冯其庸先生作为中国敦煌吐鲁番学会的顾问，应邀到吐鲁番参加学会举办的敦煌吐鲁番学出版研讨会，并在会后与我们一道乘车长途跋涉，到拜城实地考察克孜尔千佛洞。汽车在凌晨星斗满天之时出发，当时路况不好，一路颠簸，到达克孜尔已是午夜子时，大家都十分疲倦。第二天清晨，当众人还在酣睡之时，冯老已经在洞窟前的空地上架起相机拍摄了。当我们称赞他精神矍铄时，他感叹道："良辰美景，不可失也！"我想，他出版的摄影专集《瀚海劫尘》中的每一幅精美照片，都凝结着他对西域山川的一片热忱。1998 年 8 月、2005 年 8 月他两次登攀海拔四千七百米的明铁盖达阪，实地考察唐三藏西行取经、东归华夏之路，矗立"玄奘取经东归古道"碑，这不仅是他不畏艰难考察祖国大西北的壮举，也为佛教文化史增添了新篇章。我曾在一篇为庆贺冯老寿开九秩的词的下半阕中写道："古稀壮吟阳关赋。更三番、冰峰瀚海，绝域排阻。证得玄奘东归路，何惧扬鞭岁暮。吉尼斯、全新纪录。"呈献给冯老后，他自谦地说"不敢当"，其实确是当之无愧的啊！

我认为，正是历经西域艰苦卓绝的长期考察，也正是基于对敦煌吐鲁番学丰富文化学术内涵的领会，冯其庸先生的"新国学即大国学"理念从萌发、充实、丰富到成熟，为他在人民大学国学院的办学实践打下了坚实的基础。就在 2005 年夏秋之际，他允诺担任国学院首任院长。他在与学校领导和同事们商讨办学事宜中，多次强调学院建设与西域研究（包括敦煌吐鲁番学研究）

的关系。为此，他特地到医院探望学会季羡林会长时，向季老详细述说了自己的想法，两位老人遂联名上书中央领导，建议成立"西域古语言文字研究所"（后改为"西部研究中心"），得到支持。是年10月16日，中国人民大学国学院举行开学典礼，首任院长冯老在致辞中明确提出：

> 我个人所理解的国学，是大概念的国学，也就是中国学术的简称，它应该是包罗宏富的。……我认为国学并不是凝固的、僵化的，国学随着历史的进展在不断地丰富发展……近百年来，大量甲骨文的发现，青铜铭文的发现，西部大量古文书简帛的发现，不是使我们的国学，我们的传统文化大大地丰富了吗？我们的国家是伟大的多民族团结融合的国家，我们不能把国学局限于某一局部，这是显而易见的。

最初，冯先生希望在国学院的教学中，除传统国学范围的课程外，应该增添简帛学、西域学、敦煌学、汉画学、红学等学问，记得还为此让我拟写了成立敦煌学研究所的具体设想；后来，前三种专学归入西域历史语言所之中，又专门延聘了沈卫荣、王炳华等教授负责本科生与研究生的教学、科研，并常常提醒学校领导一定要多关注这些专职或兼职延聘的教授的生活与工作。

1999年，中国敦煌吐鲁番学会的学术集刊《敦煌吐鲁番研究》第四集"吐鲁番专号"出版经费欠缺，具体负责编辑该集的荣新江教授颇为焦急，我到张家湾冯老家中报告此事，他马上将自己刚得到的5万元稿费捐给学会出刊，解了我们的燃眉之急。事后，我们想在刊物中印上几句话表达对他的感激，他却明确示意"千万不可啊，这是应该的！"

因我大学毕业后曾在新疆当教师十年，与西域有缘，又从事多年的敦煌学研究工作，所以也得到冯先生的特别关注。1994年，我为敦煌研究院老院长常书鸿先生编辑他的《新疆石窟研究》一书，联系好由中央党校出版社出版。我请季羡林会长和冯其庸顾问为此书撰序，两位老人都欣然允诺。季老在出访韩国途中写成序言，而冯老则在花费了几天时间细读书稿之后，撰写了一篇长达八千多字的文章作为书序，其中详述了自己研究新疆石窟艺术的心得，堪称精彩的学术论文。2000年初，拙著《敦煌吐鲁番学论稿》付梓在即，我仍恭请季老、冯老为之作序。季老的序，洋溢鼓励之意。冯老细细阅读了全部书稿，在一个气温零下14度的严冬寒夜，又撰写成一篇近八千字的的文章，内容丰富，评述翔实，谦题曰"书后"，不仅对我这个晚学后辈勉励有加，还特别在文中指出：

> 敦煌吐鲁番学，也可以说是中国西部的学问，尽管其中不少内容并非西部，但却无一不与西部有关。我在80年代就撰文提出为开发大西部而多做关于中国大西部学问的呼吁，我还说开发大西部是中国富强的必要前提。现在中央已经郑重地提出了开发大西部的规划，全社会已经形成了西部大开发的气氛。……我相信这部书的出版，对兴起研究大西部的学术热潮，也是会有积极作用的。

可见，冯先生是把倡导"大国学"，研究敦煌学吐鲁番学的学术文化工作，和国家开发大西部的战略决策，紧密地联系在一道的。因此，2005年之后，冯先生因身体原因虽然已不能再去西域考察，却一次又一次地在北京参加与甘肃敦煌、新疆、西藏历史文化有关的会议、展览等活动，关注敦煌学的研究状况，尤其关心学会开展的各项学术活动，关注敦煌研究院、吐鲁番学研究院、龟兹研究院的发展，关爱年轻学者的成长与相关学术成果。他自己也还不断撰写相关论文，创作洋溢西域风情的绘画作品。

2008年11月，他的《病榻》诗云："三年病榻卧支离，想到西天惹梦思。"而后又于2009年3月写下的两首表达真实心境的记梦诗，读了更令人动容：

> 流沙梦里两崑仑。廿载辛勤觅梦痕。我到楼兰寻故国，圣僧归路进玉门。（《题玄奘法师尼壤以后归路》）

流沙梦里两昆仑。三上冰峰叩帝阍。为问苍苍高几许，阆宫尚有未招魂。(《梦里》)

去年夏天，我先到新疆小住十余天后，到敦煌参加了学术研讨会，回京后去冯老家探望，本来因体力不支躺在病榻上闭目养神的他，却突然来了精神，不断地询问新疆的一些情况，他动情地回忆起十赴新疆的见闻，用十分坚定的口气说："实施'一带一路'战略，开发祖国大西北，我相信新疆是大有希望的！"当他知道我即将赴圣彼得堡参加敦煌学国际学术研讨会时，在连连询问俄罗斯一些学者的情况后，不免感伤地说："唉！李福清、孟列夫这些老朋友都不在了，代向他们的亲属问好！期望俄罗斯的年轻学者能够继往开来，也期望能继续加强敦煌学的国际合作。"

冯老仙逝，遗泽长存。他对敦煌吐鲁番学的巨大贡献，也将永远镌刻在国际敦煌学史的巍峨丰碑上！

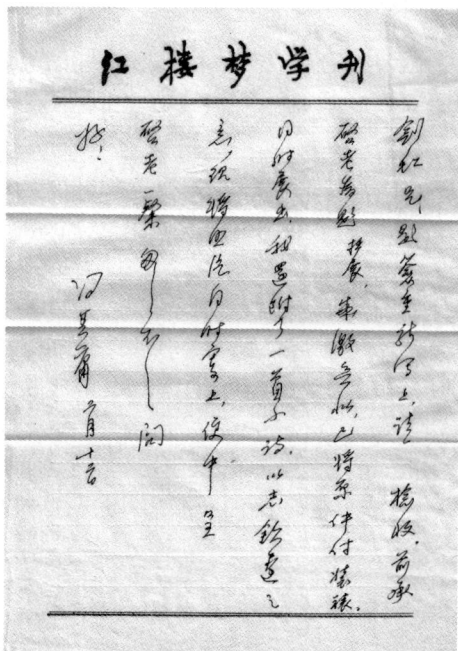

■ 冯其庸先生来信

（2017年春）

# ▪ 忆念王尧先生

2015 年 12 月 17 日夜十时许，忽然接国家图书馆古籍馆萨仁高娃副馆长电话，告知王尧先生于四小时前仙逝的噩耗。一个多月前我还和尧老通过电话，听到他乐观而自信的声音，岂料竟成永诀！心痛不已，彻夜难眠，第二日凌晨，先写下一首小诗表达对尧老的悼念之情：

> 尧老一生最赤诚，心系吐蕃中华魂。
> 踏遍青藏三江路，炼就般若四谛身。
> 坦坦荡荡谈大局，孜孜矻矻撰弘文。
> 一夕羽化登仙去，化作人间杜宇声。

23 日，尧老告别仪式在八宝山梅厅举行，银幕放映了王老生前影像，在和众多尧老亲友及学生一起瞻仰老人安详遗容后，我紧握着特地从上海赶来的中西书局徐忠良社长的手，脑海中又浮现出如下七言诗句：

> 梅厅菊丛送尧公，学界长存好音容。
> 宗师鹤逝弘篇在，仰止高山四海同。

王尧先生为我国藏学研究界一代宗师，称其道德文章为四海仰止绝非虚誉。我是上世纪80年代在敦煌学学术会议上才开始结识尧老的，因为于藏学了解甚少，从尧老的著述中得以了解一些大概，知道了敦煌莫高窟藏经洞所出的古代吐蕃文写本里有极为丰富而珍贵的西藏历史文化资料，是值得大书而特书的。而尧老与陈践（系我中学母校杭高学姐）等中国学者对这些藏文文献的整理研究，又是为国际藏学界所瞩目、为祖国增光的。

尧老是我们中国敦煌吐鲁番学会最早的会员，也是我们学会第一、二、三届的理事。1998年以后则一直担任学会的顾问。在学会的初创期，由于王尧先生和其他一些学者的努力，学会一开始就把藏学研究尤其是敦煌藏文文献的整理和研究作为敦煌学研究的一个重要组成部分。众所周知，在70年代末80年代初，敦煌学界流传着"敦煌在中国，敦煌学在国外"的说法，中国学者为了改变这种状况，奋起直追。王尧先生在敦煌藏文文献研究上，和他的几位同事齐心协力，一起做了非常优秀的工作，很快就为国际敦煌学界所瞩目，中国的敦煌藏文文献研究在国际藏学界、学术界获得了很高的评价。尧老为此付出了艰辛的努力，取得了丰硕的成果。我记得在上世纪90年代中，王尧先生和陈践老师一起编写了《法藏敦煌藏文文献解题目录》，当时在出版经费上遇到了困难，王尧先生找到我，希望从学会经费中想想办法。我很快将此事报告季羡林会长。季老果断表态说，像王尧先生这样做敦煌藏文文献研究的，国内外有几人？我们一定要大力支持。因此，学会很快就拨了资助款使这本书得以顺利出版。这确实是我们应该做的事情，但是王先生一直把这件事挂在心上，认为这是学会对他的研究工作的很大支持，多年后还几次在会上会下提及。其实，我觉得王尧先生在敦煌藏文文献的整理和研究上的杰出工作，为祖国获得了荣誉，恰是对学会工作的最有成效的支持，也是对国际敦煌学研究的杰出贡献。尧老也特别关注对年轻藏学研究者的扶植，他所热心教导培养的学生，包括当今在学界很有影响的沈卫荣、陈楠、黄维忠等学者，他们在这方面的努力和成就也使王尧先生感到非常安慰。中国敦煌吐鲁番学会中的藏族学者不是很多，尧老也非常关切年轻的藏族学者的成长，在尧老的支持下，我们依托西北民族大学成立了敦煌吐鲁番学会的少数民族文字专业委员会，由尧老担任负责人。在那个专业委员会里，一些中青年藏族学者得到培养、锻炼，为敦煌学研究做出了很多贡献。他好几次跟我讲，我们现在的藏学研究，尤其是敦煌藏学研究是后继有人的，而且是在世界藏学界有很大影响、在敦煌学界起到引领作用，有很大贡献的。这点也是王尧先生一直在讲，常常引以为荣的。我知道，他对后辈学人的关切，也与引领他进入藏学研究领域的恩师于道泉先生的影响密不可分。于先生是国际著名的语言学通才，我国藏学研究的开拓者和高校藏语教学的奠基人。王尧先生自1951年起到中央民族学院师从道泉先生，四十年间，不仅在藏语学习、藏学研究上一直得到道泉先生的指引，而且在为人处事上（尤其是和藏族同胞的真诚相处）也得到感染与启益。尧老写过不少充满深情的回忆道泉先生的文字，我也多次听尧老动情地讲述他对老师的感恩之情。师恩难忘，知恩图报；师情似火，薪火相传。情感化为动力，影响了尧老一辈子。

王尧先生是中央文史研究馆的馆员。说来也是缘分，这几年我参与了中央文史研究馆编撰《中国地域文化通览》的审稿工作，跟担任该书副主编之一的尧老有了较多的直接接触。《中国地域文化通览》是每个省区一卷，包括西藏、青海、甘肃等有藏文化传承的省区。王尧先生在馆员副主编里是最年长的一位，但每一次开相关的工作会议他都非常积极、认真地来参加。这些年来，他的腿脚已经不很方便，实在是步履蹒跚，但是他不但每次都自始至终按时与会，而且认真审读书稿，每次会上对书稿里涉及民族政策、宗教政策的相关文字都提出了非常中肯、十分重要的意见，得到具体编撰西藏、青海、甘肃各卷各地学者的首肯，即使是他提出的一些比较尖锐的批评和修改意见，也都能够使人心悦诚服，促进了这几卷的圆满定稿。在编写、讨论青海卷和西藏卷的期间，我和尧老曾一道去西宁开编撰工作座谈会，当时编撰西藏卷的藏族学者也都来了，都十分敬重尧老的人品和学识。那次在西宁的会上，王尧先生每一次谈及民族文化、民族团结的发言都是非常动情的。甚至在一起吃饭之时，他还是在不断强调我们这部通览一定要把少数民族文化对华夏文化，对整个中华民族传统文化的贡献充分地表达出来。他多次引述费孝通先生提出的各民族文化"各美其美，美人之美，美美与共，天下大同"的话，而且充满了真挚之情。这点给我留下很深的印象。在赴青海的飞机上，王先生一再回忆起他在西藏工作和生活的往事，认为在藏区与民族兄弟"甘苦与共"才是幸福。他几次跟我说，现在虽然年龄大了，但是他还是想再去西藏。那时候王先生夫人就跟我说，她因为做过心脏手术，所以她要再陪同王先生去估计有困难了，所以让我劝王先生一定要顾及自己的身体。可是我们一起到了青海湖，过日月山等海拔比较高的地方，王先生没有感觉有高原反应，就马上对我说：你看，我现在身体很好，我完全可以去藏区，去多做一些文化的宣传工作。这是非常了不起的事业心、责任感的真实表露！

还有一件小事也让我记忆犹深。那是在西安举行的一次佛教文化盛会的开幕式上，一位印度驻华外交官以来自佛祖故乡的代表身份在台上讲话之后，另一位来自尼泊尔的外交官接着上台发言，说："佛祖释迦牟尼诞生地明明在我们尼泊尔，为什么你说是在印度呢？"会场一时气氛凝重，出现尴尬场面。这时，王尧先生马上上台发言。他用徐缓的声音讲述古印度释迦族所在地域和今天印度、尼泊尔国家疆域的关联，讲述释迦牟尼诞生、修行成道、说法、涅槃，均与印度、尼泊尔关系密切，并无矛盾冲突之处，进而指出古印度佛教圣地是全世界共同的文化遗产。于是，全场为之鼓掌，一次可能引发口舌之争的纠纷得以平息。会后，不少代表对尧老高超的调解技术和智慧表示钦佩。其实我知道，这既缘于尧老的深邃学识与政策水平，也是他一贯奉行的与人为善、为人排难的态度的具体表现。

2016 年元旦后第 7 天，是王尧先生仙逝之后满三七的日子，我受中国敦煌吐鲁番学会会长郝春文教授之托，参加中国藏学中心为王尧先生召开的追思会。我看到会场台上悬挂的尧老大幅彩照，又一次牵动了我的回忆。因为为他拍摄这张照片的时候，我就在旁边。当时中央文史研究馆请了著名的摄影家张建设为中央文史研究馆馆员拍照，就在我们开会宾馆的一个房间里拍摄，摄影师要求被拍摄者做各种姿势。照片上尧老的这个姿势显得非常自然，就像他平时发言、讲课一样，正是大家最为熟悉的形象。尧老去世前一个多月，我给他打电话。他在电话里讲：我现在病了，身体不太好。但是你们不要担心，我还要做很多工作，我还有很多事情要做。因子女远在国外，他住进养老院，最大的需求就是希望有书看，能继续做学术研究……

六世达赖仓央嘉措的诗集中有这样一首诗："心如洁白哈达，纯朴无玷无瑕。你若心有诚意，请在心上写吧！"（据西藏人民出版社 2010 年版庄晶译本《六世达赖情诗选》，笔者对一二句词序稍做改动。）现在，王尧先生驾鹤西逝，但是他的音容笑貌还会时常浮现在后辈学人的脑海里，他的精神也将永远活在我们心中。当然，王尧先生更希望不光是我们的敦煌学研究、藏学研究要继续推进，而是整个中国传统文化的传承和发展事业能够做得更好，我们这个多民族团结统一的国家能够更加繁荣昌盛。我们一定要把王尧先生毕生从事的事业继承、发展下去，将心中洁白无瑕的莲花和哈达奉献给他的在天之灵。

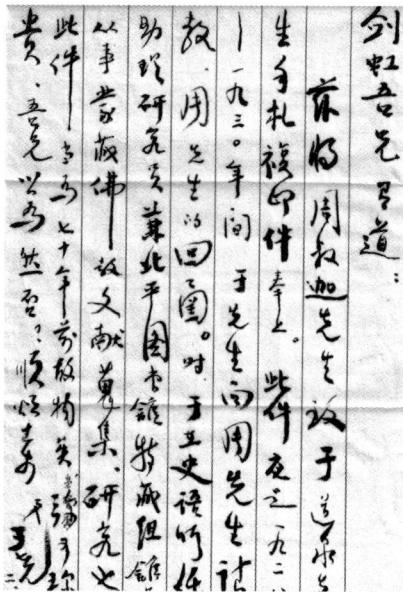

■ 王尧先生来信

（丙申中秋于北京）

# 忆念来公 ▪

　　2014 年 3 月 31 日晚 7 时许，忽然接到天津友人报告来新夏教授去世的噩耗！我实在是不敢也不愿相信——因为前些日子，我在接到来公寄来他的新书《旅津八十年》后，还跟他通过电话，再一次感受到他的健朗、睿智和老骥伏枥的昂扬精神。于是，我在《悼来公》的标题下写了下面四句哀辞后，眼泪盈眶，便再也无法继续写下去了：

> 瞻彼高山兮萧山默然，
> 望彼逝川兮钱江呜咽。
> 来公驾鹤兮升座须弥，
> 痛失良师兮余心悲戚。

　　至今，来公驾鹤仙逝已近一年，我还想写点追忆的文字，却总觉得他依然还在南开北村居所的电脑桌旁笔耕不辍，声貌清晰，音容宛在，期盼拿起电话机来，还能听到他亲切的话语，因此迟迟不忍下笔。

　　来公祖籍杭州萧山，生在家乡长河镇，旅居津门八十年。他 1942 年考入北平辅仁大学历史学系，师从陈垣、余嘉锡等大师名家，也得到大他 11 岁的启功先生的指教与关爱。我上世纪 90 年代初才在启功老师家里得以结识来公，且小来公 21 岁，因此始终尊崇他为同乡前辈、同门师长，称之来公；而他却一直谦逊地称我为"同门学弟"。启功先生从教七十载，授业弟子数以百千计，其中不乏高材博学之士；但以我的感受，来公真正称得上是启先生最勤奋有为、最优秀的大弟子！

来公一生历经风雨恶浪，坎坷多难，却玉成于洪炉炼狱，对文化教育事业矢志不渝，成为举世瞩目的历史学大家名师。他的人生历程，他在文化传播、学术研究上的杰出成就，师母焦静宜老师《他在馀霞满天中走进历史》一文做了非常精当的阐述；他的道德文章，众多师友、弟子在许许多多的怀念文章里都有生动感人的叙说。这些，都可以成为我们国家历史教育、文化传承、精神文明建设的好教材。忆念我亲受来公教泽的二十多年里，诸事纷繁，思绪万千，只能就感受最深的三个方面简言之。

一是牢记师恩。他一直怀有真挚的感念师恩之情。他在辅仁大学学习的三年多时间里，亲炙名家大师的教诲，不但铭记终生，而且在做人治学上身体力行，不违师训。启功先生为北京师大拟定的校训为："学为人师，行为世范"。来公不止一次地说：这个校训不但应该成为所有师范院校的校训，也应该成为所有高校的校训，成为所有教师的座右铭。他在辅仁历史系学习期间，启功先生教授"大一国文"，来公深知这门文科学生基础课的重要性，也非常喜欢文史学养深厚、生动风趣的启功先生的教学方式，所以不但课堂上认真专心听讲，而且课后也是启先生家中的"常客"，加之又钦服启先生的艺术造诣，主动跟启先生学习绘画。启先生很欣赏他的勤勉好学，精心指导，使这位刚二十出头的年轻学子不仅在文史功课上名列前茅，在绘事上也有飞速进步。来公曾动情地回忆启功先生主动与他合作绘画以供展览之事，可借用郑板桥之诗句，也是"一枝一叶总关情"啊！启功先生曾赠他一幅绘画精品，他精心宝藏二十多年，却不料在"文革"中被"造反派"抄走，后来据说已成为某位领导人家中的珍藏品了。启先生去世后，来公多次与我谈起此事，为"遗泽沦丧"而叹息再三！启功先生晚年，虽身体衰弱而应酬不断，来公惦念在心又不便多登门请安，便常通过我这个"学弟"转致问候。我从每一回的致意里，总能体味到来公对师恩的深切感念。2005年春夏之交，启功先生病危，来公特意撰写《元白先生的豁达》一文为恩师祈福，该文在《老年时报》发表后，他即于6月10日写信并寄报纸给我，足见其盼师康复的拳拳之心矣！启功先生亦曾在致来公的信中，多次述及二人之深情厚谊，如"殷勤见慰，足征高谊之深挚"，如"虽然身世各自不同，而其为患难则一，抵掌印心，倍有感触，半世旧交，弥堪珍重！"字里行间，充溢真情。

二是勤于著述。来公壮年时期备受政治运动牵累，大好时光身心多遭磨难，实为其个人不幸，也是文化、学术界之损失。他于1978年恢复名誉和正常工作之后，乃发愤著述，其勤奋精神、顽强意志力，加上深厚的学术功底和丰富的资料积累，不但使他步入古稀之年后在国内外学术讲坛上频频亮相，大受欢迎，而且学术专著接连问世，随笔短评颇受瞩目。他是我所知为数极少的于耄耋之年仍用电脑写作的学者之一，且数千字之文，可以一日而成，效率极高，非我辈能及。2003年为他年届八十之贺，启功先生在眼疾严重已经不使用软笔书写的情况下，仍用硬笔写了一首贺诗嘱我寄呈。诗云："难得人生老更忙，新翁八十不寻常。鸿文浙水千秋盛，大著匏园世代长。往事崎岖成一笑，今朝典籍满堆床。拙诗再作期颐颂，俚句高吟当举觞。"记得先生专门将此诗写在洒金笺上，以示喜庆。当时我得先睹此诗为快，感觉这不仅是对来公"老更忙"最好的赞许和期待，也反映了启功先生提倡"不温习烦恼"的达观心境。2014年初来公生前撰写的最后一篇文章即以《难得人生老更忙》为题，文中写道："笔耕不辍，非谋稻粱，我手我口，愉悦世人，不亦快哉！"他还以自己的实际感受，很好地诠释了"行百里者半九十"的人生警悟。来公晚年写信或打电话给我，几乎全与写书、出书、赠书、读书相关。2013年11月，他得知拙著《敦煌学人和书丛谈》由上海古籍出版社印行，便希望寄他一册阅读，我担心耗费他的宝贵时间与目力，在寄书的同时，便提出请他看看书后所附《台湾讲学日记摘抄》并给予批评即可。来公接书阅读后，即于11月22日来信说"遵嘱读赴台日记，有真实感，颇获知识与情趣，无日记文学雕饰痕迹。手颤字不成体，乞谅。"这也是他写给我的最后一封信，勉励后学之情跃然纸上！

三是挚爱故乡。来公少小随家北上，久居京畿，却念念不忘家乡山川。他不仅时刻铭记着先祖养育之恩，更多的是关切湘湖文化血脉的传承。来氏为萧山长河诗书传家、簪缨相续之望族，对浙东文化发展卓有贡献。在改革开放新的历史时期，萧山乡镇企业发展迅猛，经济繁荣，人民生活水平有很大提高，来公在深感欣慰的同时，更加关注家乡的文化教育事业。除他亲自重新整理印行了其祖父来裕恂所著《匏园诗集》《萧山县志稿》外，新编《萧山县志》《萧山市志》《萧山丛书》《文脉湘湖》等大型历史文献的编著出版，也都凝聚了来公的许多心血；"来新夏著述专藏"在萧山图书馆的设立，"来新夏方志馆"的开办，均得益于来公的慷慨捐赠与细心策划。来公对家乡的挚爱，化作浓浓乡情，不但融入数十篇为此而撰写的序跋、随笔之中，而且渗透进骨髓肌理，变为言行的指南与动力，为家乡文化的传承、发展、繁荣做出巨大贡献，使长河增光、湘湖添彩！我的一位中学同班同学，曾担任萧山市主要领导，由衷钦服来公在家乡精神文明建设中劳苦功高。我听说来公晚年曾表示如有可能，希望托体湘湖一抔故土，魂寄萧山千载梦境。我期盼这位萧山杰出的儿子遗愿成真，在源远流长的钱塘江畔，为家乡杭州增添一处进行钟情文化、热爱家乡的爱国主义教育的胜迹！

（2015 年 3 月 7 日完稿）

# 逝者瞻仰止，来者努力行·

## ——缅怀宁可先生

2月18日下午5时许，我刚参加完中央文史馆书画研究院一个出版项目的论证会，接到我们中国敦煌吐鲁番学会会长郝春文教授的电话："宁可先生去世了，请通知学会其他人。"我赶紧给学会的几位副会长、常务理事打电话、发短信报告了这个令人悲痛的消息，也很快接到了他们表示哀悼的回应。尽管许多人已经得知近来宁可先生的健康状况不容乐观，但回想几个月前在纪念学会创立三十周年学术讨论会上他的精神奕奕、谈笑风生，怎么也不相信他会这么快离我们而去。我不由地想到：宁可先生驾鹤西去的时刻，正是农历正月雨水节气的前几个时辰，也许是上苍要催动我们这些后辈学人哀悼的泪水，融入春雨，去浇灌先生一生钟爱的教学、科研园地。

宁可先生是中国敦煌吐鲁番学会的创始人之一，长期担任学会的副会长兼秘书长。我作为学会成立大会的参加者和首批会员之一，也因学会和敦煌学研究事业而长期得益于宁可先生的言传身教。三十年来，宁可先生为学会建设与推进敦煌学研究所做的巨大贡献均已铭刻在"世界学术之新潮流"的丰碑之上，不可磨灭，我这篇短文也难以详述。我只是将自己感受最深的一点写在下面，既是寄托对先生的缅怀之情，也期盼和学会的同仁们共勉。

中国敦煌吐鲁番学会是在我国改革开放新的历史时期，沐浴着党和政府的关怀春风，乘着国际文化、学术交流的浪潮而诞生的，具有国际影响力的民间学术团体。因为学会涉及的学科门类广泛、学者众多，又由于历史的因缘，据亲历学会筹备工作的一些先生讲，筹备期间，学会的主要创办者之间，对于学会在机构组建、方针目标、学术活动安排等许多问题上存在分歧，乃至演化为颇难调和的矛盾。筹备会上下，长期从事敦煌文物保护和研究的艺术家有舍我其谁的气质，字斟句酌的语言学家有锱铢必较的韧性，考古学、哲学、文献学、宗教学工作者也都有自己的理念、设想与追求。鉴于各人经历、学养、性格等方面的差异，意见纷纭，莫衷一是。这样，就必须找到一个平衡点，而且得有人出来支撑这个点以达到平（衡）和（谐）。于是，据我所知，在当时国家教委领导周林同志的主持下，唐长孺、宁可等先生就发挥了作为历史学家统观以往与现实，着眼未来，注重长远以解决分歧的积极作用，找到了一个大家公认的平衡点——全局观念，即为中国敦煌吐鲁番学的长久、健康发展计，既要充分肯定与更好发挥甘肃学者的示范作用，也应进一步组织、团结全国各地的相关学者和学术机构，很好利用北京高校在人才培养和学术文化交流等方面的优势，推进学术事业。1983 年 8 月，中国敦煌吐鲁番学会在兰州宣告成立。同时，也推举出大家都首肯的、具有组织与协调能力的 55 岁的宁可教授担任学会的秘书长。

于是，学会从正式成立的那一天起，从全局观念出发来加强敦煌吐鲁番学研究的资料建设与人才培养，发扬团队精神，增进国内外学术交流，就成为宁可先生主持学会秘书处工作的主要任务。

学会秘书处虽然设在首都师范大学，而宁可先生不仅在北京大学、兰州大学、西北师大、武汉大学、杭州大学等高校和中国社会科学院的人才培养上投入了不少精力，而且又一一实施北京、兰州和新疆三个敦煌学吐鲁番学资料中心的筹建工作，并且抓紧与港台地区及国外敦煌学研究者及相关文献收藏机构的联系。当时给我的感觉是，在实际工作中，宁可先生不仅确实做到了立足北京，放眼西北，也确实在为推进敦煌学这个"世界学术之新潮流"付出艰巨的努力。1985 年夏，经过宁可先生和其他学会领导的精心策划，一个规模空前的敦煌吐鲁番学国际研讨会在新疆乌鲁木齐、吐鲁番成功举办，包括几十位国内外一流专家在内的一百多位学者相聚天山南北，在热烈而兴奋的气氛中切磋研讨。据我所知，许多大专家是生平第一次涉足新疆，而新疆也恐怕是有史以来第一回集中迎来了一大批国内外著名专家，以致惊动也感动了当时自治区的主要负责人王恩茂书记，为此他专门在"八楼"（昆仑宾馆）接见并宴请了部分会议代表。1983年兰州的研讨会和学会成立大会是一次国内的会议（且没有港台地区代表）；而1985年这次会议则是名副其实的在我国举行的第一次国际性的敦煌吐鲁番学研讨会。我还记得在这次会议上有两个小插曲：一是一位中国学者和一位美国学者在会上展开了激烈争辩，两人均年轻气盛，唇枪舌剑，火药味甚浓，乃至季羡林、赵俪生、周一良等老先生也有些着急，赶忙出面调和气氛，宁可先生则心平气和地让我去做做那位中国学者的说服工作，以平息火气；一是会议代表到暑热甚酷的吐鲁番考察时，因当时当地的宾馆只有两、三个房间有空调，其余均仅靠电扇驱热，宁可先生只能安排70岁左右的老者入住空调房间，不料却引起了个别有领导职务却没有此"待遇"的代表的误解、计较，产生了埋怨和隔阂（这种"负能量"，日后居然演化成为"正能量"，推动了海外藏敦煌文献在国内的出版，也是敦煌学史上的奇妙一笔，容日后再述）。其实，因条件所限，当时包括68岁的周绍良先生在内的好几位著名学者也都没有安排住空调房。宁可先生听说此事后则一笑了之，他那种任劳任怨的态度也给我留下了深刻的印象。

在敦煌学史上，有两本书的编著出版是值得大书而特书的：一本是宁可先生策划并亲赴英伦主持，和英国图书馆合作的《英藏敦煌文献（汉文佛经以外部分）》；另一本是宁可先生参与主编并主持协调编撰的《敦煌学大辞典》。这两本书的具体编撰出版工作可谓艰苦卓绝，毋庸我在此赘述，我这里只对它们的意义谈简要的认识。

《英藏敦煌文献（汉文佛经以外部分）》出版前，北京图书馆已经有了英藏、法藏敦煌文献的缩微胶卷，但不仅查阅很不方便，而且其中不少胶片的清晰度不够，影响阅读效果；黄永武先生主编、台北新文丰出版公司用缩微胶片影印的《敦煌宝藏》，虽然未能解决清晰度问题，但总算有纸质印本可查看了，还是受到敦煌学研究者的重视，只是因未事先取得英、法收藏单位的授权，也引起版权上的争议。宁可先生则是在与英国有关方面充分协商后，决定与社科院有关学者一起赴伦敦，与英方共同编撰《英藏敦煌文献》，重新拍摄原卷，仔细释读校录文字，并由中国的四川人民出版社影印出版图录本。这就打通了一条通过实质性的国际合作，首先让流失海外的敦煌文献回国出版的路子，做到无论是在敦煌资料的国际交流上，还是在敦煌文献的编目、定名及图片的质量上，都取得了前所未有的新突破。这也启示并促进了之后上海古籍出版社与法国、俄罗斯有关收藏机构的合作，相继出版了俄藏、法藏敦煌文献与艺术品的大型图录本，开启了全面刊布敦煌、吐鲁番文献的新局面。

《敦煌学大辞典》的编纂，也是一个开创性的大工程。拿今天的标准来衡量，应该是一个国家级的重点项目，但那时却没有向政府要一分钱的资助（临出版前，经我们几位在中国敦煌石窟保护研究基金会担任副理事长的力争，才由基金会提供了 2 万元的出版资助）。季羡林会长领衔主编此书，宁可先生是 5 位副主编之一，但他和上海辞书出版社的严庆龙编审却是实际上的执行副主编。要带领一个由来自各学科门类的 32 人组成的编委会，要组织、协调全国一百多位作者，编纂这样一部有上万个词目的大型工具书，而且是史无前例的有多学科交叉特色的敦煌学专门辞典，在体例、框架上均需首创，其中的繁难程度可想而知。例如其中的艺术类词目，是分工请敦煌研究院安排院内相关专家学者来撰写的，但由于研究院本身其他的工作任务较重，撰稿人往往很难集中精力与时间来编写，一度推迟了全书的编撰进度。宁可先生就再三与院里领导及出版社协商，分批将研究院的作者安排到上海集中讨论、撰写，取得了很好的效果。又如某一个分支原定的撰稿人突然表示无法承担编写任务，宁可先生马上果断地将任务交给在京的中青年学者分担，保证了编撰工作的顺利进展。在这项工作中，宁可先生以他一贯坚守的全局观点化解了种种困难与矛盾，显示出高超的领导艺术和组织才能，充分调动老、中、青三代学者的积极性，同舟共济，甘苦与共，历时十载，终于在 21 世纪到来之前正式出版发行了这部辞典，获得了学术界与出版界的高度赞誉。

诚然，上述事情只是宁可先生在担任学会秘书长期间所付出心血的十之一二，却不仅集中体现了他立足全局的战略眼光，而且也反映了他善于把握工作要领的战术技巧。我个人认为，这些也正缘于他作为一位历史学家丰厚的学养。我在宁可先生领导下做学会副秘书长工作多年，真切感受到他的理论素养与道德涵养都是一流的。这种素养和涵养的外化形式是他日常的谈吐——简洁、果断，常常是不温不火而又略带幽默感。即便是在学会领导人之间发生意见分歧时，他也仍是凭自己坚守的原则来灵活处置；即便是某些处事的行为方式招致埋怨和不满时，他仍然能理性、冷静地处理，做到不带情绪，顾全大局，以团结为重。其素养和涵养的丰富内涵则融入他的理论与学术著述之中，也演化为他的人格魅力。这实在都是难能可贵的。

中国敦煌吐鲁番学会已过而立之年。三十年间，周林、唐长孺、常书鸿、姜亮夫、周一良、王永兴、周绍良、季羡林、段文杰等学会老一辈的创始人和敦煌学界的耆宿都已陆续驾鹤西去，现在宁可先生也去九天之上与他们会合。逝者瞻仰止，来者努力行。我们缅怀前辈，更应当以他们的道德文章为楷模，不断鞭策自己为敦煌吐鲁番学的研究事业做出应有的贡献。

（2014 年清明节前后）

# ▪ 君子儒于廉

　　《于丹〈论语〉心得》校样付型前一天，李岩总编让我"通读把关"。因为在这之前于丹也有过嘱托，我才敢于承担为这样一个"百家讲坛"的讲演稿"把关"的任务。读完书稿，在钦佩与略带遗憾之余，不由自主地产生了两个想法：第一，题目既谓"心得"，便应是与听众、读者作平等的交流，而与一般以老师的姿态在讲堂上教学有所区别；第二，于丹在书中显示了她的杰出口才，但更重要的是应该反映有良好的文史知识修养，这在相当程度上应得益于她的父亲于廉同志对她的培育。于是，我连夜给她打电话，希望她为此书添写一篇"后记"。电话中我主要讲了第一个想法；至于第二点，我没有明讲，因为于廉同志担任过中华书局的副总经理，在这之前我曾对于丹提过书在中华出版会有特别的纪念意义，我想她自然会理解这一点。第二天上午，我在美编室看到了于丹连夜赶写出来的"后记"，却发现其中没有我希望看到的这两方面的片言只语。我发短信给于丹表达了自己的失望，于丹回信讲她正忙于在浙江广电集团讲课，言外之意是没有时间改动了。还好，据说后来于丹在回答记者的采访时，终于提到了父亲对她在文史修养上的严格要求与影响。这又多少给我以安慰。但同时，胸中又一次涌起要写一篇短文来怀念我打心底里尊敬的于廉同志的热浪。

　　1981年秋我研究生毕业后，经导师启功先生推荐到中华书局工作。第二年年末，总经理陈之向同志离休，王春同志接任，而于廉同志也是在此时到书局来工作的，从 1983 年起担任副总经理一职。之前，他曾长期担任万里同志的秘书，听说他离开秘书这个岗位时，是有若干个"官职"可以供他选择的，但他偏偏选择了我们这个在当时被视为"既清水又非衙门"的中华书局。理由非他，正是他对中华传统文化的热爱与钟情。其时，他是副总，分管总编室的工作，我则是文学编辑室一名普普通通的新编辑，本来没有多少接触的机会。可是他却眼光向下，关注每一位普通编辑的工作与生活。因为我从母校北师大毕业后志愿去了新疆，曾在天山脚下任教十年，到书局工作后又开始接触敦煌的文化艺术，于廉同志对大西北兴趣颇浓，常常主动找我聊天，了解新疆及敦煌的情况。他每次听我讲述西北的神情，总是那么专注，专注到既像一位负责的领导在细心倾听下属的汇报，又似一个勤奋的学生在课堂上认真听讲，以至我愿意将自己知道、经历的一切都向他和盘托出。当时，他和王春同志合用一间办公室，找我聊天时，王春同志也往往在场，有时也问我一些话。我曾半开玩笑地对他说："您要知道梨子的滋味，就得亲口去尝一尝。您应该到大西北去走走啊！"没想到我的这一句玩笑话，王春、于廉同志都当了真，后来就有了他们二位离休前的大西北之行。

于廉同志是一位原则性很强的领导人，可是他的原则性并不表现为死板、苛刻，而是律己严格、待人宽厚，讲人情。王、于二位在任期间，书局的编辑对"文革"浩劫都还记忆犹新，心有余悸，工作、生活中的困难也还不少。二位老总对此十分关心，想方设法为大家排难解忧。陈抗、盛冬铃二位和我是"文革"后又重返高校的第一届研究生，开始三人合住一间办公室，后来又到蒲黄榆合住一间宿舍，存在着与家属两地分居的问题。当时书局还有几位比我们年轻又比我们先来的编辑也需要解决家属进京的问题，王、于二位却力主打破先来后到的排序，先为我们这几个"老大学生"解难。于廉同志曾动情地对我说："你们在'文革'时期奔赴边疆、基层，现在都到了不惑之年，在书局努力工作，却还要为家庭而千里奔波，真叫人不忍心哪！"在领导的关切下，从 1984 年到 1985 年短短的一年中，我们三人的妻子，先后都调进了中华书局工作。1985 年夏天，王、于二位离休前，由当时在总编室工作的黄松同志陪同，实现了大西北之行的愿望。令我最感动的是，他们到乌鲁木齐后，下榻在八楼宾馆，于廉同志马上提出要看望我岳父母及爱人孟卫。当时孟卫刚在乌市办妥调动手续，还未来京报到。王、于、黄三位在我的老同学白应东的陪同下，乘公共车加步行来到八一农学院宿舍楼。听黄松讲，他们途经一个农贸市场时，于廉同志还特地驻足其中，做了一番调查研究。在我岳父家，于廉同志嘘寒问暖，关切地询问我岳父离休后的生活状况和我爱人进京的准备情况。在这之前，王、于二位曾专门对我说：书局过去有一个好传统，大学生分配来后，要先做一年校对，熟悉了最基本的文字加工处理情况，再到编辑室工作。"文革"时这个做法中断了，现在就从你爱人恢复起吧。我当然表示同意。所以我爱人到书局后就进了校对科。后来王、于二位很快就一起离休了，新的领导班子又有新的想法，我爱人在校对的岗位上一干就是 15 年。这是一段后话，却也看出于廉同志对用好传统培养新编辑的重视。那天，因白应东同学关照在先，岳父家做好了有新疆特色的抓饭待客，可王、于二位大概因为还有事情要办，只喝了几口茶水就告辞了。二十多年过去了，王、于二位都已作古，现在我岳父回想起当时的情景，还觉得心中过意不去。

在书局任职期间，于廉同志对祖国传统文化的热爱，集中表现在他对书局所出古籍整理与学术著作的高标准严要求上。除了处理日常事务或开会外，有点空他总是在认真地翻阅总办新送来的样书。他是大家公认的有涵养的谦和之人，即便是总办某件事处理得不到位，他也很少发脾气。可要是某本书质量出了一点问题，他就会沉下脸来，甚至去询问究竟。当时在书局有些人的观念里，于廉是后来调入的，不是"老中华人"，又快到退休年龄了，所以好像有时对他的意见并不十分尊重。给我印象最深的是，于廉同志退休时，和王春同志一道将发给他们的大量样书留在书柜里，交还书局保存。我知道，于廉同志是最喜欢书的，这些书中有不少还留下了他阅读的印记，可他又是一个廉洁的循规蹈矩的共产党人。于廉同志离休后，依然关心着书局的进展，他身体好时，还时常到书局来看看，问问又出了哪些好书，了解编辑队伍的近况。1989年6月初，书局编辑不能正常上班，他还专门骑车来王府井大街36号询问情况。他病重住在广安门中医院时，我曾去探望，在医院门口，碰到书局人事处负责老干部工作的杨春华同志，告诉我于廉同志刚入睡，为了不再打扰他，我只好转身离开，失去了最后见面的机会。于廉同志逝世于2002年3月21日，其时书局正在筹备90周年局庆的纪念活动，为此而编印的纪念册花了不少篇幅宣传在任与前任书局领导，却没有片言只语介绍于廉同志，着实令人遗憾。

于廉同志对独生女儿于丹的钟爱与培育也给我留下了深刻的印象。这里的故事，当然于丹自己最有资格来讲述。我只举一例，以见一斑。于丹从北师大分校（后并入北京联合大学）本科毕业后准备报考本校古代文学的研究生，要选择专业方向和导师，当时于廉同志找了书局好几位编辑征询意见。因为我对师大中文系的情况比较熟悉，又是古代文学研究生毕业，自然也提供了自己的一些建议，后来便选定了报考聂石樵先生的先秦文学方向。考试、录取乃至后来的攻读和毕业分配，似乎都有些波折，对于丹则是很好的锻炼与考验，而于廉同志花费的心血更值得每一个学生与家长钦羡。据我老师邓魁英教授讲，自先秦到元、明、清，几乎于丹每学习到古代文学史的一个阶段，于廉都会提前为她准备好相关教材与资料。严要求、高期望和无微不至的关怀结合在一起，为于丹的成长与日后发展打下了坚实的基础。我曾在一篇书评中提出，家教、家风与师承，是我国文化血脉传承的重要因素。于丹的成长，也说明了这一点。打基础，注重读、听、写、说等基本训练，是我国传统教育的重要经验，也是近代国学教学行之有效的主要方法。在于廉同志离休后我才知道，他也曾是著名的无锡国学专修学校（简称无锡国专）的学生；但我并不知道，新中国成立前夕，他还是国专中共地下党的一位负责人。据于廉在无锡国专的同学范敬宜先生回忆："于廉不但才学出众，而且少年老成，谦恭沉稳，温厚可亲，是同学公认的楷模，对他敬如兄长。"《论语·雍也篇》有云："子谓子夏曰：'女（汝）为君子儒！无为小人儒！'"于廉同志就是永远值得我们尊敬和怀念的一位"君子儒"。

上个世纪前半叶，无锡国专在我国传统文化传承上起到了重要作用，出过不少享誉中外的国学大师。我在到中华书局工作的二十多年里，得以有缘结识许多德高望重的学术前辈。其中，当过无锡国专老师与学生的，除于廉外，还有五位：钱仲联、钱钟书、周振甫、曹道衡、冯其庸。他们的学问和治学精神、行为风范，都是值得我们后辈敬仰的。在重掀振兴国学热潮的今天，有必要进一步宣传他们的（包括他们成长的园地）经历、经验与人格魅力，希望我这篇短文，也能起到引玉之砖的作用。

（2007 年元旦于中华书局）

# 挚爱一生情和缘 ▪

## ——缅怀舞蹈史研究专家王克芬老师

2018 年 7 月 7 日，王克芬老师含笑仙逝，享年九十一周岁。就在当年春节前的 2 月 13 号，我和夫人还去她家中探望。王老师虽然已经叫不出我们的名字，但依然记得是老朋友来了，握手言欢之际，神采焕然，分外欣喜，和我们并坐在沙发上，让她儿子宪阳为我们合影留念。

我得以向王老师学习敦煌舞蹈研究知识，缘于恩师启功先生。1980 年中，在为研究生学位论文的写作做准备期间，我结合《乐府杂录》等历史文献和莫高窟 220 窟壁画图像资料，撰写了短文《胡旋舞散论》的初稿，交给启功先生批阅。启先生说："我不懂舞蹈，给您推荐个老师吧！"就把我的文章寄给了北京大学的阴法鲁教授，请他指教。阴先生很快回信，不但热情地肯定了我的文章，提出修改意见，并且还附上了两张到艺术研究院舞蹈研究所听学术讲座的"票"。就这样，我进了恭王府内舞研所，得以多次聆听舞蹈史研究者们的讲解，也得以结识了王克芬老师和彭松、叶宁、孙景琛、董锡玖等多位专家，真正受益匪浅。

80 年代伊始，王克芬老师的第一部专著《中国古代舞蹈史话》由人民音乐出版社出版，她将学术研究的重点放到隋唐舞蹈史的研究上。而我当时更多关注的是唐代文学研究，所以向王老师请教较多，王老师也特别喜欢和我讲相关的文献与敦煌图像资料。我的那篇《胡旋舞散论》习作，很快就刊登在《舞蹈艺术》杂志 1981 年第一期上。1983 年中国敦煌吐鲁番学会正式成立后，王老师不仅引导我将考察莫高窟的目光更多地投向壁画里的乐舞图像，而且将审视藏经洞文献的一部分注意力，也集中到几个舞谱写卷，拓展了我的学术视野。经她的启示和推荐，我又陆续撰写并发表了《敦煌舞谱整理研究》的文章，并且参加了《中国大百科全书·音乐舞蹈卷》的编撰工作。同时，我也有机会和王老师指导的江东、冯双白、袁禾等几位研究生进行学术交流，参加了相关的学术讨论和论文答辩。王老师知道我也喜欢音乐，特地叫我去她家，认识了她的夫君作曲家张文纲先生。张老师是久唱不衰、我喜听爱唱的少儿歌曲《我们的田野》的作曲者，能在他身边听他谈歌曲创作，又尝到他亲手做的有广西风味的可口饭菜，真是如沐春风，暖在心头。

　　王克芬老师丰硕的学术成果，为学界钦服。因为有她的著作和许多学者（包括她的一些杰出的学生）评述为证，毋庸我在此短文里赘述。这里只就她的治学特点，简要地写几点我的感想。

　　第一，是她的治学勤奋，学界有口皆碑。作为一位研究古代舞蹈史的专家，在敦煌研究院段文杰、樊锦诗两任院长的支持下，她以研究院兼职研究员的身份，为了调查敦煌石窟中的舞蹈图像，从"耳顺"之龄到古稀之年，足迹几乎遍及莫高窟（南区）、榆林窟、东西千佛洞的每一个洞窟，细细观察、记录、整理、研究。爬上千个洞窟，既需要体力，更需要耐力，不仅常常要忍饥耐饿，还要经得起酷暑严寒、摔滑碰撞的考验；观察彩塑、壁画，又必须集中目力，随时记录，不能丝毫分心。据统计，她发表的 30 余部专著和一百多篇论文，有许多涉及敦煌乐舞图像资料与相关文献。许多第一手资料，不仅要靠一点一滴地积累，而且善于做爬梳整理与比对分析。这些繁难之事，王老师做到了。

　　第二，是她能很出色地运用自己的舞蹈实践经验来研究舞蹈史。她年轻时即投身于舞蹈表演，抗战时期曾是一名活跃在抗敌演剧队的小演员，后来又师从著名舞蹈家戴爱莲先生，有相当规范的舞蹈表演技能。她自觉地运用这些感性的体验，来理解敦煌图像里的舞蹈程式，哪怕是一弹指，一抬胯，一耸肩，一旋转，都能精准把握与分析体会。这就使她的舞蹈史研究，做到了舞蹈实践与图像、文献的三结合，做到了感性体会与理性分析的完美统一。我几次听她在高校的舞蹈史研究演讲，都能观赏到她在讲坛上展示的相关舞姿。记得2001年在祖国宝岛台湾参加敦煌学研讨会后，我和她暂留几天到政治大学做讲座，又陪她到艺术学院传经，她在讲坛上娴熟的舞蹈动作，引来听众们阵阵惊叹，给我留下极深刻的印象。即便是在她年老体弱时作讲演，仍能勉力坚持这个特色。这为一般研究者所不能，王老师做到了。

第三，她对弘扬敦煌乐舞的关切，对舞蹈史教学传承事业的热忱，可谓始终如一，挚爱不渝。我知道舞剧《丝路花雨》成功演出后，王老师一直关切有加，热情支持、赞扬。剧中第一位英娘的扮演者贺燕云女士到北京舞蹈学院任教后，王老师多次到学校支持与指导她的敦煌舞教学工作，并特地推荐她进入中国敦煌吐鲁番学会的音乐舞蹈专门委员会，担任学会的常务理事。多年来从事敦煌舞教学的高金荣女士也是王老师的好朋友，她们共同研讨的"千手千眼观音"舞蹈程式，后来经中国残疾人艺术团进一步创作、编导，也成为名闻遐迩的优秀舞蹈节目。王老师经常对我提及是吴晓邦先生引导她进入舞蹈史研究者的行列，认为应该不折不扣地传承前辈学者的治学精神与方法。因而，她对自己指导的硕、博士研究生，从来都是循循善诱，既严格要求，又充溢着无微不至的关爱之情。前些年，我每次见到她，她都要如数家珍地谈及一些学生的工作、研究、生活情况，为他们的成绩而高兴。更让我感动的，是她进入耄耋之年后，仍坚持不懈地指导年轻学子治学与亲自做课题研究，达到了几乎忘我的崇高境界。年迈记忆力衰退了，眼前的许多人和事已经记不清了，但唯一不忘的，就是那些铭刻在脑海里的敦煌乐舞资料，那些她所从事的课题。三年前，她和我合作撰写的《绿洲上的乐舞》由甘肃教育出版社印行，我送去样书，她一页页翻看，指点着书中那些敦煌壁画插图，诉说着它们的名称、特征，仿佛又回到了一座座她曾辛苦巡行的洞窟。我想，正是这种对敦煌挚爱一生的情怀和缘分，支撑她在微笑中走完了自己对文化艺术与学术研究事业贡献至钜的生命历程。

王克芬老师仙逝的第三天，我正在西行的列车上，无法到八宝山竹厅参加告别仪式，含泪撰写了一首缅怀她的小诗发给宪阳及多年来与王老师保持密切联系的刘恒岳先生：

嘉陵江畔玲珑娃，为求自由闯天涯。
学艺习舞意坚毅，抗敌演剧气风发。
师从戴吴潜心志，弘扬敦煌大名家。
凌霄今日添飞仙，田野靓歌遍中华。

　　我想，她如今驾鹤云霄，一定会俯瞰锦绣山河，倾听田野牧歌，与她钟爱的飞天们在仙界一道翩翩起舞……

（2018 年 10 月）

# 缅怀李征先生 ·

2019 年 7 月 16 日，"李征先生追思会"在新疆文物考古所会议室隆重举行。我在会议发言的开头说："在李征先生逝世 30 年之际，我们终于得以在他生前辛勤工作过的地方，为他举行隆重的追思活动，作为李征先生的朋友启功教授的一名学生，中国敦煌吐鲁番学会第一批会员和吐鲁番学研究院的成员，我感到十分欣慰。我也从各位发自肺腑的发言中，更加了解了李征先生对新疆地区考古调查和文物保护、出土文书整理研究工作的杰出贡献，越发敬佩与缅怀他的为人。"

上世纪 70 年代初，我任教的乌鲁木齐市半工半读师范学校与 13 中学等几所学校合并成立第 19 中学，校址搬至老满城南昌路的原煤矿学校旧址。不久，和我同校教书的陈戈老师（北大历史系考古专业 1965 年毕业）调到不远处的新疆维吾尔自治区博物馆从事考古工作。他虽与李征先生同为博物馆工作人员，我也常在休息时间去和陈戈、王炳华等聊天，当却无缘和李征先生相识——大概是当时他正忙于做吐鲁番出土文书整理的准备工作，不久即到北京去了。我是 1980 年才认识李征先生的。他当时正在沙滩红楼的国家文物局古文献研究室协助武汉大学唐长孺先生整理吐鲁番出土文书。我因在北京师大中文系读研，要撰写研究岑参边塞诗的论文，得知吐鲁番阿斯塔纳墓地所出唐天宝十三四载的马料账内有岑参经行的记载，很想看到这些文书。导师启功先生便让我去请教唐长孺、李征二位先生，特地说："唐先生是我的老朋友，史料娴熟，学术一流；李先生是我们这个'品种'（满族）的大好人，做学问很认真，很谨慎。"我到古文献研究室那天，唐先生未在；见到李征先生，他虽正忙着，仍放下手中工作，热情接待我，找出了我所需要的文书照片让我抄录，还解释不便让我查看文书原件的原因。当时时间虽紧，交谈不多，却给我留下了"李先生真是谦谦君子，一丝不苟"的深刻印象。1985年，我们中国敦煌吐鲁番学会到乌鲁木齐举行第一次敦煌学国际研讨会，已担任学会理事的李征先生作为东道主，勤勤恳恳、默默无闻地为会议做了许多服务、导引工作。记得代表们乘车去吐鲁番的途中，经行著名的白水涧道，他还不时给同车的代表指认沿途一些我们不知道的古代遗迹，如数家珍。

1989年7月，李征先生不幸病逝。大约在此前后不久，中国社会科学院文学所的杨镰听说文物考古界有人质疑《坎曼尔诗笺》的真实性，发表了相关文章，便动了要辨别其真伪的念头，还到我工作的中华书局来聊天时谈及此事。其实我最早在1971年底就在新疆博物馆考古队看到了郭沫若写的《〈坎曼尔诗笺〉试探》一文尚未正式发表的打印稿，我当时只对郭老的有些分析有疑问，并不怀疑文书的真实性。后来，记得杨镰兴冲冲地对我说，他到新疆博物馆查证时，对某人采取了"你知道伪造文物是要坐牢的"这样的恐吓手段，致使此人招供了！他说辨伪文章要在《文学评论》上发表。对此，我只能对杨镰说："某人说李征先生造假，可李已去世，按李一贯的谦虚谨慎品格，我不相信。且死无对证，缺席审判即下判词有失公正；即便此件有假，也另有隐情，还需慎重。"当然杨镰正在兴头上，是不会听我的，只是在发表的文章中用L替代了李征先生的真实姓名。因此，2016年3月底杨镰在新疆遭车祸不幸去世，我在悼诗中还特意写了一句"坎曼诗笺呈辨才"；他有文学才能，也为西域文史研究做了不少贡献，但为逞辩才发表"辨伪"之作，确嫌鲁莽、武断。

李征先生去世后，启功先生曾几次表示要为他书写墓碑，但因为一直没有获得安葬的相关信息，就耽搁下来；李征先生的骨灰盒也在新疆考古所的库房搁置了近三十年之久。去年，我得知新疆考古所邱陵女史、新疆师大黄文弻中心与北大朱玉麒教授、四川博物院侯世新研究员（吐鲁番文物局原党委书记）等热心人一直在筹划李征先生骨灰的安葬事宜，就遵照启功先生生前的授权和遗愿，在中华书局美术编辑的帮助下，集启功先生亲笔书写之字印写了"李征之墓——启功题"，又征得我们中国敦煌吐鲁番学会负责人的同意，在新疆考古所、黄文弻中心、吐鲁番文物局、新疆博物馆几家共同而高效的协作下，决定在乌鲁木齐和吐鲁番举办李征先生的追思会和骨灰安葬、树碑仪式。7月17日，李征先生的高大墓碑已经面向他家乡所在的东方，矗立在他曾辛勤参加发掘工作的交河故城交河沟西雅尔村平顶山墓地（附近为烈士陵园）。诚如参加活动的学者所理解的，这不仅仅是了却新疆文物考古界、敦煌吐鲁番研究学界多年来的一份心愿，也正如此次活动确定的主题："不忘初心，缅怀前辈，协力推进丝绸之路文化遗产保护"，其意义十分深远。因为文化传承的主体是"人"，核心是人们对文化的热爱、弘扬与创新。正是有像李征先生这样含辛茹苦、不辞勤苦、不图名利、孜孜不倦的文物工作者，我们的文物考古事业才能不断向前推进。尊重历史，尊敬与感恩前辈，是体现文化自信、实现文化传承不可或缺的重要条件。

在追思会发言中，我用一首小诗表达了我及其他与会者对李征先生的追思与敬意，现在，我改几个字作为这篇简短的缅怀文章的结尾：

李征谦恭最谨慎，一生一世清白人。

瀚海查勘不辞苦，西域觅宝最辛勤。

足迹遍及安西地，整理文书十二春。

而今交河丰碑立，百代千秋祭英魂。

李征先生千古！

（2019 年 7 月 20 日）

# ·听戈宝权谈《阿凡提的故事》

　　2018年5月15日，是著名翻译家、外国文学研究专家戈宝权先生
（2013.2.15—2000.5.15）逝世18周年的忌日。记得1965年冬我们北师大中
文系4611班的师生到京郊延庆的中学实习，我被安排在康庄中学，很巧戈宝
权先生带着外文所的一些研究人员搞科研试点，也住在该中学，我就苏俄文
学现状请教戈先生，他不仅非常热情地介绍相关动态，而且回城后亲笔用隽
秀的小字抄写了他新翻译的几首诗歌寄给我参考。我正准备写信向他表示感
谢和继续求教，如火如荼的"文革"开始，未能再通音问。后来，我在新疆
工作十年后，于1978年考回母校读研。1981年3月19日，戈宝权先生到北
师大文科楼为师大文科及社科院部分研究生讲《阿凡提的故事》，不但让我再
一次领略了他的学者风范，也对通过丝绸之路传播甚广的这个民间文学作品
有了更多的了解。27年过去了，戈老当时讲课的情景依然常在我的脑海中浮
现。为纪念这位为中外文化交流作出杰出贡献的前辈，最近我找出了当时的
听课笔记，略做整理过录如下：

## 一、阿凡提其名其人

　　苏联在本世纪（注：20世纪）30年代出版了《霍加·纳斯尔丁笑话》，我
就很感兴趣。在我国，50年代也已引起大家注意了，当时还曾开展过一场争

论。我在 1960 年写了《关于阿凡提及阿凡提的故事》，想就几个搞不清的问题讲清楚，即：有无阿凡提此人？他是什么人？阿凡提故事的世界影响，等等。我曾经通过俄文翻译了土耳其的《霍加·纳斯尔丁》，很可惜这个译本没有出版。粉碎"四人帮"后，新疆的克里木·霍加写了新的阿凡提故事。这一年来，阿凡提上了动画片、故事片、电视片以及歌剧等等，掀起了一个"阿凡提热"。可见，阿凡提还活着，他还活在我们中间。我认为，阿凡提带有世界意义。

1. 阿凡提的名字。对阿凡提，外国有各种称呼，有的叫霍加，有的叫纳斯连丁，或纳斯尔丁、纳斯连丁·霍加。其实，"阿凡提"是个称号，不是姓，而是一个尊称，即"先生"，或用以称呼有学问之人；或称"毛拉"。他本人名字叫纳斯连丁，是从突厥语来的，即"真主的恩宠"之意。在土耳其又名穆阿丹，到高加索、阿塞拜疆，称"毛拉·纳斯连丁"，塔吉克称"毛拉·莫希菲基"，哈萨克叫"阿尔塔尔……"，鞑靼人称"阿赫迈得·阿卡依"。在我国新疆叫"纳斯尔丁·阿凡提蓝提凡"（Lantifan，突厥语意为笑话），即"阿凡提的笑话"。

2. 究竟有没有阿凡提此人？我注意中外文学作品的关系问题，其中即有民间文学的交流问题，如《灰姑娘故事》与我国《酉阳杂俎》中有的故事的关系。阿凡提故事是从中近东经丝绸之路流传进来，在我国新疆新的土壤上发展起来的。外国学者经过研究，认为历史上确有其人，本是土耳其人。如捷克 1976 年编的百科全书上有一条目，苏联 1975 年的文学百科中也有这一条目。大约是在 19 世纪 80 年代，土耳其有一位学者名叫穆夫提·哈桑，他研究出 13 世纪时土耳其西南部希甫里希萨尔城附近的霍尔托村有一个霍加·纳斯连丁，其父亲是一位伊玛目（领拜人），他后来也当了伊玛目，属于伊斯兰教的苏菲派。他讲了许多笑话。根据土耳其的考古，在阿克谢希尔找到了他的坟墓。考证出他生于回历 605 年（1208—1209），死在阿克谢希尔，死于回历 683 年（1284—1285）。这是一个充满幽默的人。阿克谢希尔每年有一个"纳斯连丁节"。因为他倒着骑毛驴，其墓碑上卒年反着写 386，译为阿拉伯字母，意为"我看见了"。因此眼睛有病的人要用他坟上的灰土擦眼睛。13世纪时蒙古人越经土耳其时，当地有一位英雄战士叫纳斯连丁·穆罕默德，领导人民起来反抗入侵者。因此又有许多故事是讽刺铁木尔的。而实际上他们二人相隔了一个世纪。是否可以这样讲：曾经有纳斯连丁这样一个人，但是经过六七个世纪的流传、演变，成了目前的阿凡提故事。现在许多国家都讲阿凡提生活在自己国家的某地，如苏联的塔吉克人说在列宁纳巴德（原地名为霍真特），乌兹别克人说在布哈拉，而我国新疆维吾尔人则说阿凡提是自己民族的智慧人物。

3. 阿凡提故事的流传过程。外国宫廷中有专讲笑话的人。据说在10世纪，阿拉伯国家有一位有名的说笑话者名叫朱哈，他讲的笑话后来一直流传到地中海国家，以至意大利；又流传到土耳其，而当地本来已流传着阿凡提的笑话，后来就混而为一。因而，当阿凡提的故事从土耳其文译成阿拉伯文时，就取了一个名字叫《鲁米利亚的朱哈》，即"小亚细亚的朱哈"，故事就混淆起来了，往东再流传到新疆。这与丝绸之路有密切的关系。

民间文学有世界的共同性，也有不同的特点。我们进行比较研究，可以发现很多有趣的事情。土耳其文的阿凡提故事有97个"基本的故事"，如第一个故事《阿凡提讲道》与《互相问问》几乎一样；第21个故事《明天就是世界末日来临》与《还要外套干什么》；第26个故事《锅死掉了》与《锅生了个儿子》；第89个故事《霍加与帖木儿打猎遇雨》与《一匹老马》，等等。经过7个世纪的范围极广的流传（基本是口传），肯定会有所变化，加上了地方色彩。

## 二、阿凡提故事的当代传播

阿凡提故事在当代流传更广了。如土耳其1966、1968、1973年都出版过新的阿凡提故事集，所收多达475个故事。德国1911年已有阿凡提故事译本；英国1964、1966年已有译本，最近又出版了三部阿凡提故事；法国有1958、1962、1975年版译本；美国有1960、1965年译本；苏联1936、1959年所出的译本，据说从原有一千多个故事选译了近 500 个；日本 1965 年从土耳其文翻译，已出了四版。美国有一个协会，研究高能物理，1965 年 1 月出版一本高能物理书，封面却印了阿凡提倒骑在毛驴上的图（土耳其伊斯坦布尔博物馆就有这样一幅画），而且书中收了几十个阿凡提故事，书的扉页印着"霍加·纳斯连丁骑毛驴的方法"。国外也有许多学者在研究阿凡提，出了不少研究著作，有的还写成了小说。如苏联作家萨拉维耶夫写了两部中篇小说《霍加·纳斯连丁在布哈拉》《霍加·纳斯连丁的奇遇》，都拍成了电影《游侠奇传》；作家尤格斯拉夫写了小说《霍加·纳斯连丁在伊斯坦布尔》。外国辞书上也对此纷纷作了介绍。

据我查找，我国最早介绍阿凡提故事的，是李元枚选译的《纳斯尔丁·阿凡提的故事》（10 则），刊登在 1955 年 7 月号的《民间文学》杂志上。所知国内出版的同类故事单印本，则以赵世杰先生编译的《阿凡提的故事》（上海文化出版社，1958 年）最早，接着，新疆人民出版社、中国少年儿童出版社等也都推出了译本。（新疆人民出版社于 1963 年出版了由穆罕默德·伊明等编译的《纳斯尔丁·阿凡提的故事》，可叹的是 1966 年 6 月"文革"伊始，在新疆首先将批判"大毒草"的矛头指向了这个作品。）就在戈宝权先生给我们讲课之后的 1981 年 12 月，中国民间文艺出版社印行了他主编的《阿凡提的故事》，收故事 393 则。他讲课时提到"很可惜没有出版"的通过俄文翻译的《纳斯列丁的笑话：土耳其的阿凡提故事》，则在 1983 年也由中国民间文艺出版社出版印行。三十多年来，全国已相继有数十家出版社出版过不同版本的《阿凡提的故事》，最近的则有 2017 年外文局旗下朝华出版社 2017 年 5 月署名"弘智主编"的版本，副标题为"骑着毛驴笑遍世界的智慧故事"。该书的维吾尔文本则有哈吉艾海买提的编译本（新疆人民出版社，1980 年）和艾克拜尔·吾拉木所著的分册本和《阿凡提笑话大全》（新疆青少年出版社，2006 年）等多个版本。其藏文本则在 1985 年由青海民族出版社首印，后又重印了多次。其他还有蒙文、哈萨克文、朝鲜文等译本。

戈老亦为用其他文艺形式传播阿凡提故事及对外交流、推广做出了贡献。2015年1月5日，上海《文汇读书周报》曾发表外文局资深编审杨淑心回忆著名翻译家杨宪益先生的文章《老杨——扶我上马的人》，文中提及：

> 1979年底，上海美术电影制片厂摄制的彩色宽银幕木偶片《阿凡提》在全国公映，受到观众好评。我向编委会建议，以英法文版对国外读者介绍，得到了编委会的同意。请谁来撰写这篇文章呢？老杨推荐戈宝权先生。我上中学时，曾读过戈先生译的普希金童话诗《渔夫和金鱼的故事》。在大学里，有的同学还戏称他为"老渔夫"呢。老杨微笑着说："戈老对比较民间文学也很有研究，曾发表过论文《谈阿凡提和阿凡提的故事》。"

1980年初春的某一天，杨淑心拜访了戈宝权先生。不久，戈宝权先生撰写的《阿凡提上了银幕》一文，在《中国文学》1980年第七期刊登，受到了广大读者和电影观众的好评。现在，以阿凡提为主人公的各类影视片已经成为国内外观众喜闻乐见的作品了。记得1981年我在北京民族文化宫剧场观看根据阿凡提故事编演的李光羲主演的歌剧《第一百个新娘》时，观众的反响是极为热烈的。人民音乐出版社很快就印行了该剧的连环画册。阿凡提的智慧故事还收入了小学语文课本。

我第一次在京郊康庄中学见到戈宝权先生时，他正值壮年，也已经是一位为中苏文化交流做出了杰出贡献的学者和外交家；1981年他为我们研究生讲课时，虽已年近古稀，仍然风度翩翩，热情依旧，初衷未变，壮心不已。这样的人，将永远活在他的作品里，活在人们的记忆中。

（2018年5月）

*此文曾刊于2018年5月16日《中华读书报》第13版

# 假如胡适还活着 ▪

秋高气爽。有友人自台北来，邀我同去琉璃厂书肆购旧书。友人忽见书架上有胡适先生早年所校敦煌唐写本《神会和尚遗集》，为1930年上海亚东图书馆初印本，不觉大喜。此书原定价大洋七角五分，现自然已增价十数倍，友人亦欣然购得。出了厂甸，我们边走边啃冰糖葫芦边谈，话题自然集中到胡适身上。

胡适先生是1962年2月24日下午在台湾"中央研究院"的酒会上猝发心脏病去世的，长眠在台北南港旧庄墓园已二十八载了。友人突发奇想："胡适一生，毁誉参半，至今海峡两岸对其评价仍分歧颇大。假如今天胡适先生还活着，又会怎样呢？"我说："您的问题挺有意思，但不好回答。胡适先生1955年10月23日致赵元任信中，就提过'鲁迅若还活着'的问题，似乎也无人说得清楚。弄不好就有算命或涂抹历史之嫌。"友人曰："您言重了。我们可以集中就胡适晚年的学术生活，作轻松一点的推测，不必涉及政治。我也可以请一位台湾学者作一番推测。我想，若胡适先生地下有知，也不会责怪咱们的。"此话不无道理，于是我就将自己的提纲式推测写在下面。

假如胡适还活着……

1991年10月，胡适获准回大陆探亲、旅游。10月17日，他在香港躲过记者采访，用半天时间研究大陆交通图，以了解新地名，还兴致勃勃地听了京剧《四进士》、黄梅戏《天仙配》的唱片。10月18日，他飞抵上海，即租车去大东门寻访自己的出生地，可惜变化太大，无果而归。第二天恰是鲁迅忌日，胡适即去虹口公园鲁迅墓地祭扫。此后两日，他在上海图书馆浏览大半天，并留赠该馆一部新作《〈水经注〉研究集》；又逛了城隍庙、大世界，参观了几所大学。在复旦大学，有人发起成立"白话文学会"，拟请胡适担任顾问，胡婉言谢绝，并说："听说大陆有'中华诗词学会'、'韵文学会'，那是因为古董稀罕，值得保存研究；白话文早已畅行无阻，实无必要成立学会了！"胡适想在上海某出版社出版他近三十年所作新诗集《落叶集》，被告知需他出资补贴一千美金，方能印行一千册。遂苦笑而罢之。

10月下旬，胡适回到了阔别半个多世纪的故乡——安徽绩溪上庄。胡家旧居已被整修一新，挂上了"胡适资料馆"的牌子。胡适感谢乡亲们对旧居的保存与整修，但希望取消资料馆，将房子改作老人福利院或幼儿园。他祭扫了祖坟，在墓区内植种了松柏树。接着，他提出要在旧居内静住一周，谢绝一切宾客，专心写一篇《乡情论》。胡适离开上庄时，乡亲们特地请来省里的名厨做了一桌"徽州锅"为胡适饯行。胡适则留下了洋洋万言的《乡情论》手稿作为答谢。

11月1日，胡适乘火车到达北京，下榻北京大学韶园。在京十日，除到风景名胜、历史古迹游览外，胡适参加了中国文化书院为他安排的小型座谈会，做了题为《中化与西化》的讲演；接受了北大哲学系授予他的"未来学名誉博士"称号——这是他获得的第36个博士头衔；他应邀为故宫博物院举办的"台湾藏故宫珍品展"剪了彩；他又应《诗刊》社之邀，发表了《我与新诗》的即席演说，提议应在海峡两岸同时举办"打油诗大奖赛"，获奖作品可结集出版《新打油诗鉴赏大全》；他参观了中国佛教协会所在地广济寺，提出请求来年盛夏到寺内小住一月，完成《中国禅宗史》，佛协欣然同意；他又走访中华书局、商务印书馆，中华赠胡适列宁格勒藏本《石头记》，商务赠之《水经新注》，胡适则均以他所收藏的宋宝祐本《五灯会元》复印本回赠。胡适在游览八达岭长城时，曾专程去青龙桥瞻仰詹天佑铜像，并在留言簿上写了这么八句诗：

> 詹公安徽人，我是他老乡。
>
> 老乡见老乡，两眼泪汪汪。
>
> 他屹立在高山旁，中国人为之荣光。
>
> 我只能回到南港，隔海和他永相望！

11月11日，胡适离开北京直飞敦煌。他在临上飞机前留下两条建议：(一) 恢复北大文学院，他愿为此提供图书资料的帮助；(二) 在北京西山"曹雪芹故居"设立"考据学讲习班"，每期半年，学员不限学历，其结业试题必须是学术界有争议之论题，如"论曹雪芹西山故居之真伪"等等。

在敦煌，胡适怀着极大的兴趣参观了莫高窟千佛洞、敦煌博物馆与民俗博物馆，游览了鸣沙山、月牙泉、阳关、玉门关等名胜古迹。他获准在敦煌研究院的资料室收集与钻研敦煌写本中的禅宗史料与小说资料，收获颇丰。他表示将把自己新写的有关论文交《敦煌研究》双月刊发表，并愉快地接受了请他担任敦煌研究院名誉研究员的聘书。本来，他还想在敦煌多住几日，无奈时近初冬，当地气候恶劣，他亦颇感疲劳，只好改变打算，直飞深圳，取道香港回到台北。

胡适刚回南港，就有人来告诉他："中央研究院"的院务会议已在酝酿一个新的议案，与他的大陆之行有关："关于本院学者在大陆接受各类称号之合法性"。胡适先生听说这个消息，只是微微一笑，别无他语。他还不知道，大陆授予他名誉博士、名誉研究员的机构，此时也正面临着一场审查。他临离开北京提的两项建议，倒已被某几位政协委员拟成提案，准备向下次全国会议提出。他家乡的"胡适资料馆"，并未被改作他用，只是在离他旧居不远的一块空地上，一座新的"老人福利院"二层楼已经准备动工兴建了。北京的"打油诗大奖赛"筹委会业已成立，委员们正在为寻求赞助单位而大动脑筋。

一个月后，12 月 17 日，胡适在他的寓所平静地度过了他的一百岁生日。

　　* 本文写于 1990 年秋日，发表在台湾《国文天地》杂志第六卷第七期"海峡两岸论胡适"专号，1990 年 12 月出刊，署名"施丁·大陆学者"。

# 心许天山　身献高昌 ■

## ——读马雍《西域史地文物丛考》感言

　　因为在台湾中国文化大学史学系讲课的需要，我在教研室的书柜里找出马雍先生的论文集《西域史地文物丛考》（文物出版社，1990 年），阅读张政烺先生和余太山先生分别为此书写的序与编后记，知道马雍先生离开我们已经将近二十年了。我赶紧发电子邮件请太山兄发来马雍先生的简历，知道他生于 1931 年。假若他活到今天，也不过才七十出头，天不假年，摧折英才，何其不公！

　　我没有见过马雍先生，他的论著，也是在他去世后才陆续地读了几篇。1979、1980 年我为撰写研究岑参边塞诗的硕士论文回新疆实地考察时，他正在为考订巴里坤、哈密、拜城的一些重要碑刻做准备，所以无缘识面。我当时很想了解唐代伊吾、北庭遗址的文物古迹，也在为撰写《"瀚海"辨》的考证文章收集资料，还不可能读到他后来发表的精当考证文章，只能参看一些旧有数据，现在想来真是憾事。马雍先生的渊博学识与治学特点，政烺先生的序与太山兄的编后记均有精确的介绍与评论，无须我再赘述。这里先引录太山的两段话，然后再结合当前敦煌吐鲁番学的研究现状，来谈谈我的感受。太山说：

　　　　马雍先生家学渊源，国学根砥极为雄厚，在处理古文献时左右逢源，得心应手；他精通多种外语，于西洋史造诣亦深，故能触类旁通，举一反三；加上他过人的才智，往往能洞幽烛微，发人所未发。他在学术领域内作出卓越的贡献，显然得力于此。《丛考》即充分反映了他在中西古文献方面的学识。

应该指出的是，马雍先生治古史地能突破文献的藩篱。他始终密切注视着考古学界的每一项新发现，在全面占有、认真研究文献资料的同时，注意利用实物资料印证、补充、订正文献记载，从而得出翔实可靠的结论。

先讲利用实物数据的问题。一是亲自进行实地踏查，去核证出土文物和发现新材料；二是密切关注考古新发现，善于突破藩篱而有创见。马雍先生立下"献身高昌"的誓言，以病残之躯，多次赴西域考察，足迹遍及天山南北，乃至葱岭以西、帕米尔高原之南。每一回考察，均有重要收获。例如他对新疆巴里坤、哈密汉唐石刻《任尚碑》《裴岑碑》《焕彩沟碑》以及喀喇昆仑沿线洪扎灵岩"大魏使者"岩刻的考释，即是很典型的实例。从19世纪下半叶起，我国的新疆与甘肃地区成为各国考察队、探险家挖掘文物的"热地"。为了收集与整理流散海外的珍贵文献，我国几代学者做了极其艰巨而卓有成效的努力。同时，中国学者自己的西北科考活动，也取得了不少新成果。但面对新材料，提出新问题，采用新方法，将出土文献与原有典籍进行科学的考释、比证、辨析，却始终是能否将研究推向深入的关键。新疆地区遗存的汉唐纪功碑刻，虽为数不多，却是十分珍贵的历史资料。因为远在西陲，年代久远，遭风沙剥蚀，保存得不好，清代中、晚期以后才陆续为学者所知，虽有拓本流传，往往错讹甚多，如无人再去实地考察并加以审订，研究质量就会大打折扣。例如拜城著名的《汉龟兹左将军刘平国作亭诵》，自1879年发现者施补华首拓后，有几种拓本流传，虽题跋考订者甚夥，其中大多为史学界权威，却因辨识拓本字迹的出入，众说纷纭，莫衷一是，连定名都有十种之多。马雍先生知难而进，采辑11种不同释文，细心比对三期拓本，去伪求真，并结合大量史料，对其中关键词语一一考释，终于给予准确定名，得出了最接近史实的科学结论。

于是我想到敦煌文学研究中的问题。应该说，对于敦煌写卷里的文学类作品的整理与刊布，从1911年刘师培为敦煌本《西京赋》残卷作校勘与提要的九十多年来，已经取得了可以称得上是辉煌的成绩；但是，对具体作品的深入研究，却显得十分迟缓而滞后。敦煌文学研究者（当然也包括我本人在内），对与之相关的考古新发现材料的反映相当迟钝。一个突出的例子就是1972年出土的临沂银雀山竹简中发现《唐勒赋》残篇，1979年出土的敦煌马圈湾汉简中有韩朋故事，1993年出土的东海尹湾汉简中有完整的《神乌赋》，考古学家、语言学家及治文学史的专家竞相发表研究文章，而敦煌学界却鲜有反应，给人以置身度外的感觉。实际上，我们对"敦煌赋作"的源流、分类、体制及语言特色的研究，几十年来几乎没有太大的进展，而上述新出土材料则是极具比较价值与启示意义的。前边提及的《汉龟兹左将军刘平国作亭诵》，我1980年写《"瀚海"辨》在解释岑参诗中"瀚海亭"时亦有举证，今天重看马雍先生的录文，又有新的认识，诵文末有"坚固万岁人民喜，长寿亿年宜子孙"两句，难道不可以从中去探寻对联体的早期雏形么？对敦煌吐鲁番出土的许多文学作品，我们应该在较完备的整理本的基础上，从文本着手去进行文学的分析，从文学史观的角度去追根溯源、触类旁通，才能将研究推向深入。

再讲汉语以外的语言学习与运用的问题。近二十年来，许多年轻学者的外语水平都是我们这些六十年代大学毕业的人所无法攀及的。然而，像马雍先生那样，熟悉多种外语，特别是能下功夫去研究古代西域曾经流行而后又死去的一些文字（如佉卢文）者，仍基本阙如。大家承认，对敦煌及新疆所获少数民族语言文字材料的研究，是我们的一大薄弱环节。季羡林先生曾经花费很大的精力来培养这方面的年轻学者，也取得了一定的成效，但依然落后于欧洲与日本学界。仍然以"敦煌文学"的研究为例，敦煌写卷里有不少非汉文文字的文学作品，除了有少量藏文、回鹘文作品有些初步的研究文章外，大多尚无人问津。这里既有意志力的问题，也有责任心的问题。记得我 1978 年在母校读研究生时曾旁听过俞敏教授的梵文课，学了两个多月，畏难而退。1983 年在兰州开中国敦煌吐鲁番学会成立大会时，季羡林先生表示欢迎我跟他学梵文，我听说最少 3—5 年，马上退却了。而马雍先生在这方面亦迎难而上，他对新疆出土的七百多件佉卢文书的研究，对厘清魏晋时期西域的一些关键问题具有重要的意义，不仅为我们树立了榜样，也为中国学界争了光。听说近年来尼雅地区的考古发掘又有不少新收获，盼望能在少数民族文字材料的研究上也有新的进展。

马雍先生在新疆考察时曾赋诗言志："一年一度出阳关，嚼雪眠沙只等闲。旧曲渭城君莫唱，此心今已许天山。"我曾经在新疆工作过十年，后来也到天山南北做过一点考察，深知马雍先生这首诗的分量之重，对于一个身体伤残的文弱书生来说，吟出这样的诗句，就表示他为了研究西域的史地文物，早已将个人的生死置之度外。这是一种视学术为生命的崇高精神。新时期的敦煌吐鲁番学研究，应该提倡和发扬这种精神。这才是我们对马雍先生最好的纪念。

（2004 年 12 月 8 日于台北阳明山中国文化大学大庄馆 A301 室）

# 悼光筠君 ▪

四年前，随着海峡两岸学术文化交流的开展，我们《文史知识》和台北
《国文天地》两家刊物建立了交流、合作关系，我才得以结识李光筠君。第一
次在中华书局大门口见到光筠的魁伟身躯，听他讲一口带京腔的国语，还以
为他是北京人；待后来知道他的祖籍在山东，又逐渐感受到他的朴实、善良、
热诚的品格，我在心底里觉得他真是一位爽直的山东大汉！

光筠是一位对祖国优秀的传统文化充满了挚爱的青年学者。为了推进两
岸的学术交流，他在林庆彰教授的指导、带领下，全身心地投入到《国文天
地》的事业中去。其实，他几次到北京来，我们见面的时间很少。在短短的
几天里，他不是到出版社谈版权，找作者组稿，就是跑书店接洽购书，以至
我们都没有什么机会去谈点工作以外的事。我听说台湾学界对一些出版社到
大陆购书是褒贬不一的；光筠主持万卷楼图书公司的购书工作，在台也引起
较大反响。但据我所知，光筠购书除了为减轻办《国文天地》负担的因素外，
始终是抱定为台湾学术界竭诚服务这样一个宗旨的。台湾的广大教师、大学
生、硕士生、博士生得益于此不少。"移盆壅土终朝日，洒水除螟竟夜时。"他
自己写的《栽花诗》，正可以作为这一工作的写照。光筠用心血浇灌了学苑，
功不可没！面对光筠紧张的工作和乐观的笑容，我开始一直不知道他患有重
病。有一次他气喘吁吁地走上书局办公楼的六楼来找我，我吃惊地发现他脸

色发紫，十指也呈现出紫黑色，询问之下，才知道光筠患有严重的先天性心脏病。于是我坚决要求他以后一定不要再爬六楼。每次写信或通电话，我也都要劝他一定要注意保重身体。可是他仍是拼命地干，全不顾惜自己的身体，乃至倒在自己的岗位上……现在我体会到，光筠并非不珍惜生命，只是他用对事业的追求和对工作的热爱来体现生命的价值。他是真正理解了生活的真谛的！

光筠对生活的热爱，也表现在他的乐于助人之中。在现实社会里，"四海之内皆兄弟"只是一种美好的愿望。光筠则是一个处处时时要将这一理想付诸实施的人。我与光筠相识不久，并非深交，可是当他知道我的一本学术论文集《西域文史论稿》还没有出版时，就非常热心主动地承担了出版拙著的具体工作，为此耗费了不少心血。此书出版后，他知道按协议送作者的5册样书不够我送师友的，竟自己掏钱买了书寄来送我。编辑买书送作者，这在出版界大约是绝无仅有的！由于海峡阻隔，我的导师启功先生和在台湾的老朋友台静农先生数十年未能再见面，几年前才通过电话及寄赠书画互诉离情。台先生去世后，光筠在百忙之中特地将在台湾报刊发表的有关消息、文章都收集起来，寄给我转呈启功先生，以慰启先生的思念之情。这正是光筠的体贴人处。

光筠对启功先生十分崇敬。前年九月，我曾陪能宏老伯和光筠父子俩去北师大看望启先生。光筠特地请启先生为新成立的万卷楼图书公司题名，启先生慨然允诺，当即书就。那天光筠非常想请启先生为他个人也写几个字，可考虑到当时访客多，启先生一定疲倦了，就未提出。同时他又后悔那天未带相机，失去了与启先生合影留念的机会。这次宏能老伯给我的信中也提及："他曾和我说，再去北京一定请先生带他去拜谒启老，给他题个字，如今天人两隔，永远不能如愿了！"前几天，我将此信读给启功先生听，并告诉他台湾的师友要编一本光筠的纪念集。启功先生听后没说一句话，当即铺纸写下了"李光筠先生纪念集。启功拜题"十二个字。无言之痛乃为至痛，启先生也为光筠这位台湾青年学者的英年早逝而深深惋惜！

光筠小我十四岁，但却让我感到他无论是作为一名教师、学者，还是一位编辑、图书公司经理，都已是相当成熟的。这种感觉大大缩短了我们在年龄和其他方面的差距，使我将他视为兄弟和挚友。近年来，他几次来信说要再来北京，我也一直在盼望着能再在北京聚首，而且希望他不再匆匆来去，疲于奔命，而能在北京多住些日子，也能多去一些地方看看祖国的大好河山。可是他因为忙，一直未能成行。4月11日，光筠的姐姐蕙蕴女士来京，带来了光筠的问候与关切。我托蕙蕴带给光筠一封信和一把为庆贺中华书局八十周年特制的宜兴紫砂壶，上面镌有启先生的字、画。蕙蕴19日到台北，光筠却已在前一天晚上永远地逝去了……

呜呼！海天遥茫，两岸阻隔，我无法赶赴台北为光筠送行，连写一封悼念的信都无法及时寄到，只有遥嘱秀玲女士代我敬献一束小花祭在光筠的灵前！只是我希望，在不久的将来，我能够亲赴阳明山为光筠君扫墓，表达我对一位台湾兄弟和挚友的敬意与悼念。

（1992年6月7日于北京）

【附：祭李光筠先生文】

光筠去世12年后，我如期从中华书局退休，应聘到位于阳明山的台北中国文化大学担任一学期的专任教授，为历史、中文学科的本科生及硕、博士生讲授敦煌文献，得以有机会祭扫光筠墓，诵读祭文如下：

## 祭李光筠先生文

维岁次甲申十月十八日，京华客子柴某以追思之情致于光筠之灵。

呜呼！尔受双亲深恩，沐齐鲁儒风，伟岸丈夫，温文清贞；致力文化传播，夜寐夙兴，卓兮诚名，美欤嘉声。岂料天不假年，摧折精英。两岸同道闻讯，莫不疾首痛心！往生净土，倏忽一周岁星，乃奉大慈大悲观世音菩萨画像一帧，致祭于阳明翠峦之墓园，尔神歆馨。

（2004 年 11 月 30 日于台北阳明山中国文化大学）

# 悼热娜 ▪

4月27日晚，从乌鲁木齐传来噩耗：新疆医科大学副校长热娜·卡斯木教授因病逝世，年仅56岁（1962—2018）。尽管去年8月初她约我见面时就已经告诉我了她的病情，但面对着这位昔日学生沉静的神情和渴望为祖国的药学事业继续做贡献的叙述，我还是期盼上苍能够眷顾这位维吾尔族的优秀女儿，使她早日痊愈……

热娜是1975年进入乌鲁木齐第十九中学初中部学习的。我当时担任初一年级组的组长，兼任她所在的五班的副班主任，因而对她有较多的了解。她生长在新疆工学院一个知识分子的家庭，从小接受了良好的维、汉语双语教学，勤奋好学，品学兼优。因此，一进中学，便被推选为班级的学习委员。当时，除了学习成绩优秀、工作认真负责外，我对她印象最深的还有两点，一是她刻苦练习写汉字，作业本上的字迹从来都是十分端正挺拔，作文写得文通字顺，常得到同学的羡慕和老师的表扬，后来到她家家访时，才知道她每天不间断地练习写字和阅读；二是她爱憎分明，正义感很强，既严格要求自己，也敢于对不正确的言行进行抵制和批评，为此也曾得罪过一些同学。

我于1977年被学校安排担任高中部教语文，1978年初又正式调入乌鲁木齐市红专学校（教师进修学院前身），因此没有再到热娜所在班级教学，但有时节假日她和其他初中同学还会来学校看我，报告他们学习生活中遇到的问题。1978年秋，我考回母校北京师范大学读研。之后，也曾接到她的来信，记得1980年9月她考上新疆医学院药学系后，专门来信表达了要努力学习、不断进取的决心。若干年之后，我从其他同学的口里和有关网页里知道了她后来的一些简历：1984年本科毕业后因成绩优秀即留校任教，1985年加入中国共产党，后经过一年留日预备学校学校，经组织批准于1994年初到日本富山医科药科大学和汉药研究所药学专业留学，带着幼年的女儿，用不到五年的时间取得了硕、博士学位，1998年底回国后在新疆医科大学科研开发处工作，专心从事新疆本地天然药物的提取、应用研究工作，取得了丰硕成果。大约是2005年我从台湾讲学回来后，热娜来京出差，我才又一次见到她，这时才知道她作为新世纪百千万人才工程的国家级人选，已经担起了新疆医科大学药学院院长的重任，不仅研究项目成果多次获得自治区和全国的奖项，荣获了卫生部有突出贡献的中青年专家和全国女职工建功立业标兵的称号，还在教学改革中有创新性的成果，培养出了几十名优秀的博士、硕士研究生。

我也听说，她在日本获得博士学位后，因为她从事的从植物中提取某些药物的科研成果有广阔的应用和发展前景，一些日本制药企业、大公司纷纷开出高额年薪等诱人的物质条件，极力挽留她定居日本，都被她婉言谢绝。回国后，她曾经充满真诚地说："在日本，我始终有种寄人篱下的感觉，无时无刻不在思念着祖国、亲人。所以，当学习期满，我便一刻不停地买了直飞祖国的机票。当走出北京国际机场时，我心里突然涌上一股久违了的冲动。那一刻我才深深意识到，这里才是我生命的根。"热爱祖国、扎根边疆，正是她发愤图强的原动力啊！

随着热娜来京出差次数的增多，也由于我退休后返疆小住机会的增加，这十余年来，和她联系及见面也比以前多了。进一步感到她真是一位不满足已有成绩，不断奋进的学者，也是一位勤奋教学、兢兢业业地带研究生的好老师。2008年初，她当选为自治区参加第十一届全国人大的代表，两会召开期间，我在央视新闻联播节目里看到她给胡锦涛总书记敬献民族花帽，正为她高兴之际，接到她打来电话问："我对总书记说的话有无语病啊？"我回答说："您说'代表新疆各族人民'很对啊，因为您是新疆各族人民的代表，不只是一个民族的代表。"

在交谈中，热娜常常回忆起在乌鲁木齐第19中学初中时期的学习生活，不止一次地说："当年老师对我们严格要求，有时还有些不习惯，不理解，现在想来能碰到既严厉又循循善诱的老师真是做学生的好运气啊！那些年，你们当老师的也太辛苦啦！"我对她说："教好每一个学生，是我们的天职。我的老师启功先生在1985年第一届教师节时写了一幅字'得天下英才而教育之一乐也'，能有你们这样有出息、有贡献的学生，是我们的光荣。"我还对她说："我一直主张对少数民族学生，也要严格要求，不能因讲照顾而放宽标准，否则就会贻误青少年，害了这个民族，害了国家。"我又举当年语文学习的例子，我在年级举行汉语语文知识竞赛，评出的第一名是另一班的一位维吾尔族男生木拉提，虽然热娜当时的比赛成绩也挺好，我还是指出了她若干不足。后来那位男生也考上了全国著名高校，成为核物理研究中出类拔萃的人才。她点头称是。一年多前，热娜打电话来，希望我对她中学时期的汉语学习情况写几句话，我特别指出：在少数民族干部、学者中，热娜的汉语水平是出类拔萃的，这也是建设社会主义祖国边疆的需要。然而，她对祖国的热爱和忠诚，也遭到了一些鼓吹"疆独"分子和占据领导岗位的"两面人"的嫉恨和排挤。

2017年5月，作为自治区的十佳共产党员，热娜被提拔为新疆医科大学副校长，除了教学、科研工作外，作为该校党委常委，她还担负起了在新形势下做好学生政治思想工作的重任。暑期我回新疆小住，8月初的一天，热娜特地打出租车到新疆农业大学校门口来接我，一起到医大附近的一间茶室喝茶叙谈。谈话中，她除了报告最近的工作情况外，还十分冷静地告诉我：她被检查出患癌症，且已经转移至肝部，但是她不想告诉别人，因为她不想给组织添麻烦，希望一边积极治疗，一边继续做好本职工作，在新疆这块养育她的土地上开发治疗疾病的新药物，为后人造福。她说，之所以告诉我，是觉得自己的老师能够掌握情况，有心理准备。我为她的病况担心，更为她的精神所感动……

4月22日，我得到原19中同事消息说热娜正在重症监护室接受救治，我不相信，赶紧给她发了微信问候，已无回音。后请她的初中同班同学去询问，也得不到消息。26日，又接同事微信，讲热娜病况好些了，可转至干部病房。正在祈愿她转危为安时，27日却得到了她去世的噩耗！难道真的是"天妒英才"吗？我认为，像热娜这样英年早逝的杰出人才，他们的一生是对得起上苍，对得起养育他们的民族、祖国、人民的！他们的青春芳华，将永远焕发，他们的业绩，将与世长存。

热娜安息！

（2018年4月27日—5月1日于北京）

【附：热娜文章】

## 学好国家通用语言文字是每一位公民的责任和义务

新疆医科大学党委常委、副校长　热娜·卡斯木

（2017.9.9）

学习、掌握、使用国家通用语言文字是作为公民的基本义务，是爱国爱党的具体表现，是做好民族团结，促进社会稳定的迫切需要，是促进各族群众广泛就业、解决民生问题、推动经济发展和社会进步的形势需要。中华文化博大精深，始于发明创造，始于文明进步，始于和平安康，始于幸福生活。维吾尔族干部群众和学生学好国家通用语言文字是维吾尔民族自强的根本所在。我们拥有共同的中华文化，只有掌握好国家通用语言文字，才能更好地

适应时代发展潮流，更好地展现本民族的特点，学习各兄弟民族的长处，互相取长补短，更好地促进民族大团结。

近些年新疆断断续续的发生的这样那样的暴恐事件，让我们那么多无辜的同胞家破人亡，同时也给其他民族心理上造成极大的创伤。现在有极少数人排斥国家通用语言文字的学习教育，特别是别有用心的"两面人"更是当面一套、背后一套，毒害了很多群众和青少年，我们要对这种行为开展斗争！打到"三股势力"的七寸，决不让他们破坏民族团结社会和谐。狭隘民族主义是一种自我封闭、愚昧落后的思想认识，使少数民族的发展之路越走越窄，作为一名中国公民，不论哪个民族，不掌握、不学习、不使用国家通用语言文字是说不过去的，要活用好、掌握好汉语，不但能提高各族干部群众汉语水平、文化素质、就业技能和生活能力，而且能更好地服务于各族人民群众，它是促进民族团结和社会稳定的基石。

我出生在教师之家，我的父母虽然小时候没有条件接受汉语学习，但是他们对汉语学习很向往，并且认真努力学习汉语，完成大学交给他们的教学和其他工作。我从幼儿园起就和汉族同学们一个班，后来上了中学，以优异成绩考入新疆医学院。无论在哪一个学习阶段，我最喜欢的就是汉语和汉字，喜欢读书、喜欢练字，这种情怀现在都很强烈。由于汉语言底子比较好，我接受新思想新理念都比较快，而且能够迅速运用在教学、科研、管理工作中。我内心充满了对党的民族政策的感恩！

近日，我的中学语文老师在微信中评价了我热爱学习国家通用语言（汉语）学习时的情况："新疆医科大学热娜·卡斯木教授在中学阶段时，就非常重视汉语言文字的学习与应用，刻苦勤奋，成绩优秀，这不仅为她后来的继续深造打下了扎实的基础，而且为进一步做好民族文化交流互鉴，进行科研创新创造了重要的条件。作为她中学阶段的语文老师，我为她骄傲，也备受鼓舞。希望有更多的民族干部与学者在汉语言文字的掌握与应用中获得更丰硕的成果，为民族团结、社会进步、国家繁荣做出更多的贡献！……"（中华书局资深编审、中国敦煌吐鲁番学会顾问柴剑虹）

看到我取得的很多成绩，许多维吾尔族学生用一种很崇拜的眼神看着我，我会把我对国家通用语言的情感传达给同学们，将学习汉语言的重要性与建设大美新疆结合起来，学习汉语让少数民族学生成就自己，增强自信。使同学们深刻认识到要建设美丽的新疆，为实现社会稳定和长治久安总目标掌握和运用国家通用语言何等重要！

为什么学习汉语如此重要，因为汉语是国语，如果我们生活在中国却连国语都没有掌握，不但说不过去，也对不起党和国家对我们的培养。语言是沟通的桥梁，是通往心灵的必经之路，是增进各民族之间感情的良药。其实很多少数民族和汉族之间的矛盾都是很小的一些误会，有些时候这些误会就来源于语言的不通，对彼此文化的不了解。如果汉语言学好了，语言相通，互相之间就会多一份尊重，多一份理解，多一份包容，那么可恶的"三股势力"和民族分裂分子就不会有机可乘，各族人民都会唾弃他们。

了解中华民族的灿烂文化，应该从国家通用语言入手，就我们新疆的少数民族来说，掌握汉语对我们来说不仅仅是掌握了一门语言，更是打开了如何与其他兄弟民族相亲相爱的新世界。有一位维吾尔族同学对我谈了学习通用语言的看法。他这样讲到："先不说我们要建设共产主义，成为共产主义的接班人这样伟大的理想，就从最基本的物质需求来说，我们大多数家长把孩子送去上学的目的是以后能找个好工作养活自己，有能力顺便再改善一下全家的经济情况。那么问题就来了，如果连国语都不会，怎么在工作岗位上顺利完成本职工作呢？""我们再把自己的目标提升一个层次，我们是共产主义接班人，是社会主义的建设者。作为一个社会的合格建设者和可靠接班人，我们的政治立场一定要坚定，旗帜鲜明的拥护中国共产党的领导，积极学习党的各项精神，及时向身边群众传达党的声音，党的关怀。中国是56个民族的大家庭，每一个民族都应参与到祖国伟大的百年复兴中。这都需要我们掌握国语，是掌握国语而不是知道国语。"

随着教育改革的推进，进入新世纪以来，全世界热爱和平的人们学习汉语的热情空前高涨。少数民族学生学习汉语的意愿越来越强烈，他们深深体会到学习国家通用语言和文字是为了促进中国各民族之间广泛的交流与沟通。少数民族学习汉语不仅仅是掌握了语言，而是打开了一个通向广阔世界的通道，打开了一扇通向不同知识领域的大门。

民族团结的基础是各民族间的相互理解，相互理解的基础是交流沟通，交流沟通的工具是语言。各民族只有学好用好汉语，才能够交往交流交融、加深友谊，互相帮助，才能促进民族团结和社会稳定。对于上小学、中学和大学的学生来说学习汉语就是认识新世界、文化知识的桥梁。我们要以在维护祖国统一、反对"三股势力"、彻底消灭"两面人"和"两面派"、反对民族分裂、促进民族团结上立标树旗、以身垂范，团结带领各族师生员工听党话、跟党走，始终把汉语言学习与"五个认同"教育结合起来。引导学生学好国家通用语。学习和掌握国家通用语言文字有利于增强各族青少年的祖国意识和中华民族共同体意识，有利于促进各民族学生的沟通交流，有利于促进各民族学生的全面发展和终身发展。是维护国家统一和民族团结，促进各民族共同发展、繁荣和进步，实现新疆社会稳定和长治久安的迫切需要。必须从战略和全局的高度，充分认识推进国家通用语言学习的特殊重要性，要从中小学抓起，增强做好推广国家通用语言工作的责任感、使命感和紧迫感。

同时强化教师队伍建设，努力建设一支数量和质量满足需求的师资队伍。坚持立德树人为根本任务。坚持德育为先，将社会主义核心价值观教育融入教育全过程，加强民族团结教育，持之以恒地开展"四个意识""五个认同"教育，引导学生形成正确的世界观、人生观、价值观，牢固树立国家意识、公民意识、中华民族共同体意识。我们要为培养德智体美全面发展的社会主义建设者和接班人，引导形成各民族共同维护新疆安定团结、和谐稳定的良好局面贡献力量。

# ▪ 悼江绪林

　　猴年伊始，传来华东师大年轻教师江绪林弃世自尽的消息，网上各种反应都有，并不沉寂，而我，心痛而默然。我和绪林在中华书局做过短暂的同事：他2002年从北大哲学系硕士研究生毕业后，曾应聘来书局做编辑，分配在译著编辑室，我在汉学编辑室。按书局的传统，新老编辑之间应该一直有非常密切的关系，不仅仅是"传帮带"，更为重要的是相互感染、学习、促进；对于老编辑来讲，新人到来，更能感受到新鲜血液青春焕发的鼓舞。可惜那段时间是书局的多事之秋，除了本室同事外，老编辑和新编辑来往甚少。第二年年末，"非典"过后，他考入香港浸会大学读博，离开了书局。我则面临退休，基本上和他没有接触，对他了解甚少。2005年我曾应邀到香港城市大学讲学一周，本想去浸会大学拜访老朋友、在那里客座的北大葛晓音教授，却因时间紧迫而未果；本来或许也可以和绪林见个面。现在想来，这些均是憾事。最近，陆续从微信群里读到了张继海、李世文两位书局同事朴实的悼念文字，读了邹西礼先生理性的追忆文章，读了刘擎教授在绪林告别仪式上充满真挚情谊的悼词，对逝者的人生经历和品格、学问、处事有了一些了解，痛惜之际，也想通过这篇短文谈谈自己的些许感受。

　　绪林幼年丧母，少年失怙，从湖北乡村一路走来，进入京城名校读书，其间备尝辛劳、历经艰难，甘苦自知，无须多说。然而，他最缺乏也最需要的人文关怀又在哪里？我想，当今生存法则统领下的考试制度、评价体系，乃至世情沉浮、人情冷暖，都在他心里留下了很难弥合的创伤。试问：他在中华书局短暂的工作期间，得到过多少最起码的关怀？这些年来，追求利润的最大化，已然成了从出版社领导到每一位员工都必须服从的铁则。每一位编辑，都是"赚钱机器"。尤其对年轻编辑而言，整日趴在电脑前，无暇专业培训，结婚生子、育儿养老、购房置车成为沉重负担，患颈椎、腰椎病者日益增多，而对他们身心健康的人文关怀则少之又少（连书局曾坚持多年的工间操也已销声匿迹了）。在高校同样如此，"教学为主"早已被淡化，课题、项目、发表文章成为价值和业绩评估的"重中之重"。记得在人民大学国学院成立三周年的庆典上，任继愈先生曾大声疾呼："谁要能够抛弃这种不合理的评估体系，那就是 NO.1，大家都会赞成跟着走！"可是当时在主席台上的教育部领导和众多大学校长都默不作声。多年过去了，依然如故啊！绪林有自己的学术专长，讲课颇得学生好评，也写过一些很有独立见解和水平的论文，但因为不随俗，至死没有评上副教授职称。公平吗？谁之过？

　　当然，人文关怀不仅在于爱惜人才、尊重学术、关切日常起居，更为要紧的是心灵的抚慰。近些日子悼念绪林的文章几乎都涉及他的宗教信仰，值得引起我们的深思。信仰是一种心灵的呼唤与寄托，自人类诞生之初即有。以中国哲学而论，各种宗教信仰追求的都应是"天人合一"的理想境界，因此可以兼容并存、多元融合。信仰并不等于"迷信"（它本身不是"鸦片烟"，而是统治者常常用来麻醉人民）。记得上世纪 70 年代末我几次到广济寺拜访佛协副会长巨赞法师，有一回他专门从书架上取下德文版的马恩著作（他通晓几国外文），翻到一处对我说："你看，他们的原话很清楚，是强调宗教始终与人类发展到每一阶段的最高文化形态紧密联系在一起的！"后来，季羡林先生曾问我一个问题："阶级与宗教，哪个先消灭？"我回答："阶级先消灭。"季老首肯。后来我才知道，这是 60 年代真理讨论时冯定先生向他提出的问题。因此，尊重信仰自由，也是重要的人文关怀。这种关怀，不在于体现在表面认同，而应该帮助信众了解为什么信？进而释读其典籍精华、文化内涵，并以此充实信众的文化修养与精神世界。

　　绪林是一位正直的学者，我们无法深入探究他的内心世界。他年轻弃世，使人叹惋，也应该让人们反思太多的问题。我们为他祈福，祝他在理想国的天堂里获得关怀与温暖，不再孤寂。

（2016 年 2 月 25 日）

# 乌鲁木齐十九中的学生们 ▪

　　乌鲁木齐市第 19 中学创建至今已经整整 40 年了。去年夏天我回乌市小住，去看望 19 中的创办人、第一任"校长"穆文彬同志，并祝贺他的八十华诞，座间我建议应该举办校庆活动，得到他的赞同。现在，四十周年校庆的准备工作正在有序地进行着，参与筹备的李孝明、刘文忠老师希望我提供些书面材料，当然责无旁贷。我曾经写过一篇《进疆第一乐章》，由陆计明、任伊临两位北京师大的校友编入《献身边疆教育的人们》一书（新疆人民出版社，2007 年）；伊临最近来电话讲此书将有新编，要我续写点文字，我也允诺了。我 1968 年 6 月到新疆任教，见证了从乌市半工半读师范学校（因简称"工读师范"，常被人误会为工读类学校）到 19 中最初十年的历程，要写的东西实在太多，但是当老师者最关心的是当年自己教过的学生如何，因为工作的关系，我和学生接触面较广，许多鲜活的形象常常浮现在脑海中，但毕竟过去了三四十年，有些事渐渐遗忘，不少学生的姓名已经记不十分确切了，于是，便有了这篇挂一漏万的文章。好在有的学生及家长热心地为我提供资料，可以唤醒某些沉睡的记忆。

# 最早的毕业生

　　1969年第四季度，19中最早开办时，"文革"还在如火如荼地进行着，学生是按连、排的编制称呼的，大概小学毕业早、年龄大一点的学生编在一连，好像大多是从原十三中、有色局子校和红山附近的三小转过来的，我还担任过"一连连长"——也就是年级组长。这些学生在"反修商场"（现恢复为"友好商场"）后边的原"工读师范"校址上了几个月课后（刚恢复"文化课"学习，课程很少），就在冰天雪地中排着队拖着教室的桌椅板凳搬迁到新址——位于"老满城"的原煤矿专科学校校园。

　　根据市里的安排，连"学工、学农、学军"的劳动和训练算在内，第一届初中生只读了不足两年，到1971年夏就毕业了——除很少的十余位分配到市水泥厂外，大多下农村插队劳动了。学生的分配大权，当时的教师与原校领导都是没有发言权的，由工、军宣队说了算。当时的许多学生我已经记不得姓名了，但有几件事却是记忆常在，很难忘却的。

　　有姐弟俩，是新疆民航局职工子女，当医生的父亲因为"历史问题"受审查不能回家，家里只有祖母照顾起居生活，管不了学习，受到社会上一些坏人的影响，成为学校中"问题突出"的学生。姐姐是一连学生，有一回在工厂学工时突然"失踪"了，经查是被一个坏人带走了，后来几所中学还联合在石油俱乐部开会"批斗"了那个坏人。我找这个学生谈话，知道她从小爱读书，那时已经读了数十本中外名著，而且作文也写得相当流畅，只是因为缺乏正确的引导才走上了邪路。她毕业时，其父亲已经"解放"，希望她能回到老家去务农，脱离原来的环境，我也觉得这样较好。可是最终她没有能离开新疆。我后来才知道她临行前受到流氓集团的威胁，不得不留下到了乌鲁木齐郊区的农村，而且因个人生活遭遇不幸而导致精神疾病，令人嗟叹。我还去过几处生产队看望下乡的学生，想为他们解决点实际困难，但在那样的大环境里，也只能是杯水车薪。当时最大的问题是缺乏管理与引导，又无书可读，劳动强度大而精神生活又极端贫乏。多年后我回新疆时，还在车厢里巧遇那位女生的弟弟，好像是在铁路局吐鲁番的工务段工作，他当年在学校也因能打架而出名，参加工作后力图上进，谈起往昔，都不胜感慨。当时民航局的子女兄妹或姐弟同时进19中的，我印象较深的还有张德喜、张德琴、丁鹏、丁慧、赵志刚、赵志强等，都是很聪明的学生，但在那样的形势下，好像只有丁慧、张德琴上了高中。丁慧毕业后也在民航工作，曾担任过售票处的负责人，因为是我带的第二届高二（4）班的学生，至今还常有联系。张德琴听说后来成为某招待所的所长，可惜已久无联系。由于当时的政策，不少学生下乡回城，还是进了家长的单位工作。我印象很深的一位学生叫熊明月，当时不爱学习，常令做班主任的张家瑞老师头疼。他父亲是市中医院有名的肛肠科大夫，听说后来他子承父业，在乌鲁木齐医界也颇有名气。

就是被学生们认为"运气好"，分配到工厂的毕业生，情况也好不了多少。有一个分配到水泥厂的男生，因为每天扛沉重的水泥包实在太累，又因对一位女生的"单相思"而精神恍惚，居然拿着刀回到中学来要找老师理论。于是，我这个昔日的"连长"出面和他坐在操场边谈话，另外几位老师则站在离我们几十米的地方观望，生怕有什么不测。我弄清了他的思想疙瘩，耐心地疏导他，同时答应和工厂的领导交涉，帮他调换工种，终于缓解了他的情绪。我还专门为此去了水泥厂，慰问分在那里的学生。

分到水泥厂的毕业生中，我最熟悉的是有色局的子弟马海滨、崔建华、侯莉新。崔、侯二位后来成了"工农兵大学生"，毕业后均事业有成。崔当了医生，前些年同学聚会时见过一面，已经是一位经验丰富的教授级的医务干部了。侯1990年去了广州，现在是广东省石油化工职业技术学校的副校长，有一次还在电话中感叹学生难带，问我当年带学生有什么经验。我对她说：时代不同了，恐怕我们当年的经验对现在的学生不管用了。和她不通音问几年后，最近又取得了联系，知道她还在校长的岗位上站好最后一班岗，也知道了她曾就读于成都科技大学的研究生班。她们几位应该是19中初中毕业生里最早上了大学的。这些年和我联系最多的是海滨，因为她后来随父亲回到山东淄博，进了厂办的"七二一"大学学习计算机，在山东铝业集团实现微机管理中起了作用，成效显著，也成为正高级职称的科技人才。这20多年来，她因工作等原因，常来北京；我也去过几次淄博，看望她的父母亲。她妹妹马海燕也是19中毕业的高中生，山东潍坊医学院毕业后曾在北京天坛医院工作，后来去了英国，现在定居在美国。

# 新三届高中生

19中从1972年春开始招收高中生，生源主要来自原属于有色局子校（包括新疆工学院子弟）、医学院子校、八农子校、油运司子校、十五小和三中范围的初中毕业生，文化课基础较好，加上又新添了不少内地名牌大学毕业的老师，学校的教育质量也得到了迅速提高。

19中的第一届高中生（74届）分四个班。一班班主任张家瑞老师，他是安徽宁国人，北京大学中文系1962届毕业生，和我在语文教研组共事多年，"文革"后也是我的入党介绍人之一，后来调到乌鲁木齐市政府当办公室主任，又去创办位于石油新村的师范学校，因积劳成疾去世，将自己的青春和生命都贡献给了边疆的教育事业。二班班主任开舒昌老师，新疆大学毕业，教俄语，为人豪爽。三班班主任褚文杰老师，新疆大学毕业，在数学教师里是出类拔萃的。四班班主任原来是范世福老师，她是我们北京师范大学化学系1965届毕业生，后来因孩子小有拖累，让我替代她当了四班的班主任。我教三、四两个班的语文。这个年级的学生普遍基础较好，又赶上一段要努力抓教学的好时期（我还在三班上过古文的全市公开课，后来被指责为"邓小平右倾翻案逆流"），为日后做好各自岗位上的工作和进一步深造奠定了基础。据我所知，他们之中有不少人后来也从事学校教育工作，有的还担任了学校领导职务，如张晓帆（现任新疆大学副校长）、王晓燕（曾任乌鲁木齐市教委副主任、现任市文化局党组书记）、王翠英（四中副校长）、祁永萍（农大附中党支部书记）。仅三、四班毕业生后来在农大附中任教的就还有李秀珍、马登元、李卫亚等。当然，毕业后与我联系最多的还是原四班的同学。他们许多都成了各自工作单位的领导和骨干，堪称有用之才。如四班班长尹明奎，主持自治区福彩中心成绩卓著，现在被任命为民政厅的副厅级干部。他的副手丁金凤（原二班团干部）也是非常出色的管理干部。又如四班学习委员顾美兰同学后来进入新疆第一汽车修理厂工作，很快成为工厂的技术骨干，在工厂的"七二一"大学学习三年后于1981年毕业，成为一名优秀的工程师与管理干部。他的爱人赖小音原来是三班的学习委员，与她同一年进"七二一"大学学习，也是第一汽车修理厂的工程师，1993年5月参加自治区首届青年学术年会，他的论文获优秀论文奖。现在是乌鲁木齐公安局一名出色的微机专家。这些学生，尽管现在也都过了"知天命"之年，依然对高中时期的生活有留恋之情，只是限于篇幅，恕我不能在此一一列举他们的姓名。有一位学生，虽然没有学完两年的高中课程，我还是应该提及的，因为对当时的19中"走向全国"起了影响——她便是最初担任四班班长的阎江荣。阎江荣是品学兼优，又有体育特长的学生。1972年4月她被选拔去参加自治区的运动会，得了跳高冠军，但耽误了两节作文课；我就让她补写了一篇谈参加比赛的文章，命题为《新的高度》。我将这篇作文推荐给《新疆日报》发表了，没有想到过了些日子，中央人民广播电台全文播发了这篇乌鲁木齐19中的学生习作。正巧被穆文彬同志听到了，他开始还有点不相信，跑来问我；当确认是自己学校学生的习作时，感到十分高兴。可惜因为自治区培养专业运动员的需要，阎江荣于1972年7月就调入了自治区体工队集训。她先训练跨栏，当年就打破了女子少年组跨栏的全国纪录；后来专攻五项全能，又一举改写过国家纪录；到成年组后，也多次在全国运动会上获得好成绩。她结束运动员生涯后，依然勤勤恳恳地在自治区体委工作。

第二、三两届高中生有许多是直接从19中初中部升上来的，和我相处的时间更长，其中又有许多参加了学校宣传队和田径队的同学，因此我虽然也因替代王华老师只当过第二届高二（4）班的班主任，和其他班的许多同学也都比较熟悉。应该说，由于这两届学生在初中阶段的基础打得更扎实些，加上毕业后下乡劳动的时间较短，所以"文革"后一恢复高考，就有较多的同学报考大学，成为最初几届大学生，有的后来又考上研究生攻读硕、博士学位。没有机会直接考学的，后来有许多也凭着自己的努力，获得了大学文凭。下面，我介绍几位参加过田径队、宣传队和"红画笔"小组的学生。

19 中田径队的组建和训练，主要应归功于郁志高老师。他是上海人，1968 年从我们北京师范大学体育系毕业后，也是意气风发地奔赴新疆工作，先在解放军学生连锻炼，后来分到 19 中任教。原先 19 中的体育运动成绩在全市中学里只是中下游水平，郁志高不服气，克服种种困难组织起田径队开展训练。因为我也是田径运动的爱好者，在北京师大运动会上得过跨栏名次，志高就抓住我帮他训练女队。在女队中，除了阎江荣、赵玲玲（后来到北京体院深造，曾获得北京市的手榴弹投掷冠军，现在在中国人民大学图书馆工作）是 74 届高中生外，其余大多是 75、76 两届的。我简要介绍几位：刘春娥，她着重训练 400 米、800 米中长跑，这是最为艰苦的女子项目，而刘春娥最大的特点就是能吃苦耐劳。按个头等身体素质，她并不占优势，就凭着顽强的拼搏精神，得以取得好成绩。后来，她回乡成为群众拥护的村干部，更在改革的大潮中辅佐丈夫成就名闻全疆的"北园春集团"的大业。更难得的，是她对 19 中老师、同学历久不变的深厚感情。近些年多次的师生聚会，她都是出力最多的热心人。周桂玲，她从初中起就是班里的干部，学习好，也喜欢体育运动，最初跟我练跳远，后来练投掷，也以认真刻苦著称。她后来考入新疆大学，毕业后到八一农学院任教，现在已是新疆农业大学的教授。胡健，一直是性格文静、品学兼优的学生，当时个头较高，弹跳力好，就练习跳高、跳远，可惜胆子有点小，有时会在横杆前胆怯止步，成绩提高受到限制。她从小喜欢语文，字和文章都写得好。1977 年报考大学时想考文科，可是他父亲是工学院的老师，坚决要她考理工类，考试前我辅导她作文，也没能说服她父亲改变主意。结果她的语文考了全疆第二名，被南开大学破格转录到中文系。她所在的那个班我 1980 年曾去听过课，可谓人才济济，后来出了好几位著名作家。但她毕业后还是改行从事了金融工作，现在是中国保利集团下属财务公司的副总。高中 76 届的欧嵘身材匀称，我就辅导她练跨栏，她兴趣很浓，意志品质好，学习也是一贯认真刻苦，既是好队员，又是好干部。后来成了乌鲁木齐一家著名企业的领导，事业上有成功也有挫折，仍然坚持不懈。我期望她能跨越一个个障碍，实现人生的目标。和欧嵘同一个班的叶卫星，既是田径队员，又参加了宣传队，学习也很优秀，因为发展全面，老师们都很喜欢她。后来她经过在市教育学院的刻苦学习，当了外语老师，还担任过乌鲁木齐市第 12 中学的副校长一职。她现在是上海交大二附中的教师，还取得了华东师大研究生班的文凭。记得当时我们选拔田径队的女生有一个共同的标准，就是品学兼优，和后来只看体育特长是很不一样了。由于师生们的共同努力，19 中的体育活动开展得轰轰烈烈，仅仅用了两年时间，在全市中学生运动会上的成绩就提升到了团体总分的第三名，让 1 中、2 中、14 中、17 中、八一中学等传统的体育强校刮目相看。

前面提及的第一届初中生中的侯、崔、马三位，都是 19 中宣传队最早的成员，也是带队的刘镭老师最喜欢的学生。宣传队的学生中，我最熟悉的是刘伟，他在老师眼里始终是个"小调皮"，从小活泼、机灵。记得他上初中时，有一次我在语文课堂上问："今天是什么日子？"他马上回答："报告九爷，今儿是腊月三十！"把《智取威虎山》里的台词用上了，引起哄堂大笑。他高中毕业进新疆话剧团当演员，我对他说："不要满足于当一个演员，还应该争取有进一步学习的机会。"他牢牢记住了这话，再三努力，终于在 1982 年考进了中央戏剧学院导演系。他上学期间，我到他班里看过几次小品。1987 年他毕业后留中戏任教，三年前开始担任该院导演系的副主任，成为一名教授、导演。说起刘伟，我就得提及刘伟初中时的班长李国银。当时小不点儿的刘伟最害怕这位个子比他高、常常要管教他的女班长。李国银后来考取了武汉水电学院，1987 年毕业后回疆工作，现在是新疆水利厅一位出色的人事干部，大概依然是今天的刘伟看着还会发怵的大姐。从初中到高中一直和刘伟同班的谭金玲当年也是小不点儿，也是宣传队、田径队的双料队员，而且在同学中人气和人缘都是最好的。在田径队主要练200米和400米跑，也在全市中学生运动会上得过名次。她的学习一直很好，1977年恢复高考时没能考上大学，我为她遗憾；但她还是靠自己的勤奋学习和积极工作，成为一名优秀的人事干部，并在党校取得了本科文凭。当时宣传队有几位男生不仅很活跃，而且有人缘，有号召力，有凝聚力，如胡新春、刘茂孝、史建新、周红军、员新斌、柳东升等，多年之后，虽然天南海北，仍能不断聚会，靠着他们依然人气颇旺。

当时美术老师孙长喜在学生中组织了"红画笔"小组，精心指导，也颇有成效。例如范敏燕同学，凭着学得的美术基本功，毕业后进了新疆军区话剧团，涉足化妆和布景。她成家后随丈夫转业到山东烟台，靠着自己的努力，不断进修，在中国画技法上有了长足的进步，成为一名专业画家。有一年还进京在中国美术馆举办个人画展，我专门请了冯其庸先生和《文艺报》的副主编、艺术研究院美术所的专家一同去参观，给她以鼓励。还有姜国宁同学，后来从军校毕业后，当过铁道兵，参加过老山守卫战，现在已是我军一名颇有影响的军事指挥员，曾在基层部队、军事院校和大军区等单位担任参谋工作，长期从事部队管理、教育训练作战指挥和理论研究任务，对国际战略、军队建设和作战理论颇有研究，成为一名国际军事问题专家，在军内外报刊发表和出版大量的论文、文章及专著，曾获全军学术成果一等奖。他多年来对绘画的兴趣一直历久不衰，坚持业余创作，也很有成就。还有75届高二（4）班的傅建华，她毕业后虽然没有继续发展绘画特长，而素描画训练却培养了她的细心筹划能力，她在军区边疆宾馆的工作中勤奋、耐心而又不失魄力，从基层脱颖而出，成为该宾馆的财务总监。同是宣传队和红画笔小组成员的李航燕同学，后来到西安音乐学院学习，毕业后出国发展。

"新三届"高中生，有的同学毕业后多年来和我保持着经常联系，如一直在有色局机关兢兢业业地从事纪律检查工作的赵黎，后来转战到了海南做地勘工作的尹京珍，在乌鲁木齐城市规划设计院的轩学英；有的虽然基本上失去了联系，但还能时断时续地听到一点消息，如我带过的初中班班长张新长

（听说在中山大学任教）、学习委员蔡红（听说是新疆石化的一名人事干部）、广播员郭晓岚（现在国外孩子家小住）；有的可能近在咫尺却杳无音信了，如很早就毕业于北京钢铁学院的吕燕玲，我回京工作后曾在京见过一面，后来再无音讯。不管是否还有联系，我相信他们都会常常回忆起在19中风华正茂的时光。

## 博士硕士们

在我教过的19中学生中，后来读研究生的不在少数，大概拿到博士学位的就不下10人。别看现在社会上"博士多如牛毛"，在改革开放最初的十年间，硕士、博士都还是既少且精，十分精贵的。我写这一节，也并非鼓动现在的学生都去读研，只是为自己的学生能够继续深造，能够成为某一领域的专家，能够超越老师而感到由衷的高兴，为我们19中能为国家提供一批优秀人才而自豪。

谁是19中毕业生的"第一位博士"？由于缺乏更全面、准确的资料，似乎还难有定论。其中，钟江生是我最熟悉的学生。他进校读初中，第一个班主任就是我，他则是"首任"班长。他对自己要求很严，却是"耐性子"，脾气好，不大管得住班里像刘伟那样的小调皮；我就换了比较严厉的女生李国银当班长。开始钟心里还有点不服气，有一次在"斗私批修"会上讲出来，让我吃了一惊。在高中阶段，他也一直是同学心目中的榜样。1978年初，他考入西安理工大学学习精密计量仪器专业，1984年底获硕士学位，留校当了半年教师，又考入西安交通大学机械制造学科攻读博士，1989年获工学博士学位。他任教时曾利用来京出差的机会到书局看过我，冬日，穿着一身陈旧的老羊皮袄，真像是从陕北窑洞来的老乡。后来，我和他失去了联系，听说他去了南方。2005年，我应邀到深圳参加"人文奥运高级论坛"，翻开东道主深圳职业技术学院送我的学校图录，该校"机电学院院长、钟江生教授"的介绍和照片赫然入目，我马上请人通知他，他很快便带着夫人、女儿到招待所来见面。2006年底，我从港澳回来途经深圳，又应深圳职业技术学院体育部之邀做一次演讲，当时钟江生正忙着参加学校领导层会议，匆忙间只见了一面，未及细谈。现在，他担任了学校的科研处处长，重任在肩。钟江生在机械工程及精密仪器制造方面已经是成果丰硕的专家，而且还担任了国家自然科学基金的同行评议专家。我请他发来一份简历转给19中，让母校的师生可以大致了解他的成长历程。顺便提及，他的妹妹钟英军在19中学习时也一直很优秀，后来毕业于成都科技大学，现在是新疆水电学校的副校长。

　　我很早就听说原先19中76届高中尹兆辉老师带的班中出了一位女博士——朱小亚。我的印象中她个子不高，是水文队来的学生，很聪颖。最近我跟她取得了联系，确知她1978年考上复旦大学化学系，毕业后又考上了中国科学院的硕士研究生，后来赴美国攻读博士学位，1992年获得博士学位，现在在美国的IBM公司从事计算机研究工作。她的姐姐朱莉也是19中的学生，后来到美国获得了双硕士学位，现在也在美国工作。较早留洋的博士还有梁孙亮同学，他初中时在李珍招老师当班主任的三班。1978年考入南京邮电学院，本科毕业后工作了两年，又考上南京工学院的硕士研究生，然后到法国攻读博士，1993年获得博士学位后到香港工作。他在港时，曾多次寻找1975年到港定居的班主任李老师未果，一直到去美国工作前，才通过新疆的同学和李老师联系上，并带老师去参观他工作的亚洲卫星公司，向她讲解地面是如何控制人造卫星的。去年李老师到美国看望儿子，梁夫妇还特地远道赶来参加李老师之子的婚礼，并驾车陪老师去看望寓居美国的刘镭老师，又穿州过省，尽兴游览。

　　写到19中出来的博士，就必须提到两位出色的维吾尔族专家，他们都是我1975年带的初一学生（我当时担任初一年级组长兼5班副班主任）。一位是5班的热娜，她开始担任班里红卫兵的分队长和英语课代表，后来当过学习委员，给我最深的印象是写字、作文尤其认真，一丝不苟，身体瘦弱却很有毅力，小小年纪承担了繁重的家务，到学校仍是做什么都不甘落后。她1980

年考取新疆医学院，本科四年毕业后留校任教，应该说还算顺畅，可她并不满足，当了十年教师后，又于1994年3月带着年幼的孩子到日本富山医科药科大学连续攻读硕士、博士学位。日本高校对博士论文要求极严，对中国留学生更近于苛刻，热娜的艰辛可想而知。她以自己的才智和毅力，短短四年就取得了博士学位，成为在日中国留学生里的佼佼者。现在，她是新疆医科大学药学院院长、博士生导师，当选为第十一届全国人大代表。去年在京参加两会期间，适逢三八妇女节，我在央视的新闻联播中看到她代表全国各族妇女向胡锦涛总书记敬献花帽，说了一段非常得体的话。事后，她打电话问我："我的语文表达没有问题吧？"我当然为她感到骄傲。说到语文，我还想起另一位维吾尔族学生木拉提，他也是那一届的初中生，也来自新疆工学院，是崔健老师带的4班的学生。我当时在全年级搞了一次汉语语文知识竞赛，获得全年级第一名的就是木拉提，使得许多汉族学生都十分钦佩。他后来考上中国科技大学，又到欧洲攻读博士学位，30岁左右就成为苏黎世国际核物理研究院的一名博士后研究员，为国家和民族争得了光荣。木拉提的哥哥热西提是李珍招老师所带三班的学生，也很优秀。他的妹妹热衣汗（未在19中上学）于中国社会科学院硕士研究生毕业后曾去法国攻读博士学位，成为非常优秀的从事比较文学与语言学的研究专家，也活跃在中外文化交流的行列。19中培养的少数民族优秀学生不在少数，如长期在《新疆日报》社从事图片摄影与编辑的早力克太，在新疆畜牧厅的高级园艺师金花，也都是蒙古族专家中名闻遐迩的人才。

前面提到的张晓帆兄妹三人都曾是19中的学生。哥哥张桅顶当时是学校的篮球队员，后来是新疆大学的干部；妹妹张晓宇现在也是新疆大学研究生院的干部。晓帆高中毕业后下乡到呼图壁务农一年多，进了有色地质704队当工人，1976年进长春地质学院学习，1980年毕业后回704队做了两年的助理工程师，1982年考上新疆工学院攻读硕士学位，1984年留院任教，经过十年努力，1995年成为一名教授，担任了工学院的领导职务，2000年调任新疆大学副校长至今。他主持了若干项国家、省部级科研项目，获得一、二、三等奖，可谓硕果累累，为我国西部地区大开发和技术进步贡献不小。最近，我也请他发来一份简历，转给母校参看。

青出于蓝胜于蓝，长江后浪推前浪。乌鲁木齐第 19 中学的学生，是值得我们这些耕耘者自豪和骄傲的，也是写不胜写的，我这里所记，只是一个短短的开篇，更光辉、更丰富的内容要大家来书写。我在 19 中工作只有不到十年的时间，但那却是我一段常怀念、最难忘的时光。在 19 中勤勤恳恳工作的老师，还有后来我在市教育学院共事过的老师们，多年来从内地高校志愿到边疆为教育事业贡献了青春的教师们，都值得我们来大书特书，值得我们尊敬。我希望有机会也能写写他们的事迹。我们回忆 19 中的过去，是为了激励现今，展望将来。我自己读了六年中学的母校——杭州高级中学，这几天将庆贺她 110 周年的校庆，那是一所产生过鲁迅、沈钧儒、陈叔通、马叙伦、郁达夫、朱自清、叶圣陶、李叔同、徐志摩、丰子恺等许多文化巨人和徐匡迪等几十位院士的名校。相比 19 中，他是一位老者，也正在勃发生机。我以为，无论老、中、青，都要焕发青春；无论名校与否，都是传播知识、传承文化、培养人才的重要园地。我期盼着 19 中能为国家培育更多更出色的建设人才，愿意为此继续贡献我的微薄之力。

（2009 年 5 月 16 日于北京）

* 本文曾发表于《去新疆，到祖国最需要的地方》，新疆人民出版社，2009 年

【补记】

在至今仍和我有联系的学生中，74 届高中四班顾明同学于 2003 年在新疆当选为第十届全国人大代表；钟江生同学于 2014 年被派到江西吉安创办一所新的职业技术学院，担任首任院长；姜国宁同学于 2012 年晋升为少将军衔；张晓帆同学则于 2012 年冬辞去新疆农大副校长后应聘担任海航集团教育委员会职务。刘伟同学于 2015 年 6 月评定为中央戏剧学院博士生导师。（2015 年夏）

# 启功先生的浙江情缘 ▪

　　众所周知，作为著名教育家、文化巨匠的启功先生虽是北方满族人、清朝皇室后裔，却绝无丝毫狭隘民族主义的偏见，也没有地域差异的隔阂，对浙江、对杭州这座历史文化名城有着特殊的感情。他认为秀美西湖景观所蕴含的文化内涵，是由各民族创造的优秀文化积淀而成，远自秦汉、吴越、唐宋，近至明清、民国、现当代，江浙地区杰出人才济济，湖山之间名胜古迹迭出，都与各民族文化交流密切相关，即便是西湖景点中比比皆是的康熙、乾隆题署，亦是满汉蒙文化交融的结晶。启功先生广博精深的文史知识、杰出的书画成就、高超的文物鉴定本领，除了他自身的天赋和勤苦努力，也与他众多的浙江籍师友相关。

　　作为启功先生教导多年的学生，我存有一页他亲笔撰写的《启功简历》手稿，其中写道："曾读小学，中学未毕业。从戴绥之先生读书，学文史词章，又从贾羲民、吴镜汀先生学画。廿岁后经傅沅叔先生介绍，受业于陈援庵先生。"戴绥之（姜福）先生为江苏昆山人，似为桐城派代表人物戴名世（南山）后裔，他的教学为启功先生打下了深厚、扎实的文史功底。启功先生从贾羲民先生学画时，贾已年迈，遂于 1929 年推荐 17 岁的启功到吴镜汀先生（1904—1972）门下学习画艺及书画鉴定知识。吴先生系浙江绍兴人，出生于北京，年长启功 8 岁，青年时已因其扎实的国画功力和吸收众长后形成的清劲画风而享誉画界，他对山水画基本功的强调和细心指导对启功先生影响极大。启功先生曾撰文回忆道：

> 吴先生教画法，极为耐心，如果我们求教的人画了一幅有进步的作品，先生总是喜形于色地说："这回是真塌下心去画出的啊！"先生教人，绝不笼统空谈，而是专门把极关重要的窍门提出，使学生不但听了顿悟，而且一定行之有效。先生如说到某家某派的画法，随手表演一下，无不确切地表现出那一家、那一派的特点。

启功先生曾为吴镜汀的六幅山水小景题诗六首，感喟吴画"山川浑厚树华滋，遗法耕烟世莫知"，赞叹其"李唐可比李思训，健笔嶙峋今过之"。1982 年，启功先生 70 岁时，还专为吴先生画稿《江山胜览图卷》题跋，曰："长卷江山胜览图，层崖险峻树扶疏。门生白首瞻遗墨，掩泪难为跋尾书。"末署"受业启功敬题"。敬思缅怀恩师之情，跃然纸上。

启功先生对恩师陈垣（援庵）老校长的感恩之情至真至挚，常为学界熟知并称道，此不赘述。在陈校长的三位得意门生（启功、刘乃和、柴德赓）中，德赓（青峰）先生（1908—1970）是浙江诸暨思安乡柴家村人，数十年与启功先生切磋学术，学谊深厚，他在"文革"中备受折磨，身心摧残，不幸病逝。启功先生含泪撰写挽联云："节概见生平业广三余众里推君才学识，切磋真苑友心伤永诀梦中索我画书诗。"充溢推许、悼念之真挚情谊。

在启功先生于辅仁大学 40 年代授业的学生中，萧山籍的南开大学教授来新夏先生（1923—2014）堪称他十分器重的大弟子，二人保持了半个多世纪的师生友谊。来新夏教授曾回忆：在辅仁上学之时，启功先生常鼓励他共同作画。来新夏学生生活清苦，启功先生叫他每周日到自己家里改善生活。有时候衣服掉扣子、破口子了，老太太和启师母也帮他们补补钉钉。来新夏教授上世纪 60 年代含冤受审查，很多人都疏远了，启功先生仍殷切关怀。1996 年有一次，来新夏去启功家看望，启先生忽然问来新夏："你几岁了？"来新夏说你不知道我几岁吗，我 73 了。启功大笑，说："你七十三，我八十四，一个孔子，一个孟子，都是'坎儿'，这么一挤一撞，就都过了'坎儿'了，这不值得大笑吗？"启功先生曾在给来新夏的一封信中写道："回忆前尘，几乎堕泪。以不佞亦曾自言'王宝钏也有今日'之语，虽然身世各自不同，而其为患难则一，抵掌印心，倍有感触，半世旧交，弥堪珍重！"启功先生为来新夏及其先祖著作题写了不少书签，来先生曾写有专文述及。2002 年，天津史学界为来先生庆贺八十大寿，其时启功先生因目疾书写困难，仍用硬笔写了一首七律贺诗让我转呈，诗云："难得人生老更忙，新翁八十不寻常。鸿文浙水千秋胜，大著匏园世代长。往事崎岖成一笑，今朝典籍满堆床。拙诗再作期颐颂，里句高吟当举觞。"

故宫博物院朱家溍先生（1914—2003），亦祖籍萧山，启功先生在朱先生去世后追思会上的书面发言一开头就说："我的外祖家和朱先生的外祖家有通家之谊。我母亲的伯祖（荣绮）是朱先生的外祖（张仁黼）的科举业（座）师，我的先母和朱先生的母亲常在一起玩耍，两家小孩的一同玩耍的友谊是最坚固、最友好的。"（朱传荣：《父亲的声音》，中华书局，2018 年 9 月版，第 20 页）启功先生在追念朱先生的文章中还专门提及他们师从的辅仁大学文学院沈兼士教授（1887—1947），沈先生是浙江吴兴人，著名语言学家。沈先生去世时，启先生提笔为故宫博物院缅怀沈先生的专刊撰写了《跋邺河伊拉里氏跳神典礼》一文以尽弟子之意。就在这一年，35 岁的启功因时任故宫博物院院长马衡先生（1881—1955）的赏识，被聘为故宫博物院专门委员。马衡先生是浙江鄞县人，著名的考古学家、金石篆刻名家，也是杭州西泠印社的第二任社长（1927—1955）。启功先生自青年、中年时期即结识并交往的浙江籍著名学者还有叶恭绰先生（1881—1968，浙江余姚人）、丰子恺先生（1898—1975，浙江桐乡人）、唐兰先生（1901—1979，浙江嘉兴人）、赵万里（裴云）先生（1905—1980，浙江海宁人）等。词学宗师夏承焘先生（1900—1986，浙江温州人）、曾任西泠印社副社长的钱君匋先生（1907—1998，浙江桐乡人）亦与启先生多有交往；钱君匋艺术馆即藏有启功先生为钱氏书写的两首诗。1957年，启功先生南下上海考察时，获丰子恺先生题赠弘一大师（李叔同）像及弘一手书"南无阿弥陀佛"横幅一帧，珍藏终生。

作为书画大师的启功先生在上世纪八九十年代为浙江友人的题咏几难胜数，可谓多矣。仅据我所知，如1981年4月，启功先生为祝贺浙江美院陆俨少教授的画集出版题诗云："云委山弥峻，秋深树未黄。俨翁吾所敬，画笔最清苍。" 后又曾为《陆俨少梅声轩图》赋诗二首。 1992年秋，先生为《吴湖帆画册》题跋，称"湖帆先生画清秀天成，为三百年来吴门六法嫡嗣，其拟大痴，尤见千春衣钵"。 西泠印社执行社长、浙江美院刘江教授为启先生至交，1982年秋，启先生为刘江题赠条幅，又在其所治印册后题跋，赞许刘治印"镕徽浙之长，复畅以蜀江气魄"，开启了"印林新面"。1985年夏，启功先生还专门致信日本书法教育家今井凌雪，荐举刘江教授到日本高校担任客座教授，进行文化学术交流，称道刘江"于金石书法篆刻俱有成就""人品朴实，教学极其尽责"。在杭州，多次得到启先生指教并获赐先生墨宝的还有吴龙友先生及我在杭高初中时同班学友丁云川、唐诗祝等位。1994年11月8日，启功先生在北京寓所接待一位杭州来的客人，应请为其册页题诗一首云："笔底发高歌，中华瑞气多。西湖应最美，禹域好山河。"末署："福庭同志自浙来，喜谈西湖发展近况，出册索题，拈此求教，一九九四年深秋。"

启功先生结交诸多浙籍师友，绝非偶然。19世纪末至20世纪初，文化底蕴深厚的浙江涌现出一批既致力于传承中华优秀传统文化，又能放眼西洋、东瀛，站立文化教育革新潮头的教育家、学术大师，如蔡元培、马叙伦、马寅初、沈钧儒等（也包括虽"政治保守"却学术开放的国学大师王国维和开拓现代农学与近代考古学的罗振玉），首先影响了许多浙籍志士仁人。启功先生出生于民国元年，他自己曾明确表示：我绝非清王朝的遗老、遗少。他从青年时期起就有志于文化艺术创新，这种内心的"动因"，加上在辅仁教学、故宫考察的经历，得以和众多浙籍先进"结缘"为伍，成就其浙江情缘，也就很自然了。

杭州的西泠印社创办于1904年，作为我国近现代著名金石篆刻研究学术社团，素有"天下第一名社"之誉。其发展历程，与百年来传统金石篆刻、书画艺术的传承与创新密不可分。启功先生投身其中近三十年，亦是缘分。

1979 年 12 月，启功先生应沙孟海先生（1900—1992）之邀，赴杭州参加庆祝西泠印社建社 75 周年活动，并在理事会上被推选为副社长。启先生与沙老一见如故，对沙老十分敬重。沙老在杭州龙游路的旧居，离我家在白沙街的老房子仅百米之距（我弟、妹儿时常进院玩耍，我却不知）。现在进沙老旧居观瞻，首先入眼的就是客厅正壁沙老与启功先生亲切握手的巨幅照片。沙老自号"石荒"，启功先生即专为其《石荒图》题诗二首：

> 柔毫铁笔用无殊，腕力沙翁继缶庐。
> 点染名都助佳丽，奇章妙迹满西湖。

> 龙马精神意气扬，西泠欣见鲁灵光。
> 虚心常记先贤语，画比书绅写石荒。

多年之后，启先生又不仅为即将出版的《沙孟海论书文集》题签，还特地撰写贺诗一首，高度评价了沙老的书法成就：

> 艺圃钦南斗，词林仰大宗。襟期同止水，风范比长松。
> 绛帐英才聚，霜毫笔陈雄。学书求得髓，熟读自登峰。

启功先生 1979 年冬初访西泠印社，即为社中同好题"西泠鸿雪""自强不息"留念，又书苏东坡的《望湖楼醉书》之五："未成小隐聊中隐，可得长闲胜暂闲。我本无家更安往？故乡无此好湖山！"借苏诗赞叹了西湖胜景。他年逾古稀之后，为西泠印社挥毫题署也是最多的。如 1983 年秋题"荷叶披披一浦凉"七言诗；又如 1986 年 9 月 11 日，启功先生为《西泠艺报》题诗云："湖山胜览首西泠，石好金佳备艺能。岂独越中增纸价，寰区同与播芳馨。"1988 年冬，为西泠印社创建 85 周年题："万绿西泠，金石维馨。八秩有五，松寿竹青。"
1992 年 1 月 24 日，再次为西泠印社一手卷题署"西泠鸿雪"，并作诗一首：
"鸿爪当年到处留，西泠旧梦几经秋。阖簪每忆拈毫乐，一卷琳琅纪胜游。"
尾署曰："昔在西泠偶拾素纸，僭题引首，岁月不居，宝绘遂盈一卷，重现欣
得眼福，再玷纸尾。启功"1993 年，他又题诗祝贺西泠印社成立 90 周年："西
泠结社忆前修，石好金佳九十周。无尽湖山人共寿，钱塘江水证长流。"表达
了期盼西泠与湖山共寿、文脉长存的愿望。1997 年，为迎接香港回归，西泠
印社百名社员创作"迎香港回归百印图"。启功先生获知消息后，即抱病用硬
笔题签《百印图》，并特意写上了"迎接香港回归祖国"八个字。

　　启功先生对西泠印社的关爱，绝非一般的"偏好"，而诚如他晚年所题
"西泠情愫"四字所蕴含的，是一种出自对祖国优秀传统文化由衷热爱、对象
征西湖胜览的艺术团体倾情赞许的初心、本心。2002 年 10 月，在杭州举行
的西泠印社六届五次理事会上，启功先生当选为西泠印社第六任社长，可谓
实至名归。

　　启功先生的浙江情缘，还体现在他与浙江图书馆、浙江博物馆以及岳王
庙等文化机构与名胜古迹的关系中。1986 年秋，启功先生在浙江博物馆鉴赏
了元代名家黄公望名作《富春山居图》的遭焚劫烬余幸存的前半段遗卷（称
"剩山图"），遂题诗云："一掬香煤宝轴开，痴翁妙墨映苍苔。西湖换劫人丰
乐，胜看残山短卷来。"因该图所存后半部分（称"无用师卷"）藏在台北的
"故宫博物院"中，未曾合璧共展，早在上世纪 90 年代中，启功先生就让我
传话给浙博工作人员，是否可考虑两家安排合作共展此画？以后又请其他人
转达他的建议。2002 年 6 月，九十高龄的启功先生仍惦记此事，提笔为浙
江华宝斋复制《富春山居图》题跋："未完画本先题记，异世遗踪被火烧。可
恨藏家轻亵渎，吴门弟子罪难逃。此卷传至明末，为吴彻如所焚，又经梁诗
正题为伪迹，竟使痴翁九天为之一叹。影本流传，得还千古面目，科技所赐，
真堪泥首。"后又几经周折，在有关领导的支持下，2011 年 6 月 1 日，"山水
合璧—黄公望与富春山居图"特展开幕式终于得以在台北故宫晶华三楼宴会

厅举办。遗憾的是此时已距启功先生仙逝近六载了！ 1987年，启功先生又曾为浙博题诗一首："懒游偏好望江南，处处登临迹未删。最喜西泠桥畔路，故乡无此好湖山。"末句借用东坡诗，以赞叹西子湖山之美及文物古迹之丰。

启功先生对浙江图书馆亦情有所钟。他对曾任浙图馆长的著名学者张宗祥（1882—1965）和曾任浙江通志馆馆长的著名书画家余绍宋（1883—1943）均敬佩有加。在浙图古籍部任职的余子安先生是余绍宋之长孙，启功先生不仅多次应子安之请为《余绍宋日记》等著作题签，而且十分关切他的工作及研究状况。1989年，启先生将两年前所作西湖诗十首之十写成条幅赠给余子安："占断湖山美，林深偃月堂。行人虚指点，何处贾平章？"《浙江图书馆馆藏书画选》一书的书名，也是启功先生应子安先生之请所题。浙图古籍部主任谷辉之博士是词学专家吴熊和教授的高足，启功先生不仅为她及家人书写立轴，还从专业进修及进行国际学术交流的需求出发，专门写信推荐她到哈佛大学做博士后，为提携后学晚辈操心尽力。

1996年4月5、6两日，由国务院参事室副主任王海容带队，启功先生赴杭州出席"中华艺园西湖春会"。先生与大陆及港台与会书画家合作巨幅国画，题诗曰："踏青名媛俯清流，共赏湖山卉木稠。证得时和共物阜，百昌相颂乐悠悠。"又为《浙江日报》"周末文荟"题四言诗云："周末文荟，众艺之最。湖山可钟，群贤所萃。"会后7、8两日，即由我和章景怀、丁珊等陪同，两次参访浙江图书馆善本部，在余子安、王效良、黄良起等人陪同下，观看碑廊，研读藏品，促膝交流心得。启先生还对在浙图善本部工作的碑刻家黄良起先生高超的刻碑及摹拓技艺赞赏有加，不仅建议浙图领导要充分发挥其特长，还欣然为其收藏的名家册页题跋。参访结束后，启先生还邀请我父母亲和浙图友人及师大校友沈晖、沈敏等一道在楼外楼聚餐，餐后合影留念，十分难得。启功先生特意为图书馆碑廊书匾曰："文澜石墨"，为碑廊增添了光彩。

那两天，我还陪着启功先生在龙井搅水观纹、小憩品茶；又漫步植物园、到玉泉观鱼，启功先生在玉泉谈笑风生，音容笑貌，恰与悬挂在鱼池旁先生手书的"鱼乐人亦乐，泉清心共清"楹联相映照；又进岳庙参拜，大殿里悬挂着先生 1979 年书写的楹联"遗烈镇栖霞醲酒重瞻新庙貌，大旗悬落日撼山愿学古军容"和"忠义常昭"匾额；又往灵隐寺礼佛，先生在殿前顶礼跪拜的形象给我们这些同行者留下深刻印象，久久难忘……我们知道，在杭州，启先生为"平湖秋月"题匾；为雷峰塔所出经卷题咏，后又为复建雷峰塔题匾；为净慈禅寺书联，登玉皇山赋诗，几番为玛瑙寺葡萄作画题诗；书写自撰的一首《论书绝句》赠杭州邵芝岩笔庄；撰诗祝贺"楼外楼"餐馆建立 150 周年；题写"龙井问茶"与"龙井御茶园"，为世界文化遗产西湖的文化传承、弘扬做出了不可磨灭的贡献。

启功先生与作为我国书法渊薮之一的绍兴兰亭所结"墨缘"，也在书法史上留下佳话。1982 年 10 月 29 日—11 月 7 日，启功先生到杭州、绍兴拍摄书法电视教学片。在杭州住宿浙江美院留学生楼。11 月 4 日到绍兴，参观鲁迅纪念馆、三味书屋、青藤书屋、秋瑾故居。在咸亨酒店喝酒，到福山饭店午餐，下午到兰亭鹅池等处拍摄。在兰亭碑亭，他与并不相识的游客合影，还信笔写下一首充满幽默的《观鹅口占》诗："不待羲之笔入神，低头早拜路边尘。写经难怪无人换，鹅鸭当前认未真。" 1987 年 4 月 9 日，启功先生在杭州饭店小礼堂主持召开了"中日书法讨论会"；第二天，启先生再次到绍兴，在兰亭右军祠参加了第三届兰亭书法节和"中日兰亭书会"，后又在"曲水"旁即兴集《兰亭序》之字口占绝句云："临风朗咏畅怀人，情有同欣会有因。可比诸贤清兴咏，水流无尽岁长春。"先生在这次兰亭举办的 40 余位中日第一流书法家聚集的书会上特撰联语"俯察仰观有崇山峻岭茂林脩竹，高朋胜友见物华天宝人杰地灵"，此联即在兰亭刻石，立于沙老所书"兰亭碑林"碑一侧。回杭州时，先生住新新饭店，又撰写了《兰亭集会后至西湖小住十首》，第一首云："逸少兰亭会，兴怀放笔时。那知千载下，有讼却无诗。"其余九首写观赏西湖景物，花港、云栖、岳庙、放鹤亭、白堤、苏堤、断桥、吴山等均一一入诗。启先生这次赴杭，除到绍兴参加兰亭雅集外，因还承担与中国古代书画鉴定组同仁鉴定浙博、浙图、西泠印社、浙江美院及省内有关单位收藏的古代书画的任务，所以在杭州住了近一个月，加深了西湖印象。

启功先生对敦煌莫高窟藏经洞所出古代写本尤为重视，从上世纪 40 年代起，即主要从研究书法字体之角度搜集选购流散于民间、厂肆的敦煌写经残卷，颇多收获，既珍藏于北师大小红楼之坚净居，不仅多所题署、研究，又常示之同仁友好。我参与敦煌学研究，不仅得以多次经眼先生所藏，又常常得到先生鼓励、指点。先生曾将他珍藏的两个较完整的敦煌写本捐赠给中国印刷博物馆，还教诲我要多关注流散的敦煌写卷，不可懈怠。20 世纪 90 年代末，我曾陪同饶宗颐、冯其庸两位先生到浙图观看所藏"唐人写经"，意识到浙江所藏敦煌写本散藏浙图、浙博、灵隐寺等处，长久"藏在深闺人不识"，亟待整理、印行。经报告启功先生，先生极为支持，不仅马上写好了《浙藏敦煌文献》的题签，还同意担任此书顾问，表示有需要他协助之处一定尽力。之后，经京、浙两地敦煌学专家及出版社同行的齐心协力工作，此书得以在 2000 年正式出版，成为在莫高窟藏经洞文献发现一百周年的纪念会上首发的献礼图录。先生去世后，他的内侄章景怀先生将先生收藏的部分敦煌经卷交我整理，其中粘贴的两册碎片交北师大出版社收入《启功丛帖》影印出版；另有一个似为《佛说十王经》残卷（32 行，行 17 字），我请国家图书馆善本部专家细心修复后，因考虑浙江大学古籍所系敦煌学研究的重要基地之一，但并无敦煌写本真品收藏，似一缺憾，遂建议章景怀先生将此残卷捐赠给浙大古籍所，供师生鉴赏、教学、研究之用。景怀兄欣然同意，浙大为此举行了隆重的捐赠仪式，这也是实现了启功先生平生的一个愿望，是契合先生的敦煌写本情结与浙江情缘之举。

自青年时期起，启功先生的浙江情缘贯穿终生。我以为这正生动地说明了："天时、地利、人和"是多元文化形成、发展、繁荣的基础；而多民族文化的交流互鉴、交融创新是人类文明进步的必要条件。浙江地区自五代吴越国以降，经过多少代各民族仁人志士与黎民百姓的不懈努力，成为经济繁荣的"文化大省"。这也证明：文化传承、创新、发展的核心是"人"，是不断创造文化亦不断需要文化滋养的"人"。而教师，担负着传承、弘扬文化的光荣使命，是提高国民人文、道德修养的重要保障；民众的人文素养则是一个国家文化自信的根基。启功先生作为一位百年文化巨匠、杰出的教育家，以他一生的辛勤教学、创作和研究，真正实践了他为北师大写的校训："学为人师，行为世范"。他的浙江情缘，即源于此心、此情、此朴实而崇高的理想境界。

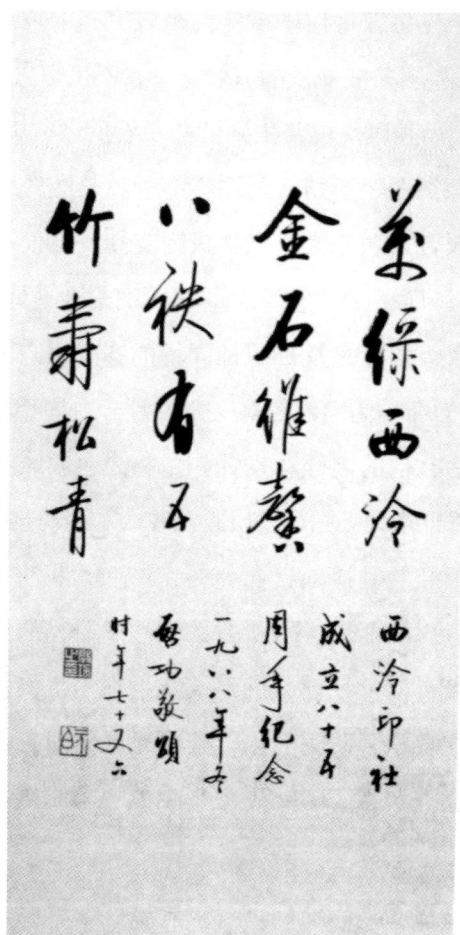

启功先生为西泠印社成立 85 周年颂诗

（2018 年 11 月—2019 年 1 月）

* 本文刊登于《西泠艺丛》2020 年第一期。

# 中华书局中的"杭高人"

2019年5月18日，我的母校浙江省杭州市高级中学（简称"杭高"）隆重举办了创办一百二十周年的校庆活动。作为1955—1961年在母校度过了六年学生生活的一名杭高学子，我从北京回到杭州躬逢隆重的万人庆典，同时献上一份贺礼：我的工作单位中华书局2011年出版的一册鲜红的《共产党宣言》汉译纪念版——影印于书中的《共产党宣言》第一个中文全译本，其译者正是中国共产党的创始人之一、1919年进杭高前身"浙江一师"担任教职的陈望道。在校庆活动中，我对母校在近代中国新文化运动和科学技术发展中的重要地位有了更详尽的了解，也进一步获悉"杭高人"与中华书局的密切关联。本文即主要对曾在中华书局任职的十几位"杭高人"的相关资料做些初步的梳理，旨在为中国近代出版史和杭高校史研究提供些许帮助。

江南"四大名中"之一的杭高，发端于1899年杭州知府林启（1839—1900）开办之养正书塾，名为"书塾"，实为浙江最早之官办普通中学。之后，先后冠以杭州府中学堂、浙江两级师范、省立一中、浙江一师、省立高中、杭高、杭州一中等名，1988年3月，正式恢复"浙江省杭州高级中学"校名。据不完全统计，120年间，在杭高就读的学子约有7万多人，师生中文化界名人辈出，52位院士等科技英才荟萃，被誉为"浙江新文化运动中心""科技精英启航之港湾"。

1912年民国伊始，浙江嘉兴桐乡陆费逵（字伯鸿，1886—1941）在上海创办中华书局，得到了在新文化运动中崭露头角的浙江同乡先进贤达的大力支持，也与"杭高人"结下了不解之缘。

书局创办当年，第一位进入书局担任编辑的杭高人即是姚汉章（字作霖，1880—1919）。姚系浙江诸暨籍前清举人，1907年进杭高前身杭州府中学堂教授地理学，夏天任学堂监督至1909年夏（后由沈钧儒接任）。他进中华书局做编辑，即担任首届董事会董事、中学师范部主任，积极贯彻书局注重教育、以新式教材养育国民素质的宗旨，主要负责编著、出版系列新教科书。当年中华版的许多国文、历史、地理教科书，大多出自其手。如1912年9—11月出版的"新中华中学国文教科书"（全四册，刘法曾、姚汉章评辑），1913年出版的经他和陆费逵审读由华文祺等编著的《中华中学动物学教科书》《中华中学植物教科书》，1914年所出谢无量、范源濂、李步青等人编撰的《新制国文教本》《新制教育学》《新制各科教授法》《新制修身教本》《新制东亚史教本》，1920年所出缪文功著《本国地理教本》（姚汉章、李廷翰合编）等等，这些经当时民国政府教育部审定通行的新式教科书，均由他负责审阅并编辑加工。他还为书局编著了"初中学生文库"中《分类名家尺牍选粹》《历代名人尺牍分类选粹》等，与书局另一位编辑、也是"杭高人"的张相合编了《实用大字典》《古今文综》《古今尺牍大观》《清朝全史》等书。他还曾任1914年创办的《中华小说界》月刊主编。这些宣传新文化、传播各学科知识的书刊，不仅在民国初期影响过千百万学子、国民，而且为我国传统典籍的现代出版事业奠定了扎实的基础，也为促进20世纪中西文化学术交流创造了必要的条件。姚汉章系与另一位杭高两级师范学堂时期的生物课教员周树人（鲁迅）交往甚多的学者姚蓬子之父，姚文元的祖父。

张相（原名廷相，字献之，1877—1945），浙江杭州人，著名的语言文字学家。这位青年时期即有"钱塘才子"之称的清末秀才，是晚清著名词人谭复堂的学生，自1903年起即在安定学堂、杭州府中学堂、宗文中学堂任教，讲授古文及历史，沈雁冰（茅盾）、金兆梓、徐志摩等均是他学生。他于

1914年受聘于中华书局，主编文史、地理教材，担任教科图书部部长、编辑所副所长，前后达三十年之久（1917年因书局业务停顿，一度离去重新教学，1920年初又被请回书局），是典型的"学者型编辑"。书局早期曾出版他编译的《中华中学历史教科书西洋之部》，应是我国最早的世界史教材；1916年出版的《佛学大纲》（谢蒙编）系张相为之作序，20年间印行达11版。20、30年代他参与阅校的书局出版物有"国语读本"系列、神话系列、历史课本、地理课本等十数种之多。张相所编著作，还有《古今文综》，从古代至近世分为六类，共四十册，且有评注，1924年出版后也颇受读者欢迎。张相所著《诗词曲语辞汇释》，汇辑唐宋以来诗词剧曲中的特殊语辞，详引例证，考释辞文与用法，兼谈流变演化。张相去世后，中华书局买下这部书稿。但当时上海正是沦陷时期，物价飞涨，书局营业不景气，稿费又极为微薄，故未能发稿排印。抗日战争胜利后，书稿经金兆梓、朱文叔和张文治校订，一直处于排版待印阶段。解放初，书局对这部书的销路问题还有过争论，认为过于专门，需要的读者不会多，上海只订货五百部，又曾一度拆版。后来还是由叶圣陶、金兆梓二位先生的建议，才重新排印出版。该书从1953年由中华书局初版以来，一直畅销不衰，至2008年11月出第四版，2017年第23次印刷，已累计印刷了1776500部（2009年12月，上海古籍出版社又曾印行了该书的横排合订精装本，并增附四角号码索引）。此外，编纂于1915至1935年，1936年由中华书局出版的大型综合性辞书《辞海》，张相为主编之一。此外，中华书局辑印《四部备要》，影印《古今图书集成》，张相均参与其事。

陆费执（字叔辰，1893—?），浙江桐乡人，中华书局创办人陆费逵之三弟。生于1892年，卒年不详。陆费执早年赴美国留学，就读于美国伊利诺依大学，1918年毕业，获农学学士学位。1913年10月，他曾发起组织农科大学最早的校友会，并当选为第一届校友会会长。后入美国佛罗里达大学继续深造，1919年获农学硕士学位。在美国求学期间，他主攻植物学和园艺学。回国后，他曾历任国立北京农业专门学校（北京农业大学前身）教授兼园艺系主任（讲授"作物学""作物试验""农学总论"等课程）、北京高等师范学校教授兼生物系主任、浙江省第一中学中学部主任及出版委员会委员、南通农科大学教务主任、江苏农矿厅技正兼农业推广委员会委员、江苏农矿厅技正兼第一科科长（代秘书）等职。1933年1月，陆费叔辰进中华书局任理事，之后长期担任书局理事会理事，曾兼任书局出版部部长，一度任书局总编辑，1938年7月起为书局上海发行所负责人之一。1950年10月15日，中华书局召开解放后第一次股东常会，陆费叔辰亦为15位董事之一。数十年间，他为中华书局编撰出版的农学类图书甚多，如《中等农学通论》（1926年）、《中等园艺学》（1926）、《农业宝鉴》（1932年）、《蔬菜园艺》（1936年）、《农业及实习》（全三册，1941年）等，还有收入"初中学生文库"的《园艺学》《种树法》以及《初级生物学》（1925年）、《家畜饲养法》（1946年）等。他还为书局主持编辑出版了《中华汉英大辞典》（与严独鹤合编，1930年）、《英华万字字典》（1926年）、《模范英文尺牍》（1927年）、《模范英汉会话》（1927年）等英语工具书。为配合1929年杭州举办首届西湖博览会，他负责编写的《杭州西湖游览指南》一书于当年在书局初版，则对发展杭城旅游经济、普及文化知识起到了积极作用。 新中国成立后，他曾担任上海种苗场场长，为配合知识技能普及工作，年近花甲的陆费执还亲自为书局的"工农生产技术便览"丛书编撰了《树苗场的经营》、《做酒曲和红曲》等书。据学者介绍，陆费执还辑有《中国古代农业史料》六编，系他集20余年之功，从传世史籍及农书中摘录的涉及农作物、果蔬花木、动物、园林及田制、赋税等方面的大量资料，该手稿本现藏于农业遗产研究室，惜尚未印行。（参见衡中青、侯汉清：《农史物产史料来源探微》一文，载《中国地方志》，2008年第8期）

朱文叔（名毓魁，以字行，1895—1966），浙江桐乡人。语言文字学家。1912年入浙江一师读书（1914年进一师读书的丰子恺是他的同窗好友）。1917年毕业后赴日本留学。1922年7月进中华书局任中小学教科书编辑，并参与编纂、修订《辞海》。经我初步统计，上世纪20、30年代，书局出版朱文叔亲自编撰及参与编校的中小学《国文读本》《国语读本》《教育学》《教育史》《各科教学法》《历史课本》以及儿童读物等有数十种之多，大多为教育部审定的通行教材，常常在数年间印行几十版之多，如由他编纂、尚仲衣等分撰的《小学国语读本》（共 8 册）第一册初版于 1933 年 3 月，到 1937 年 3 月，四年间竟印行了 342 版，为民国时期的初小教育、也为中华书局出版经营与稳定发展做出了巨大贡献。他负责编校张相所著《诗词曲语辞汇释》一书，曾认真提出修改意见。该书初版，作者特地在书的《叙言》中说明："书成，由桐乡朱文叔氏磨勘一过，待改订数十事。"朱文叔对我国出版事业的贡献并不限于在中华书局的工作期间，他 1949 年赴北京后，先后担任中央人民政府教科书编审委员会委员、出版总署编审局编审、人民教育出版社副总编。作为汉语词汇研究的著名专家和资深编审，他是《现代汉语词典》试印本和最初版本的审订委员，审定每一词条，皆字斟句酌，务求严谨完善。他曾撰写了《深与浅》的文章，1951 年发表在《语文学习》的创刊号上，被吕叔湘誉为研究汉语辞汇的范例；多年后，吕叔湘还希望能重印此文，指出："这样的文章，对我们学习语文很有帮助。""'深'和'浅'是很普通的两个字，可是这里边有很多意思可以说，朱先生讲得很透彻。"（见其《咬文嚼字》一文）1931 年中华书局出版朱文叔编撰的儿童读物《列子童话》、《史记故事》、《百喻经寓言》等，到 2002 年又由书局列入"中华儿童古今通"系列重新推出，人民文学出版社也在"中华典籍故事"系列中冠以"民国大家编写的古籍通俗读物"于 2018 年印行，在网点热销，可见其生命力之强。

金兆梓（字子敦，号芚斋、芚盦，1889—1975），浙江金华人。著名语言学家、文史学家、出版家。1906—1909 年在杭州府中学堂读书。1913 年毕业于京师大学堂预科，遂考入天津北洋大学矿冶系。后因母病辍学，自学文史。先后任教于浙江省立七中（金华）、北京高等师范。1922 年 4 月，金兆梓经其杭州府中学堂时老师张相引荐进中华书局编辑所任文史编辑。1924—1926 年间他编辑的《新中学教科书初级本国历史》《新中学教科书初级世界史》《新中学教科书初级本国历史参考书》等均获教育界好评。一年后他考取外交部翻译，任职海关。1929 年 4 月，他又以张相之荐再度进中华书局，任教科图书部副部长、部长、编辑所副所长，又主持编撰出版了大量中小学、普通师范的国语、中国史、世界史、数学教科书，特别是专门为南洋华侨学校编撰出版了相应的课本，并在抗日战争前，将这些教材全部出齐，为南洋华侨的反侵略斗争送去了精神食粮。1937年1月，编辑所副所长张相年满60岁，因病辞退，即由金兆梓继任。同年"八一三"事变前后，金还在上海大夏大学兼教《中国通史》。1939年，他在中华书局出版了自己的学术文集《芚盦治学类稿》，全书分为通论、时论、专论、考证、杂文等部。他所著《国文法之研究》（1922年）、《实用国文修辞学》（1932年）在书局出版后（后者1944年在重庆出新版），也引起学界重视。1941年7月，书局总经理陆费逵病逝。1942年春，金应书局新总经理李叔明之请，赴重庆恢复书局出版业务，以总编辑名义主持编辑部工作。1943年初，中华书局所编大型综合性期刊《新中华》在重庆复刊，金兆梓任《新中华》杂志社社长，与章丹枫、姚绍华共同担任刊物主编。1944年5月，梁启超的《中国历史研究法》（补编本）在重庆中华书局重版，金兆梓特意为此书撰写了《梁著六种重版序》。1945年4月，金兆梓代表《新中华》杂志社参加重庆杂志界联谊会，与黄炎培、叶圣陶同被推为召集人。8月17日发表16家杂志社签字的拒绝国民党对新闻和图书杂志原稿检查的联合声明。各地随起响应，迫使国民党政府从10月1日起撤销检查规定。1950年9月15—25日，金以特邀代表身份赴京出席了第一次"全国出版会议"，并被推选为提案审查委员会委员。1951年，他退休后迁居苏州。1954年8月当选为苏州市人民代表，后当选为苏州市副市长。1954年6月4日，中华书局召开社务会议，决定聘请已退休的金兆梓为特约编审。1955年6月，他33年前所著的《国文法之研究》再次在中华书局出版。1957年他回到上海，被中华书局复聘为中华书局上海编辑所主任、北京总公司编辑部副总编辑，同时被选为上海市政协委员，中国民主促进会上海市委委员，多次以特邀委员身份出席全国政协会议。1958年2月，国务院科学规划委员会成立古籍整理出版规划小组，他被聘为历史组成员。1961年，任上海市文史馆馆长。2010年8月，在中华书局积极筹备创办百年庆典之前，金兆梓的未完成遗著《尚书诠译》因其独特的学术价值，经书局哲学编辑室老编审整理加工，被列入"中国古典名著译注丛书"在中华书局出版发行，为学界关注，第二年 5 月即又重印，到 2018 年 3 月共印行 6 次，累计达 12500 册，正是对这位在书局先后工作了近三十年的资深编审、老领导、出版家的最好纪念。

郑昶（字午昌，1894—1952），浙江嵊县人。画家、美术史家。他 1910 年进入杭州府中学堂读书，与同时入校的徐志摩一道师从张相习国文。1915 年以优等生毕业于浙江省立一中，被选送至北京高等师范学习。1922 年应聘进中华书局任编辑，任美术部主任。他为书局编撰出版的《中国画学全史》（1929 年初版，1937 年再版），论述国画源流、历代画家、画论等，有黄宾虹等序及自序，并附历代画学之著述、现近画家传略等，开中国画通史之先河，被蔡元培誉为"中国有画学以来集大成之巨著"。1935 年，他编著的《中国美术史》收入书局的"中华百科丛书"出版，全书分绪论、雕塑、建筑、绘画、书法、陶瓷 6 章，体例科学，叙述严谨，出版后亦为美术界所称道。他所编撰的《世界弱小民族问题》亦收入"中华百科丛书"于 1936 年出版，该书分印度、朝鲜、中国台湾、缅甸、安南、菲律宾，土耳其，叙里亚、阿拉伯、犹太、东非洲与南非洲、摩洛哥、埃及、爱尔兰、拉丁亚美利加等 15 章，并附录有欧战后新兴国家一览、参考书目及中西文名词索引，为关注弱小民族的开先河之作。1923 年至 1936 年间，他除了还参与编撰国文读本与中外地理、历史课本外，又特别关注民众教育，先后编撰了《民众工人课本》及其"教授书"在书局出版。同时，还为书局编写了《（前后）汉书故事》《世说新语故事》等通俗读物。在书局有多年排版印制实践经验的郑昶，还致力于汉文正楷字的设计制作，首创了中文排版的正楷字模，并于 1935 年 1 月 29 日给政府首脑写信，"呈请奖励汉文正楷活字板，并请分令各属、各机关相应推用，以资提倡固有文化而振民族观感事"，获准创办了汉文正楷印书局，任总经理。这在中国近代出版史上具有重要意义。郑还曾担任杭州艺专、上海美专、新华艺专教授及中国画会常务理事等职。

吕伯攸（名福同，1897—?），浙江杭县人。编辑、教育家、儿童文学作家。他于 1913 年由宗文中学转入浙江一师学习。在校学习期间，1916 年参加教师李叔同发起组织的美术社团"洋画研究会"，学习、研究油画技艺。1917 年与同窗方时旭组织学生社团"嘤鸣吟社"，以文艺创作和足球、乒乓球等近代体育运动为主要活动内容，请李叔同担任导师；后出版社刊《嘤鸣会刊》(李叔同题签)。1921 年进入中华书局、世界书局任编辑，为书局编校出版了诗歌、小说、音乐、剧本等大量的儿童读物和国语读本、社会课本等中小学教材，还参与主编《儿童世界》《小朋友》等刊物。吕未进书局前，曾给《小朋友》杂志写过几首儿童诗，时任主编的黎锦晖看到后即写长信给吕予以夸奖，不但向他约稿，还特地推荐他进书局来做编辑工作，乃至让他担任了该刊的执行主编。吕撰写的儿童文学作品颇富生命力，如他撰写的《两幅画像》《公寓里的孩子们》等在 1951 年还列入"五彩新图画故事丛刊"重新印行，他编写的《中华儿童成语故事》，书局在 2002 年新版发行，《上古史话》《庄子童话》《韩非子童话》等则列入中华书局"中华儿童古今通"系列也于 2002 年重新推出，均取得了很好的效果。2013 年，国家外文局属下的海豚出版社专门推出了《名家散失作品集：吕伯攸童书》，收录了吕伯攸创作的故事类儿童文学作品 86 篇。业界如此评价："吕伯攸的儿童文学作品多取材于日常生活，尤其是儿童的学习生活，亲切有趣；语言通俗、干净，极有亲和力。"他撰写的《儿童文学概论》，则被儿童文学界誉为"20 世纪中国儿童文学理论批评史的代表作品"。

郭后觉（原名如熙，以"后觉"号行，1895—1944），浙江桐乡人。文字学家，烈士。他自幼勤奋好学，1916 年进浙江一师读书，1921 年毕业后曾回桐乡崇德留良乡办小学。1922 年进中华书局任国语编辑，参加编辑 1922 年 4 月创办由黎锦晖主编的《小朋友》周刊。后加入上海世界语学会，投身于世界语的学习、推广运动。 1926 年，其所著《世界语概论》在商务印书馆出版，是为我国第一部世界语专著。他所编著的《国语成语大全》于 1926 年 10 月在中华书局出版，该书收汉语成语 3200 多条，按成语首字笔划编排，有简明注释和注音字母注音，堪称我国首部收编成语最多的汉语工具书，至

1936年十年间共印行六版。后郭因病与夫人吴瑞英出国疗养，应聘任北婆罗洲亚庇中华学校校长，前后四年。1930年底回国。次年，又应邀去南洋，先后在马来亚怡保、吉隆坡等地，出任精武体育会国语夜校主任、柏屏义校校长。数年之间，与欧洲、日本世界语学者，通讯研讨世界语问题，翻译出版世界语名著数种。其著作尚有《闽粤语和国语对照集》（上海儿童书局，1938年）等。日军侵华，1937年爆发全民抗日战争，后觉虽身居海外，心系祖国，积极宣传抗日救国。后因日军搜捕，隐姓埋名住苏门答腊某隔海一小岛上，以种菜维持生计。1944年3月16日，为日军侦知逮捕，囚禁于北干峇汝狱中，遭严刑逼审，备受摧残，于5月13日殉难于狱中。抗战胜利后，新加坡华侨集资创办后觉公学，以纪念其为国献身精神与对学术之贡献。胡愈之称郭后觉为我国文字改革工作老前辈、世界语运动之先驱者。

姜丹书（字敬庐，号赤石道人，1885—1962），江苏溧阳人。1910年毕业于南京两江优级师范学堂图画手工科乙班。1911年秋，应聘到浙江两级师范学堂任图画、手工教员，与最早留学日本归来的李叔同（弘一法师）分担图画手工和音乐课，共同致力于美术教育，培养出许多优秀的美术人才，如潘天寿、丰子恺、郑午昌等。1915年曾指导一师学生在手工课上自行研制国产粉笔，并宣传推广。1924年他兼任刘海粟先生创办的上海美术专门学校教授，第二年进中华书局任艺术科编辑主任，和编辑同仁一道编校出版了如《新中华工用艺术课本教授书》《（新中华）小学教师应用工艺》《劳作学习法》《新中华工作课本》《小学美术课本（高级）》及教授法等许多实用艺术类图书，尤其是他1933年4月在书局出版的《透视学》一书，讲解透视学的基本原则、规律与应用，为我国近代简介绘图透视原理的入门读物；该书1935年再版，到1951年出第五版，受到广大读者的青睐。他在1958年退休前还写出新著《艺术解剖学三十八讲》，并附有六种中外艺术解剖学图书的校勘记，由上海美术出版社出版，颇为学界称道。1958年他从南京艺术学院退休回到杭州，被选为浙江美术家协会副主席，仍孜孜不倦地致力于艺术教育的普及与研究工作。

朱穌典（名宝铣，以字行，1896—1948），浙江杭县（一说绍兴）人。

艺术教育家、出版家。他1912年考入浙江两级师范学堂图画音乐手工专修科，师从经亨颐、李叔同、夏丏尊等人学习西洋美术与音乐等，各科俱精，尤擅长油画艺术。1915年毕业，曾历任山东一师、浙江五师（绍兴）、浙江三中（湖州）、浙江四中（宁波）、春晖中学（上虞）等校教职。1924年经两级师范学堂教师、著名艺术教育家姜丹书引荐，进中华书局任艺术科编辑、主编，编辑出版了大量美术、音乐教科书和各类文艺书籍。如1927年书局"新中华教科书"开始出版（初以"新国民图书社"名义编印，由文明、中华、启新三家经售），推出初、高小用书41种，初、高中用书55种，朱穌典均参与编辑。1928年，他曾与夏丏尊、刘质平、经亨颐、丰子恺、周承德、穆藕初等人，共同集资为李叔同（弘一法师）在白马湖象山脚下建造"晚晴山房"。后来，弘一法师指导他与夏丏尊、李圆晋、范古农、沈彬翰、陈无我等参与编辑著名的《护生画集》，为此曾于1941年6月27日从福建永春写信给他，中有"务乞仁者主持其事，督促诸居士努力进行，并广托诸善友分任其事，以期早得圆满成就，感祷无量"等语，对他寄予殷切厚望。作为中华书局的资深艺术编辑，朱穌典与其同仁金兆梓、郑午昌、朱文叔等又都是著名出版家张献之（曾任中华书局编辑所副所长）的弟子，1936年中华书局编辑出版的《辞海》，其音乐条目即由朱穌典编写。在三四十年代的上海，中华书局和商务印书馆都曾出过朱穌典编著的小学音乐及美术、图案教材，如《小学教师应用音乐》（1932年）、《小学音乐课本》（1933年）、《初中音乐》（1934年）、《音乐概论（中华百科丛书）》（1934年）、《初中劳作》（1933年）、《图案构成法》（1935年）等，据统计达413种之多，在中小学艺术教育中有很大的影响。20世纪二三十年代，上海泰东图书局曾出版了不少新文学作品，多有名家佳作。其中如《沉沦》（郁达夫著，1921年）、《爱之焦点》（张资平著，1927年）、《女神》（郭沫若著，1928年）、《西湖三光》（贠子沙著，1929年）、《殉》（王任叔著，1928年）、《西子湖边》（易君左著，1929年）、《玄武湖之秋》（倪贻德著，1929年）、《冲击期化石》（张资平著，出版年月不详）、《短裤党》（蒋光慈著，1927年）等，这些书独具风格的封面画作品，有的借助象征和隐喻的技法来表现文艺作品的内容和意境，追求含蓄的艺术效果；有的则与书的主题、内容保持疏离，而采用抽象表现的手法，着重体现装饰美和图案美。这些画作为了适应当时的印制技术水平，在构图和笔致上，往往运用版画技法，多以单色调、粗线条来表现简约、洗练的风格。研究者发现这些作品，均出自朱稣典的手笔。所以，今天美术界要研究民国时期书籍的封面、装帧设计，几乎都离不开朱稣典的这些画作。

金咨甫（原名梦畴，1890—1934），浙江武义人。音乐教育家。他也于1912年考入浙江两级师范学堂图画音乐手工专修科，与丰子恺、曹聚仁、潘天寿等同为李叔同的得意门生。1915年毕业后曾在萧山、绍兴等地任教。1918年因李叔同推荐，回母校浙江一师任教。他不负师长厚望，先后在浙江第一师范、浙江省立女子师范等校任图画音乐教师，教学非常出色，深得学生喜爱；曾为家乡小学及母校浙江省立一中谱写校歌。1919年成为中华美育会会员及《美育》杂志编辑，后于1925年进书局任艺术科编辑，参与编校出版了《新中华中等乐理课本》（1928年出版，1933年第8版）等书。因其家境贫寒，疾病缠身，不幸于1934年英年早逝。1936年，李叔同（弘一法师）遵咨甫遗嘱，为其书写《金刚般若波罗蜜经》做功德回向，写成后由广洽法师主持影印工作，初版问世，还附有徐悲鸿、丰子恺插图，迅即流通一空，后不断重印至今，影响甚大。

喻守真（名璞，1897—1949），浙江萧山人。著名文史研究者。他1917年毕业于浙江省立第一中学，先返母校萧山临浦小学任教，后赴杭州当家庭教师。1925年，考入上海中华书局，任编辑。以编写中小学教科书为主，亦曾参与《辞海》编辑工作。在书局他充分发挥了善于注释古诗文的特长，1935—1936年由他编注的教学辅助书如《小学国语读本教学法》《高小地理课本教学法》《文章体制》（初中学生文库）、《外国地理表解》《学生尺牍（注释本）》等均受到教师欢迎。同时，他还编写了《诗经童话（甲乙编）》《孟子童话》《晏子春秋童话》，为小读者所喜爱。抗战爆发后，他曾任上海沪江大学教授，但仍不忘为书局编辑出版适合形势要求进行学校教学的古诗文读本，如为李宗邺所编、收入初中学生文库的注释本《中国民族诗选》（第1—6集）做了增补、注释工作。1948年2月，喻守真编注的《唐诗三百首详析》在中华书局出版，该书所选唐诗，分别按平仄、注解、作意、作法等项加以详析，并附作者简介，书末附《诗韵易检》，极大便利了广大读者对唐诗的阅读与理解，成为迄今为止最为权威的唐诗选本和注释、解析本。该书问世后，不仅中华书局重印不断，各种版本迭出（包括各衍生产品），印数逾百万；而且其他出版社也争相印制此书，各种版本的累计印数亦以百万计，还翻译成各种外文本在世界各国流通。近年，他所编的几种童话故事书也被人民文学出版社、知识产权出版社等社以新的面貌印行。

周伯棣（又名白棣，1900—1982），浙江余姚人。经济学家。1917年从余姚县立第一高等小学校毕业后，即进入浙江省立第一师范学校学习。1919年11月与一师同学创办《浙江新潮》杂志，积极宣传新文化、新思想，得到陈独秀高度评价。五四运动中，周发表若干"非孔"言论、文章，著声于杭州。1920年1月，他与同校施存统、俞秀松、傅彬然到北京参加了蔡元培、陈独秀、李大钊等人发起创办的"工读互助团"活动，为中国共产党的创立做了组织准备。1920年下半年，他经一师同学俞秀松介绍参加了陈独秀、杨明斋等主办的上海外国语学社，任图书室管理员。1921年先后任职中华书局、商务印书馆，1927年入东亚同文书院；1930年毕业后留学日本大阪商科大学银行系，三年后毕业回国，复进中华书局任经济编审、《新中华》杂志编辑等职。他在书局编撰出版了"中华百科丛书"中的《世界产业革命史》（1935年）、《国际经济概论》（1936年）和列入"新中华丛书社会科学汇刊"的《货币与金融》（1935年）、《白银问题与中国货币政策》（1936年）等经济学著作。1935年9月，书局设立职员训练所，招考本局职员30人进行培训，周伯棣作为培训教员被派去为学员授课。抗战爆发后，周伯棣赴四川任四川省政府顾问，并执教于迁蜀的中山大学、交通大学，兼任广西大学经济系主任。抗日战争胜利后，他回上海任复旦大学银行系主任，除执教外，仍有经济学著述问世，他1935年在中华书局出版的《经济浅说》于1947年重新印行，1936年在书局出版的《国际经济概论》也于

1948 年推出了增订本。连同其他著述，如《租税论》《中国货币史纲》《经济学纲要》《中国财政史》《中国财政思想史》等，在学术界享有较高声誉。新中国成立后，周柏棣加入中国民主同盟，历任复旦大学银行系主任、上海财经学院教授兼财政金融系主任、上海社会科学院经济研究所研究员、上海经济学会理事、上海市政协第一、二、三、四届委员等职。

　　傅彬然（又名冰然，1899—1978），浙江萧山人。社会活动家、教育家、出版家。他 1915 年进浙江一师读书，即积极投身于宣传新文化的学生运动，和施存统、周伯棣等组织"新生学社"，与宣中华等发起成立一师学生自治会，与周伯棣等创办《浙江新潮》杂志，曾担任《杭州学生联合会报》主编。1920 年初，他与施存统等到北京参加了"工读互助团"活动，后回杭州、绍兴等地小学任教。1923 年在杭州加入了社会主义青年团，1924 年第一次国共合作时，加入中国国民党，投身国民革命运动，后又加入了中国共产党。1927 年 2 月，他以县立仓桥小学校长的公开身份，建立起了中共仓桥小学支部，并协助创建中共萧山地方党部，任中共萧山独立支部书记；大革命失败后赴上海任劳动大学小学部教务主任和校务主任。1931 年由原一师国文教员夏丏尊介绍，傅彬然进开明书店任《中学生》杂志编辑，还编写了《开明常识课本》等书。抗战时期，曾在武汉负责国民政府出版与大路书店工作，任《少年先锋》主编、《中学生》（战时半月刊）编辑、重庆开明书店编辑部主任、桂林文化供应社编辑部主任等职；抗战胜利后，回到上海继续从事出版工作。1949 年，他赴北京参加了全国政治协商会议。新中国成立后，他历任华北人民政府教育部教科书编审委员会委员、出版总署图书期刊司副司长、文化部出版局副局长、古籍出版社副总编辑。1957 年 3 月，古籍出版社并入中华书局，傅彬然以副总编身份兼任哲学编辑室主任。1958 年 3 月，文化部下发经中央批准的关于中华书局改组的报告，决定中华书局属文化部领导，为整理出版古籍和当代文史哲研究著作的专业出版社，傅彬然任中华书局副总经理兼副总编辑。1960 年 2 月 26 日，北京市文教卫生先进工作者代表会议在人民大会堂召开，傅彬然等 3 人作为代表出席。1964 年 12 月，第三届全国人大一次会议在京召开，傅彬然作为出版界代表出席。傅还曾任第二、三、五届全国政协委员、中国民主促进会第四、五届中央委员。

　　童第德（字藻孙，1894—1969），浙江鄞县人。近代文字训诂学家、书法家。他早年师从国学大师章太炎、黄侃、马一浮等，擅长小学。1920年代毕业于燕京大学，曾在宁波中学任教，1929年任浙江省立高中国文教员。后任民国政府交通部、邮电部秘书。1949年，童第德进中华书局任编审。作为研究韩愈的权威，著有《韩集校诠》《韩愈文选》《论衡补正》《贾子新书校正》等书。据胡纪祥《〈韩集校诠〉出版的一段往事》一文记述，其中《韩集校诠》一书的出版可谓费尽曲折：早在抗战时期的重庆，章士钊即与童第德相约，分别由章负责注释柳宗元文章，童注释韩愈文章。自此，童第德便一直专注于对韩愈著作的整理研究。唐宋八大家之一的韩愈文集的校注，宋以来有几百家，童第德费多年之心血，广泛搜集各种版本，潜心研究历代诸家校笺成果，应用他所擅长的古籍校勘、训诂方法，对前人的校勘作精辟、翔实的诠释，含辛茹苦，数十年如一日，至1968年《韩集校诠》方基本定稿，而直到1969年4月临终前一天，他仍在孜孜不倦地进行字斟句酌的修改。"文革"期间，在毛泽东的关照下，章士钊的《柳文指要》于1971年9月获准在中华书局出版。而童《韩集校诠》的书稿却难以付梓。童的胞弟、著名生物学家童第周教授深知《韩集校诠》的重要价值，于是请国学家吴则虞先生审阅、校订《韩集校诠》，并为之写序。又请国学大师章太炎先生的孙女誊抄全书文稿，一式四部，三部分赠宁波天一阁、北京图书馆、四川图书馆，一部准备出版用，分数次邮寄到北京。1979年童第周去世后，又经童第德的女婿张乐良将希望出版《韩集校诠》的信寄送给当时担任全国出版总署署长的胡愈之，再经胡请示并与中华书局打招呼，终于使得该遗著于1986年初在他曾经工作过的中华书局正式出版，他的同乡、著名书法家沙孟海为之题写了书名。我之所以要转述这个出版经历，除了说明童第德和书局的缘分外，还想补充说明：1981年我经导师推荐进中华书局文学编辑室工作，1985年，编辑室领导将《韩集校诠》的责编任务正好分配给我。当时我并不知道作者是我杭州母校的老学长，但在编辑过程中，敬读书稿，真正感受到了老一辈学者治学的认真、严谨和学问的精湛，领略了乾嘉学派的遗风，受益匪浅，所以在努力加快出版进程的同时，也特别注意保证出书的质量。

除了上述曾在中华书局正式任职的 15 位"杭高人"外，如曾在浙江一师代课并协助校长经亨颐推进教育改革的沈仲九（原名铭训，1887—1968），力倡白话文教学，也曾参与书局编辑初中国文读本，并于 1950 年至 1952 年间应聘担任书局特约编审，参加《辞海》的修订工作，还于 1959 年在书局出版了他点校的《明通鉴》（八册）。又如 1932—1933 年在浙江省立高中就读的戚铭渠（1914—1990），曾任中国人民志愿军后勤部政委，后任上海古典文学出版社、中华书局上海编辑所副总编等职，主持了《古典文学基本知识丛书》《中华活页文选》的编辑工作。至于其他在中华书局出版自己著作的杭高学人，从马叙伦、经亨颐、鲁迅、张宗祥、徐志摩、郁达夫、朱自清等，到近几十年的王明、方豪、钱南扬、王季思、柴德赓、蒋绍愚、樊树志等，更是难计其数。如我在杭州一中学习时的学兄樊树志，1957 年高中毕业后考入复旦大学历史系，他近些年在书局出版的《国史十六讲》《明史讲稿》《重写晚明史》（三种）等书得到学界和广大读者好评，畅销不衰。杭高与书局结缘，这是时代使然，是社会进步的要求，当然也和近现代江、浙的人文环境，和杭高的办学方针及中华书局的办社宗旨密切相关。早在 1910 年，时任浙江一师校长的经亨颐就第一个提出了"与时俱进"的办学理念；其后数十年，杭高一直努力践行"四高五强"的育人目标，即德行高尚、志趣高远、学问高深、品味高雅，家国意识强、人文精神强、科学思维强、身体素质强、学科素养强。而陆费逵在中华书局创办伊始，即将现代图书出版事业和学校教育、社会进步紧密地联系在一起，提出："我们希望国家社会进步，不能不希望教育进步；我们希望教育进步，不能不希望书业进步；我们书业虽然是较小的行业，但是与国家社会的关系却比任何行业为大。"因此，有那么多学养深厚、视野开阔、勇于革新的杭高人投身于中华书局的教科书、文化读物、学术著作的编辑出版工作，也就很自然了。当然也有一些杰出的杭高人，虽因各种原因未能与书局有更直接的联系，但同样为出版事业做出了贡献。如本文开头述及的陈望道（字任重，1890—1977），系浙江义乌人。他早年留学日本，1919年回国后即进浙江一师任语文主任教员，并主持制订了《国文教授法大纲》，提倡白话文教学和新式标点，但因为"一师风潮"，当时的教育厅下令禁止陈望道等指导下的一师学生刊物《浙江新潮》的出版，也影响到该大纲的正式出版，但无疑却启示了中华书局同类书籍的编辑出版，推进了民国时期的国文教学。他翻译的《共产党宣言》中文全译本，由于当时的社会环境，不能由中华书局出版，而于1920年8月由上海社会主义研究会列为社会主义研究小丛书的第一种正式出版，其推动社会进步的作用是不可估量的。其晚年受命担任《辞海》修订版的主编，也应该是为书局的编辑出版工作做出了新贡献。

我体会到在书局任职的杭高人还有一个很显著的特点，即作为学问广博、文字功底扎实的学者，他们各有学术专长，有的还是留洋的"海归"人士，是在中小学或高校从事教学工作的教员，既是许多教科书、通俗读物的编校者，也往往是这些图书的作者，而且常常是齐心合力来完成一本书的编辑、校订工作，富有团队精神。这就使得中华书局逐渐成为培养学者型编辑的出版园地，成为文化学者、教师与出版工作者汇聚的渊薮。

其实，众多的杭高人不仅任职中华书局，也参与了其他现代出版机构的编辑工作。如据我粗略统计，先后在商务印书馆任职的杭高人有陈叔通、高凤岐、张廷霖、叶圣陶、陈兼善、魏金枝、蒋梦麟等十几位，其他如夏丏尊、叶作舟、蔡丏因、苏谦、董秋芳、萧扬等著名学者，也曾在开明书店、世界书局、人民出版社、人民教育出版社、世界知识等出版机构工作。鉴于本文的主题与篇幅所限，就不能在此赘述了。本文写作过程中，参考并引述了母校杭高所编《百廿校志》以及中华书局2012年出版的《中华书局百年大事记》部分资料，谨此说明并深致谢忱。

（2019年5月）

\*本文刊发于《中国出版史料研究》2019年第4期。

# "敦煌人"——"莫高精神"的主体

2019年8月19日，习近平总书记在敦煌研究院座谈时的讲话中指出："70年来，一代又一代的敦煌人秉承'坚守大漠、甘于奉献、勇于担当、开拓进取'的莫高精神，在极其艰苦的物质生活条件下，在敦煌石窟资料整理和保护修复、敦煌文化艺术研究弘扬、文化旅游开发和遗址管理等方面做了大量工作，取得了不少重要研究成果。"这段话明确了秉承"莫高精神"的主体，是"一代又一代的敦煌人"。近四十年来，由于本人治学的专业需求、爱好与敦煌莫高窟的因缘际会，遂有幸结成了与莫高窟五代"掌门人"及众多"莫高窟人"的缘分，故应敦煌研究院现任院长赵声良研究员之约，撰写这篇短文略叙我对"敦煌人"的一些感受。

70多年前敦煌艺术研究所的开创者常书鸿先生被誉为"敦煌守护神"，他的事迹为世人瞩目、敬仰，国内外介绍文字甚多，我也曾写过几篇文章论述，此不赘述。常先生最早是在巴黎塞纳河畔书摊的画册中知道敦煌莫高窟，然后发愿回国来进行这个艺术宝库的保护、研究工作的。近三十年来，我赴巴黎进行学术交流十余次，几乎每次都要去看看塞纳河畔的书摊，浏览之际，脑海里往往会涌现出这样的问题：是什么，让这位在西方艺术之都已有成名基础和"资本"的杭州前辈老乡，毅然决然去坚守条件十分艰苦的大漠荒窟？常先生晚年时，我曾多次与他用乡音作短暂的交谈，那时他虽然已经因患病记不清眼前的人与事，却对在莫高窟四十年的奋斗经历记忆犹新。记得他在北京寓所对我常说的两句话是："敦煌的画儿是国家和民族的宝贝，我们有责任保护好！""有时间我还是要回敦煌去的！"1983 年夏天在兰州的敦煌学术研讨会结束后，我和常老同乘一趟火车去敦煌，看着车窗外闪过的黄沙戈壁，他曾动情地用标准的杭州话跟我说："我老家在山清水秀的西湖边，鸣沙山、莫高窟也是我的家，只要到家了我就莫佬佬高兴哦！"视大漠为家乡，数国宝如家珍，发愿一心坚守，甘于为之奉献一生，毫不动摇，这正是"莫高精神"的核心啊！

段文杰先生是莫高窟的第二位掌门人、敦煌研究院第一任院长。我也曾写过几篇文章谈及他对我的教诲与启益，称之为"敦煌圣徒"。我感受最深的就是他对引进敦煌学专业人才以及培养后继人才的热诚与渴求，这一点，敦煌研究院的中青年同仁们当有许多切身体会。80 年代初，他主持引进了曾蒙受不公正待遇的李正宇、谭蝉雪、汪泛舟等几位学者；其时从全国征聘的人员还有郑念祖、梁尉英、杨汉章等多位学者。1983 年夏，重庆师院历史系罗华庆、四川大学历史系宁强大学毕业后主动到敦煌文物研究所工作，段先生抓住典型，予以鼓励，进行宣传，扩大影响；第二年，赵声良、王惠民、杨森等大学毕业生也进所工作。这些举措，不但迅速提升了研究院学术研究的水平，而且也为院里的年轻人提供了引领者和好榜样。1987 年春末夏初，我和书局《文史知识》编辑部的几位同事到敦煌，为与研究院合办"敦煌学专号"组稿，段先生不仅带头为专号撰写了三篇文章，还动员其他研究人员投稿，而且决定加印样刊数量，使这个专号成为当时发行量最多的学术普及刊物。我最近找出了他 1994 年 2 月 6 日给我的信，中心内容是诚恳地邀请我到敦煌研究院担任业务领导，"要把敦煌学研究推上一个新台阶"；当时，他还特意请樊锦诗副院长出差北京时到中华书局来转达他的邀请口信。我知道段先生也曾向中山大学的姜伯勤和北大的荣新江两位教授发出了同样的邀请。鉴于各种原因，我们都未能满足他的愿望。之后，为了办好《敦煌研究》学术辑刊，他又将赵声良派到书局我负责的《文史知识》编辑部进修了半年多时间，为建设优秀的人才梯队打下了扎实的基础。我清楚地知道，他最大的愿望，就是要把敦煌研究院建成我国乃至世界敦煌学研究当之无愧的一个中心。

樊锦诗研究员是莫高窟的第三位掌门人。这位北京大学历史系考古专业出身的江南才女，牢记"祖国的需要，就是我们的志愿"这一发自内心的誓言，克服了和夫君、孩子多年多地分居的艰难，坚守莫高窟58年，为敦煌石窟瑰宝的保护及文化艺术的传承、弘扬做出了杰出贡献。记得1982年我第一次参观、考察莫高窟，就是樊院长亲自导引、讲解、启蒙的。当我得知她祖籍也是杭州时，不禁暗暗为敦煌与我家乡的历史文化渊源而兴奋不已。后来，因为她是在沪地上学长大的，有记者发表文章称她为"上海的女儿"，却并未得到学界和她本人的首肯，因为她就是"敦煌的女儿"——她把自己最好的青春年华和大半生精力都奉献给了敦煌石窟的保护、研究事业。在和她的多年交往中，我感受最深的就是无论外界环境的顺、逆如何变化（包括旅游氛围、领导旨意、舆论褒贬），她心系敦煌文物保护始终不渝。诚如她在自传《我心归处是敦煌》中所说："此生命定，我就是个莫高窟的守护人。""我感觉自己是长在敦煌这棵大树上的枝条。我离不开敦煌，敦煌也需要我。只有在敦煌，我的心才能安下来。"书中所突显的一颗心、一件事、一辈子，就是热爱祖国文化事业的赤子初心，是保护莫高窟文物的在肩使命。

我和莫高窟第四位掌门人王旭东院长交往的时间并不长。但是，这位在甘肃本土成长，一直默默无闻从事着石窟保护的博士，让我最为钦佩的就是待人宽厚而学问扎实、办事严谨，讲求真干实效。他上任伊始，就一再强调要立足敦煌放眼世界，要促进敦煌文物保护研究工作的国内、国际交流合作，不满足现状，要有开拓进取之心。凡是年轻学人为提高业务水平想尝试去做的事，他都乐于为他们创造条件，予以扶持。前几年我和他一道参加敦煌石窟保护研究基金会理事会时，每次听他发表意见，都因他的出于公心、坚持公道而得到启益。他上任后，又勇于大刀阔斧地进行机构改革和人事调整，也特别尊重敦煌研究院已经退休的老专家，认真听取他们的意见和建议。在他担任院长的几年中，敦煌研究院的工作继续脚踏实地向新的台阶迈进。

敦煌研究院新的掌门人赵声良研究员，是北京师范大学中文系我的校友、系友，自1984年他本科毕业时因支持他下决心赴敦煌工作而相识至今。这位云南昭通人和敦煌的因缘，他36年间扎根敦煌、勤奋学习和工作的成长经历，虽平凡却动人。对此，他已撰有专书、专文细述，毋需我再条分缕析。他在日本以勤工俭学的方式攻读硕、博士学位的几年里，我们曾有多封书信往来，他每封信的中心内容，几乎都是诉说他学成回国后要继续扎根莫高窟、从事敦煌美术研究的决心。事实证明，他出色地实践了自己的诺言。在这里，我只想强调：他对艺术史研究的执着，对敦煌文物的珍惜，对研究院繁杂事务的勇于担当，对宣传、普及敦煌文化艺术工作的热诚，应该成为今天年轻学人仿效的榜样。

三年前，在为纪念段文杰先生百年诞辰举行的国际敦煌学学术研讨会上，我提交了题为《敦煌守护众神与丝路之魂》的文章，特别强调：七十年来，一批又一批富有牺牲精神的"莫高窟人"，堪称"敦煌守护众神"，有了他们，才能够将"交流互鉴、交融创新"的丝路之魂演化成有强大生命力的、为当代中国乃至全世界人民造福的精神营养与物质财富。我想起了研究院退休的施娉婷所长写的一篇题为《打不走的"莫高窟人"》的文章。她也是我的浙江老乡，这位前志愿军战士，和她夫君贺世哲归国继续深造后，就一起投身于莫高窟文物的研究事业，倾心奉献，毫不动摇。我也想起了曾或多或少接触过的史苇湘、李其琼、关友惠、孙儒僩、李最雄等研究院多位老专家，他们对敦煌事业的赤诚可感天动地；我也回顾了和张先堂、张元林、娄婕、李萍、王志鹏、陈菊霞、张小刚、陈海涛等一批中青年同仁相互切磋的难忘事例，他们已成为敦煌学研究开拓创新的生力军。我希望借此说明：从敦煌艺术研究所、敦煌文物研究所到敦煌研究院，七十多年来，一批接着一批奋斗在鸣沙山崖、宕泉河畔的富有自我牺牲精神、舍身求法的仁人志士，众多经受千辛万苦却始终对莫高窟魂牵梦绕、挚爱不渝、"打不走的莫高窟人"，他们堪称创建我国文物保护重镇、护卫"丝路之魂"的"守护众神"；也是弘扬"莫高精神"，夯筑世界敦煌学研究新高地的奠基者，永远值得我们敬仰。

（2020年3月于北京）

# 文物编

# 与库木吐拉有缘 ▪

　　我第一次领略佛教石窟艺术，是 1980 年在遥远的天山南麓的库木吐拉千佛洞。因此，自己常说："我与库木吐拉有缘。"

　　著名的"丝绸之路"，曾是令我十分向往的地方；盛唐诗人的边塞诗，也曾引起我许多的神思遐想。大学毕业后，我真的离开北京到新疆，在乌鲁木齐当了十年教员。然而当时正值"文革"时期，尽管我知道在天山南北的丝路古道上，有许多佛教艺术古迹，也绝无可能前去观瞻。虽然身在新疆，却觉得离那些佛教艺术宝库远不可及，我只能在紧张的教学或学工学农劳动之余，怅望着远处终年白雪皑皑的博格达峰叹息。

　　1978 年，我回到北京学习，离新疆又万里之遥了。此时，我却更强烈地思念起天山来，我的心也反而得以贴近那些艺术瑰宝了。于是，第二年暑期，我回到新疆，去了天山北麓的吉木萨尔，独自一人考察了北庭故城遗址。1980 年夏，我又回到新疆，登上了从乌鲁木齐飞往库车的飞机。这是我平生头一回搭乘飞机，也是第一次去南疆，真是很难用笔墨来描述我当时的心情。俄制安型小飞机从乌鲁木齐南飞不久，就开始越过天山，从窗口望下去，晶莹闪亮的冰达坂、层层起伏的峰峦、横七竖八的冰川峡谷尽收眼底。

　　虽然，强烈的气流使飞机颠簸不已，我却丝毫也不感到紧张，只是觉得好像坐在一只振翅疾飞的大鸟身上，似在浪花上翱翔，如在波涛间穿行，感到心旷神怡。很快地，大鸟掠过察汗腾格山，我看到了平静似镜的蔚蓝的博斯腾湖，看到了绿宝石般点缀于黄沙间的戈壁绿洲。然后，穿过铁门关，在库尔勒机场小憩，又沿塔里木盆地北缘西飞，过轮台，到了库车。

走下飞机，踏上库车的大地上，我的第一个念头就是：我到龟兹了！这就是汉唐重镇龟兹！这就是丝路中道中西文化重要的交汇地——苦叉。这就是鸠摩罗什的故乡、"有佛塔庙千所"的拘夷。这就是唐玄奘不辞千辛万苦，度过莫贺延大沙碛，经行伊吾、高昌到达的屈支！

到达库车的第一个夜晚，我踱步走出县招待所的庭院，四周静极了，既无风声，又听不到虫鸣，仰望夜空，真正的繁星闪烁！我从未见过天穹上有如此多的星星，真好像处于另一个天地之中。忽然又想起《大慈恩寺三藏法师传》中描述的玄奘在沙碛中所见："是时四顾茫然，人鸟俱绝。夜则妖魑举火，烂若繁星，昼则惊风拥沙，散如时雨。"

我今日看到的星空，与当年玄奘所见的，当无二致。我到龟兹，远无三藏法师之艰辛劳苦，但也是进新疆后过了十二载才得亲历胜境，这也算是一种缘份了。然而，玄奘法师在《大唐西域记》中所述的"伽蓝百余所"如今又在哪里呢？

白天我已听说：库车县城周围的佛寺，早已荡然无存，著名的库木吐拉石窟，离城约三十公里，已经残破不堪，而且谢绝参观。我只有默念观音。恰好在招待所庭院碰见一位江苏籍的"老石油"，愿意帮我。他真像是菩萨派来帮助我的。第二天，他就为我联系到了一辆石油系统的吉普车，有人要去库木吐拉附近的水电站，答应我搭乘此车去石窟。

汽车出库车城后，沿公路西南行约二十五六公里，就看到一座高大的烽火台遗址矗立在路旁，这正是"库木吐拉"（意即"沙海中的烽火台"）得名的由来。再往前，就是著名的渭干河。车离开公路北折而行，不到五六分钟我就看到了河谷东岸的库木吐拉千佛洞！

因为我带有自治区文化厅文物处的介绍信，所以得到许可，由石窟文物保护所的一位副所长陪着参观洞窟。

清人徐松在《西域水道记》中说："渭干河东流，折而南，凡四十余里，经丁谷山西，山势陡绝。上有石室五所，高丈余，深二丈许，就壁凿佛像数十铺，璎珞香花，丹青斑驳。洞门西南向，中有三石橛，方径尺，隶书梵字，镂刻回环，积久剥蚀，惟辨'建中二年'字。又有一区是沙门题名。"① 这应是现存典籍中，对库木吐拉千佛洞最早的记载了。一百五十多年过去了，今天，当我踏进这闻名遐迩的千佛洞时，还能看到这些佛像与壁画吗？

　　我走近石窟，首行映入眼帘的，却是窟崖前一道新筑起的拦水坝！我惊讶地得知：因为前几年在离石窟不远的渭干河下游，新建了一座水电站，造成这里水位上涨，漫浸石窟，致使沙砾质地的窟崖严重塌落。千佛洞面临灭顶之灾，只好暂且"水来土屯"了！我看到石窟底层的一些洞窟几乎已经全部塌陷了。据说库木吐拉已编号的洞窟超过一百个，而还残存壁画、塑像的已不足半数。此时此地，我已茫然无语，只有默默地跟着石窟工作人员去观看幸存的洞窟。

　　这是我第一次身临其境观看千佛洞。尽管大多数洞窟都已残破，我仍被眼前的艺术瑰宝所震撼。在不同时期、不同形状的支提窟、毗诃罗窟内，我看到了不同风格、丰富多彩的经变图、佛本生故事画、世俗画，那些栩栩如生的庄严的佛陀、慈悲的菩萨、生动的飞天、虔诚的供养人形象，深深地打动了我的心。

　　早期洞窟壁画，如：第 46 窟窟顶中央的天象图，有交足坐双轮车的日天、月天和站立的火天形象，有人面鸟身的金翅鸟，有头上长角、双乳高耸的紧那罗；左右两侧红、白、黑色菱形格内，绘有兔王焚身、萨埵太子舍身饲虎等本生故事画，背景中有牛、鹿、狮、猴等各种动物及箭形树与掌形树。全图采用晕染法上色，几乎不用细线勾勒，显示出质朴粗犷的魏晋风格。

　　中期洞窟壁画，如：第 21 窟窟顶以莲华为中心，辐射出的十二幅伎乐天图，第 34 窟窟顶的十二幅护法神王图及水生动物画，线条刚劲有力，轮廓勾

---

① 《西域水道记》卷二，见《西域水道记》（外二种），中华书局，2005 年，第 96 页。

勒较细，有"屈铁盘丝"之风，所绘人物多作深浅不同的晕染，富有立体感，已有较明显的隋代风貌。

后期洞窟壁画，如：第 45 窟的祥云、千佛及阿弥陀、观世音、大势至、西方三圣图像，用笔粗细相间，自如圆润，生动活泼，使人想起《历代名画记》评吴道子画的"其势圆转而衣服飘举"，已是典型的盛唐风采了！

我想：佛法由西传来，西方的犍陀罗艺术与中原华夏文化在这里碰撞交汇，而由于自汉朝在西域屯田戍边之后，龟兹受中原文化影响较大，这里的壁画带有较浓厚的唐风，也就是很自然的了。

当然，我也看到了洞窟壁画中的回鹘文、龟兹文题记，看到了富有多民族风格的龟兹乐器图，看到了身穿着本民族服饰的龟兹供养人图、回鹘供养人图、带有明显犍陀罗风格的武士形象。这些都是民族文化交融的例证。可惜的是，人世沧桑，洞窟也历经浩劫，这里的佛陀雕塑已所剩无几，壁画大多残破。

据说：20 世纪初德国格伦威德尔（A.Grünwedel）、勒可克（A.V.Lecog）等人的考察队，曾数次到库木吐拉，割取了约三十平方米的精美壁画，运到柏林的民俗博物馆去了。有一尊回鹘风格的菩萨塑像头部，则被日本的大谷探险队带到了东京。

近几十年来，除自然界风化，人为的破坏亦不少。在洞窟壁画上，我所见的近人的汉文、维吾尔文的随意刻画比比皆是，简直到了不堪入目的地步。这些，又怎能不令我扼腕叹息呢？

我听说石窟东北山谷中，还有两个埋葬汉僧遗骨的罗汉窟。20 世纪 50年代初，阎文儒、常书鸿先生来此考察时，在其壁崖上还看到有数十位唐代僧人（如惠增、智道、法净、惠超⋯⋯）的题名，这正是初、盛唐以后，大量的中原僧人到龟兹地区巡礼所留下的踪迹。仅过了二十多年，这些题名已有许多漫漶剥落，再也看不到了。

据《往五天竺国传》记载：新罗名僧慧超，在唐开元十五年（727 年）十一月上旬到达安西，见到当地大云寺主秀律与龙兴寺主法海等，均是持律甚严、善讲经论的有名汉僧。至今，库木吐拉第 45、49、62、76……等窟，尚有不少汉僧大德的题记。可以想见这些大德当年曾追随玄奘的足迹，不惧万里跋涉，从内地来到龟兹，远离尘缘，清静人生，为弘扬佛法、传播文化做出了巨大的贡献。我面前的这些千佛洞，不也正是他们的功德窟吗？石窟塑像可塌毁，壁画题名会剥落，先行者们的功绩却是不可磨灭的！

我来到了第 68—72 窟。因这五个洞窟均有甬道相连，俗称"五联洞"，亦即徐松所记"石窟五所"。据说，这就是源于印度五窣堵波（五塔）的五佛堂，每窟主壁原先均有座佛供奉，但现都已无存或残损。五窟前室都有敞口西向崖外。

我站在敞口西眺，只见崖外的渭干河，缓缓向南流去，对岸的雀尔达格山余脉，则似一条卧龙，与波光粼粼的河水相映成辉。本来，渭干河从西北的天山峡谷奔泻而来，在此南折，水势湍急。如今，在洞窟下游两公里处筑起了水电站大坝，水势上涨而且平缓了，这千年石窟也就遭了殃。

佛教文化艺术是古代文明的结晶，水电站则是现代科技与工业文明的产物。难道，它们之间就不能兼容共处、相安无事么？山川大地是人类最宝贵的自然财富，改造并非破坏，人类历史的长河也不能断流。善因善果，恶因恶果，因缘报应，不可不引起警觉呀！

我离开库木吐拉千佛洞，正是日中时分。吉普车从水电站南行，西边有一处古代佛寺遗址名曰"夏哈吐尔"，据说这就是玄奘在《大唐西域记》中写到的阿奢理贰伽蓝。想到当年这里"庭宇显敞，佛像工饰"，而眼前几乎连断垣残壁都难以寻觅了。我不由地又伤感起来……猛地抬头，又看到了那哨兵般守卫在路旁的烽火台，启示我要写一首小诗为库木吐拉请命，这就是第二年4 月 24 日刊登在《人民日报》上的《救救库木吐拉》：

> 高高的烽火台屹立在沙海之中，
> 因此人们称它为"库木吐拉"。
> 库木吐拉有壮观的千佛洞，

那是丝绸之路的明珠和鲜花。

可是，今天我慕名远道而来，

却看见壁画残破、洞窟陷塌！

健美的飞天肢残体缺，

快乐的伎乐潸然泪下，

庄严的佛祖面目全非，

慈悲的菩萨在寻觅失却的莲花……

已往的责任暂且放下，

今天，对河水的冲刷和路人的涂划，

我们又该想些什么有效的办法？

我叹息，我惭愧，我悲痛：

这些中华民族的奇珍异宝，

难道要毁灭在我们的眼下？

而对疮痍满目的千佛洞，

我喊一声："救救库木吐拉！"


十四年过去了，我再也没有重访库木吐拉。我也不知道我的小诗起了些
微作用没有，只是听说那里壁画的保护情况仍不能令人满意。不管怎样，我
会在心中时时记挂着它，为它祝福——因为我与它有缘。

（1994 年）


【补记】

1995 年 8 月，中国敦煌吐鲁番学会在新疆吐鲁番举行"敦煌吐鲁番学出
版物研讨会"，会后我又一次考察了库木吐拉石窟，我发现尽管当地文物保护
部门采取了不少措施，而由于水电站的问题并没有解决，壁画受潮的情况仍
十分严重，参观的代表们都心情沉重说不出话来。

# 汉学在欧洲 ▪

　　近七百年前《马可波罗游记》的问世，曾极大地激发了欧洲人了解东方世界的热情；而名副其实的欧洲"汉学"，则滥觞于 16 至 17 世纪间西方传教士到中国的活动。由于在欧洲汉学史上所起的作用，法国、德国、意大利、荷兰的一些高等学府与科研机构，似乎都曾有过"欧洲汉学摇篮"之称誉。昔日"摇篮"今如何？ 1997 年五、六月间，笔者正是带着这个问题，应邀第二次赴法、德等国进行学术交流与考察。短短一月，虽然仍是走马观花，却也颇多观感。限于篇幅，本文只能以此行中三次交流活动为主，谈些感受。

## 在法兰西学院介绍中国的敦煌学

　　位于风光秀丽的塞纳河畔的法兰西学院（COLLEGE DE FRANCE），是法国最高的学术研究机构。从 19 世纪末到 20 世纪上半叶，以法兰西学院为核心的法国学术界，曾以儒莲（S. Julien）、沙畹 （E. Chavannes）、马伯乐（H. Maspero）、伯希和（P. Pelliot）等著名汉学家享誉学林，堪称欧洲汉学的大本营。 时至今日，法兰西学院的汉学研究虽雄风稍减，但余威尚存，其研究课题之盛与拥有人才之多，在欧洲仍是首屈一指的。

5月22日下午，笔者应法兰西学院汉学研究所所长魏丕信教授（P. E. Will）之邀，作了题为《中国的敦煌吐鲁番学研究》的学术演讲。我之所以选择这个讲题，是因为中国敦煌学的产生与法国著名东方学家伯希和有着最直接、密切的关系。在掠取敦煌文物的外国人中，伯希和是唯一一名进入了莫高窟藏经洞全面调查阅读该洞所藏文献的学者，也是唯一一位在1909年即主动向中国学者展示并提供敦煌写卷照片的外国学者，从而引起了中国学术界的极大关注，形成了刊布辑录与整理敦煌写本内容的最初出版物。因此，从1909年正式开始了中国与世界敦煌学研究的历程。此外，由于伯希和深厚的汉学修养，他所获取的敦煌写本，大多是藏经洞中的精华，现收藏在巴黎的国家图书馆东方部。我在演讲中指出：注重对中国西北史地的研究，在清朝后期形成一种历史趋势，想研究深入，就必须有新材料的发现，而敦煌及新疆地区丰富的文物遗存为此提供了必要条件。因政治、经济、军事、学术等多种需要，19世纪末至20世纪初，外国探险家、考察队纷纷涌入中国西北地区，又由于清王朝的衰落与地方官吏的腐败，导致了该地区大量文物的流散。有远见卓识的陈寅恪先生，在20世纪30年代就正确地指出了敦煌文物流失的正、负面效应：大量珍贵文物的散失，对无力保护它们的中国学术界来讲，是一种耻辱，是"吾国学术之伤心史"；而中外学者得以共同研究这些文化宝库中的珍品，推动学术发展，并促进中外文化的比较与交流，这又是"今日世界学术之新潮流"。正是中外学者共同开拓了敦煌学，使其从一开始就是一门国际性的学问。

　　当年，伯希和等老一辈法国汉学家，正是凭借着较高的汉学修养与获取文物资料的便利条件，取得了丰硕的研究成果，也培养了一批学术接班人。二战以后，法国汉学的削弱自不待言，但韩百诗（L. Hambis）、戴密微（P. Demieville）、谢和耐（J. Gernet）、苏远鸣（M. Soymie）等人的出色研究仍为世人瞩目。同时，一批旅法的中国学者，如左景权、吴其昱、陈祚龙等先生，以他们深厚的国学功底和高涨的工作热忱，参加了法藏敦煌写本的编目整理与研究，做出了不容忽视的贡献。这次，笔者在巴黎两次拜访了左景权先生（系左宗棠的曾孙），表达了中国敦煌学界对这位 82 岁老人的敬意。近 20 年来，由于国际交流的加强，信息的畅通，资料刊布的日益完善，欧洲汉学界在材料占有上的优势大大削弱；但与此同时，由于中国大陆改革开放政策对学术的促进，中国的敦煌吐鲁番学研究进入了飞速发展的新阶段，使得欧洲汉学界有了最佳合作伙伴，对中国图书典籍与新出土文物资料的利用加强了，开拓了研究眼界，一批年轻的汉学家也迅速成长起来，取得了不少新的成果。可以说，不仅法国，整个欧洲的汉学研究都呈现出柳暗花明的前景。但是，毋庸讳言，近时期的欧洲汉学也存在着不利因素，主要是各国将研究重点转移到当代中国的政治、经济、文化，而对传统汉学研究的资金、人员投入则相应缩减，从而造成图书匮乏、人才短缺、经费不足。此外，新一代汉学家虽然也相当勤奋，有相当便利的工具与手段（如电脑网络获取信息），而在汉文化修养上（如古汉语水平、中国古代文化史知识积累）却带有明显的先天不足。据我所知，法国一些有为的汉学家正在努力弥补这种缺陷，也做出了相当出色的成绩。同时，欧、美、日本的汉学兴衰，与是否进行开放性研究有关，亦与中国学术文化的开放相辅相成。我的这一看法，也得到了法国同行的首肯。

## 在德国特里尔大学讲"天人合一"

位于摩泽尔河畔的世界历史文化名城特里尔（Trier），曾是西罗马帝国的首都，也是德国最古老的城市，在近代则因是卡尔·马克思的故乡而闻名遐迩。特里尔大学是一所新兴的综合性大学，有一万多名学生，该校的汉学系从 1981—1982 年底开始招生以来，已培养了不少汉学人才。汉学系主任卜松山教授（Karl-Heinz Pohl）是一位出色的中国古代文学及文学批评史、思想史专家。4 年前，我曾应邀在汉学系讲过一次课。因卜松山教授近几年来积极参加了我国学术界关于"天人合一"的讨论，发表了很有见地的论文，受到高度评价。5 月 28 日，笔者与中国艺术研究院的古丽比亚女士合作，以《西域飞天与"天人合一"》为题作了讲演。

"天人合一"这个题目之所以引起欧洲汉学家的浓厚兴趣，与近十年来学术界对东西文化的碰撞与反思密切相关。"天人合一"，与其说这是中国古老的哲学命题，不如说是与生产力发展水平密切关联的全世界各民族共同的一种精神寄托与理想追求。只不过其他国家与民族没有像中国的正统儒家那样将这一命题阐发得那样系统、丰富和纷繁复杂罢了。我为什么以西域飞天形象为例来讲"天人合一"呢？一是因为新疆与敦煌早期洞窟中的飞天带有较明显的西域风格，随佛教传入中土后，飞天艺术也不断受到华夏文明的深刻影响，最终成为中国传统文化的组成部分。从印度早期石窟中体态健硕、动作稚拙的飞仙，到新疆米兰古城佛寺中浓眉大眼、动感渐强的有翼天使；从龟兹风格鲜明的克孜尔魏晋时代的飞天，到汉风浓烈的莫高窟隋唐时期的动静合一、仪态万千的伎乐天，飞天形象的发展变化，正是"天人合一"观念在佛教艺术中的生动体现。二是德国学者长于哲学思辨，德国汉学研究热点中对《易经》、道教、宋明理学的研究都偏重于理性思辨，而通过对诸如飞天这样的艺术形象的分析，正可以弥补在感性具象把握上的不足。三是本世纪初德国人从我国新疆地区掠走了大批珍贵文物，其中就有不少多姿多彩的飞天艺术品。我这次还专程去柏林参观了陈列于印度艺术博物馆中的新疆文物，调阅了库藏于国立普鲁士文化藏品图书馆中的数十个吐鲁番出土的古代写卷。柏林印度艺术博物馆藏有许多精美的壁画，都是当年格伦威德尔、勒可克等人从新疆克孜尔、库木吐拉、伯孜克里克等石窟寺剥取后运回德国的。过去传说其中有些精品已毁于二战炮火，但现在得知是当时被苏联红军运到了圣彼得堡的爱尔米塔什博物馆。前些日子德、俄两国为归还艺术品问题热闹了一阵，未有结果。其实，我国文物被掠取到欧洲的更多。比如在巴黎郊区的枫丹白露宫，我就看到当年八国联军从圆明园抢走的一大批珍宝与工艺品，居然被奉献给拿破仑第三的夫人用来装饰寝宫，连一对石狮子也被摆在外守了 100 多年大门！此情此景，怎不令人感慨万千！让流失海外的文物回归祖国，已成为亿万中国人关注的话题，也是欧洲汉学健康发展不能回避的问题。

# 在洪堡大学座谈汉学研究的方法

5月31日晚，在柏林洪堡大学汉学系任教的孟虹女士约我参加一位学生的生日晚会。我在与几位德国学生的交谈中，得知他们在学习汉语和研究中国文化的方法上存在不少问题。于是孟虹安排在6月3日举行了一次汉学研究方法的座谈会。我在会上提出：老一辈欧洲汉学家的研究主要采用"金字塔式"的方法，即先一层层地打好既广且深的中国语言文字学、经学、史学、文学等方面的基础，再逐渐进入专题研究，取得顶尖的成果。而近二三十年欧美的一些汉学家，由于主客观两方面的原因，则多采取"挖井式"的方法，即稍懂中文后就抓住一点往下挖，到一定深度也能"出水"（写出论著）。这样做虽然见成效快，但弊端也大——由于缺乏深厚的汉文化修养，又往往攻其一点，不及其余，不容易抓住中国传统文化的本质，得出的结论常常不免偏颇。我当然赞成前一种方法，虽然费时费力，却根深叶茂，可蔚为大观。在座的中国史专家费路教授（R. Felber）50年代曾在北京大学留学多年，是翦伯赞教授的学生，受过较严格的基本训练，他赞同我的观点，要我当场为学生开列一些必读书。当我首先列出四书、《左传》《战国策》、前四史等时，在座学生却发出一片惊讶声，他们认为读这些书太难、太多了。这里有一个背景，从80年代开始的德国的"中国热"，很大程度是冲着中国的现、当代来的。南开大学历史系的张国刚教授曾对德国20多所设有汉学系或相关研究所的大学作过调查统计，从70年代中到80年代，有三分之二的教授从事中国传统文化的研究，但在大学教学中关于近现代的教学却占优势，以此作硕士论文的也较多。实际上，新一代学生的兴趣大多转向中国的现、当代。据学生讲，这与毕业后求职关系极大。特别如洪堡大学在德国统一前属东德，而统一后东德不少的大学教授都面临着失业的危险。据张国刚估计，今后洪堡大学很可能成为现代中国的研究中心，"中国学"有取代汉学的趋势。这样，许多学生认为不必在传统汉学上花费更多精力。我对他们说，汉学是中国学的基础，中国学研究人才首先应该是合格的汉学人才；如果不了解中国的过去，就无法真正理解与深入研究中国的现在与把握未来。费路教授对我这个看法深以为然。

目前，欧洲汉学的众多"摇篮"，正处于一个十分关键的时刻，在进入21 世纪之前，它们迫切需要认真总结近百年来的经验与教训，需要从东西方文化交流的长远与根本目标来检讨汉学研究的目的、方针与方法，需要进一步扩大同中国传统汉学研究界的交流与合作，这样才能创造欧洲汉学新的辉煌。

*本文原载中国新闻社《视点》杂志 1997 年 8 月号。

# 注重敦煌学的学术背景与学术关联 ▪

敦煌莫高窟藏经洞重新面世已经108年。近百年来，随着藏经洞古代文献、文物的流散而兴起的"世界学术之新潮流"——敦煌学，已成为得到国际学术界普遍承认的"显学"。但是，敦煌学是否是一门真正经得起严格科学界定的独立学科，国内学界一直有不同的认识。对此，我曾经在《对敦煌学百年回顾中若干问题的认识》一文中提出：要解决这个问题，必须弄清该学科的构建与其学术背景、学术渊源的关系。敦煌学之所以能成为一门新学问，其学术渊源并不是单一的，它是在东西方学术文化的交汇之中逐渐形成的。对于外国学者来说，它应归属于"汉学"或"东方学"的范畴；而对于中国学者来讲，它又是西渐之新国学。今天看来，这个认识并无不妥之处，但是尚缺乏对敦煌学的学术背景与学术关联的充分说明，有必要做进一步的阐述。

关于敦煌学的学术背景，过去讲得比较多的是20世纪初藏经洞文献被发现与流散的时代背景（或可称之为"近景"），而对于这些4—11世纪古代文献及石窟艺术品形成与保存的历史文化背景（或可称之为"远景"），则分析得较少。地处西北，原本水草丰茂、地广民稀的敦煌地区，自汉武帝元鼎六年（公元前111年）前后，屯垦筑城，列郡设关，经魏晋南北朝时期中原及江汉地区大量移民迁徙至此，并兴修水利、发展农业、保护商旅、鼓励民族交融，到隋唐之际，已成为丝绸之路南、北、中三道必经的"咽喉"之地。

据史籍和藏经洞所出文献记载，唐、五代、宋初的敦煌地区，尽管也有过短暂的战乱灾祸，而和平安定仍然一直是当地社会生活的主旋律，不仅保持了较长时期农、牧、商和寺院经济繁荣稳定，城有积贮，民有余粮，各民族居民和睦相处，而且儒家主流文化与各种外来文明融汇交流，佛、道、祆、摩尼等宗教兼容并蓄，各族人民信仰自由，郡县官学、私学及寺院学校共同构建了开放民主、不拘一格的教育体制，官府支持的民间岁时节日的文化、体育、宗教活动及艺术创作丰富多彩。这些，既是促进敦煌文化艺术发展繁荣的经济基础，也是形成以莫高窟彩塑与壁画及藏经洞文物为标志的灿烂辉煌的敦煌历史文化遗产的人文背景。

中国古代社会的"人文"观念，与欧洲不同，有自己的内涵和诠释。被后世尊为"十三经"的古代典籍中，只有《易经》(《周易》)明确地提及"人文"一词，其《上经·贲卦》说："文明以止，人文也。观乎天文，以察时变；观乎人文，以化成天下。"古文字里的"止"，是一个形似足迹的象形字。因此，古人认为"人文"是文明发展到一定程度的脚印，是可以教化天下、促进社会进步的东西，是包括礼仪、法律、道德、修养、教育等文化层面的"上层建筑"，属于"礼"的范畴。所以《晋书·礼志》曰："经纬人文，化成天下。"《旧唐书·杨绾传》云："人文兴则忠教有焉。"这与西方强调以人的自身权利为核心的"人文主义"是有区别的。但是，从另一角度看，参与文化艺术和体育活动，受教育、学礼法，也是人的基本权利，是"民本"思想的拓展，因此中西方之间也有可沟通之处。古代的敦煌，既是多民族聚居的地区，又是一个典型的移民社会。累代移居河西的世家著姓担负起传承儒家文化的主要任务，而往来不绝的各民族商旅、取经求法僧人，以及已经定居在此地的昭武九姓、吐蕃、回鹘、粟特人则起着传播、吸收与融合外来文明的关键作用。二者兼容相辅，并行不悖。熠熠生辉的石窟建筑、彩塑、壁画和包罗万象的藏经洞文献，正是长达千年的文明交汇、人文荟萃的硕果遗存。

我们今天探究敦煌学的学术背景，不能离开对古代敦煌地区独特的人文环境的认识。这样，我们才可以解释诸多大家饶有兴趣而又常常心生疑惑的问题。例如，为什么莫高窟同时并存了源自印度的毗诃罗式禅窟、支提式（中心塔柱）礼拜窟和中国特有的覆斗顶式庙堂？为什么在敦煌两千多身彩塑中既有清晰可辨的犍陀罗、马土拉风格，又有在魏晋时代风行一时的秀骨清像和在盛唐时期美似宫娃的丰腴菩萨？又为什么在四万五千平方米的绚丽夺目的壁画上，人们仿佛看到了张僧繇、曹仲达、展子虔、尉迟乙僧、阎立本、吴道子等高手的神来之笔？为什么在佛教寺院的洞窟里，除佛经之外还收藏着如此丰富的儒家典籍、道经写本、社会文书、文学作品、多民族文字抄卷等？又为什么这些珍贵宝藏能历经千年沧桑而保存至今？史籍上称敦煌是"华戎所交，一都会也"，我的理解是除了称颂其经济发达、商贸活跃、文化繁荣之外，更是强调了它因多种文明交汇而持续、稳定发展的特性。在"经济一体化"趋势不断加强的当今世界，有些国家的政治家、理论家鼓吹"文化一元化"，强调"文明的冲突"，其实都是不符合古往今来的历史事实与发展规律的。虽然在人类历史的进程中，各种不同文明的碰撞不可避免，但其结果应该是文明的融汇与包容，在相互吸收中孕育出创新与发展的因素，共同前进。有些反映古代敦煌历史的文学、影视作品，过度渲染血与火的"外族入侵""宗教纷争"和"文明毁灭"，也是不符合敦煌地区的历史事实的。否则，将很难理解大量文化艺术珍品能在敦煌延续保存下来的事实。敦煌是中国各族人民共同的文化艺术宝库，同时又是凝聚着国际文化交流心血智慧的结晶，属于全世界。20世纪初敦煌宝藏遭劫掠而毁损、流散的行为，理所当然地应该遭到国际舆论一致的谴责，但那只是在一个特定的历史时期必然会发生的短暂事件。近半个世纪来敦煌学的发展，证明了国际真诚的合作交流是推进学术发展的强大动力，而提高民众的人文素养才是保护研究、发扬光大文化遗产最有效的手段。

要使敦煌学成为一门真正独立的学科，除了加强学科理论建设、注重本身的学术史研究外，还必须努力梳理厘清它和相关学科的内在关联，而不能只停留在"敦煌学是一门综合性的学问"（或曰"交叉学科"）的笼统表述上。中国早期的一些著名学者在整理和研究藏经洞所出古代写本时，其实基本上都是在自己熟悉的学科范围内展开论述的，并没有将它们从文学、语言学、历史学、宗教学等等的学术领地里脱离出来另列门类，但后来可能便因材料的珍贵稀见与特别而冠之以"敦煌"名下，强调其为"学术新潮流""显学"而自立门户。其中，最典型的例子便是对"变文"写本的整理与研究。研究者先是为发现了中国文学史上"脱失"的环节而兴奋不已，随即便推及通俗诗、曲子词、歌辞、灵验记等，开始了相对独立集中的"敦煌俗文学"的研究，而后又逐渐形成了"敦煌文学"这个模糊概念。今天，经过几代学者的努力，已经有越来越多的"敦煌文学"研究者深感全面把握藏经洞所出文学材料，将其回归文学意义上的诗、词、赋、文、小说等，置于中国文学史的长河中做整体研究的必要性。其他门类亦是如此，均应在深入把握相应学科关联的基础上开展研究。

谈到学科关联，我们还应当特别关注与西域、中亚、印度密切相关的一些学问，如藏学、吐鲁番学、西夏学、于阗学、丝路学等。今天，已经有许多从事这些学问研究的学者，或投身到敦煌学的研究队伍中来，或注意加强与敦煌学界的联系，这也为我们探寻敦煌学和这些学科的内在关联创造了条件。真正的"综合性学问"或"交叉学科"，应该有自己独立的区别于单科学问的学术体系、理论与方法。又如，目前我们国家正在兴起新一轮的"国学热"，而敦煌学与"传统国学"或"新国学"究竟有何关联？是否能占有"一席之地"？都是值得我们认真思索的。我们认为，只有把握了学科间的内在关联，才能在分辨异同的基础上脱颖而出，真正达到"和而不同"的境界。因此，这样做的结果，非但不会"消灭"敦煌学，而且能为其先天不足的躯体补充丰富的营养，促进敦煌学学科自身的发展壮大，使其真正巍然屹立于世界学术之林。

*本文曾刊登于《光明日报》后收入《人大复印资料·历史学》2008年第9期。

# 我的克孜尔情结 ▪

　　1980年，我作为"文化大革命"后的第一届研究生，为了撰写《岑参边塞诗研究》的硕士学位论文，得到北京师范大学科研处的支持，从北京回到乌鲁木齐，到自治区文化厅开了证明，第一次乘飞机（安24型小飞机）从乌鲁木齐到库车。那时南疆的交通极为不便，为了参观库木吐拉石窟，我在县招待所苦等了两天，幸好有一位地质勘探队员为我联系，搭了石油部门去"东方红水电站"的吉普车，才第一次目睹了龟兹石窟彩塑与壁画的风采。为了表露当时的心情与感受，我在第二年的《新观察》杂志和《人民日报》上发表过题为《救救库木吐拉》的短文和诗歌；14年之后的1994年，我又应台湾一家佛教文化刊物之约，写了一篇《与库木吐拉有缘》的散文，追忆那初次的礼佛经过。那篇文章中没有提及克孜尔石窟，许多人一定会感到奇怪。其实，当时我正在构思一篇关于胡旋舞的文章，特别想接着去克孜尔考察相关的壁画。克孜尔离库车县城大约70公里，在动辄几百公里杳无人烟的天山南麓，算是"近在咫尺"了，但若没有向导和代步工具，仍遥似天涯。记得无奈中我买好长途汽车票正准备去库尔勒，碰到了北京大学的马世长先生，他陪着日本摄影师正要去克孜尔拍摄洞窟艺术品，当时我们并不相识，我自然不便提出与他们同行的要求，就这样与克孜尔失之交臂了。但是，怅望着眼前从西北方向流淌过来的渭干河水，我的心里却埋下了一颗"克孜尔情结"

的种子，觉得有朝一日我一定会去那个神圣的地方朝拜的！

这一等就是 15 年。1995 年夏，中国敦煌吐鲁番学会在吐鲁番举办"敦煌吐鲁番学出版研讨会"，会后特地安排了考察克孜尔石窟的活动。那真是一次令人难忘的历程。记得那天清晨北京时间 6 点整，我们乘车从吐鲁番出发，正是黎明前伸手不见五指的时刻，繁星在夜空里闪烁，载着代表的三辆汽车驱散寂静，车灯划破晨曦，沿着国道，朝西南方向驶去。已经是第三次到南疆考察、年迈古稀的冯其庸先生坐在最前面的越野车上，像一位出征沙场的战士，胸前挂着他的"武器"——两架相机，目视前方，毫无倦意。中巴车跟在后边，司机是一位维吾尔族小伙子。我怕他长时间驾车会因单调与疲乏而犯困，就特意安排了代表中的古丽比亚坐在副驾驶的位置，时不时地和他说上几句本民族的语言以提神。大部分代表都坐在大轿车里，包括年龄较大的上海辞书出版社的严庆龙副社长和中华书局的邓经元总经理，都是第一次经行这风光奇特、变幻莫测的丝路古道，路虽漫长，却毫无倦意。当然，会议的主办者不敢大意，还是安排了三位司机轮流开轿车，以保证安全。车过库车，暮色渐浓，三车间距拉远，我乘坐的中巴车已是前难觅"越野"踪影，后不见"轿子"身躯了，路也似乎越来越窄，车也摇篮似的颠簸着。开始时大家还能眯着眼打盹，等到天色漆黑，大家顺着车灯的照射可以隐约看到料峭山崖和陡窄崎岖的公路，路况很差，就紧张得没有一丝睡意了。中巴车到达克孜尔千佛洞，已近午夜，所里的工作人员热情地把大家带进食堂，可我的心却牵挂着跑在后边的大轿车，毫无食欲。那时没有移动通讯工具可以联络，只能暗暗祈求菩萨的护佑。又过了一个多小时，终于传来了汽车疲倦的轰鸣声，大客车安全抵达，尽管这时四周的景物全被夜幕笼罩，什么也辨认不清，人们欣慰的笑容却清晰可辨。随着一颗颗悬着的心沉静下来，代表们很快都在客房里进入了梦乡。

晨曦刚刚将渭干河南岸的却勒塔格山崖染红，代表们早已不约而同地聚集在克孜尔洞窟下方的鸠摩罗什铜像前观瞻了。啊，这位带有天竺血脉、早于玄奘两个多世纪的译经大师，是当之无愧的龟兹之子！现在，他的铜像屹立在明屋达格与却勒达格之间，成为克孜尔最有特色的标志。看着他在莲座上低首垂手而思的形象，我不禁想起在巴黎罗丹纪念馆看到的名塑"思想者"。我觉得，尽管二者的造型风格很不相同，他们思考的内容也截然有别，但给人以启迪的精神力量却是一样的。现在，罗什塑像和北边山崖上鳞次栉比的洞窟都披上了霞光，塑像的题名者冯其庸先生早已支起三脚架，开始了紧张而愉快的摄影工作。看着代表们脸上虔诚而兴奋的表情，我猛然觉得 15 年来埋在心中的那一颗"克孜尔情结"的种子，已经生根、萌芽了。

第一次参观克孜尔石窟所引起的震撼，不是几句话甚至几篇文章能够说得清的。236 个洞窟，我们只能匆匆瞻拜其中的少数，但仿佛已经经受了一次文化、艺术的大洗礼。我觉得，自己好像是走在一座连接印度、中亚、西亚、希腊、罗马与敦煌、中原文明的七彩桥梁上，目不暇接而思载百代。龟兹文化的多源兼容、博大精深，佛教艺术的普及繁荣、璀璨辉煌，都仰仗于开窟者的刚强，取经僧的坚忍，译经人的智慧，信徒们的虔诚和塑匠画家们的杰出的创造力。有人形容克孜尔是"第二个敦煌"，这其实是不确切的。这不仅因为它的开窟年代要早于莫高窟一个多世纪，也不仅因为它的佛本生故事画与佛传故事画要比莫高窟同类题材的壁画内容与形式都更为丰富，也由于它在许多方面都得到天竺佛教更直接的影响，成为敦煌石窟艺术之先驱前导。当然，多年之后，我得以捧读季羡林先生的《龟兹佛教史》（现改名为《西域佛教史》），才更深刻地了解到作为龟兹文化精华的克孜尔石窟艺术的意义所在，也才明白为什么这位学术大师在自己的言谈与著述中常常会流露出对龟兹学更多的关注。

在这次参观时我们得知，龟兹石窟研究所已经成立 10 年。虽然建所时间不算长，但那些成年累月长期生活在克孜尔的研究人员，也已经可以当之无愧地称作"龟兹人"。他们的工作态度与牺牲精神，与我所熟悉的"敦煌人"一般，同样引起我们赞叹，值得我们崇敬。这里的生活条件、工作环境和敦煌一样艰苦，而交通则远远不及敦煌便利。他们之中有些人，因为工作、家庭的关系，还必须常常奔波于克孜尔与乌鲁木齐之间，至于因气候条件季节性的"迁徙",就更是家常便饭了。如年长于我的中国敦煌吐鲁番学会的顾问霍旭初研究员,作为龟兹石窟研究所和龟兹学会的创办人之一,他为研究克孜尔石窟和龟兹佛教所付出的巨大心血有目共睹。"滴泉"沁心,涌泉相报,其精神是可以感天动地的,这有霍先生自己的专著《滴泉集》为证,毋需我在此赘述。新疆维吾尔自治区博物馆的贾应逸研究员,虽然不是龟兹石窟研究所编制中人,却是人人尊敬的"龟兹老大姐"。我知道她1987年在克孜尔踏查洞窟时,摔断了锁骨和11根肋骨仍要坚持工作。还有一些年轻的研究者,也舍弃了在大城市工作的机会,终日与洞窟为伴。进入新世纪后,连续举办的三届龟兹学学术研讨会,以丰硕的学术成果昭示世人与学界。正是这些"龟兹人"的奋斗,让"龟兹学"这门古老而年轻的学问蓬勃发展,让克孜尔石窟名扬天下。1997年春夏之间,我到德国柏林考察,也曾在博物馆里陈列的被掠夺的龟兹石窟珍宝前流连却步;2005年夏,我又在圣彼得堡的爱尔米塔什博物馆惊讶地看到了二战行将结束时被苏联红军"截获"的龟兹壁画残片。所有这些,让我心中的"克孜尔情结"有了更丰富充实的内涵。

今天,在即将迎来研究院(所)建院25周年庆典,龟兹石窟研究所已发展壮大为龟兹研究院之际,我愿再次将心中的"克孜尔情结"捧出,奉献给所有热爱龟兹文化艺术、热爱祖国边疆、热爱各族人民共同创造的中华优秀传统文化的朋友,愿这一情结能历久不衰,开出更加绚丽多彩的花朵!

(2010年3月4日)

*本文曾收入《龟兹记忆》一书(新疆龟兹研究院编),2010年7月内部印行。

# 关于麦积山石窟景区开发、管理的对话 ·

对话人：柴剑虹——中国敦煌吐鲁番学会副会长兼秘书长、中华书局编审

　　　　白尔刚（老白）——麦积山石窟艺术研究所办公室退休职工

　　　　白　凡（小白）——麦积山石窟艺术研究所考古研究室馆员

**柴：** 很高兴能与你们在北京见面！听说二位带来了一些如何进一步开发与
管理麦积山石窟景区的建议。尔刚先生您曾在北京科技进修学院学习
"管理决策"，又长年在麦积山工作和生活，一定有很好的想法；白凡
您作为西北师大和复旦大学文博专业的毕业生，现在是麦积山石窟研
究年轻一代的研究人员，也一定有新的感受。我已好几年未去麦积山
了，所以很愿意听听二位的高见。

**老白：** 谢谢柴先生对麦积山的牵挂。麦积山石窟是中国四大石窟之一，早在
1961年就被国务院定为第一批国家级重点文物保护单位，专家们一致
认为：麦积山石窟堪称世界雕塑博物馆。

**小白：** 有人说它是"东方微笑"的集中处、"蒙娜丽莎"之原产地，其山势风
景、凌空栈道独一无二、天下无双！历代文人墨客、贵胄商贾，药农
樵夫争先造访。可是古代栈道为木质，素有"砍尽南山材、修起麦积
崖"的传说，其最高处的"天堂洞"万人中曾无一人敢登者；有史以来

至 1976 年从来没有正式开放过，原木质栈道每次只准 20 人之内，间距一米轻轻攀登，根本无法正式开放。所以同为中国四大石窟，麦积山的知名度最低，而可观性最高！

柴： 其实古往今来，麦积山的知名度并不低。早在北周时期著名文学家庾信在他的《秦州天水郡麦积崖佛龛铭·序》开头就说："麦积崖者，乃陇坻之名山，河西之灵岳。"只是长期以来被云雾缭绕。我觉得"蒙娜丽莎"的面纱越朦胧，越神秘，就越有吸引力，是否开发的难度也会更大些？

老白： 是这样。为了揭开"面纱"，让国宝见光，国家有关部门投巨资，从 1975 年甘肃省文化局决定成立"麦积山加固工程办公室"，至 1984 年 7 月麦积山加固工程结束，这项长达 10 年的维修加固，成功改建为仿古钢筋水泥栈道，长约 1000 米，以适应国内外民众和专家学者参观游览及考察的需要。

柴： 我听说这些年来到麦积山石窟景区的人数还是很可观的。

小白： 1984 年 7 月麦积山石窟正式对国内外广大游客开放，当时门票价格为甲票每人 2 元，乙票每人 0.5 元；麦积山石窟一年的门票总收入约为 20 万元，也就是说，每年的参观人数为 20 万左右。由于受交通、物价约束，这个参观人数和收入保持了好几年。随着国民经济的不断提高，人们参观旅游意识不断加强，外地进入天水道路的不断改善，麦积山石窟参观人数和收入大大提高了，据不完全统计；2012 年麦积山石窟全年的参观人数已达 160 多万人，每人 70 元的通票收入已达 1300 多万元，其他如不上石窟的需买风景票，每人 20 元，乘环保车，每人 15 元（特级窟票每窟按 1~5 人 400 元、5 人以上每人 60 元计配专职讲解员），另有一号游览线路按讲解费每人 10 元计。初算；麦积山石窟风景名胜区全年的收入可达 2000 万元以上。

柴： 是啊。据我所知，近几年参观敦煌莫高窟的游客人数大约是 70 万左右，因为要受窟区气候的限制，冬春季节游客数量不多。而实际上也已经处于饱和的状态——游客过多，洞窟文物的保护问题就会非常突出。如何做到发展旅游与文物保护的协调统一，是一个非常突出的问题。

老白：自改革开放以来麦积山景区形势总是好的，但问题也很突出。如景区的管理、开发涉及麦积山石窟艺术研究所、麦积山风景区管理局、小陇山林业实验局三家。我 2001 年 1 月 4 日在《甘肃日报》发表《如何开发麦积山》一文后，由省政府组织协调实现了统一售票、三家分红，但由于利益驱动，很难做到真正面和心合，地方政府一直要求省政府将麦积山石窟划归天水市领导，可省文化厅文物局不同意，国家文物局也不支持。如何解决这一矛盾？让麦积山石窟风景名胜区实现统一领导、统一规划、三位一体、齐心合力，尽快使景区设施齐备，工作方便，服务到位，收入翻番，做到各方满意，以适应甘肃发展文化旅游事业的总体规划。

小白：我觉得尽快将"麦积山石窟艺术研究所"提升为"麦积山研究院"是实现三位一体的重要步骤。可以参照山西云冈石窟 80 年代申遗时的先进经验，由省文化厅副厅长兼任大同市文化局局长、云冈石窟研究所所长；统筹省、市、所及国家文物局所拨的所有财力、物力、人力，集中建设景区规划项目。申遗顺利成功！麦积山研究院的机构设置及职务分工则可以参照河南洛阳龙门石窟现成的建院经验（网上可查）。

柴：我国四大石窟，除麦积山外，其他都成立了研究院；新疆还成立了"吐鲁番学研究院""龟兹（石窟）研究院"。我也觉得麦积山要进一步开发与科学管理，成立研究院势在必行。当然，这不光是一个建制提议和审批的问题，麦积山的开发应该是一个系统工程，还必须为此在现有机构的健全、改革上下功夫，在人才引进、课题立项等方面积极创造条件。你们可以到敦煌、龙门、云冈去取取经。研究什么、如何研究、谁来研究，研究和保护的关系，和地方发展旅游的关系，和相关事业尤其是"文化产业"的关系，都需要认真思考与研究。

老白：作为一名管理人员，我想到的景区管理方面的建议有：开发麦积山东教场广大区间，建设文物陈列馆，影视资料厅，园林休闲处，麦积山"东方微笑"雕塑广场等等，可安置因拆迁而失去生计的当地农民在这些地方就业；建筑麦积山石窟景区环区公路，即从现有山下公路修至香积山，再从香积山选择合适地点打洞至后崖沟植物园，形成环路，路通了，景区许多关系就都通了，麦积山的文物保护、旅游开发、科学研究、申遗事项，都会有飞跃性的发展；关于单位职工上下班车辆的停放处，应以不影响交通又不远离办公室、接待处为原则（目前最佳地点为：瑞应寺广场下的公厕广场，环路建成后可另选合适停车场），内部工作人员可随时乘环保车至景区内任何工作地点；作为国家重点文博单位，以前修建的大部分建筑项目如陈列馆、办公楼等都是国家文物局、省文厅批准并拨款兴建的，似不应定为"违章建筑"，根据发展需要，拆旧建新也是可以的，但这应事先落实好设计方案、地点、资金之后，先建后拆，或边拆边建，决不能旧陈列馆、旅游商店拆了五年了，新陈列馆，旅游商店还没建好，严重影响景观视野和游客休闲购物。特别是新办公楼地点、土地资金还没落实，旧的办公楼已经推倒，职工工作、值班都受到严重影响，这不利于麦积山事业的发展。这也是景区没有统一规划，缺乏权威领导的结果。

小白： 另外，人才的培养与引进至关紧要。特别要扩招一些专业雕塑、壁画修复、复制人才，将麦积山石窟中游客不便进入的洞窟内有代表性的优秀作品，复制并展出在景区新建的陈列馆中，如133窟的小沙弥、10号造像碑、12窟北周雕塑、44窟的"东方微笑"等等。作为天水的对外窗口，还要将天水市博物馆的相关重要文物，如清水地宫砖雕、彩绘、景区放马滩出土的秦简、中国最早的秦地图、礼县秦公大墓出土文物等，还有天水各县的零散文物，有条件的，也可移展至麦积山。这样，既可分散过于集中的游客，又可增加门票的含金量，扩大宣传天水的窗口。

柴： 是啊，我觉得对于像麦积山这样的国家重点文物来讲，保护、研究、宣传、开发、管理，五个方面缺一不可，是相辅相成的关系。另外，一种珍贵的"文化遗产"，首先是要认清它的保护、研究、开发是国家乃至世界优秀文化传承的需要，所有参与其中的研究人员、工作人员，乃至前来参观、考察的民众，都要有敬重、敬仰、敬畏之心，有感悟、感激、感动之意，有珍视、珍惜、珍爱之情；其次才是带着这种心意、情意来从事旅游开发和产业经营。要特别警惕那种为了短期"市场繁荣"的商业利益而损坏文物、损害长治久安，违背科学发展观的做法。诚然，我虽然很理解有些领导在"文化建设"上的急迫心情，但反对为了追求一时一任的"工作业绩"而不顾文化传承的客观规律去搞无序开发，搞"文化大跃进"。文化的发展和繁荣首先是千秋万代的"事业"，而不是可以大把赚钱、红火热闹的"产业"，更不能"产业化"——毛主席曾说过："化者，彻头彻尾彻里彻外之谓也。"（见《反对党八股》）文化是国家民族的血脉，是人民的精神家园，不应该成为商业利润的代名词。

小白：我是在麦积山长大的，可真正参加了石窟艺术的保护和研究工作后，才感到它文化内涵的博大精深，自己对它的认识还很浅近。

柴：　不单单是对麦积山，也不仅仅是您个人，至今我们对敦煌、云岗、龙门等石窟的认识也是很有局限的。苏东坡诗云："不识庐山真面目，只缘身在此山中。"这是我们的耳、目、身、心所限，是一个因视野而阻碍认识、影响了研究的深度和广度的问题。我赞成对四大石窟寺的文化做源流、特质和比较的研究，尤其是要把它们放在各民族文化交流融汇的大背景中来研究。另外，更为重要的是要普及石窟寺文化的知识，要向广大民众宣传它们是个个有份、人人有责的珍贵的文化遗产。这样才能自觉地保护好这份遗产，在保护的前提下研究、开发，在普及的基础上提高。麦积山所在地天水地区的伏羲文化同样也是如此，据我所知就很需要为参观者印制一本科学、准确地介绍伏羲及八卦的通俗读物或说明书。其他许多文化遗产景点也同样缺乏好的说明书，讲解员的培训工作也亟待加强。敦煌研究院在这方面是下了大力气的，多次开办培训班，效果也很显著。建议麦积山也应去取经。总之，保护的责任重大，研究的任务艰巨，开发的前景辉煌。

■ 麦积山

（2013年3月27日）

　*本文曾刊登于《丝绸之路》杂志。文章刊登后不久，参加对话的白尔刚先生不幸去世。2017年，麦积山石窟艺术研究所整建制划归敦煌研究院管理。

# 泪　眼·

## ——斯里兰卡掠影

　　癸巳中秋时节，我应邀赴斯里兰卡出席亚洲第二届佛教文化节（2013 Sri Lanka Second Asian Festival of Buddhist Culture），参加其中的"佛教造像与石窟艺术研讨会"。

　　斯国原名"锡兰"，我国古籍中称"师（狮）子国"，今人喻其为"印度洋的眼泪"——这泪珠晶莹，是甘甜，抑或酸咸、苦辛，或如其盛产的各种香料一般五味杂陈？短暂六天，初涉这个南传佛教的美丽岛国，实难细细品尝；只能用我一双眼睛掠影式地观其点点泪花，当时留在心中，归来略记感受。故曰"泪眼"。

## 科伦坡海岸

　　9月24日上午乘坐国航航班从首都机场出发，中午到达羊城，下午换乘斯里兰卡航空公司的UL883航班空客340—200飞机，近7时起飞，越过琼州海峡，经越南领空，降落泰国曼谷机场，停留一个多小时后再次展翅，午夜时分到达斯国首都科伦坡。下榻的大肉桂酒店（Cinnamon Grand Colombo）是个五星级宾馆，就坐落在海滨，因此只在客房眯了三四个小时的倦眼，早早就被清晨的浪潮声催醒，推开阳台的玻璃门，蔚蓝的印度洋面映入眼帘。扑面而来的清新空气吸引我们三三两两走出宾馆，兴冲冲地走到海边。

正是涨潮时分，海面并不平静。潮水仿佛如八月钱江潮般地汹涌推移，浪头打到岸边的礁石，激起足有丈高的飞沫。海风迅捷而温暖，似乎闻不到我们在中国东海边熟悉的那股咸腥味儿，也看不到迎风翔舞的海鸥。只有被斯国尊为"神鸟"的乌鸦，不时从头顶掠过，或聚落在岸边滩头，或栖身于灯杆等建筑物上。还有一种我们不认识的白色大鸟，类似鱼鸥、鹳雀，喜欢三四一群地停落在路边高大的灯柱之巅。

岸上置放着一尊尊铸铁大炮，炮口对着大海，形成一道令人惊奇和猜想的风景——这些恐怕是上世纪或更早时期的遗物，为何摆放在这里？在斯里兰卡人民抵抗西方殖民者入侵的日子里，它们迸发过保家卫国的火光么？抑或它们曾充当过殖民者镇压反抗的利器？也许，这里的每一尊炮，都有着它光荣而自豪的历史，有着可歌可泣的动人故事……

转过身来，看到一辆辆公交车从街上驶过，它们的车门几乎都是敞开的，有的挤满了人，有的乘客扒住车门，半个身子几乎露在车外。见微知著，这个发展中国家公共交通的落后状况可知大概了。

会议组委会发来的介绍文字说：科伦坡是一座典型的东南亚海滨城市，这里有旖旎的滨海风光，也有喧闹的夜市赌场；有欢快狂放的打击乐，也有虔诚笃信的宗教信徒；有巍峨耸立的摩天大厦，也有金碧辉煌的寺庙厅堂……因为早餐后我们就乘车去这次会议的举办地康提（Kandy），没有时间在科伦坡浏览参观，它的市容、街景，它的两大标志景观国立博物馆和中国援建的班达拉奈克国际会议大厦，它的各种建筑物、雕塑，它的印度教、佛教庙宇，基督教教堂和伊斯兰教清真寺，高耸挺拔的椰子树，茂密的雨树树林，种种景物，都只在大巴车的窗外一闪而过或隐匿在树丛中了。路边的广告牌和商店标牌上多是我们不识的僧伽罗文和醒目的英文并列，道路旁二三成群地行走着身穿鲜艳纱丽的妇女或头饰明显的穆斯林信众，无声地诉说着这个城市多元化的程度。

研究中外文化交流的一些学者认为斯里兰卡是海上丝绸之路的重要一站，这诚然不假；但对于法显、玄奘等通过西域到南亚的西行求法者来说，对于公元 5 世纪时已是城中"多萨薄商人"，"诸国商人共市易"（法显《佛国记》语）之地，斯国又何尝不是陆上丝绸之路的一处终点呢？

# 康　提

斯里兰卡实际上是一个山地岛国，古都康提位于科伦坡的东北，在斯岛的中央地方。虽然科、康两地相距只有 120 公里，但因山路崎岖，需行驶 3 个小时左右方能抵达。大巴车载着我们朝东北方向行驶，很快就进入了丘陵地带。山路曲折盘旋，车子常常急促拐弯，我们车上有几位女士很快就进入了晕车状态。幸亏车上有一位曾在北京大学留学，和一道赴会的李崇峰教授熟识的斯里兰卡学者宾度女士，不停地在用中文介绍着窗外的景物和文物遗迹，吸引了大家的注意力，也减轻了晕车的感觉。

自公元 4 世纪释迦牟尼的佛牙被迎送至此，圣城康提在斯里兰卡历史上一直有着极为重要的地位。1592 年，斯里兰卡定都康提，王宫和佛牙寺联结一体，成为国家宗教信仰和行政管理的中心。尽管 16、17 世纪锡兰曾一度被葡萄牙及荷兰殖民者占领，1815 年又沦为英国殖民统治，康提依然是斯里兰卡不屈精神的象征。作为南传佛教的一处朝觐圣地，这个依山傍湖的小城已经被联合国教科文组织列入"世界文化遗产名录"。本届佛教文化节于 9 月 25 日晚举行开幕式，主会场就设在康提斯里兰卡佛学院的国际会议中心。

这届文化节中国方面的导引人和组织者为广东六祖寺、武汉灵泉寺的主持大愿法师，因此与会的约三百名居士、信众（也是"供养人"），均来自广东和湖北两省，以五六十岁的女性居多，且服装统一。他们的虔诚与热情自不必说，从列队准备进入会议的中心会场始，几乎是处处合十，时时诵经；更令我们瞠目的是许多人手里拿着一沓人民币、卢比、美金，不断地向与会的僧人布施供养——我从旁观察，那些受供养者似乎比我们还不习惯中国信众的这种方式与热忱。

斯国佛学院国际会议中心建筑在山坡高处，林木秀丽，环境幽雅。路旁树下有正在纳凉的大象，于是排队等待入场者纷纷将相机对准了它。阶梯式的会堂足可容纳千人，照理应该是静穆的场所，但似乎有了中国人，就立刻变得熙熙攘攘地热闹起来。主席台上端坐着斯里兰卡阿斯吉利派僧王、斯里兰卡玛马拉塔派副僧王，缅甸僧王、韩国道成长老、泰国大长老、蒙古佛教协会主席等高僧大德；大愿法师和湖北佛协的副会长隆醒法师也分坐在两边。本届亚洲佛教文化节的宗旨是"佛教融合社会、文化促进和谐"，以"弘扬佛教文化、促进世界和平"为主题，据称有 69 个国家的代表出席，远远超过两年前在柬埔寨吴哥举行的第一届文化节。斯国政府对此活动甚为重视，由其总理贾亚拉特纳出席并致辞。中国的官方人物是湖北省宗教局的一位副处长，其代表性不得而知。在僧众聆听僧王、总理、法师代表致辞时，我观察到一个细节，即那位隆醒法师的合十手势颇为特别，十指叉开，其中左手食指、中指还在不断晃动。我随即想到《五灯会元》中"心动神疲"之棒喝，惊愕之余，不禁为之莞尔。开幕式、闭幕式上展演的中国、柬埔寨、越南、缅甸、斯里兰卡等国乐舞均各具风采，或载歌载舞、婀娜多姿，或张扬奔放、刚健有力，中国表演者伴随音乐的禅意沙画和戏剧中的变脸艺术，越南的灯盏舞，缅甸艺人的演奏、木偶、藤球杂耍，斯国的鼓舞等，我等凡俗之辈都观赏得眼花缭乱，掌声不断，不知僧人、信众们是否会心有戚戚焉？

9 月 26 日，"佛教造像与石窟艺术研讨会"开始举行，会场设在会议中心左侧的一个小房间里，恰好能坐下二十余人，墙上挂着中英文对照的小幅红色会标，发言人的小讲坛安着笔记本电脑，三张课桌拼成主持人席，会议开始时还没有装好扩音设备，投影幕布斜立一侧，关上门后，尽管从窗外还不时飘进来唱诵声响，倒也自成一统，符合佛家简约朴素的精神。因为本次论坛的中国代表是委托我协助推荐、组织的，会议开场，安排我做了题为《佛教造像和石窟艺术的保护、研究、传承、发展》的主旨发言；我还向东道主赠送了取材于莫高窟第3窟千手千眼观音像刻石的一幅朱拓本。代表们报告的论文涉及佛教造像和壁画及相关文物的保护研究等内容。代表以中国学者为众，也有来自日本、法国、印度、斯国、德国等国的学者。因为安排的研讨时间很紧，只有26日、27日各大半天的时间，学者们只能依次上前报告自己的论文，省却了提问答疑的环节。好在发言人都非常认真地边讲边展示PPT中的图像资料，听讲者则对照着事先印发的论文集，聚精会神地边听边用相机拍摄自己需要的图像，达到了互相交流启示的目的。26日下午3点半，大会通知研讨会代表集合起来随信众一道驱车去佛牙寺瞻拜佛牙。

佛牙寺位于人工开掘的康提湖北岸。我国东晋后秦高僧法显于公元410年巡行师子国时，见"城中又起佛齿精舍，皆七宝作"（《佛国记》），这应该是关于斯国佛牙寺最早的文字记载；唐玄奘《大唐西域记》中亦载"王宫侧有佛牙精舍，高数百尺，莹以珠珍，饰之奇宝"，则说明7世纪时佛牙寺已和王宫联为一体。但是康提城始建于14世纪，定都于1592年，法显、玄奘所见的佛牙寺应该是在当时的都城阿努拉达普拉（Anuradhapura），即今西古城内，后来随王宫迁址至康提。

现在，参拜佛牙不允许戴帽穿鞋，拒绝穿短袖衫、短裤、裙子者，也不欢迎穿深色服装者。车子在离开佛牙寺一二百米外的路边停靠，大家便光着脚步入寺外的大道，先到殿堂外的空地集结。护城河边宫墙内，一座颇具特色的八角形殿亭首先映入眼帘，据说过去国王常在此接见聚集在殿前空场上的臣民，而且时至今日，国家首脑也仍会在举办某种仪式时于此向公众发表讲话。礼拜佛牙需手持莲朵，于是有人向大家分发各色莲花，各人自行摘去花茎，如系花苞，则将其花瓣一一舒展后，托于掌中。因为观瞻者甚多，大家鱼贯进入寺内后就挤在殿堂底层耐心等待。在等待的近两个小时里，有的中国信众口里仍不断唱诵着，是何经咒，因方音甚重，我听不清楚，也不明白这是依据什么仪轨，只感觉是在静谧肃穆的气氛中增添了一丝并不和谐的声响。供奉佛牙的房间在二楼，为便于礼拜，外有厅堂，内设回廊，供着佛牙的宝龛平时有锦幔遮护。正当我们好不容易移步进到宝龛前时，不知是什么缘故，管理者猛地将锦幔拉拢，示意展现暂时结束，我们也只好合掌从龛前匆匆而过，经回廊穿厅堂下楼走出殿门了。佛祖舍利是释迦牟尼涅槃后火化所得，据传除八万四千颗真身舍利子外，尚有顶骨、锁骨、指骨及四颗佛牙舍利等传世，佛传中还有"八王争舍利"故事，化干戈为玉帛之后，佛舍利遂为各国珍藏。我曾瞻拜过北京八大处碧云寺、房山云居寺珍藏的佛舍利和陕西扶风法门寺地宫的指骨（影骨）舍利，斯里兰卡这颗佛牙舍利据说则是公元317年，南印度羯陵伽国国王战败后派其公主将佛牙舍利藏在发髻中，渡海送给锡兰国王的。之后，佛牙被锡兰历代国王视为镇国之宝，建寺塔供奉。据称现在的佛牙寺集中了康提时期的各种装饰材料、装饰技术与艺术，堪称一座艺术博物馆。寺内另有一座博物馆，可惜此番行色匆匆，我们出殿已近闭馆时分，只能走到一座颇多梁柱的木结构大厅，对着馆门拍几张外景照片，亦无缘观赏了。

## 丹布拉石窟

27日佛教文化节闭幕之后，原安排论坛的代表也要随信众们去西古城禅修，经再三接洽，才同意我们这些研讨会的学者们可以单独行动——先去观览丹布拉石窟、狮子岩遗迹，再去西古城朝拜佛塔。宾度女士自告奋勇地带领我们前往，以尽东道主之谊。

著名的丹布拉石窟位于康提以北60公里处一座山岩的斜坡之上，始凿于公元前1世纪，是斯里兰卡最早的佛教石窟寺。山下的进口广场边，矗立着一所新的类似宫殿的三层建筑，名之曰 Golden Temple，张开大口的兽头作为大门，三层之上左右两侧各有八角亭供奉着小型佛塔，正中则是高大的金色结迦趺坐释迦牟尼佛像。从殿左沿山坡大道上行约里许，到达一块巨岩下端的石窟寺正式入口处外的小广场，脱鞋存放后，检票进入石窟区。据宾度女士介绍，洞窟的始凿与维拉干王为躲避外敌入侵、寻求神灵庇护有关。两千多年来，这个石窟最初的形态没有太多变化，但历经修建，目前洞内的雕塑、壁画大多是公元13、14世纪后所作，仍与当时的王室关系密切，几乎等于是皇家石窟寺。今天丹布拉寺的主体是5个大小及形状不一、互不相连的洞窟，里面皆有各种造像与壁画，制作年代并不一致，但均带有印度原始宗教或南传佛教锡兰本地的形象和风格。右侧第一个窟内有一尊卧佛长约14米，侧卧姿态与我们在敦煌等地看到的涅槃像不尽相同，特别是佛祖的双眼圆睁——据宾度解释：这符合原始佛典的相关描述，而如何辨认孰为涅槃、孰为入定或安睡？有研究者说要看塑像并拢的双脚脚趾是否并齐，并齐者为涅槃、不齐者则为入定思维。后来我们看了洞窟内几尊卧佛像，确有此不同特征。东晋法显所译《大般涅槃经》上叙述：佛祖涅槃前，其大弟子阿难流泪并拍头高唱"呜呼苦哉，世间眼灭！"依此，佛涅槃时应当闭眼。此经中国化的意味甚重，似可作为中国的佛涅槃像闭眼之依据；但竺法念所译小乘佛典《长阿含经》中讲阿难默思："如来未即灭度，世眼未灭。"而此经中佛涅槃时所念偈语有云"难动而取灭，时地则大动。净眼说诸缘，地动八事动。"这里的"净眼"若可解作"睁眼"，则我理解似证明依小乘经典，佛涅槃之际仍是睁眼看世间的，尔后则可闭眼。斯国学者的说法是否另有佛典依据，就不得而知了。这里的卧佛身上呈水波纹状的袈裟也都带有薄透的质感，也就是被中国画史上称之为"曹衣出水"者（我以为这可能和中国的家蚕丝织物传入印度、锡兰有关）。佛首所枕却都是绘制精美的莲心团花高枕，这亦与我们在国内所见有别。

丹布拉石窟基本上是利用原有的岩体开凿，自然采光，所以明暗不一，要仔细观瞻里面的雕塑、壁画还得靠灯烛或手电照射。左侧最大一个洞窟内，不仅有48座各式塑像，而且还有完整的供人礼拜的早期形态的佛塔。塑像的形态、装饰、着色差异较大，我以为正显示出南传佛教的特色及时代的差别。有的佛传故事画绘制在洞窟上壁，就得仰头眺目才能约略辨认。我个人觉得这里壁画的年代相对早于塑像，内容、风格也较丰富。另外，窟门门楣上浮雕的人物、动物形象也显示出鲜明的地域风格。当然时间、条件有限，我又缺乏这方面的专业知识，也只能是走马观花了。我们赤脚走在窟外阳光照射的地面上，望着石窟寺内外秀丽的景物，除了脚面的炽热之外，也感觉到了山岩的坚实与内心的充实。

## 狮子岩

对于我们这群参加论坛研讨的代表而言，这次斯里兰卡之行的一个重要任务，就是要参观在佛教艺术史上赫赫有名的狮子岩（Sigiriya）。这是建筑在海拔 360 米平地上突兀而出的巨大岩体之上的王城与宫殿（City, Palace and Royal Gardens），山岩高 200 米，被誉为"世界第八大奇迹"，也已被联合国教科文组织列入世界文化遗产名录。公元 477 年，摩利耶王朝王子卡西雅帕（Kasyapa）弑父达图塞那一世（Dhatusena I）登基，他为了躲避与防御为父报仇的同父异母弟弟莫加兰（Migara）的复仇，用 18 年时间修筑此碉堡式城阙，但据说只使用了七年就因王朝覆灭而湮没了。过了一千多年，1893 年才由考古学家重新发现，历经近百年的科学发掘、整理，至 1982 年成为开放游览的著名世界文化遗迹。正午时分，我们乘车来时，从城区道路两旁残存的墙基可以知道起码有内外两道城墙，之间也有护城河环绕。城区东西间距约 3 公里、南北间距 1 公里，我们这次观览的重点，则是位于城中心巨大的狮形岩体，尤其是它的洞壁上残存的公元 5 世纪末的色彩斑斓的壁画。

在攀爬狮子岩之前，我们先参观了它的博物馆。该馆系二层小楼，展品不多，主要用图片及少许发掘出来的文物让参观者先大致了解一下它的基本情况，同时还仿绘了若干壁画在模拟的岩壁上，又出售相关书刊及画片，以引起参观者的兴趣。这里还有一个小型邮展，展出上世纪 50 年代以来印行的狮子岩题材的邮票，虽然数量不多，却是难得一见的专题邮品。外国游客进入狮子岩的门票为 2950 斯里兰卡卢比，约合 220 元人民币，价格不菲，这大概也是发展中国家的共性吧。

我们的大巴车从较近的北门进入岩区。因为已经从远处望见了它那似蹲狮般的巨大岩体，所以大家都有思想准备和体力蓄养。宾度先领着我们去看壁画，众人匀速前行，心中充满期待，不敢怠慢。据说整座狮子岩原先有五百多幅壁画，现存的只是很少的部分，大概卡西雅帕王朝灭亡时，也遭到了战火的毁坏。途中，宾度指示我们先看了两处岩壁上的壁画残迹，然后便到了一架圆筒形盘旋而上的直梯跟前。直梯只容一人登踏，于是一个个顶踵相接而上，这就到了集中观赏壁画的狭长岩洞。洞口很窄，如二人同时行进，就得侧身而过了。残存的壁画就绘制在内侧橘红色的岩壁上，因洞窟低矮，壁画近在眼前，可以看得很清晰。仅存的几十身人物形象均似赤裸上身，上层是姿态各异的拈花、捧花、散花的天女阿布萨拉（Apsara），她在印度原始佛教中与乾闼婆同体，在咱们的敦煌壁画中则演变为千姿百态的飞天；下层所绘据说为当时宫廷里的嫔妃与侍女形象，也都拿着供养的花枝。最令人称奇的是这些一千五百多年前的绘画均色彩如新，不但冠饰花钿、璎珞项链及臂钏等都描绘得精致细腻，而且人物肌肤质感极强，主色调的赭红、橘黄色仿佛是刚刚涂敷的；女性 S 型的三道弯体态特征也很明显，可证敦煌伎乐天的形态还是源于南亚乐舞。我们这些刚才还爬得气喘吁吁的壁画艺术研究者、爱好者，见到这些精美绝伦的壁画，立马忘记了疲倦，聚精会神地边看边拍照（当然不能用闪光灯），真正感觉到享受了艺术大餐的愉悦。我想，这些相当于我国北魏孝文帝晚期的壁画，留存至今色彩还如此鲜艳，恐怕主要是得益于当时所使用的矿石颜料，尤其是一些稀贵的绿松、黄晶、青金等宝石，同时也与洞窟长期封闭有关。至于它们当初是如何绘制在峭岩绝壁之上的，就得由考古学家、美术家来细细推究、论证了。

为了让更多的参观者进窟观赏，我提前从另一直梯下到中间一个小平台，趁着等待其他人的功夫，透过护网极目眺望：西南方向的景物可谓一览无余，除了几道平缓的山峦和一个不大的湖泊外，都被郁郁葱葱的树林覆盖着。我们上来时看见南边有一座山包，顶上有建筑遗迹，跟着我上山的本地"助游"（这是我取的名称，这些年轻人专门主动辅助年老体弱者上山，然后讨取报酬）

双手合十介绍：那是要朝拜的佛塔。可以说，这些突兀而起的山峦、巨岩，都披上了神秘的色彩，真正可谓是"绿野仙踪"啊！我在平台上碰到一些从中国内地来的游客，说想留在这里观看日落后再下山。我想，夜幕降临后，沿途并没有照明设备，山路陡峭，要顺畅下山恐怕是很困难了。

从壁画洞窟下来后，要经过一处弧形甬道，左侧黄色矮墙上有若隐若现的古代题刻，据说研究者确定壁画的绘制年代，有些题刻也是依据之一。过了甬道，又是向上的石阶，奋力上行，大家登上了一个平坦的长方形场地，先休息片刻，顺便在考古学家发掘出来的一对巨型狮爪前摄影留念，这狮爪现在成了攀登岩顶入口处的标志。大家仰视附着在岩壁上那之字形坡度超过30°的金属梯架，虽未摩拳擦掌，也都鼓足了气力，体弱者也不言放弃。正式攀爬开始了，尽管只有一百多米的垂直高度，一鼓作气也显然是行不通的，因为人多路陡，最好是调理好呼吸与迈步节奏，走几十步稍作停顿方不觉疲乏。当地时间下午4点45分左右，我终于登上了"狮子的脊背"——岩顶，也是昔日皇宫顶端的遗址。我们这一群人第一位登顶者是新疆师大美院的王征老师，我算"亚军"，第三名是社科院宗教所的王敏庆博士。如果从正式登顶开始算，也就是用了近半个小时。我们这一行人，除了留在狮子岩博物馆参观、憩息的四位，都先后胜利地登上了岩顶，包括体力较弱的古丽比亚研究员和恐高症严重的会务人员管中华两位女士，可见此地"磁力""气场"之强。经过多年的考古发掘整理，现在的岩顶是一块呈长方形的三层台地，面积约两公顷，据说是皇宫的空中庭园所在地，有国王寝宫、蓄水池、宴会厅、议事堂等等。现在，除了那一汪依然清澈的池水和斑驳的石制宝座、供桌外，其余都已灰飞烟灭，只剩下些残基断础供人遐想了。

无限风光在险峰的刺激与兴奋，已经消退了我们攀登劳累的感觉。我们踏着当年卡西雅帕皇宫的废墟，俯瞰碧野，仰望苍穹，仿佛穿越时空，看到壁画上那些天女、嫔妃飘然过来在身边轻歌曼舞，看到卡西雅帕和他的大臣们在紧张梭巡，看到这座金碧辉煌的宫殿在战火中轰然倒塌，看到……还能看到些什么呢，善与恶、美与丑、创造与毁灭、微笑与眼泪，城头变幻大王旗，丝路重现繁华景，这就是沧桑变迁，这就是历史留给后人的记忆、经验、教训与希望。

夕阳悄然隐没，晚霞消退，暮色渐浓，我们带着收获、疑惑与感慨，匆匆从西边下山，穿过两侧对称的花园、蓄水池、渠道遗址，出城后蓦然回首，在扑簌模糊的泪眼中，那狮子依然巍峨耸立、雄伟挺拔。

## 西古城祇陀林佛塔

9月29日，我们在回科伦坡之前，先去参拜阿努拉达普拉古城的佛塔。据旅游资料介绍：古城位于斯里兰卡中北部，距科伦坡206公里，位于斯里兰卡的文化三角地区的西部，因此被称为西古城。该城是斯国古佛寺最集中的地方。公元前3世纪至公元10世纪，锡兰岛一直被阿努拉达普拉王朝控制，其首都即在西古城地区。2300多年前，阿育王之子摩哂陀（Mahendra）带领四位比丘渡海传法至此城，阿努拉达普拉古城遂成为斯里兰卡最早的佛教圣地。古城区通过一个多世纪以来的发掘、修缮，现在已成为佛教朝觐中心及旅游胜地。现存遗址除潘杜卡巴雅国王所筑的内城城墙、宫殿遗址外，还有名闻遐迩的佛教圣迹大菩提树、铜宫、佛牙寺、无畏山寺、鲁温维利塔等。大愿法师带领大批僧人、信众组成的"朝圣团"，已经于前一天在大菩提树下禅修，并瞻仰了供奉佛祖锁骨的图帕拉马佛塔。因为今天我们还要赶在午餐前到达斯里兰卡比丘大学，参加由广东六祖寺支持的该校慧能禅学院的挂牌仪式，所以宾度说只来得及去参拜一座古塔，却是古城现存最大的佛塔——祇陀林大佛塔（Jetavana Dāgāba）。

我对锡兰早期佛塔所知甚少，只有来到这座祇陀林塔的跟前，才真切体会到"叹为观止"这个词语的含意。高大的砖红色覆钵型塔身坐落在方形石基之上，钵上有箱形长方体（平头），安放在上面的塔尖（相轮）直指苍穹，似乎和中国传统的天圆地方宇宙观相接近，而在蓝天的映衬下，又显现出天地间唯我独尊的气势。蒙李崇峰教授告知：Jetavana 汉译胜林、胜氏、誓多林、逝多林、祇树、祇洹等，故 Jetavana Dāgäba 塔又常称祇园寺塔，高 100.6 米，其中覆钵高 41.8 米、直径 99.1 米（国外有资料说原始高度 400 英尺，约合 122 米；现高 232 英尺，合 71 米；面积 23.3 万平方米，共用了 9330 万块烧砖建造而成）。由公元 3 世纪晚期的国王摩诃斯那（King Mahasena）开始修建，其子摩诃文那（Maghavanna）完成，前后用时 27 年，是斯里兰卡现存最高的佛塔。巍巍大塔给人的第一感觉便是崇高、庄严、静穆，使僧俗信众顶礼膜拜时心中升腾起对佛陀、佛法的敬畏；同时，也会由衷地赞美古代佛教建筑艺术的丰伟，赞叹古代建筑师的智慧与工匠的辛劳。

我们在顺时针绕塔巡礼一圈时，不由地都将注意力集中在覆钵基部那些早期的雕刻上。塔的东南西北正四方底部都建有在岩体基石上用红砖砌成的凸形九层台，有侧门通入塔内的空间。那些圆雕在石梁上的象形、虎状兽头大多已经残损，而台基两侧所竖立的石刻却相对完整。于是，我们又有幸看到了清晰而精美的拈花天女、提壶神女雕像，她们同样赤裸上身，腿上裹的长裤同样显示出薄透的质感，虽然比狮子岩的壁画形象粗壮、质朴，却有着更加妩媚的三道弯形体特征；我们又看到了整幅为五头、七头眼镜蛇的细腻刻石，尽管形态有点骇人，却似乎比丹布拉的龙形浮雕更为真实，更加生活化；我们也看到了那宝瓶中冒出的花枝里裹着的狮子、狼、大象等动物形象，看到了托举箱囊的侍女或蹲举着宝瓶的力士；还有一幅线刻图，上面流畅生动的鸟兽形象仿佛是天外来客所为……我们刚才在百米外仰望佛塔时，怎么也不会想到在形似粗犷的覆钵底部，会有这么多精美的石刻可以一饱眼福且沁入脑海，令人难以忘却。确实是不虚此行啊！

我走下塔基的台阶，仔细鉴赏一个石柱上的圆形石罐，罐口四周原有的动物雕刻早已残缺，但环绕罐肚的五条装饰线却完好如初。此罐仅起装饰作用，还是另有功能，吾所不知。我忽然看见在石柱下有一个小器皿，捡起一看，原来是带有小嘴的朱红色的陶碟，擦掉里面的沙土，露出了碟底部黄绿色的沉淀物，闻之有明显的油味——原来是供佛的一盏小油灯！拿着这盏小碟，不由得我浮想联翩：这油灯的年代？也许它已年深月久，在它一次次点燃的微弱火苗里，曾经寄托过多少代僧俗信士的祈愿，经受过多少风雨的侵扰；在它沉积的油迹中，是否也饱含着许愿的殷切、还愿的诚恳，凝固着喜悦与悲戚的泪痕。在巍然佛塔面前，它是那么微小，但一叶知秋，纳须弥于芥子，它所蕴含的奥义，却是求索不尽的。斯国之行，在朦胧迷茫的泪眼中，我们又一次感受了佛教文化的无穷魅力。

■ 狮子岩远眺

（2013年10—11月）

# 佛教造像和石窟艺术的保护、研究、传承、发展

（在亚洲第二届佛教文化节"佛教艺术论坛"的主旨发言）

佛教造像和石窟艺术是佛教文化的重要组成部分，因其鲜明的形象性、艺术性、地域性和普及性在佛教传播中发挥了特别而突出的作用。历代遗存的大量佛教造像与石窟艺术作品，作为传世瑰宝，在世界美术史、艺术史乃至整个文化史中具有举足轻重的地位。因此，第二届亚洲佛教文化节设立研讨佛教造像和石窟艺术的保护、研究、传承与发展的论坛，实乃睿智之举。

亚洲信奉佛教的国家与地区是佛教造像和石窟艺术的渊薮，两千多年来，不仅汇聚了世界各古老文明之菁华，而且为现代物质与精神文明的建设提供了精致绝伦的借鉴与广阔的发展空间。因而，它们既是"众源之流"，也已经成为"众流之源"。

保护现存于亚洲各地的佛教造像与石窟艺术，不仅是各国政府、佛教寺院、文物收藏展示与保护部门的神圣职责，也应该是僧俗信众、相关研究者和广大民众义不容辞的要务。保护佛教艺术珍品与文物，就是守护我们的精神家园，保护我们的文化血脉，看护我们子孙后代的成长摇篮。

"皮之不存，毛将焉附。"对于学者与专家来说，文物保护是开展科学研究的前提与基础。多年来，斯里兰卡、尼泊尔、印度、柬埔寨、日本、韩国和中国的相关机构与工作人员，连同欧、美的一些人士，已经在这方面做了许多艰苦卓绝的工作，取得了丰富的经验与令人钦佩的成果。但是，由于种

种自然与人为的因素，致使不少佛教遗迹遭到破坏，尤其是人为的毁损、盗窃佛像与石窟艺术品的现象更是屡禁不止。因此，有必要进一步加强保护的措施与力度。

在过去的年代里，世界各国的学者专家在佛教艺术的各项研究中取得了丰硕的成果。这些研究，涉及佛像与石窟艺术的造型、类别、内涵、工艺、材质、风格及观瞻礼拜与社会意义等等，极大地丰富了人文科学领域的认知，尤其是对宗教史、文化艺术史的构建多有贡献。然而，这方面的研究还有进一步拓展视野、深入细化的必要。我们需要进一步做内容与风格的源流研究，溯本逐源，弄清其来龙去脉；我们也需要进一步做文化特质的研究，见微知著，探索其本质特征；我们还需要进一步做各种的比较研究，认同求异，追寻其发展规律。

文化的积累、传承是文明得以进步和社会能够发展的必要途径。千百年来，佛像与石窟艺术在多元文化交融的大背景与各国各地域政治、经济、文化的小环境中得以有序传承、长足发展。探寻传承规律，总结经验教训，成为我们这个时代十分迫切的任务。需要强调指出：传承的主体是"人"，是以人为主导的学校教育（包括佛学院与各类各级学校的美术、艺术教育），是广大民众、僧俗信众的文化知识的普及与提高，是集聚着聪明才智的"文化精英"们孜孜不倦的努力与追求。当然，也离不开有远见卓识的政治家们的正确倡导，需要各级政府的真实支持与有力措施。

传承绝非保守陈旧与囿于成见。我们应大力提倡在传承中不断创新、发展。佛像与石窟艺术闪烁着多元文化的光芒，佛教文化是开放、包容的文化，而不同文化因子的碰撞、交流、融合，则是促进创新最可宝贵的因素。同时，创新也绝非等同于"独出心裁"或"随心所欲"地胡制乱造。创新必须尊重传统、遵守规范、遵循规律。为了谋求发展，我们应该静下心来精心制作，杜绝急功近利的粗制滥造、哗众取宠的炒作和不切实际的宣传。艺术创作有自己的法则和规范，而当代佛像的塑造、洞窟的开凿、壁画的绘制，都必须遵照佛教的宗旨、仪轨，契合佛教文化的内涵，同时符合艺术创作的规律，借鉴和汲取一切有价值的文化遗产。这样，才能创造出无愧于前辈、无愧于我们这个时代的杰作佳构。

（2013 年 9 月 26 日于斯里兰卡康提）

# 雪泥寻踪 ▪

　　京都系日本人文渊薮，亦是国际敦煌学之摇篮。2001 年，为纪念中国学术大师罗振玉、王国维东渡扶桑，开创敦煌研究九十周年，京都大学人文科学研究所高田时雄教授曾主持举办"草创期的敦煌学"国际研讨会，会议论文集由知泉书馆出版，在敦煌学史上留下印记。2015 年 1 月底，经高田教授倡议，京大再次举办敦煌学国际研讨会，得到关西大学、广岛大学及各国学者的支持，成果丰硕。两次盛会，我均应邀出席，获益匪浅。京都大学与吉田山相邻，离罗、王故居不远。1 月 31 日，就在会议圆满结束之际，大雪纷飞，京都霎时间银装素裹，分外动人，脑海里忽然浮现出东坡"人生到处知何似，应似飞鸿踏雪泥"的诗句，也催动了我踏雪泥寻访王、罗故居遗踪的心思。

　　日本同志社大学的钱鸥教授是研究王国维的著名学者，曾为寻觅并落实王国维、罗振玉在京都的旧居付出不少心血，功不可没。蒙她亲自导引，2 月 1 日上午，在阳光与蓝天白云的映照之中，积雪渐融，我们登上吉田山，沿着石径来到神乐岗八番地王国维当时租居的寓所门前。钱鸥考证出王国维在京都五年，先后住过三处，开始在田中的外村晃与罗振玉同住，后来搬到京大附近的百万遍，最后定居在神乐岗八番地此屋。现在，这里应该是一处改建过的和式建筑，坐落在郁郁葱葱的树荫丛中，门外有一约 20 平方米的观景小院，可以远望蜿蜒的西山。前些年的房主是一位韩国人，还可以请来访者进内参观；现在的房主听说是我国台湾来的一位宗教人士，看管甚严，连房外小径都写明不许外人进入，门口还新立了两座瞪目呲牙的石兽，以示威严。我们除了照几张外景留念外，余下的便只是望门兴叹、对景遐想了。尽管近百年来京都繁华了许多，这里依旧是幽雅僻静之处。想当年王国维"背吉田山，面如意岳"，在这里潜心考释，著名的《流沙坠简》序及后序就是甲寅年（1914）初春在此撰写而成，鲁迅先生说："中国有一部《流沙坠简》，印了将有十年了。要谈国学，那才可以算一种研究国学的书。开首有一篇长序，是王国维先生做的，要谈国学，他才可以算一个研究国学的人物。"（《热风·不懂的音译》）王氏研究敦煌卷子的许多跋文，也都下笔于此。而且，他所依据的一些敦煌写卷文本，都注明系近代日本中国学的代表人物、也是日本敦煌学的开山祖师狩野直喜（1868—1947）从伦敦所藏写本过录提供。王国维与狩野氏的学术交往，于此可见一斑。可以说，王国维在京都的敦煌学著述，与日本敦煌学研究的滥觞紧密相关，也开启了真正意义上的国际敦煌学的历程。

罗振玉的永慕园旧址距此不远，从吉田山东下到净土寺东田町 1# 即是。其旧居早已荡然无存，14 年前遗址上矗立起西式的五层楼房。但蒙钱鸥告知：所幸左邻主人发现了被抛弃一旁的"永慕园"界石，就将此石砌于外墙相接之处，让我们今天还能据此去猜想当年罗氏旧居的规模。而我所能想象的，则是百年前王国维如何日复一日地从山上下来呼门而入，两人如何并肩促膝研讨殷墟甲骨、敦煌遗书和流沙简牍的情景；还有在此与内藤湖南（1866—1934）、狩野直喜两位日本学术巨匠频频交流的气氛。

离开吉田，钱鸥驱车南下，带我来到倚傍东山的永观堂，这是净土宗西山禅林寺派的总本山，建立于公元 9 世纪中的平安时期，据传以永观禅师亲见阿弥陀佛回首而赏心，而一般游客则以秋日这里的满目红叶而悦目。雪后偌大寺院，目前只有三五访客游览其中，更添静趣禅意。尽管是在冬日，寺中的多宝塔、唐门也都能让人如沐华夏唐风，感觉丝丝暖意。我忽然想到，当年王国维应该也常来此堂观瞻，"静安"之静，与禅寺之谧，是否也息息相通？据钱鸥《"观堂""永观"余话》一文考辨，王氏1915年5月将家眷送回家乡后确曾寓居永观堂，他后来号"观堂"，又号"永观"，其自述"我辈乃永抱悲观者"与永观禅师的思想亦相吻合。至此，我恍然大悟为何钱女史要陪我来此了！

雪后，王氏旧居对面山上的大"文"字格外醒目。我忽然又想起了杜甫的名句："窗含西岭千秋雪，门泊东吴万里船。"我想，王国维在他寓居京都的日子里，一定时时眼望异国山川，天天心寄家乡江船。他是在用自己的心茧来编织文化交流之网，以自己的心血来浇灌学术之花。我们在京都的雪泥中，仿佛寻到了这位鸿儒大师清晰的踪迹。

■ 日本京都王国维旧居

（2015年2月6日）

\* 本文曾发表于2015年3月30日的《文汇读书周报》。

# · 我与丝路敦煌学

佛教典籍自流播之初，便有"因缘"（梵语 Hetupratyaya）之说，用以说明事物之间的相互关系，其中事物生成或坏灭的主要条件为"因"，为其辅助条件者称"缘"。故云：凡事均有因缘。这恐怕与见于《史记》《汉书》等早期史籍中强调机遇的"因缘"有很大的差异。

我从小生长在秀丽的杭州西子湖畔，与大漠孤烟、戈壁绿洲的丝路"咽喉"敦煌间隔万里，究竟因何结缘，也是我长期以来不断思考的一个问题。我曾经在 2000 年出版的拙著《敦煌吐鲁番学论稿》的"后记"中提及，但当时考虑很不成熟，仅寥寥数言。现在，趁编辑此书的机会，试图再多讲几句，以求识者指正。

1949 年 9 月，刚满 5 周岁不久的我背着书包到离家很近（直线距离仅200 多米）的一所小学上学。学校就在当时已经不再开放的昭庆寺侧门的一个院落内，这应该是杭州佛教界办的一所小学，故老百姓均称之为昭庆寺小学，其正式校名为"私立普化小学"——普化者，可以有"普度众生"和"普及文化"的双重含义。其实，按中国的传统教育体制来分类，这应该是区别于公立（官办）、民办（私立）的一所"寺学"学校。普化小学的源流沿革，我准备另行细究。因为我上小学时，父母亲都在外地工作，我随着信佛的祖母生活，送到附近的佛教小学读书，就很自然了。我的印象，校舍小而简陋，学生也不很多，初小几个年级的孩子常常合并挤在一个教室里上课，称为"复式班"。上、下课除了校工摇铃外，还可以听悬挂在教室旁的撞钟声。琅琅书声伴着洪亮的梵钟声回旋在寺院旁，也冲击着幼小的心灵。也许就从那时起，此生开始与佛教及佛教文化结缘。学校老师不多，我印象最深的，是王蕴玉老师，因为我年龄小，个子小，趴在桌子上写字有困难，常常是王老师坐在凳子上抱着我习字——我已无记忆，这是我毕业二十多年后去看望她时得知的。当时的小学校长叫李家应，我模模糊糊只记得是一位短发的中年妇女。在我保存的初小、高小的毕业证书上，都有她的签名。最近我才知道，她原来是位"民国传奇女子"：她是大名鼎鼎的画家徐悲鸿先生挚爱的孙多慈女史的同窗密友，早年毕业于南京中央大学社会系，抗战时期参加筹建战时儿童保育会浙江分会，担任第一保育院院长，胜利后曾获国民政府颁发的抗战胜利勋章。杭州解放后，她被派往浙江干校学习，后在杭州佛教会任干事，大约也同时兼任我们的小学校长。据说李校长1958年转入杭州佛教协会下属的一家工厂工作，1960年因病去世，刚满50岁，也是英年早逝。普化小学之后的校长是谁，我不清楚。记得70年代后期我到北京广济寺拜访巨赞法师，法师对我说：你们小学的校长后来到北京担任《现代佛学》杂志的编委，"文革"中受迫害而死。这是哪位校长我无从知晓。普化小学后来也搬迁至临近的宝石山下，改名断桥小学；昭庆寺则改建为杭州市少年宫。但我觉得自己与佛教小学的缘分始终存在。

我小学毕业后考入杭州一中（杭高）读书。学校的前身是养正书塾与浙江两级师范学堂，这所在19世纪末维新思潮背景中兴办、发展的新式学府，历届师生中文化名人、科学家、政治人物辈出，被称为"浙江新文化运动的中心"，是"名家大师曾经驻足守望的驿站，仁人志士、文化名流启航的港湾，科技精英、中外院士成长的摇篮"。在我上学的六年中，给我印象最深的是数学家崔东伯老校长每次在全校大会上都要强调的"继承发扬杭高的传统"，感受最深切的是一大批优秀教师中深厚的中外文化修养与爱国情结，以及丰富多彩的校园文化活动。记得在1959年的六十周年校庆纪念会上，在观赏了洪雪飞学姐精彩演出的同时，我知道了李叔同曾经是学校的音乐、图画教师，戏剧演艺精湛，还培养了杰出的画家丰子恺先生。李叔同后来出家入佛门，成为在佛教界影响深远的律宗大师（弘一法师）。尽管那六年里政治运动不断，但杭高注重基础知识教学与良好的人文环境、文化氛围使我终生得益。

1961 年秋我进入北京师范大学中文系学习。当时师大的培养目标十分明确：合格的中学教师。学校名师汇聚，学术氛围很好。著名历史学家陈垣老校长的学问举世瞩目，无需说他对佛教与其他宗教的研究贡献至巨，也无需说他主持编写的《敦煌劫余录》在敦煌学史的地位无可撼动，更为重要的是在他扶助与教育下的启功先生，后来成为我从事中国古代文学与敦煌学研究的恩师；教育家陶行知的学生程今吾到校任党委书记后，还特别重视抓学生的写作训练，规定文、理科学生都必须写作过关，1964 年举办全校征文比赛，我的散文习作《茶山青青》得了二等奖，成为一种鞭策。当时中文系里黎锦熙、钟敬文、刘盼遂、黄药眠、李长之、陆宗达、俞敏、萧璋等许多名教授都是我们的学术楷模，为我们年级授课的郭预衡、杨敏如、邓魁英、辛志贤、谭得伶、陈子艾、童庆炳、程正民、韩兆琦、张之强、刘锡庆等优秀中青年教师，也都重视学生的基本功训练，强调教学相长与科研并举，提倡创新精神，为我们的学业付出了许多心血。

大学毕业时，赶上"文革"，我志愿到新疆当教师。乌鲁木齐任教十年，锻炼心志，专心育人，也成就了我的西域情结，并为日后敦煌吐鲁番学的研究创造了条件。1978 年考回母校读研究生，1980 年开始我准备唐代边塞诗研究的学位论文，初涉敦煌吐鲁番资料，得到启功、邓魁英先生的精心指导。1981 年秋启功先生推荐我进中华书局做编辑，在文学编辑室担任《敦煌遗书论文集》《敦煌文学作品选》《敦煌遗书总目索引》（修订重印本）等书的责任编辑，后做《文史知识》编辑部的主任，筹办过"敦煌学专号"。1982 年参加敦煌文学座谈会，第一次提交敦煌学专题论文，得到前辈鼓励；1983 年出席全国敦煌学学术讨论会暨中国敦煌吐鲁番学会成立大会，成为该会第一批会员，在季羡林、周绍良、宁可、程毅中等先生带领下开展敦煌学研究，后来又长期协助会长、副会长负责学会秘书处的工作，在为学会成员服务的同时，也得以不断拓展学术视野，加强与国内外敦煌学家的联系。1991 年 5 月，学会派我和沙知、齐陈骏两位教授到列宁格勒（圣彼得堡）查访俄藏敦煌文献，开始涉猎俄藏敦煌、黑城文献。1993 年夏，我和书局总经理邓经元应邀访问设于巴黎的敦煌研究小组，1997 年又应邀到法兰西学院汉学所演讲敦煌学术。1997 年底，在我辞谢了上级领导提议让我去线装书局做负责人的同时，在中华书局成立了全国出版界第一个汉学编辑室，与一些年轻编辑一起，在原先所出"中外关系史名著译丛""法国敦煌学名著译丛"等译著的基础上，又编辑出版了"世界汉学论丛""法国汉学""日本中国学文萃"等一批汉学论著，得到学术界的关注与肯定。2003 年，敦煌学国际联络委员会在日本京都成立，我作为第一批干事之一，也为敦煌学研究的国际协调与合作做了些工作。至今，我从书局正式退休已经 11 年，今年也要离任敦煌吐鲁番学会副会长兼秘书长的职务，但相关的文化普及、学术研究、编辑出版工作都还在继续进行着。三十多年来，我多少次到敦煌考察学习已经记不太清了；在中国内地及台湾、香港的几十所大学及研究机构、图书馆、博物馆、美术馆做敦煌学演讲，至今已十访巴黎，五上圣彼得堡，六赴京都，也到德国、韩国讲过敦煌的文化艺术，又曾去英国、斯里兰卡参加学术研讨会，与广大的敦煌文化爱好者及敦煌学家、汉学家进行了频繁而卓有成效的交流。几十年来的实践，使我深深体会到季羡林先生提出的"敦煌在中国，敦煌学在世界"确是十分精当的不刊之论。

写到这里，似乎还应述及我和"丝绸之路"的"因缘"。众所周知，敦煌位于丝绸之路的"咽喉之地"，特殊的地理环境、人文背景，造就了这个"华戎所交，一大都会"光辉灿烂的文化艺术宝库，也形成发展了"世界学术之新潮流"——敦煌学。隋唐时期，从敦煌出玉门关、阳关西行，丝绸之路分为南、北、中三道。1979 年夏，我因研究唐代边塞诗的需要，到新疆北庭故城踏查，又参与了回鹘佛寺（西大寺）的发掘工作；第二年夏，我第一次到古龟兹地区的库木吐拉石窟考察，又身临奇险雄伟的铁门关。通过两次实地考察，在原有十年新疆生活的基础上，我开始领略古丝路上丰富深厚的文化内涵，也逐渐领悟着与丝绸之路的缘分。本书所收《与库木吐拉有缘》《我的克孜尔情结》两文即是简述这种缘分。1982年夏,我在兰州参加敦煌文学座谈会后,乘火车、卡车到了敦煌,得以第一次观瞻艺术宝库莫高窟。自此,我的学习、工作、生活无不与丝绸之路,与敦煌密切相关。丝绸之路与丝绸密不可分。我与丝绸的缘分也不能割舍。我父亲柴焕锦(1913—1996)早年毕业于浙江省高级蚕丝学校(省丝绸工学院、浙江理工大学前身)制丝系,作为著名的丝绸工艺专家,为我国丝绸技术的进步、发展与丝绸品种的改良及创新耗费了一生心血。他对丝绸的钟情,对丝绸技术的潜心研究,对发展新疆和田地区丝绸生产的关切,也给我以潜移默化的影响。我从小时候的植桑养蚕,到近几年《丝绸与飞天》《说"天衣"》《壁画丝踪》等文章的撰写,无不与父亲的熏陶与教诲有关。

其实,前面所述恐怕还只是"缘",即事物生成的辅助条件,或曰"外部条件"(哲学家称之为"外果")。真正的"内因"何在?我自己还说不很清楚。我想,作为一个浙江籍的学人,还应该不局限于个人的身世,而需要联结从19到20世纪的浙江及全国的人文背景,特别是一批浙江前辈学者的政治与学术思潮,去认真探究浙江学人与遥隔万里的丝路敦煌的关联。这也是我若干年前在《浙藏敦煌文献》出版之际提出"浙江与敦煌学"这个命题的原因。

就我个人而言,诚如我在拙著《敦煌学人和书丛谈》的"学术自述"里所重申的:"即便我忝列敦煌学研究队伍已经30余年,我自觉至今尚未真正进入敦煌学庄严的学术殿堂。"本书中所收文章,最早的写于上世纪80年代初,有约五分之二则是近两年所撰,结集出版企望读者批评指正,也想藉此表明我对丝路及敦煌文化普及与学术研究的继续追求。吾生有涯而学无止境,是我的真实思想。

(2015年6月5日)

*本文选自"浙江学者丝路敦煌学术书系":柴剑虹著《丝绸之路与敦煌学》,浙江大学出版社,2015年12月。

# 汉墙晋塔，弥足珍贵·

## ——敦煌故城踏勘记

敦煌，古代丝绸之路的"咽喉之地"。两千多年来，中外各大古老文明在此交汇、结晶，犹如珍宝闪耀世界。除了已经列入"世界文化遗产名录"的莫高窟外，敦煌还有哪些值得保护、研究、开发的历史古迹？如何讲述一个完整的丝路敦煌的故事？这是许许多多到此参观、游览的人们会提出的问题。

带着此问题，8月13日傍晚，趁"2015年敦煌论坛"开幕前的空闲时间，我与国家图书馆萨仁高娃等人，在阳关博物馆纪永元馆长的带领下，踏勘了位于现敦煌市城西的汉郡故城城墙遗址，观瞻了故城附近的白马塔。

汉武帝派张骞凿空西域之后，"初置酒泉郡，后稍发徙民充实之，分置武威、张掖、敦煌，列四郡，据两关焉"，敦煌设郡于元鼎六年秋（公元前111年），修筑郡城即始于此时。莫高窟藏经洞所出《沙州都督府图经》记载，汉城至西凉王李暠建初十一年（415年）重修，历经变故，多有毁废，又屡加修缮，唐时为沙州州城，汉城城址犹存，格局大致不变。据西北师大李并成教授的实地踏勘资料介绍，敦煌故城现存南、北、西三面部分断墙残垣较为明显，依稀可辨少许东墙残迹，或曰其基址则已湮入扩展了的党河西岸河床。据遗迹测算，故城范围约0.81平方千米（1132米×718米）。现在放眼望去，多半已成农田，伴着些许纵横交错的渠沟林带。我们披着夕阳余晖，踏绕着田埂上的骆驼刺，从南墙西段走到东头，看到残存的垣基尚宽约 6—8 米，高 2—4 米不等，夯层坚实，厚十余厘米，有的墙体上不少杵窝仍历历在目。东南拐角的角墩虽已残破，仍高达七八米，而且汉、西凉、唐代三个时期的修筑痕迹均清晰可辨。西城门墙体遗存的夯筑部分仍高达十余米，其西北拐角城墩更又高出城墙甚多，可惜因旁边已有新的建筑物耸立，则已岌岌乎危哉！

白马塔位于古城之南，相传是高僧鸠摩罗什为安葬坐骑而建。这位从西域到汉地弘扬佛法的天竺·龟兹之子，据说经行敦煌时到普光寺歇脚，随其辛劳一路的白马当晚物化，罗什遂于寺内讲经说法，发愿建塔纪念，其时约在公元 386 年，与乐僔和尚开凿莫高窟年代相近。该塔曾因地震等原因损毁，经明、清、民国年间三次修复，至今巍然屹立，为九层白塔，径 7 米，高 12 米，八角形基层，覆钵形塔身，虽历经千年风霜，仍庄严瞩目。现在普光古寺已无踪迹可寻，白马塔作为风景旅游点对外开放。景区内后建的廊院建筑业已陈旧，院中照壁上用中、英、日文书写的介绍文字也已淡化斑驳，但白马塔作为省重点保护文物，维护得还算不错，只是据说每天参观的游客人数并不多。恐怕管理部门对这座一千六百多年前遗存的丝路文物价值还有认识上的差距。我们怀着对丝路伟大人物的崇敬之心，在塔前仰首肃立，绕塔礼拜，细细观瞻。在晚霞辉映下，古塔闪烁着文化交流互鉴的智慧之光。我们在感到慰藉的同时又不免多了几分惆怅。

虽说"夕阳无限好"，匆匆一遍踏勘下来，放眼整个故城及周边景象，大家的心情都不轻松，因为历经千年沧桑的汉唐郡城遗迹，目前并没有得到充分有效的保护和利用。少数墙体周围布有稀疏的栏网，也只是些象征性的表示而已。更令人担忧的是如果开发商的觊觎变为现实，那不仅整个遗址都将毁于一旦，丝路敦煌的开端故事也会湮没无闻。作为历史文化名城的敦煌，两千余年来在丝绸之路的大舞台上演了连续、完整、系列的精彩活剧，一幕幕都是弥足珍贵的文化遗珍。遗迹无声，但我们耳际仿佛回荡着贰师将军李广利和西域长史班勇护卫西域铁马金戈的铿锵声，眼前仿佛浮现出曹魏太守仓慈抑挫权贵、护卫丝路畅通和皇甫隆教民众耧犁衍溉使敦煌丰衣足食的情景，仿佛看到大书法家张芝、索靖在墨池边挥毫疾书的画面，也听到了汉时渥洼池天马扬蹄长嘶、唐代万人马球场酣战正烈观众欢呼的声音……难道这一切也都将随故城而消失殆尽，化为历史的尘埃？从故城西墙回首向南眺望，绿荫中的白马塔似乎已和附近的新建筑十分靠近，也好像在向今人诉说着自己即将面临的孤独与无奈。

■ 莫高佛光

（2015年8月）

# 绿杨阴里白沙堤

## ——获《永乐大典》仿真本白居易西湖诗叶札记

　　乙未冬日，国家图书馆友人赠一叶古籍原大高仿真印品，为国图古籍馆新出的文创产品，乃该馆珍藏之《永乐大典》（以下简称《大典》）卷2264 "六模·湖·西湖" 首叶，抄录唐白居易咏西湖诗七首。起首《湖上春行》之一所写即与我家旧居相关，不禁欣然。所抄诗云：

> 孤山寺北古亭西，水面初平云脚低。
> 几处早莺争暖曙，谁家新燕啄春泥。
> 乱花渐欲迷人眼，浅草才能没马蹄。
> 最恨湖东行不足，绿杨阴里白沙堤。

我注意到其中三处文字与通行之《全唐诗》本有异——"古亭"，通行本作"贾亭"；"暖曙"，通行本作"暖树"；"最恨"，通行本作"最爱"。诗题，通行本作《钱塘湖春行》。明代散文大家张岱《西湖梦寻》亦录有此诗，题曰《玉莲亭》，"古亭" 作 "谢亭"，"暖曙" 作 "暖谷"。张岱生活年代距《永乐大典》编成几二百载，而《西湖梦寻》成于清康熙十年（1671），离《大典》之嘉靖、隆庆之际所抄副本近百年，期间文字传抄变讹在所难免，真伪优劣，恕难赘述。只是诗中描述的 "绿杨阴里白沙堤"，白氏指明其地理方位在 "湖东"，观清同治六年补刊本《咸淳临安志》所附之西湖图，应在钱塘门外之上船亭、先得楼与昭庆寺之间有一堤岸，因系白居易主持修筑，亦称白公堤①，而绝非近世所称西湖断桥至孤山之"白堤"②。笔者祖居杭城钱塘门外之白沙街，即为傍白沙堤东西向之小街，故因堤名街，街长仅百米。今堤面已扩展至昭庆寺旧址（今改作"杭州市少年宫"）。白氏曾修石涵闸承担贮放功能，并撰《钱塘湖闸记》刻碑立石。闸至今未废，通西湖，汛时开闸放水进入河道；我儿时河中修建起一所"少年水电站"，放闸时偶尔发电，灯映河面，曾引起我不少遐想，今站虽废，址犹存。遗憾的是这条存留千年、饱含历史文化内涵的"白沙街"，却在几年前被改称"北山路"，成为里西湖宝石山下原"北山街"的延伸街道。据说改名之初，虽有专家表示不同意见，仍抵不住行政领导之无知与主观。当然，我家百年老屋早在上世纪末已被拆除，成了真正的"绿杨阴里"。如今，"白沙街"实存名亡，"白沙堤"亦湮没名分，白乐天在天之灵还乐得起来么？

细观此仿真叶上所钤印章，有"刘承幹字贞一号翰怡""吴兴刘氏嘉业堂藏书印"，有"大连图书馆藏""南满洲铁道株式会社大连图书馆"方、椭圆二章，有"苏联国立列宁图书馆"蓝色印油章，此外还有用铅笔书写的俄文（意为"百科全书《永乐大典》，1776 年，卷 2264—2265"）。由此，可知此册于清末遭劫流散后，曾为嘉业堂旧藏；1943 年，大连满铁图书馆与日本东洋文库一起，从嘉业堂购走 49 册《大典》，存入满铁图书馆，此为其一；1945 年苏联红军攻占大连，将这些珍贵典籍作为"战利品"运至莫斯科，入藏国立列宁图书馆。1954 年，列宁图书馆将原藏满铁图书馆的 52 册《大典》赠还我国，此册即在其中。可喜的是这册抄有白居易西湖诗作的《大典》，在经历了颠沛流离的劫难之后，终于又回到北京城，入藏国家图书馆。其他若

---

① 宋人周淙撰《乾道临安志》卷三"牧守·白居易"则云：白乐天"长庆二年七月，出为杭州刺史，始筑堤捍钱塘湖，钟泄其水，溉田千顷"。其所筑堤即今白沙街面对之堤岸也，西湖水可从钱塘闸泄入圣塘桥下河道以溉农田。见《南宋临安两志》，浙江人民出版社，1983 年，第 47 页。

② 今白堤即宋人施谔所编《淳祐临安志》卷十所载"西湖断桥堤 旧经不载所从始，按白文公诗：'谁开湖寺西南路，草绿裙腰一道斜'。注云孤山寺路，在湖洲中，草绿时望如裙带。盖孤山自唐时旧有堤也。"见前注版本第 192 页。

干册流散的《大典》，也通过或赠或购等各种途径回到北京。更有意义的是与此卷同属"模"字韵"湖"类的《大典》卷 2272—2274 一册，也于 2007 年从上海一位加拿大籍华人手中购回，正好能与此卷卷次、内容相缀。至此，包括抗战时期被运送到美国暂存、后又放置台北故宫博物院的 60 册，以北京图书馆名义所藏《大典》达 222 册。

特别需要指出的是，《大典》的搜寻、影印复制出版、辑佚，与我国的古籍整理、研究事业密切相关。作为我国最重要的古籍出版机构，中华书局在上世纪 50 年代即组织了专门班子长期访查《大典》散藏详情。1959 年，中华书局曾将当时收集到的 730 卷《大典》影印出版，线装二十函 20 册，其中即包括苏联归还的部分。1982 年，中华书局又将其后新收集到的 67 卷影印出版，分订 20 册，线装二函。1986 年初，遂将上述两部分合在一起影印出版了十册精装本，并于 1994 年、1998 年两次重印。至此，中华书局影印的《大典》总计 797 卷，已接近现存总数 813 卷的 99%，实在不易。书局负责此项

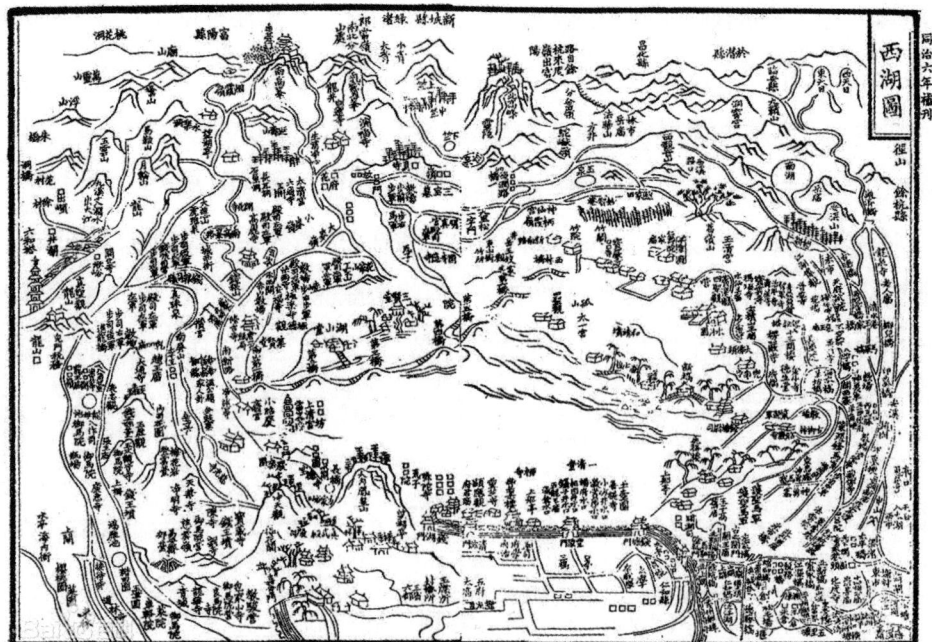

■ 清同治六年补刊本《咸淳临安志·西湖图》

工作的张忱石编审撰著了《永乐大典史话》一书（1986 年中华书局出版），对《大典》的流散存佚、价值，从《大典》辑出的佚书书目、现存《大典》卷目及藏家均有详细介绍。其中卷 2260—2283 均属"模"字韵"湖"类，现分藏于中国国家图书馆及越南河内远东学院、日本国会图书馆、日本东洋文库。中间缺失五卷，2272—2274 已于八年前购回，目前尚缺 2268、2269 一册两卷，不知是仍沦落天涯，抑或已灰飞烟灭？令人牵挂。

本世纪初，国家图书馆出版社除了将馆内所藏 161 册《大典》全部仿真影印出版外，同时还影印了上海图书馆、四川大学图书馆所藏各一册；听说近期还将印制台北所藏的 60 册。这样，目前所知全世界存《大典》约 400 册，半数以上的仿真复制品得以正式出版。国图古籍馆于此时推出《大典》的高仿文创产品白居易西湖诗叶，诚可谓绿杨阴浓、爱恨交织，应该具有特别的意义。

（2015 年 12 月）

## · 金塔辉煌，源远流长
### ——丝绸之路塔文化断想

佛教约于公元前 1 世纪，经丝绸之路传入中国。在佛教中国化的进程中，古南亚大陆、中亚与我国西域、中原的文化艺术，因交流、互鉴、融合而不断丰富、发展、繁荣，推动了世界文明的进步。丝绸之路塔文化堪称其中最为典型的例证。

一

塔在古代中国本是伴随佛教传入的"舶来品"，应无异议。据巴基斯坦著名考古学家、文物保护专家穆罕默德·瓦利乌拉·汗的研究，佛典中"塔"的古梵文 Stūpa（窣堵波，佛教创始前在南亚次大陆用以称埋骨殖之所），普拉克里特语称之为 Thūpa（土巴），斯里兰卡称 Dagaba（达伽巴），尼泊尔称 Chaitya（支提），由 Thūpa 演化为英—印式的 Tope（塔婆）[1]。但是，汉字的"塔"是否音译自 Tope，迄无定论[2]。撰于东汉和帝永元十二年（100 年）

---

[1] 参见氏著《犍陀罗艺术》一书陆水林中译本，商务印书馆，1997 年，第 141 页。季羡林等在《大唐西域记》的注释中对塔的音译来源亦有辨析，见该书中华书局 2000 年版，第 104—105 页。
[2] 季羡林等《大唐西域记校注》认为"塔婆由巴利文 Thūpa 而来"。见该书中华书局 2000 年版，第 105 页。

至安帝建光元年（121）的许慎《说文解字》中本无"塔"字，10世纪末，北宋徐铉等人在校订此书时增补了"塔"字，解曰："西域浮屠也，从土答声。"[①] 这一方面说明了塔的传入与汉武凿空西域、丝绸之路开通的关联，同时以"佛"的梵音音译"浮屠"借称佛塔，之后我国泛称佛塔为"浮图"，似亦应源自此。

据《法苑珠林》引述的佛典所载，释迦牟尼生前已有供养舍利之塔[②]，大量建造佛塔则缘自帝释安排释迦生后供奉其八万四千螺发。如该书卷十征引《道宣律师感应记》云：

> 佛告帝释：汝将我发欲造几塔？帝释白佛言：我随如来发，一螺发造一塔。佛告龙王：令造玛瑙瓶、黄金函，将付帝释，用盛螺发。尔时帝释使天工匠，经三七日，方得可成。如来以神力故，如一食顷，发塔皆成。大数有二十六万。佛告天帝：汝留三百塔於天上守护。自馀诸塔，我涅槃后，将发塔八万四千付文殊师利於阎浮提，如上诸国我法行处，流通利益。……於阎浮提六十大国内有文字处，一国置一塔。令地神坚牢用金刚造塔，高三丈许，用盛氍函。[③]

可见，这些塔原本是安置佛发之用，即佛典中所称"发塔"，而后繁衍为安葬佛舍利（发舍利、骨舍利、肉舍利等）之塔。据穆罕默德·瓦利乌拉·汗研究，"佛陀寂灭之后，各地方罗阇将舍利分作8份，当作圣物，于其上建窣堵波"。他考证残存至今最早的窣堵波为位于尼泊尔边境的毗波拉华塔，即建于阿育王之前。这说明在阿育王时代之前，安置佛舍利的窣堵波也早已存

---

① 东汉许慎《说文解字》十三下，徐铉校定本，中华书局，2013年，第291页。
② 《法苑珠林校注》卷三十五"故塔部"引《百缘经》云："昔佛在世时，与诸比丘到恒河边，见一故塔毁落崩坏。比丘问佛：此是何塔？朽故乃尔。佛告比丘……名栴檀香。后悟非常，成辟支佛。身昇虚空，作十八变，寻入涅槃。王收舍利，起塔供养，是彼塔耳。"中华书局，1996年，第1202页。
③ 见《法苑珠林校注》卷十"剃发部"，中华书局，1996年，第381—382页。

在。公元前 3 世纪中期古印度孔雀王朝阿育王皈依佛教后，曾发掘 7 座窣堵波，并分佛舍利建八万四千座"阿育王塔"供养之[①]。对此，《法苑珠林》亦有相关记载[②]。当然，遍布南亚大陆、斯里兰卡、中亚、西域的阿育王塔，并非一日建成，其形态也在逐渐变化，内涵不断丰富。如塔的底部由圆形发展为四方形、六边形基坛，塔身由实心半球状或覆钵形至鼓状，材质由土坯到石头、金属、木头等，平台及多层相轮的设置，各层装饰变得繁缛，拱柱内的佛像、神兽等的浮雕渐趋细腻，高度与体积的差异较大，等等。研究者认为，因为受希腊艺术的影响，这些阿育王塔的建筑、雕刻形成了犍陀罗风格。这在穆罕默德·瓦利乌拉·汗的著作《犍陀罗艺术》中有较详细的论述，兹不赘叙。

## 二

塔亦经由丝绸之路传入我国。中国的塔历史悠久，分布广泛，发展充分，形态各异，文化内涵丰富，当为世界之最。中国塔文化的发展、繁荣，丝绸之路所起的作用不可忽视。

当代一些学者，据《法苑珠林》《佛祖统纪》及敦煌 P.2977 写本等文献记载，认定"中国境内有 19 所葬有佛舍利的阿育王塔"。这其实是一种误读。因为不仅这些文献所指范围仅为我国"中土"，并未包括古称西域的今新疆地区，而且即便是中土也留有不少余地。如《法苑珠林》"故塔部"明载"感应缘略引二十一验"，即 21 处，述及除 19 塔之外的有"统明神州山川并海东塔"

---

① 参见瓦利乌拉·汗著、陆水林译《犍陀罗艺术》，商务印书馆，1997 年，第 141-161 页。

② 该书卷三十七载："（阿育王传云）王诣彼所，白上座曰：我欲一日之中立八万四千佛塔，遍此阎浮提，意愿如是。时彼上座白言：善哉大王！剋后十五日，日正食时，令此阎浮提一时起诸佛塔。如是依敕乃至一日之中立八万四千塔。世间人民兴庆无量，共号曰阿育王塔。"见《法苑珠林校注》卷三十七"故塔部"，中华书局，1996 年，第 1183 页。

及"杂明西域所造之塔",还有其他若干藏有佛舍利的古塔①,以及齐州临济县东砖塔、益州城南空慧寺内金藏、坊州玉华官寺南古塔基、江州庐山三石梁奇塔、荆州大兴国寺塔、高丽辽东城七重木塔、倭国塔、西域罽宾国汉寺浮图及王梵寺金铜浮图等等,而《魏书·释老志》《梁书》等史籍也都有中原地区其他舍利塔的记载。近代以来的考古成果也证明了我国隋唐前所建阿育王塔的数量要远远超过19座。尤其是1987年陕西扶风法门寺地官阿育王塔宝函中佛骨舍利的现世,2010年南京大报恩寺鎏金七宝阿育王塔的出土,呈现了遗存我国境内最典型、弥足珍贵的阿育王塔实物。

就我国境内丝路西段的西域地区而言,自公元3世纪中至7世纪中,朱士行、竺法护、法显、玄奘等高僧西行取经,在西域各地所见之伽蓝,许多均应伴有窣堵波的营建,从性质上看,其中大多是我国早期的葬有佛舍利的阿育王佛塔。如《法显传》记述于阗国"家家门前皆起小塔,最小者可高二丈许",该国之王新寺"塔后作佛堂,庄严妙好"②,而竭叉国(今塔什库尔干)"国人为佛齿起塔"③。杨衒之《洛阳伽蓝记》卷五引北魏孝明帝神龟元年(518)敦煌人宋云与惠生奉命使西域的《行纪》文字中,亦有西域各地若干佛塔的简明记载,如:左末西捍麼城(即汉扞弥国)南十五里的大像塔及"诸宫塔乃至数千";于阗国的覆盆浮图;乌场国(北天竺地)城北"有如来履石之迹,起塔笼之",又有陀罗寺"浮图高大",又有城东南如来苦行舍身饲虎处的山顶浮图,又有城西南五百里阿育王为太子所建塔;还特别记载了"复西南行六十里,至乾陀罗城。东南七里,有雀离浮图。高三百尺,金槃十三重,合去地七百尺。"称"西域浮图,最为第一。"④据笔者约略统计,玄奘、辩机在《大唐西域记》中述及古印度境内窣堵波的有二百余处数百上千座,有若

---

① 该书卷三十八"故塔部"载:"又问:汉地塔寺古迹云何?答曰:今诸处塔寺多是古佛遗教基,育王表之福地,不可轻也。今有名塔,如常所闻。无名藏者,随处亦有。如河西甘州郭中寺塔,下有古佛舍利。及河州灵岩寺佛殿内亦有舍利。秦州麦积崖佛殿下舍利,山神藏之。此寺周穆王所造,名曰灵安寺。"见《法苑珠林校注》,中华书局,1996年,第1226页。
② 见张巽校注《法显传校注》,上海古籍出版社,1985年,第13、14页。
③ 见前注书第21页。
④ 见范祥雍校注《洛阳伽蓝记校注》,上海古籍出版社,1978年,第247—328页。

干座记录了具体名称或概称（如"上军王窣堵波""舍头窣堵波""发爪窣堵波"等等），有的有材质、高度、形制说明（如砖、石、百丈、"五窣堵波"等），有些均注明为"无忧王（即阿育王）所建"，较为详尽。而对今新疆境内的西域地区，则一般只概述经历地的伽蓝概数，不单提窣堵波；但也有具体提及的，如该书卷十二就明确记述揭盘陀（汉蒲犁国，或亦今塔什库尔干）无忧王在宫中建窣堵波，斫句迦国（今新疆叶城）多有窣堵波，尤其是讲到瞿萨旦那国（即于阗）王城西娑摩若僧伽蓝有高百余尺窣堵波，一位远方来罗汉，将周盛数百粒佛舍利子的宝函以神力安置在该窣堵波地宫 [1]。西域早期佛塔的数量诚然比不上古印度，另外，玄奘东归时回国心切，不及在印度时细细寻访、记录也是可以想见的。

据敦煌莫高窟藏经洞所出 P.2009 号《西州图经》残卷记述，西州（今吐鲁番地区）境内有"古塔五区"，其中"圣人塔一区"：

> 右在州子城外东北角。古老传云：阿育王之所造也。按内典《付法藏》经云："输伽王于阎浮提造八万四千塔。"阿输伽即阿育王也。其塔内有故碑碣与道俗同，故此俗称圣人塔。[2]

此塔在今交河或高昌故城是否有遗存？其具体位置，以及其他四区塔的情况，因该敦煌写本残缺，均不清楚。法国当代研究西域考古及艺术的专家莫尼克·玛雅尔（Monique Maillard）在她的著作《古代高昌王国物质文明史》的第三章"吐鲁番地区的建筑"中，曾根据上世纪初法、德等国考察队的考古资料，述及吐鲁番地区遗存的各种窣堵波建筑形制，认为有些"可能分别呈半球或圆柱等形状"，有的"圆屋顶形窣堵波与印度窣堵波的传统样式很接近"，有的呈"星状"分布，有的是"一座高大的中心窣堵波的四侧都有

---

[1] 见季羡林等校注《大唐西域记校注》，中华书局，2000 年，第 983—1020 页。
[2] 见王仲荦《敦煌石室地志残卷考释》，中华书局，2007 年，第 213 页。

较小的窣堵波陪衬"，等等①。丝绸之路中道是否还有数量更多的没有安置佛舍利的非阿育王塔②，它们的遗存情况，它们的形制特点，近年来在新疆进行踏勘考古的学者，应该会多所掌握。

# 三

本文特别关切的，是今天河西陇右地区的佛塔遗迹。

前述《法苑珠林》等典籍中 19 所阿育王塔，有四座位于河西地区，即：周瓜州城东古塔、周沙州城内大乘寺塔、周凉州姑臧故塔、周甘州删丹县故塔。此四塔都建在丝绸之路主干线上，《法苑珠林》各本卷三十八"敬塔篇·感应缘"均有目无文，中华书局校注本据《集神州三宝感通录》卷上辑补了以下文字：

> 周瓜州城东古基者，乃周朝阿育王寺也。废教已后，隋虽兴法，更不置寺。今为寺庄，塔有舍覆，东西廊庑，周回墙匝，时现光相，士俗敬重。每道俗宿斋，集会兴福，官私上下，乞愿有应云云。
>
> 周沙州城内废大乘寺塔者，周朝古寺，见有塔基。相传云是育王本塔，才有灾祸，多来求救云云。
>
> 周凉州姑臧塔者，依检诸传，咸云姑臧有育王塔。然姑臧郡名，今以为县，属州。《汉书》河西四郡则张掖、姑臧、酒泉、敦煌也。然塔未详。
>
> 周甘州删丹塔者，今名为县，在甘州东一百二十里，县城东弱水北大道侧土堆者，俗传是阿育王塔。但有古基，荒废极久，斯即疑为姑臧塔也。③

---

① 见氏著、耿昇译《古代高昌王国物质文明史》，中华书局，1995 年，第 109—115 页。
② 如《晋书》卷九十七"四夷传"："龟兹国西去洛阳八千二百八十里，俗有城郭，其城三重，中有佛塔庙千所。"
③ 见《法苑珠林校注》"附录·补遗"，中华书局，1996 年，第 2911—2912 页。

这里的"周",如指秦之前的周王朝,显然与史实不符,似乎与宇文氏于公元572年建立的北周政权较为接近。实际上,这些塔的始建年代恐怕应该早到两晋十六国时期。其中将删丹塔推测为姑臧塔也并不确切。姑臧长期为武威郡治所,武威古护国寺感应塔(或称感通塔),据传即原阿育王古塔,后年久毁损。有研究者称:西晋末年凉州刺史张轨封西平公后,曾在佛塔塔基旧址修筑宫殿,至前凉张天锡掌权时(363)又毁宫复塔。西夏天佑民安五年(1094)时有"凉州重修护国寺感应塔碑"记载此事[①]。此碑西夏文中译文有云:

> 凉州塔者,阿育王舍利分作天上天下八万四千舍利藏处之中,杏眼舍利藏处。虽是真塔而已毁破。张轨为天子时,其上建造宫殿。彼为凉州武威郡名。张轨孙张天锡已受王座,则舍去宫殿。延请精巧匠人,建造七级宝塔。[②]

而碑背的汉文碑铭在"张轨称制"与"治建宫室适当遗址"间有脱文,其余所述与西夏文亦不尽相合,且似与《晋书》所载不合。天锡系张轨曾孙辈。查《晋书》卷五"孝愍帝纪"、卷八十六"张轨传"等,张轨虽"霸河西",却始终避免"称制",建兴二年(314)二月封凉州刺史张轨为西平郡公,轨又固辞未受,五月即去世,并无修筑宫殿之举;而其孙张骏受封西平公后,则在姑臧有"赦其境内,置左右前后四率官,缮南宫"之举[③]。我颇疑是西夏时期撰碑人"骏"(孙)冠"轨"(祖)戴了。但是该寺塔前身为阿育王古塔却是可以肯定的。

也有学者著文提出:结合20世纪以来的考古资料,并参稽佛教典籍及地方史志的有关记载,十九座阿育王塔的地理方位、兴建年代、演变历史及保存现状等,大都可以稽考。十九塔中,除曾经存在于甘肃敦煌莫高窟的崇教

---

① 此西夏文·汉文碑于清嘉庆九年(1810)被武威籍著名金石学家张澍发现,现入藏武威市博物馆。
② 见史金波《西夏佛教史略》,宁夏人民出版社,1988年,第247页。其汉文碑录文见该书第251—254页。
③ 见《晋书》卷八十六"张轨"、"张骏"各传。中华书局点校本。第2221—2234页。

寺塔、敦煌市西大乘寺塔、武威姑臧寺塔及四川崇州怀远镇晋原县塔失考外，其余十五座都有遗迹可寻。这些塔据说都是根据印度阿育王塔原型仿制的。根据敦煌石窟壁画、云冈石窟雕塑，尤其是郧县阿育王寺阿育王塔及近期于南京长干寺地宫出土的鎏金七宝阿育王塔，结合历史文献的记载，可以看出，阿育王塔的原型应为宝箧印塔。[①] 据李正宇研究员《敦煌地区古代祠庙寺观简志》所述，"敦煌最早的佛寺，多为西域僧人所建"，"今所知唐宋时期敦煌佛寺四十余所，又有兰若、佛堂、佛图见诸敦煌遗书者不下数十。"[②] 如始建于西晋武帝时期（265—290）的仙岩寺，曾在隋开皇年间建普净之塔；瓜州城东有阿育王寺，应即《法苑珠林》所述建有覆钵形阿育王塔者；其他寺庙建塔者应不在少数。英籍匈牙利人斯坦因曾于 1907 年 5 月中旬到安西破城子（西汉敦煌郡广至县）唐舍利塔调查，此塔是否与瓜、沙阿育王塔亦有承袭关系？唐时玉门关迁至今安西县东之双塔堡附近，此地名亦应与当地建有双塔相关。P.3721 号敦煌写本《瓜沙两郡大事记》记载沙州刺史张嵩屠龙故事，云"其龙尸发声腾空而走，至州西二里，遗却二茎燋肋。恐为后患，便于龙肋上置佛图两所，茨其辅道下小肋一条，又置佛图一所，至今号为龙肋佛图。"[③] 这三所佛塔，当然又另有文化内涵了。

有学者从敦煌莫高窟北周时期第 428 窟壁画中五塔组合特点入手，详细考辨了其形制渊源，认为既离不开犍陀罗艺术的源头，又和佛教中国化进程中源于汉代的建筑风格及北魏的五塔组合相关；提出南北朝时期的佛塔主体塔身形制有单纯印度式窣堵波塔、亭阁式覆钵塔、仿木结构与覆钵相结合式塔三种类型，并通过许多实例举证，说明了佛塔营建中印度、西域、汉地的交融与创新[④]。这一研究值得关注。隋朝文帝颁旨在各地建塔供奉佛祖舍利，

① 见杨富学、王书庆《敦煌文献 P.2977 所见早期舍利塔考——兼论阿育王塔的原型》，兰州大学《敦煌学辑刊》2010 年第 1 期。
② 见氏著《敦煌史地新论》，台北新文丰出版公司，1996 年，第 66 页。
③ 见王仲荦《敦煌石室地志残卷考释》，中华书局，2007 年，第 170 页。
④ 参见王敏庆《北周佛教美术研究——以长安造像为中心》第七章内容，社会科学文献出版社，2013 年，第 167—195 页。

形成全国范围统一的新一轮建塔热潮，也是佛塔中国化的里程碑。唐宋时期，蕴含浓烈汉文化色彩的亭台楼阁式、密檐式宝塔的营造，以洛阳、长安、开封为中心逐渐向四方扩展，而且结构、样式不断翻新，内涵更加丰富①。如果我们进一步品鉴敦煌壁画里从十六国时期到宋元时代林林总总的佛塔图形，也应该会获得更多的启示。

总之，位于丝绸之路咽喉与通衢之瓜、沙、凉、甘四地的阿育王佛塔及其文化内涵，应该是早期佛教传入中国珍贵的物质文化遗存，值得我们进一步探究。

## 四

现在讲到"金塔"。据佛典记述，"金塔"的性质系释迦如来生前亲自确定。但各典所述，不尽统一。前引《法苑珠林》卷十据《道宣律师感应记》云："佛告龙王：令造玛瑙瓶、黄金函，将付帝释，用盛螺发。"且"令地神坚牢用金刚造塔，高三丈许，用盛髭函。"佛"涅槃后，将发塔八万四千付文殊师利于阎浮提"。该卷另据《四分律》云："时阿难持故器收世尊发。佛言：不应以故器盛如来发，应用新器新衣缯彩若钵衣裹盛之。时有王子瞿波离将军欲往四方有所征伐，来索世尊发。佛言：听彼得已。不知安处。佛言：听安金塔中，若银塔中，若宝塔中，若杂宝塔，缯彩衣裹。"②按理，最初的金塔应是用金刚造塔、以黄金函安置佛祖螺发舍利之发塔专称，与银塔、宝塔、杂宝塔有别，并非所有的佛塔都可称金塔。金塔，在林林总总的万千佛塔中，应该具有最尊崇的地位。也正因为如此，所以后世各地所建之"金塔"，虽然不一定符合释迦原始金塔的基本条件，为强调对佛祖之尊敬及该塔之重要

---

① 我国出版的关于塔的论著及普及读物数量甚多。其中，白化文的相关著述曾对中国佛塔做了系统而简明的介绍，请参见氏著《汉化佛教与佛寺》中"塔与经幢"一节。北京出版社，2003年，第225—236页。

② 见《法苑珠林校注》，中华书局，1996年，第381—382页。

性，亦称之金塔，也就可以理解了。我国现有佛塔中有多少冠以"金塔"之名，恕笔者不敏，未做全面调查。如位于云南芒市的勐焕大金塔（2007），系毁于1942年的雷牙让山顶佛塔与毁于"文革"的芒市市区大金塔二塔重新合建；今丽江金塔景区则由十七世东宝仲巴活佛发心主持，由当地旅游公司建成于2013年；江西省南昌市西湖区绳金塔始建于唐天祐年间（905—907），相传因建塔前地下铁函内有金绳四匝、古剑三把、盛三百粒舍利子金瓶一个而得名；著名的甘肃张掖金塔寺则并无佛塔遗存。酒泉金塔县是全国唯一以塔名县的地方，有学者考据，认为该塔院寺（原名金塔寺）金塔应始建于东晋十六国时期，与北凉沮渠蒙逊政权重视佛教有关；明末倾塌，塔与寺均于清康熙三十九年（1700）重建，此后又经多次修葺至今[1]。该塔基本形制，笔者未能实地仰瞻，凭图片只觉得与敦煌白马塔相近，当属佛塔中国化的早期形制。唐人段成式（803？—863）所著《酉阳杂俎》一书，专列"寺塔记"上、下卷，记载当时西京长安的寺塔概况，其中既有葬"隋朝舍利"的"发塔"，亦有葬唐时天竺高僧的舍利塔，也有葬有其他似带还愿性质的舍利塔[2]。唐代长安，是丝绸之路的重要起点，虽未闻其时其地有以"金塔"相称者，应是塔文化最繁荣之处。据称我国现有佛塔总数在三千座左右，其中有多少系历经沧桑的古代遗存，特别是能以"金塔"相称者，恐怕为数极少，且已难以确认。

我国佛塔的营建，从最初对佛与佛舍利的尊崇、膜拜，扩展到对为佛教信仰而献身的高僧大德的敬仰、祭奠，到对理想世界的寄托、期盼，或表达祈愿、还愿、感恩之心。佛塔的建筑形制、雕刻（雕梁画栋）、塑像、飞檐、相轮以及相关铭文等等，均深深打上了中国印记和时代烙印，有极其丰富的文化内涵。笔者近期在杭州观瞻六和塔时，参观了塔旁陈列的吴越地区古塔

---

① 请参见上海宝华寺网页"新闻动态"所载陶玉乐《塔院寺"金塔"初建年代考》一文。Copyright © 2012. Baohua Temple. All Rights Reserved.

② 如（靖善坊大兴善寺）"不空三藏塔前，多老松。"该塔即北天竺僧人不空（705—774），而"发塔内有隋朝舍利"。见许逸民《酉阳杂俎校笺》续集卷五"寺塔记"上，中华书局，2015年，第1753页、1750页。又如（弘善寺塔）"塔下有舍利三斗四升，移塔之时，……呗赞未毕，满地现舍利，士女不敢践之，悉出寺外。守公乃造小泥塔及木塔近十万枚葬之，今尚有数万存焉。"见前书第1795页。

图片展，又细览了附近白塔公园的小陈列馆，联想到 2013 年在南传佛教盛行的斯里兰卡所朝拜的早期佛塔，得以进一步了解随佛教传入中国而逐渐兴盛的塔文化的源流与内涵，但丝绸之路塔文化的介绍仍感到或缺①，故深感有必要进一步加强相关知识的普及工作，并推进学术研究。因此，在金塔县创建丝绸之路塔文化的博物馆，是个很好的创意。鉴于两年前河南许昌已经建成了占地面积 14000 平方米的塔文化博物馆（其明代所建文峰塔十年前已列为全国重点文物保护单位），而金塔县本地已有博物馆，为避免重复，我建议是否可以在金塔县博物馆内设立"丝绸之路塔文化"的专题展览，不仅以仿制实物为主、图文并茂地重点介绍丝绸之路沿线（包括境外段）的塔文化源流、内涵、特色，而且更要突出强调文物的保护意识与适度开发利用，强调通过塔文化知识的传播增进文化交流互鉴，传承优秀传统文化，加强广大民众的人文修养，使金塔县博物馆成为弘扬"丝绸之路精神"、进行爱国主义教育的基地。

（2016 年 4—5 月）

---

① 据南宋《咸淳临安志》记载，吴越杭州有寺院 150 多所。今尚存有若干著名的塔幢遗构。该白塔陈列馆图版说明中特别提及："五代时期吴越国的砖木混合双套筒结构楼阁式佛塔的营造技术，代表了当时佛塔构建的最高成就，开启了佛塔发展的新纪元。""吴越国时期的另一项重要贡献开创了石塔仿木塔的塔幢型制，为后世留下珍贵的遗产。"该馆陈列精要，而丝路塔文化的"链条"似仍有缺失。

# 文明交融之花常新 ▪

## ——旅欧随笔之一

欧洲文化多元，源远流长，渊薮丰茂，观赏多彩的文明交融之花，是许多游客旅欧的重要目的。近二十多年间，因学术交流的原因，我已十余次到访被誉为"世界艺术之都"的巴黎，多元文化的色彩似已屡见不鲜，但今年5月到巴黎小住，参加秉持文化旅游理念的文华公司西班牙、葡萄牙"阳光之旅"之前，在蓬皮杜文化中心的绘画展品中，还是看到了让我眼睛一亮的作品。

这是法国著名的宗教画家乔治·鲁奥（Georges Rouault，1871—1958）约于1913年所绘的油画 Acrobate（《杂技人》），其线条、色彩居然与敦煌莫高窟早期壁画中用晕染法绘制的某些图像极为相似！据介绍，鲁奥的画作善于用粗大的黑线勾勒轮廓线，并填入蓝、红、绿、黄等厚重色块，其风格往往被认为与中世纪彩色玻璃画相似，这幅《杂技人》即是如此。而我们在敦煌莫高窟观赏西凉至北魏时期的若干天宫伎乐或金刚力士、劳度叉图像时，同样可以看到使用西域晕染法绘制的线条粗犷、色彩浓郁的人体形象。从公元4—5世纪的中亚、西域、丝路咽喉敦煌的佛画，到欧洲中世纪教堂的玻璃画，再到19世纪晚期、20世纪早期的法国宗教画，其中文化艺术的交流互鉴、传承发展不免引人深思。离鲁奥此画不远处，悬挂了一幅我国旅法女画家潘玉良（1895—1977）所绘的椅上裸女线描图，其线条的简洁、流畅勾勒，则不禁又让我联想到敦煌藏经洞所出的若干白描图……

5月20日，我们的旅游大巴从凯旋门驶出，第二天上午在法、西边境游览了列入世界文化遗产名录的卡尔卡松古城堡（Carcassonne），下午就到了著名的巴塞罗那城。穿行在人流熙攘的"流浪者街"，古典音乐、现代行为艺术、街头写生、各种工艺品，仿佛进入了一个异彩纷呈的文化市场。晚间导游特意带大家到一个小剧场观看弗拉明戈乐舞（Flamenco Gipsy）表演，其唱诵的高亢、抑扬，伴奏之热烈、明快，舞姿的旋转、腾踏，服饰之华丽、炫目，节拍的急促、徐缓变化等均马上让我联想到新疆的十二木卡姆及现代欧美踢踏舞，也能看到我国古代文献（如《乐府杂录》）以及新疆与敦煌石窟壁画里胡旋、胡腾等西域乐舞的影子，民族、民间文化交融的特色十分鲜明。据介绍，弗拉明戈作为当今极富感染力的流行舞种，体现出西班牙的安达露西亚民间文化和吉普赛文化的融合，而它早期又曾受到东印度舞深蹲与身体大幅度弯曲动作，以及快速转身、脚板打击节奏等的影响，而在手指击打节奏、手鼓运用及服装等等方面又不乏阿拉伯舞蹈的影响。故而我直观感觉到了它和古代印度、中亚、西域乐舞的关联。我想，如果请新疆维吾尔族的民间乐舞与弗拉明戈同台演出的话，一定会迸发出更绚丽的色彩。

三天后，我在参观1987年被列入世界文化遗产名录的城市托莱多（Toledo）时，又在该城的一些著名建筑物上，感觉到了文化交融的魅力。托莱多是15世纪大航海时期西班牙的首都，老建筑甚多。因为此城曾先后被罗马人、西哥特人、阿拉伯人占领统治，是典型的基督、犹太、伊斯兰三教合一之地，其文化融汇的特色，在建筑上体现得尤为明显。我们先在城外南部塔霍河畔遥看，各主要建筑物历历分明，呈现出巴洛克、哥特式及伊斯兰交织融汇、多元一体的独特风貌。待我们进入城内，随导游徜徉在街巷之间，那些建筑物的细部特征让我们目不暇接，如老比萨格拉门（阿方索六世门）拱顶西哥特时期的石雕、门洞的阿拉伯砌造风格，而新比萨格拉门是16世纪中期罗马帝国查理五世在伊斯兰建筑基础上改建，那后添的高耸的琉璃瓦塔尖特别显眼。又如15世纪末伊萨贝尔女王下令建造的圣约翰修道院，是一座吸取了本地阿拉伯穆德哈尔风格精粹的哥特式建筑，它的底层回廊引人注目的圆弧形交叉拱顶，上层回廊弧线与直线混合装饰的窗框以及顶棚嵌板繁复的放射形图案，都与一般的的哥特式教堂相异，让参观者遐想不已。此城游客聚集之处是主教大教堂，其原址是 1086 年由阿方索六世改造为天主教堂的清真寺，后又于 13 世纪 20 年代改建为主教堂，据称，两位设计、建造的匠师马丁和佩德罗，既熟知法国一些大教堂的构筑技巧，同时又能植根本地艺术土壤、充分发挥地域特色。正门左侧是高耸入云的钟楼尖塔（高 92 米），右侧却为相对低矮的加盖于八角形墙架上的帽形圆塔，其底层的教士会议室在 16 世纪初则改为阿拉伯区西班牙人专用的祈祷室。据介绍，教堂内部的厅堂门廊的建筑、装饰更是异彩纷呈，遗憾的是因为那天参观者爆满，我们没有能够进入观瞻。这一缺憾，我们第二天在参观葡萄牙里斯本的热罗尼姆斯修道院时得到了某种程度的弥补。这座为纪念发现通往印度的海上航线的宏伟建筑，历经五百多年风雨，也经受了 1755 年大地震的考验，1983 年列入世界文化遗产名录，代表了欧洲大航海时期文化交汇的鲜明风格，大厅中不乏艺术珍品，我们止步于左、右侧的航海家达·伽马和葡萄牙诗魂卡蒙斯的墓前，细细观赏着大理石棺上的精细雕刻。

说来很巧，第二天我们就在欧洲大陆最西端罗卡角（Ruca）的岩石十字碑再次与卡蒙斯相遇。碑上镌刻着诗人的名句："陆止于此，洋始于斯。"（donde la tierra se acaba y el mar comienza）站在这天涯海角眺望波涛起伏的大西洋，我不由地想到古代从我国中原经西域、中亚、西亚到欧洲的陆上丝绸之路，也是一条文化交流的通衢；而从大西洋到印度洋的海上香料、黄金之路，也是文化交融的航道。我相信，随着今天我国提出"一带一路"倡议的实施，更为鲜艳夺目的文化交融之花会常开常新。

# · 直面吴哥窟

　　柬埔寨，我年轻时最"熟悉"的国家之一——西哈努克亲王的名字和身影几乎天天在报刊、广播和电视中出现。后来，如雷贯耳的是"红色高棉"灭绝人性的暴虐行为，却不知道还有"高棉的微笑"。元代周达观所撰《真腊风土记》的校注本（夏鼐校注）1981年由中华书局出版，其中简述了那时或译称甘孛智的真腊国城郭、宫室的石雕，遗憾的是未及细读注释部分，印象并不深刻。

　　二十多年前，第一次到巴黎参观吉美博物馆，看到了展出的吴哥窟的精美石雕，那高昂七头的龙神护栏，那闭目微笑的人像，都是被人为切割、搬运而来，甚为震撼；几年前，《高棉的微笑》文物展在北京举办，面对那些雕刻在石头上的丰富图像有了些感性的认识，心中不免戚戚然。我从而初步得知，吴哥窟，其实与我比较熟悉的敦煌莫高窟不同，并非是在山崖开凿的佛窟，而均是用岩石搭建于旷野或山地之上的寺庙、宫宇、陵寝。莫高窟陆续开凿于公元4—14世纪，后因古丝路的阻绝而逐渐衰落，在20世纪初又因藏经洞的发现，一批壁画、彩塑及大批古写本被劫掠流散而引起国内外学界的关注，兴起了"世界学术之新潮流"——敦煌学。1987年，莫高窟被联合国教科文组织列入"世界文化遗产名录"。吴哥的众多庙宇则建筑于真腊王朝的阇耶跋摩一世至七世的公元9—12世纪，后因战乱与灾荒而倾圮，遂湮没于荒野密林之中，至 19 世纪 60 年代才被外国人"重新发现"并频遭殖民者与盗宝人掠夺。20 世纪中又曾饱受战祸破坏。1992 年被列入"世界文化遗产名录"。敦煌、吴哥，千百年来，命运似相近又颇异。敦煌石窟的保护研究事业，近数十年来得到国内外机构、人士的大力支持，取得令人欣慰的长足进展；吴哥的修复工作，我仅知道主要由法国、日本机构和我国文化遗产研究院在承担，因工程浩大，对其成果则不甚了解。

戊戌初春，我参加携程的暹粒四日游，终于得以短暂地徜徉于被密林浓荫包围的大、小吴哥遗址之中，直面神秘的"微笑"了。

说"短暂"，是因为第一天清晨下飞机出暹粒机场后，吃了早餐，即去"外观"位于市区的"姐妹庙"、西哈努克国王行宫及附近一处不大的"皇家公园"。下午入住宾馆后休息及自由活动。真正进入吴哥遗址，只有第二、三两天。

第二天，我们依次参观了阇耶跋摩七世于 12—13 世纪分别在通王城外为其父母建造的圣剑寺、东梅奔寺、塔普伦寺，王城内这位国王为自己营造的巴戎寺，以及战象台、"十二生肖塔"，然后登上约 65 米高的巴肯山，匆匆浏览了耶轮跋摩一世建于 10 世纪初的"国庙"——原是供奉湿婆神的印度教巴肯寺遗迹，却未及观赏它那宣称是"壮丽的日落景象"。在"母庙"塔普伦寺，除了虽已坍塌残破却依然保留着极精细生动的人物、图案雕刻外，最让我震惊的是那些热带树木粗壮的根系对巨石建筑的侵入，或使塔、墙塌碎，或将它们牢牢地包裹其中，形成树、石交错的特殊景象。就在我们经过昏暗的回廊时，经导游指点，我们看到了被围在树根空隙处那尊小石像显露的神秘微笑。而在位于大吴哥中心的巴戎寺，人们则流连往返于 49 座巨大的雕有四面佛像的石塔之下。

第三天，我们先去了王城东北约 21 公里处的"女王宫"遗址，观赏那些残存的被誉为"吴哥艺术宝石"的浮雕；然后，再到建于 12 世纪中期，规模虽小却相对规整、平坦的班提色玛寺。从院内搭建的帐篷、脚手架可以知道，这座印度教风格的寺庙这些年来似乎一直是进行修复的一处"试验地"。午后，我们终于进入了吴哥遗迹中最核心的景观吴哥寺——"小吴哥"。这是苏利耶跋摩二世（公元 1113—1150 在位，中国北宋徽宗天庆三年至南宋高宗绍兴二十年）于 12 世纪上半叶建造的大吴哥的城外之城，也是有宽阔的护城河和长达 1 公里外墙护卫，空间布局巧妙，五座寺塔巍峨精致，兼有陵寝和庙宇的双重功能。进入此寺外围回廊，北侧石壁上镌刻的长达百米的精细浮雕，是著名印度史诗《罗摩耶那》的形象展现，我特别注意其中神猴哈奴曼率领群猴斗恶魔的宏大场景，仿佛又领略了《西游记》中孙悟空战妖斗魔的威风。在负责编辑出版《季羡林全集》的工作中，我得以阅读了季老翻译的《罗摩耶那》全诗，因为是核对校样，无法贯通领会长诗内容，可惜在光线较差的回廊看此浮雕，也只能匆匆一瞥，不能细细观赏了。据说回廊南侧石壁上刻的是另一部印度史诗《摩诃婆罗多》浮雕，因为排队等候攀爬登上寺庙的塔台耗费了时间，就无缘观看了。

其实，"高棉的微笑"，并非只是指那几乎隐没在树根空隙之中的那尊石像的笑容，给我们印象最深的，还是那以数十百计高大的"四面佛"的神秘面容。我原以为，四面佛展示的是民间常说的佛家宣示的人生的喜、怒、哀、乐，看了吴哥石雕，才知道其实不然。四面佛原是印度婆罗门教三大神之一的大梵天王，因具备慈悲、仁爱、博爱、公正这四种正直性格，被佛教称之为婆罗门的"四梵行"，遂被吸收进佛教代表"四无量心"：慈、悲、喜、舍。石雕的观瞻者直接面对的则往往是其慈善的一面，因而总试图去寻见他的笑面。在巴戎寺直面这些佛像时，我猛然想到：在参观游览的途中，我们几乎在离每一处景点不远之处，都能看到当地搭设的慈善募捐蓬。一些被"红色高棉"时期埋设的地雷炸伤致残的普通民众，用他们尽心竭力演奏的音乐声响，来募集能使他们继续生存下去的一点款项。我所听到他们演奏的乐曲，除了柬埔寨本地的外，几乎大都是韩国、日本或西方的，几乎听不到有中国的；我也已经注意到各处景点所竖的各种文字宣传牌上，有日文、韩文、法文、英文，而无中文及其邻国越南文。而目前到吴哥旅游最多的却是中国游客啊！为什么？问导游，未回答。只有一位游客提示我：恐怕炸伤这些人的地雷主要是中国提供和越南制造的吧？想到我国在 70 年代中期对"红色高棉"的支持这个事实，又想到越、柬战争和中越自卫反击战，我只能默然。

地雷当然是不长眼的，作为战争武器，会炸毁古迹，杀伤民众，但我相信，怀有慈、悲、喜、舍之心的四面佛是能看见这一切的。中国自古尚民本思想，佛家讲慈悲为怀，今天我们更加注重民生实际。我庆幸，在新时代，"人类命运共同体"的观念逐渐深入人心，我们除了加强本国文化遗产的保护外，也开始投入到共同维护世界各国文化遗产的行动之中，积极参与吴哥的修复工作即是一例。直面吴哥，我们是否会有一番更清晰、深刻的感悟呢？

■ 吴哥五塔寺外景

（2018 年 5 月 4 日完稿）

出版编

# 学文漫谈 ▪
## ——读书随笔三篇

### 开头的话

语文教师最苦恼的，并不是备课及批改作文负担的沉重，也不是学生语文水平的差下，而是许多学生和相当一部分学生家长对语文学习的轻视。由于家长们各居岗位，包罗万"职"，因此不重视语文学习便成了一个社会问题。

近年来，经过广大语文教师的辛勤工作，也由于专家们在各种场合的大声疾呼，又加上升学考试的"促进"，重理轻文的偏向开始有所转变。我认为，解决这个问题的关键在于提高整个国家的文化知识水平，需要做长期、耐心、艰巨的工作，并不是突击一年半载即可奏效的。记得哲人们讲过"偏见比无知离真理更远"的名言。我以为偏见源于无知、利用无知，也造成无知，因此，纠正偏见最根本的办法还是要变无知为有知，用知识来充实头脑，将偏见挤出去，变盲目为聪明。为此，我在研究生学习中写了这组题为"学文漫谈"的随笔，力求通过一些具体事例来说明语文学习的必要性、重要性及方法，也算是和新疆青年朋友们的纸上谈心。顺手写出小诗一首，与同学们共勉：

我生有涯知无涯，文理岂能高一家，
促膝漫谈学文事，发展全面为四化。

# 数学家的文学修养

　　亲爱的同学们，你们看过《科学发现纵横谈》这本书吗？这是一本漫谈科学发现的书，作者王梓坤教授是一位数学家，他纵览古今横观中外，从自然科学发现的历史长河中，摘取了一朵朵晶莹的浪花，来探测科学发现的奥秘和科学家的智慧的光芒。这本书文笔清新、流畅，读起来饶有兴味。因此一出版就受到了广大读者特别是青年们的热烈欢迎。尤其令人赞叹的，是书中十分自然、妥帖地引述了中外古今不少的文艺作品，来说明科学发现的规律，因为这需要丰富的文学知识和很高的文学修养。

　　今年刚过 50 岁的王梓坤教授，是研究概率论的专家。他撰写的纯粹数学的一些专著和论文（如《生灭过程与马尔科夫链》），不仅在国内居于领先地位，而且在国际上也颇有影响。他是南开大学数学系副主任，不仅要从事艰巨的科研工作，还要完成繁重的教学任务，作为天津市劳动模范的他，又得经常参加各种会议。那么，他的文学修养从何而来呢？这对他进行数学研究有帮助吗？

　　今年 4 月中旬的一天中午，我去南开大学看望王梓坤教授。当时，王老师马上要去参加一个会议，他得知我刚下火车不久，便热情地留我在他的宿舍里休息。临出门，他指了指堆在床头的几本书，让我随便翻翻。房间里堆满了中外数学专著，而床头的一叠书，却全是新出版的文学书籍，如《乔厂长上任记》《明代散文选读》等。我看到床头上还放着一个厚本子，翻开一看，原来是王老师阅读文学作品的札记本，上面密密麻麻地用蝇头小字抄满了古今诗文！一看就知道，这是日积月累的功夫。后来，我了解到王老师从小喜欢数学，也喜爱文学。50 年代初，他在武汉大学数学系读书时，还写过一篇小说登在杂志上呢。我曾向他请教数学家的文学修养问题。他认为：研究数学要进行逻辑思维，文学作品讲形象思维，两者虽不相同，却并不相互排斥，搞好了还可以相得益彰；文学作品不仅能陶冶人的性情，并使人得到休息，而且能开拓心胸，启发想象，这对从事自然科学研究工作的人来说是十分重要的；再说，写作技能对于研究任何一门学科都是必不可少的。他讲："长时间只读同一专业的书，思想会大受限制。阅读多种书刊，还可以使大脑得到积极的休息，使思想方法受到多方面的训练。"几十年来，王老师不管科研、教学工作多么紧张，从未中断过对文学的爱好和钻研。他一般都在晚上10点以后阅读文学作品。年复一年，他阅读了大量的中文古今文学著作，尤其对中国古典文学有了很高的鉴赏力。像那个札记本中的许多古典诗词，他不仅可以准确背诵，也能够熟练运用。他以数学家的眼光来透视文学作品，常常开掘出不少新的"矿藏"；他又可以借助具体的文学形象来说明科学探索中的规律。比如，最近他给《八小时以外》杂志写的《诗坛拾零》一文，就以古典诗词为例谈到了文学欣赏与科学研究的关系。

我国著名的数学家苏步青教授很推崇《科学发现纵横谈》一书，亲自为书写了序言。苏老先生自己就是一个文学爱好者。他从十二三岁就开始学习写古诗，能写很好的七律、七绝，后来又攻过宋词，也爱读古典散文和小说。每当他研究数学感觉疲倦时，他就怡然自得地吟诵诗词，或者绘声绘色地给别人讲述《聊斋志异》中的故事，借以得到积极的休息。苏步青、华罗庚教授都有即席赋诗的本领，另一些著名数学家则爱好读小说。许多老一辈数学家都有很高的文学修养。

为了写这篇随笔，我又去王梓坤教授在北京师大校内的寓所，他恰好在家，刚刚完成一篇用外文撰写的数学论文。我请他谈谈中学生的语文学习问题，他讲："我想，中学阶段应当着重培养学生四个方面的能力，即逻辑思维能力、写作能力、实验操作能力和学好外文。如果只抱住数理化不放，没有必要的语文知识，写作不行，将来搞什么都成问题。要做一个德、智、体全面发展的人才，不重视语文学习是不行的。"亲爱的同学们，听了王梓坤教授的这番话，你们有些什么想法呢？

（1980年6月）

# 文学家——"算博士"

唐代文学家骆宾王在初唐文坛上很有些名气,他和王勃、杨炯、卢照邻一起被称为"初唐四杰"。有趣的是,骆宾王写诗作文特别喜欢运用数字。我曾经做过一个小小的统计:他的一首《帝京篇》诗用了二十四个数字,一篇《对策文》用了二十三个数字!难怪当时人们要给骆宾王起外号,叫他"算博士"了。

当然,"算博士"并不等于数学博士,喜欢以数字入诗是否可以说明骆宾王是个数学爱好者,也还难以确证。但是,在中外历史上,文学家而又兼数学家或者爱好数学的,也还不乏其人。如我国东汉时期的文学家张衡,他创作的《二京赋》《四愁诗》等在我国文学发展史上有一定的地位,对后代文学创作颇有影响。但同时,张衡又是一位著名的数学家和天文学家,他精通天文历算。早在一千八百多年前就测算出了太阳、月亮的角直径与黄赤交角,并创制了世界上最早的浑天仪与候风地动仪。因此,写《后汉书》的范晔写诗赞美张衡是"数术穷天地,制作侔造化"。

当代作家徐迟同志也是一个与数学"有缘"的文学家。他的著名的报告文学《哥德巴赫猜想》发表后,人们在受到陈景润事迹感动的同时,也十分惊讶作为诗人的徐迟,何以能在自己的文章中把深奥、繁琐的数学难题表述得那样清楚。前年三月,我曾带着这个问题拜访过徐迟同志。他告诉我,他喜欢数学,也喜欢陈景润攀摘数学王冠明珠的劲头。他给自己定了一个"公式",叫做:"学科学,写科学家,也写科学"。因此,为了写好《哥德巴赫猜想》,他到数学所去体验生活,去向专家们请教,去领略陈景润所迷恋的"数学王国"的奇异风光,他还专门研读了马克思的《数学手稿》。他说:"尽管有许多啃不动,读不懂,但尽可能多了解一些,对写作很有好处。"当时,他指着手中《在激流的涡漩中》一文的清样说:"喏,为了写周培源,我现在又得涉足物理领域了。"他的话启示我想到,如果一个作家对自己所写的东西完全陌生，又无兴趣，怎么能写得好呢？后来，我从徐迟同志的亲友那里得知，徐迟同志少年时代生活在杭嘉湖平原的一个小镇上，当时，他没有上私塾，而是进了一所"洋学堂"，从小就喜欢数、理、化。我想，五十多年前他在勤奋学习时，大概也没有想到那些数理化知识会对他将来从事文学创作起那么大的作用吧。

虽然从以上所举的仅是一些个别事例，但是学好数学有助于逻辑思维能力的培养，而逻辑推理能力对于任何一个从事文学创作、文学评论的人来讲，都是必不可少的。最近，美国教育部和全国科学基金会向白宫提交了一份报告，认为德国和日本由于要求高中学生进一步学习丰富的数学和科学知识，不但一般群众对科学与数学的理解能力很强，而且促使了包括文科在内的教育的全面迅速的发展，提高了管理人员的质量，从而也使工业发展水平大大提高。日本大学生中文科学生的比例占70%以上，但却对高中学生的数学知识提出了更高的要求。这种做法，不也是很值得我们借鉴吗？

（1980年7月8日）


# 从"时辰"谈起

前几年，有位年轻人，写了一个蛮不错的话剧剧本，因而一举成名。后来，他写了一首怀念周总理的新诗，发表在某杂志上。诗中写道："他（周总理）够劳累了，一天只睡三四个时辰。"这就有问题了。因为"时辰"是我国古代沿传下来的干支计时单位，古人将一昼夜分成十二等分，每一等分算一个时辰，用十二地支（子、丑、寅、卯、辰、巳、午、未、申、酉、戌、亥）来表示；因此，一时辰就等于现在两小时。三四个时辰，即等于6至8个小时。我们敬爱的周总理废寝忘食、呕心沥血地为党工作、为民操劳，一天哪能睡足八小时呢？这位作家之所以写错了，是因为他缺乏干支计时的常识。

其实，古今中外作家中类似的例子还不少，有些很著名的作家，由于在作品中对某些事物的描述违背科学常识，从而影响了文章的表达，受到读者的批评。

由此，我想到：喜爱文学的青少年，是不应该忽略其他学科的学习的。一个中学生，如果将大部分时间和精力都花在看文学书籍、练习写作上，这无疑是不适当的。记得鲁迅先生在给一个文学青年的信中讲过："专看文学书，也不好的。先前的文学青年，往往厌恶数学，理化，史地，生物学，以为这些都无足轻重，后来变成连常识也没有，研究文学固然明白，自己做起文章来也胡涂。所以我希望你们不要放开科学，一味钻在文学里。"鲁迅先生在少年时代就很喜欢看《山海经》之类知识面很广的书籍，青年时代又专攻过路矿、生化、医学等，后来成了伟大的文学家。他的丰富的理工农医知识，使他的许多文章增色不少。比如，大家熟知的散文《从百草园到三味书屋》，文中对百草园内动、植物形态特征的描写，是多么真实、生动啊！

俄国著名作家契诃夫同时也是医生，他的丰富的医学知识使得他的不少作品长于人物的心理分析（如《套中人》《变色龙》《第六病房》等），堪称批判现实主义的杰作。

文学家而兼自然学家的，还有俄国18世纪的著名学者罗蒙诺索夫，他既是诗人、俄国现代语言学和唯物主义哲学的奠基人，又是杰出的化学家、物理学家。

我国著名的植物学家蔡希陶，年轻时喜爱文学，同时又喜欢植物学，他在文学刊物上发表过好几篇小说，受到过鲁迅先生的称赞。他的处女作《蒲公英》，就是写植物世界的生存斗争的。后来，他由于生活所迫，不能继续写小说了，却凭着植物学的专长当了植物学的研究人员，最终成为享有盛名的植物分类学家。

联想到近两年来一些中学试行文理分科，往往将一些数理化成绩很差、语文成绩也不理想的学生分到文科班学习，这种做法是否妥当，很值得研究。据一些研究教育的同志讲，这样做，不仅无法提高升学率，而且也会导致文科质量的下降；从长远看，还将影响我国社会科学研究人员、行政管理人员的质量，是不利于尽快实现四个现代化的。我们从高考评卷中也看得很清楚，数理化考得出色的同学，语文成绩都很不错。如今年北京一位报考理工科的应届毕业生语文成绩为 96 分（作文满分，基础知识 56 分），在北京地区十万八千多名考生中名列第一。今年乌鲁木齐市在高考中名列前茅的几位同学，据他们的老师介绍，从初一到高中毕业，语文成绩也一直是不错的。

文学是生活的反映。生活需要各种丰富多彩的科学文化知识，文学离不开数理化农医。因此，喜欢文学的同学，如果想要在语文学习上取得更大进展的话，那么，请你们不要抛弃数理化的学习，而且不妨在课余多看些介绍科学知识的书刊，以丰富自己的头脑。

（1980 年 8 月）

＊本文曾分三次刊登于乌鲁木齐语文教学研究会同仁编印的小报上。

# ▪ 吾心伤悲

## ——琉璃厂淘书小记

居室局促，书价暴涨，耐看的书越来越少，因为这种种原因，我已经几次明里、暗里下决心不进书店买书了。尽管自己已经做了二十多年的编辑，也希望我与我的同事们当责编的书能够畅销、常销，有更多的读者；可是近些年里每一次走进书市或图书订货会，看到成堆成批金玉其外的高定价"文化产品"在高折扣甩卖，而一些真正有价值的好书却往往难觅踪影，心头就会涌起一阵阵的痛楚与悲哀——为出版社，为我们自己，也为广大读者。因此，这次琉璃厂中国书店的古旧书书市，我是本不想再去的。可是，书市开张的第一天上午，一位爱淘书的青年朋友便从人声嘈杂的现场打来电话："您还是来看看吧，这回有不少好书，我在这里碰见了好几位您熟悉的学者呢！"

下午，还是经不住这"好"字的诱惑，走进了海王村的书市。

先上二楼晒台，映入眼帘的旧书刊东西南北地摆着、堆着，在书架上排列着，规模果然比以往大了一些，但淘书的人并不太多，问价声也稀落，大概最积极的淘书者们，都集中在上午的第一时间里光顾过了。好书依然有，我一眼看见了几叠套在玻璃纸袋里的《东方杂志》，这是解放前商务印书馆的名刊，现在在各大图书馆里已经不能再公开外借了。这里摆的几十册，大都是上世纪 30 年代出版的，标价每本 30 元，问津者稀。看到它们静静地躺着，我的脑子里突然冒出了 1932 年 1 月 29 日上海商务涵芬楼遭日寇飞机轰炸的情景，呼啸声中，多少珍贵的典籍毁于一场劫火！那漫天飘落的烟尘里，不也有《东方杂志》的纸灰么？今天商务印书馆的图书馆我是浏览过的，许多本版书就因那场战火而缺失了。想到这里，我的心一紧，赶紧拨通了商务总经理杨德炎先生的电话，告诉他这里有一堆《东方杂志》正待价而沽，说不定就有图书馆里缺少的。德炎兄在电话中说，他会马上找人来采购，我于是松了一口气。就在那个书摊旁边的地上，还有几堆被翻得乱七八糟的旧书，我顺手捡起一个小薄本，居然是 1937 年上海亚东图书馆印的法国作家纪德的《从苏联归来》！译者是郑超麟先生，用了林伊文的笔名。纪德作为一名曾热烈赞扬第一个社会主义国家的左派作家，应邀访苏之后居然写出了这本揭露苏维埃政权和斯大林阴暗面的书，因此在东西方两大阵营引起轩然大波。此书在新中国成立后当然是不会再出版的，郑老本人还因此而受到责难。但几年前，纪德此书又由某教育社重新推出，因同样原因尘封了半个多世纪的罗曼·罗兰的《莫斯科日记》中译本也在去年由某大学出版社印行，再度引起关注。如果将纪德书的新、老版书对照一下，倒是很有意思的，可眼下手头的这本书，却已经在挑书人的翻动中散落了后面的若干页，落下了不可弥补的残疾。我向守摊的书店工作人员解说这残本的珍贵，他指着书堆里散落的纸片，与我一道叹息。

在一堆外文书中，我看到了一册久违的蓝皮精装书：苏联作家奥斯特洛夫斯基作品集的第二卷。该卷收入奥氏的第二个长篇《暴风雨里诞生的》及他的一些讲演与书信。该书 1953 年由莫斯科青年近卫军出版社出版。从书中所钤的印章可知，此书原主人为严华先生，不知此公还健在否？说"久违"，是因为我曾经拥有该书第一卷《钢铁是怎样炼成的》的同样版本——那原是董必武老人的秘书秦晋同志从苏联带回来的，后来由她的女儿贝叶学友送给了我；我一直留在杭州家中，可惜前些年已随老屋的拆除而不知去向了。此书标价 5 元，我当然赶紧收入囊中。真是无巧不成书，我接着就在另一个摊位上发现了《暴风雨里诞生的》最早的中译本：1940 年 12 月 12 日王语今译完于重庆，由国光印书局承印，三联书店 1950 年 7 月第一版。此书标价 10 元，我也买下，正好可与俄文本对照来读。此书原属某单位图书馆，像这样的公家藏书，在书市上有很多，散出的原因大概各不相同。如我接着淘得的高尔基短篇小说集《旅伴集》（巴金编，汝龙译，开明书店 1950 年 11 月初版），巴尔扎克选集《绝对之探求》（中法文化出版委员会编，穆木天译，1951 年 2 月文通书局印行），就都盖着原北京市文联研究部资料室的印章。

看到穆木天先生的译作，我马上想起了鲁迅先生 1932 年写给姚蓬子的一首打油诗：“蓦地飞仙降碧空，云车双辆挈灵童。可怜蓬子非天子，逃来逃去吸北风。”诗中的（穆）天子，即是鲁迅对穆木天的戏称。其时姚、穆二人都还在左翼作家的队伍里。解放后穆在北京师大中文系任教，是每次政治运动均受审的“老运动员”。60 年代初我在师大中文系学习期间，未听说他上过讲台。“文革”掀起，他开始又挨批；因为已是“死老虎”，后来就无人管他了。他每天从一人独居的屋子里踱出来，无事可做，给周围的小孩子发糖块。有几日忽然不见他出门了，只有孩子们惦记，趴在窗户上往屋里瞧，这才发现他已经死在房间里。“穆天子”就这样消失了，我不知那当初被鲁迅称之为“灵童”的“天子”之子是否还健在？是否还保存着包括这本《绝对之探求》在内的穆教授的译作？如果师大中文系资料室已经没有了这本书，我将捐出。

下得楼来，正待离开书市，却在进门处光线甚暗的摊位上发现了若干本开明书店的《中学生》杂志，薄薄的，纸质很差，现在看来极不起眼，可那却是叶圣陶先生的心血所凝，曾风行全中国，滋养了千万青少年。摆出的二三十本都是 1948、1949 年的几期，里面有 1949 年 6 月号一册，是“解放专号”，刊有巴金等一批著名作家所撰迎接上海解放的文章，当属十分珍贵的资料了。我问了一下，因为开价也是每本 30 元，竟基本无人问津，这又让我叹息。

离开书市，穿过中国书店的厅堂，一排排高大的书架迎面而过，满目辉煌的书刊这时仿佛失却了大半的光彩，因为我知道鱼龙混杂的最直接结果便是泥沙俱下，便是珠埋于淤泥之中，便是黄钟声咽而瓦缶齐鸣。故而淘书已无乐趣，吾心伤悲……

（写完这篇小文，接杨德炎电话，得知商务印书馆已经到琉璃厂书市买下了全部的《东方杂志》和若干册商务旧版书，这使我稍感欣慰。）

（2004 年 3 月 30 日）

# ▪ 感念作者和读者

## ——为《文史知识》办刊三十周年而作

 

自 1987 年 4 月 30 日中华书局局务会任命我担任《文史知识》编辑室副主任起，至 1997 年夏我从党校学习归来后离开编辑部，我在《文史知识》编辑部主持编辑工作整整十年。十年编刊 120 期，还有"文史知识文库"二三十种，与编辑部同仁一道，期间劳顿笔墨，启益心智，甘苦自知。李侃主编和杨牧之、黄克诸君的开创之功，自不消说。昔日诸多编辑同道，合力工作，劳苦功高，而且务实奋发者，均事有所成，业有所进，成为今日出版界之精英、砥柱，亦毋庸我在此赘述。本文只是就我的记忆及手边资料，举若干事例，对《文史知识》的广大作者和读者表达诚挚的感念之情。

 

一

 

1989 年 10 月 17 日，中华书局在民革中央会议室举行了庆祝《文史知识》出刊百期的座谈会，除书局领导和杂志编委会成员外，文史界诸多著名学者或慨赐题词墨宝，或亲临会场发表热情洋溢的讲话。记得印象最深的是著名诗人臧克家先生发言称："我是《文史知识》的第一读者！"当时我坐在臧老的老朋友季羡林教授身旁，季老小声对我说："他是在和我争'第一'呢。"我知道，季老在刚给我们写的文章中就有这样的话："很多年以来，我每月都收到大量的杂志。由于数目过多，我真正认真去阅读的，读得很仔细的，只是其中的极少数。《文史知识》是其中之一。"（《〈文史知识〉百期祝词》）于是就对季老说："那您就做我们的第一作者吧。"季老笑而颔首。

其实，季老对《文史知识》的关爱是众所周知的。上世纪 80 年代后半期至 90 年代初，书刊报纸的约稿信雪片似的飞向北大东语系或十三公寓，季老应接不暇，只能推辞十之七八；但只要我打电话去请他为《文史知识》写稿，不但痛快允诺，而且往往过三两天就写好文章寄来。例如《说"嚏喷"》《再说"嚏喷"》《关于"奈河"的一点补充》《再谈 cī nī》等文，都是根据我们杂志"大家写小文章"的特点特意撰写的。1988 年我们到山东淄博去组"齐文化专号"的稿件，季老知道我们的选题计划后，深表赞成，马上寄来《祝贺〈文史知识·齐文化专号〉》一文，热情地肯定：注重探讨地区文化"这是高明之举，这是目光远大之举"。1989 年 7 月，《文史知识》出刊百期，季老在《〈文史知识〉百期祝词》里概括他对刊物的印象是"严肃、庄重、典雅、生动"，同时也高瞻远瞩地提出了"可以适当刊登一些世界其他国家讲中国文史的文章或者研究动态"的建议，促使了刊物栏目的改进。我们除了加强原有"中外文化交流与比较"栏目的组稿外，后来又专门约稿连载了"德国的汉学研究""中国传统文化在日本"的系列文章。

1997 年 11 月，我已离开编辑部，季老听说书局新来的领导对我们编辑部的工作颇有大刀阔斧"改革"之意，就寄给我一封短信，祝贺《文史知识》出版二百期，全文如下：

> 《文史知识》是我最爱读的学术刊物之一。它已经形成了自己特有的风格，这种风格我想用这样两句话来概括：严谨而又清新活泼，学术性强而又具有令人爱不释手的可读性。这种风格来之不易，是《文史知识》

全体同仁经多年的努力才得以形成的。为了在更大的范围内弘扬中华民族的优秀文化，这样的刊物是必不可少的。

祝《文史知识》永葆青春！

1997.11.14


推许与担忧之意，均流于笔端。因此，说季老是《文史知识》的第一作者或第一读者都是理由充足的。

臧老的话同样真实可信。臧老的写作任务与社会活动也非常繁重，但他对《文史知识》的关切同样令人感动。他曾给我写过七八封信，兹先引述1989 年 7 月三封信的内容如下：


剑虹同志：

来电话，约写小文，当奉命。

六月号《文史知识》至今未见到，或因动乱丢失，请查一下，补我一期。昨天在《北京晚报》上，吴小如同志写了短文，批评《古代抒情散文鉴赏集》中对他的《送董邵南序》一文的注释错误处。此书《开浩荡之奇言》一文中（第八页倒数十四行）"圣人无己，神人无功，圣人无名"，第一个"圣人"之"圣"字，恐系"至"字之误。特奉告。

好！

克家　89.7.10 日上午


剑虹同志：

你要我写五百字，如数奉上。

我为人性子急，答应了事情，赶快办完，了却而后心安。还有一篇《大学生文选》的序言，在等我动笔。

握手！

克家　89.7.11 日午

剑虹同志：

寄上一函，又送上小文，想均已入目。

记忆有误，"一百期"误为"创刊十年"，请改正。

前函请寄六月号《文史知识》一本（补寄），因六月号至今未收到，也许动乱时期寄丢失了。

再，请将你的电话号码在电话上告知，以便有事联系。前几天，在会场上遇到牧之同志。前天，我爱人郑曼同志在会场（听报告）上碰到李侃同志。

好！

克家　89.7.17

一周内连写三信，可见他对我们刊物的关切。他寄来的"小文"题为《第一号朋友》，文中说："我这样自许：在全国读者群中，我算是《文史知识》的第一号朋友了。"10月17日，为《文史知识》"出满百期"，臧老又寄来一首七言诗《我的祝贺》：

乐莫乐兮旧相知，创刊一直到百期。

感谢益我"友多闻"，每次捧读神不疲。

1989年10月11日，台湾《国文天地》杂志社社长林庆彰、总编傅武光等一行7人来中华书局访问，商谈进一步加强合作事宜。一年前，李侃总编希望我以《文史知识》副主编与中国敦煌吐鲁番学会副秘书长的双重身份和台湾同行商讨交流合作事宜，双方坦诚商议，很快便达成了在组稿、转载、转让"文史知识文库"版权等方面的具体意向。《国文天地》社和他们的万卷楼图书公司不仅购买了"文史知识文库"中一批书的版权，而且在我们的协助下陆续转载或约写了大陆作者的许多文章，还冒着"违反当时台湾法规"的风险，购买了一大批大陆的出版物，在台湾图书业界引起轰动。《光明日报》还在1989年3月29日发表了相关的报道。这次来访，一个重要议题是，双方着手共同编辑"台湾专号",在海峡两岸同时推出。于是,我们特地向新闻出版署打了请示报告。经过努力,1990 年 4 月和 5 月,该专号分上、下两期和台湾《国文天地》同时出版,新华社、《人民日报》和台湾的《联合报》《自由时报》等都为此发布了消息,两岸文史界与广大读者也都给予了好评。臧老对此也尤为兴奋,深表支持,他在 1990 年 7 月 12 日给我的信中明确表示:他编的书"如果台湾《国文天地》愿在台湾出版,我同意。别人写的关于我作品的欣赏集台湾也出版了。"又特别提及"台湾作家墨人先生及其他那位中年作家都来访谈过,他们态度亲切,很谈得来"。在促进两岸学术文化交流上,由一些著名老专家打头阵,我们的作者功莫大焉。

我们与《国文天地》的成功合作,引起了台湾其他出版社极大的兴趣,纷纷来大陆探求合作机缘。台湾文津出版社是邱镇京教授为推进文史学术研究而创办的。他来中华书局接洽引进《五灯会元》的版权,因他早年写过研究敦煌变文的论著,我写过介绍文章,于是找我帮忙。我考虑当时大陆有许多比较优秀的文史类博士论文得不到正式出版的机会,就建议他出版"大陆地区博士论文丛刊"。他不顾资金困难,欣然同意。于是,开始由我帮助推荐了数十篇大陆各高校的博士论文,后来陆续出版至一百多种,蔚然瞩目。这些博士论文的作者,后来大多成为我国有影响力的文史研究专家,从某种意义上讲,也应该是书刊出版"走出去"的先行者。

我们的许多作者都堪称文史大家,不仅热心为《文史知识》撰写"小文章",而且即便是行家里手"烹小鲜",仍是谦虚谨慎,一丝不苟。我相信编辑部的同仁都有过为大名家改稿子的经历,从中得到的教益则是多方面的。我这里还保存着一封著名历史学家刘乃和先生 1990 年 9 月 24 日写给我的信,信的前半部分:

剑虹同志:

前寄三国稿,想已收阅。

我发现其中有一处抄错,即第三页第五行所改添之字中,"而明《广兴志》已收入"，其中"兴"字是"舆"字之误。请改过。

如不能用此稿，则作罢。

还有一事也值得一提：1996 年 9 月，有一位年轻学者寄来一篇文章，提出某个与李学勤先生不同的看法，我觉得有道理，为慎重起见，寄给李先生征求意见。当时李先生出国了，回来见到信及文章，很快回信给我：

柴剑虹先生：

您九月寄来大函及一篇文稿，当时我不在国内，因而压在信件中，未能早覆，极为歉疚，敬祈鉴谅！

此文很有意思，足备一说，建议予以发表。现呈回备用，请查收。今后仍望多指教。顺祝

新春康泰！

李学勤 上

一月廿七日

谦谦君子之心，跃然纸上！

季镇淮教授是研究中国古代文学史的大专家，"文革"后曾出任北京大学中文系主任，也是我们刊物的常年读者，他 1986 年离休后，我们曾去他家探望。他晚年因养病难得撰文，编辑部也没敢催促约稿。1990 年 5 月 16 日，他寄来一篇文章，所附信函内容如下：

寄上拙稿《文学家的张衡》一篇，请审视。此稿成于 87 年下半年，因病未能早日请教，不无遗憾。多年蒙赠阅《文史知识》，如永无奉献，何以说得过去。不过水平差些，仍祈见谅。谨此，即颂

撰安

季镇淮 拜上

我想，无论谁读了这封饱含真情的信，都会为之动容的。

1987 年，敦煌莫高窟被联合国教科文组织列入"世界文化遗产名录"，为了更好地宣传敦煌文化，编辑部决定与中国敦煌吐鲁番学会、敦煌研究院合办一期"敦煌文化专号"。1988 年初夏，我和编辑部冯宝志、华晓林、余喆、马欣来等同志一道到敦煌，一面参观学习，一面与研究院的各位作者商议稿件的修改加工。当时，段文杰院长不仅亲自安排樊锦诗副院长带领我们参观并讲解洞窟，而且带头撰写文章，他一人就为这期专号贡献了三篇文章。据说老专家史苇湘先生是很有性格的，一般不愿意别人修改他的文章，可是却特别配合我们的工作，几次对我说："我就喜欢你们对我的文章提意见，一道来好好修改！"段院长还毅然决定该期专号加印两万册，由研究院包销，以扩大影响。为编好这期专号，我在 1988 年 2 月致函香港的饶宗颐和台湾的潘重规两位前辈，饶公即于 3 月 1 日回信给我，称道"先生主编《文史知识》嘉惠学林，发扬敦煌学甚盛事也"，"谨将迩日札记短文一篇奉上，未知可用否？"1997 年春，我和黄松、王亚君同志为编辑出版"潮汕文化专号"事去汕头、潮州商谈，参观了落成不久的"饶宗颐学术馆"。杜经国先生请我回京后帮助饶公影印北图所藏《康熙潮州志》。影印完成后，我去信向饶公报告此事。饶公即于 3 月 14 日来函云：

> 手教欣悉。文驾趋临潮州，至小馆参观，忻怍无已。《文史知识》"潮州文化专号"闻说需要小引一篇，兹寄上。拙稿已另印一份送杜经国兄。《康熙潮志》得兄代影巨册以感。

正是有这些文史界老前辈做榜样，不仅我们的编辑深受教育，也对许多有志于文史研究及文化知识普及的中青年作者产生了良好的影响，这正是办好刊物的根本保证。

# 二

启功先生曾经多次对我讲："过去讲出版社是作者的'衣食父母'，其实，真正的衣食父母是读者。"《文史知识》三十年的历程，证实了启先生的话诚为至理名言。我们刊物的读者成千上万，给编辑部写信、打电话的几乎每日不断，但仍是少数；我在编辑部的一项不可或缺的工作就是给读者写回信，那时没有电脑可用，十年之中，大约用笔写的信也至少有上千封，当然仍只占极小的比例。前些日子南方有位熟识的教授打电话来，说看到某旧书网上在拍卖我写的信，是用《文史知识》的信纸所写。我笑着回答："这样的信我写得很多，恐怕是不值得去买的啊！"这里只回忆几个比较特别的故事。

在当代最负盛名的学术大师中，没有成为《文史知识》作者的，恐怕就是钱锺书先生了，但他仍然与《文史知识》有缘。（案：我这说法有误，其实在 1982 年夏，经徐公持编委的努力，钱先生在当年 12 月将为书局改订《谈艺录》中论释李贺诗中的部分文字交编辑部，刊登于《文史知识》1983 年第 2 期。）1989 年第 5 期的《文史知识》上，刊登了复旦大学王水照教授和日本早稻田大学文学部的博士内山精也《关于〈宋诗选注〉的对话》一文，钱先生听说了，就通过周振甫先生给我打电话，说希望能看看这篇文章。经约定，我就拿了刊物送到三里河南沙沟钱先生的寓所，得到了一次难得的请教机会。因为还未及看那篇文章，钱先生的谈话并未涉及《宋诗选注》的相关内容，只是对此文为何发表在《文史知识》上很感兴趣，我讲因为编辑部有一位复旦毕业的同志，所以得以组稿的便利。我乘机向钱先生约稿，钱先生很客气而坚决地说："我已经不给任何一家杂志写文章了，就不好破例了。"我转而向杨绛先生求稿，杨先生则笑眯眯地说："我一个老太婆更写不出来了。"钱先生补充说："不过，你们的杂志我还是很愿意拜读的。"我记得钱先生谈及对国内文史类刊物的印象时，还是很看重知识传播的准确性和可读性。钱先生还问我写些什么文章，我讲进中华书局后开始涉足敦煌文学写卷的研究，正在写一篇关于敦煌写本《黄仕强传》的文章。我曾看到钱先生《管锥编》中谈到过一个日本藏的《黄仕强传》敦煌写本，正好趁机向钱先生讨教。那次我在钱先生家坐了40分钟，亲身感受到了他的大家风范。之后，我又和钱先生通过几次电话。1990年，正逢钱先生80华诞，他几乎推辞了一切祝寿活动。我希望在《文史知识》上发表一篇评论文章，他不同意。恰好台湾《国文天地》1990年的1月号上登了苏州大学季进同志写的一篇文章，题为《一代宗师钱锺书》，我便以两岸学术交流为由，希望钱先生同意在《文史知识》上转载此文。他在电话中说："我上次要给你写信，因手痛没有写成，算是欠了你一封信，只好同意你登这篇文章了；但是我也得走你一个'后门'，请您代劳将诸如'一代宗师'这样的不实之词统统删掉！"我当然遵命，文章的题目也改成了《淡泊自守的学者钱锺书》，钱先生没有再提出异议。

《文史知识》的另一位特殊的读者是著名作家李准。有一天，同在王府井大街36号楼办公的商务印书馆的一位女士到五楼来找我，说李准同志希望找一些《文史知识》读，因为他在家养病，不便到编辑部来。我便请那位女士带了若干本杂志给李准同志。过了些日子，她又带话来说李准希望和我聊聊，我就又带了些杂志去登门拜访。当时给我的印象是，这样一位大名鼎鼎的高产作家、剧作家的住房条件并不好，但是并未影响他写作与读书的热情。他讲大病初愈，更愿意多看些书刊，而《文史知识》杂志讲求知识准确，文字生动活泼，深入浅出，许多又出自专家手笔，他很喜欢看。他建议能否创造条件，将来办《文史知识》的农村版，因为广大农民同样需要提高文史修养。李准同志一生写了许多反映农村生活的优秀作品，关注农民文化生活、文化修养，是他想得最多的问题。他的一番话，对我触动很大。办农村版的问题，我们也考虑过，尤其是1989年下半年后，在《文史知识》大学中订户急剧减少的情况下，向农村发展不失为一个好设想，可惜由于各方面的因素，这个想法一直未能付诸实施。

其实，我们刊物自创办始，就有一批忠实的农村读者。我曾经接到几位农村读者的信，他们从《文史知识》创刊号起，便一期不漏地订阅。偶尔哪一期丢失了，便马上会来信、来电补购。我记得有一位家住无锡华庄镇崔巷的陆正明同志，曾多次给李侃和我来信求购刊物或图书。1996年，他订阅的第6期被邮局遗失，在9月份寄信李侃先生，并寄了4元钱要求补购；后来又给周振甫先生写信，请求帮助查询。周先生写信给我，解决了这个问题。还有一位农村的老先生，在《文史知识》创刊十周年之际，特地用毛笔写了诗歌寄来表示祝贺。杂志办"我与《文史知识》"的征文比赛，许多农村的中小学教师热情参与，有的还获了奖。这些，都给我留下了深刻的印象。

一些旅居海外的华人也是《文史知识》的忠实读者和作者。1989年3月初，李侃主编交给我一篇文章，是住在加拿大的一位老先生的投稿，由大百科全书出版社的梅益先生（1913—2003）转来，让我答复梅益先生。我于3月11日给梅先生写了信，20日即收到梅益先生的回信。全信如下：

柴剑虹先生：

　　昨收到十一日来函，承蒙关怀，十分感谢。

　　戴先生现住在加拿大，文章是他从加拿大寄给他住在新嘉坡的友人的。他的友人是我中学同学，文章是我同学寄给我的。自从李侃同志函告戴先生文章将在《文史知识》发表后，我曾将这一消息告诉我的同学，可是至今迄未收到他的回音，不晓得是他留的地址有误或是其他原因。我正在向我一些同学打听中。贵社寄给戴先生的刊物等可先寄给我，由我转送。麻烦您了，再次感谢。

梅益　十九日

梅益先生是我国新闻战线的老前辈，时任大百科全书出版社的总编辑。从他的来信中不难看出他和一些海外老人对《文史知识》的重视。

从1996年第1期起，我们杂志开设了"中国传统文化在日本"专栏。促成此事的正是当时在日本京都地区主编中国留学生联谊会刊物《岚山》的蔡毅先生。他不仅自己带头撰写稿件，而且成功地向日本一些著名的中国学家

（如清水茂、竺沙雅章、中岛隆藏等）组稿。该系列文章一直刊登到1998年11月，不但拓展了学界的视野，也壮大了我们的海外作者和读者队伍。

《文史知识》的作者和读者还有许多丰富、生动的事迹可写，限于篇幅和记忆，前面所写实不及万一。往昔为刊物撰写"治学之道"文章的老一辈学者，许多已驾鹤西行，却通过我们的刊物给后人留下了一笔最宝贵的文化财富；当年辛勤耕耘"青年园地"的众多年轻作者，如今不乏学术精品佳作问世，成为国内外知名的文史研究领军人物和教学领域的杰出代表。一些和我们编辑部合办各种专号的机构、学者以及普普通通的工作人员，许许多多常年捧读《文史知识》的各个年龄段的读者，都会把他们对这份刊物的情缘，珍藏在自己的记忆中。

1993年5月，我和书局邓经元总经理及许宏同志应邀访问巴黎时，在法兰西学院图书馆陈列的为数不多的中国期刊架上，中华书局的《文史》与《文史知识》都赫然在目，不禁欣然。2000年及以后几次再访法兰西学院时，《文史知识》已不见踪影，又不免怅然若失。

我又想起了启功先生在《文史知识》出刊百期时的题诗：

> 民族凝聚力，首在知文史。理工还要办，自亦识厥始。
> 百册今初盈，千里此一跬。题辞祝宏猷，不自愧其悝。

我相信，经历三十载风雨的《文史知识》这棵大树，在书局领导及编辑部同仁和广大作者、读者的精心培育、呵护下，一定能够常新长青，更加硕果累累，繁荣昌盛！

（2011年初春）

*本文收入《〈文史知识〉三十年》一书，中华书局2012年出版。

# 以变应变 ·

## ——臆想纸质图书如何"应变"

近些年来，随着网络浏览、下载与电子出版物的迅捷发展，纸质图书市场受到冲击与挤压已是不争事实和明显趋势。如何应对这种变化呢？我认为除了在战略上遵循中国传统文化中的"以不变应万变"的思维模式外，是否也应该拓展思路，在战术上采用"以变应变"的方式方法，来继续发展和繁荣我们的纸质图书出版。

"以不变应万变"，即是坚持社会效益和经济效益的统一，坚持普及与提高并举，坚持质量第一。这些虽属老生常谈，却应是不容忽视与背离的原则。

"以变应变"，需要群策群力、见仁见智，而且是因地制宜，因出版社而异。我这里只是根据自己的感受，提出一些想法，因为并未付诸实践，或可称为"臆想"，切望识者指正。

第一，改变近些年来因扩求码洋指标而不断扩展品种规模的做法，因为这不仅很容易违背我们的"精品战略"目标，而且也会脱离广大读者的实际需求。事实上，这些年来图书品种扩大了若干倍，而总印数几乎没有增长，单品种印数是在不断下降之中的，动辄数十万、几百万册畅销书已是寥若晨星。平庸书、垃圾书充塞市场，刚出版的"新书"被回收纸厂已屡见不鲜，造成大量的人力与物质资源的浪费与环境污染。我们的读者到底希望在他们的学习、工作和休息时间看什么样的书？应该做认真的调查与分析。例如对近些年来又热闹起来的"国学""养生""收藏"等类图书，应该做科学评判与正确引导，滥竽充数乃至胡说八道只能对中国优秀传统文化的传承与发展造成危害。相对于良莠不齐的收藏类图书，倒是可以策划一些权威的、高质量的文物、书画鉴赏类图书，为继承和发扬传统文化起到指导作用。尤其应该挖掘和推荐一些早有定评的好书予以重版再印，既充分利用原有资源，又能起到引导阅读的作用。

第二，改变追求出版厚、大、全，高码洋图书的做法，因为这不仅脱离广大读者的需求与消费水平，也会在某种程度上助长假、大、空，占用大量国家项目资金，造成浪费。图书规模，本应服从内容质量与总体结构。然而，这些年来，许多高校与科研单位为了应付上级评审，满足设点、升职、评奖等需要，热衷申报国家项目资金的资助，争相立项、立大项，乃至没有条件也捏合、编造条件上，甚至承包、转包撰稿人；而出版社因为有专项资金保证，也难免降低质量要求，匆忙出版。近些年来，有些已经出版的套书、丛书、大书，已被证明在质量上是伤痕累累，是不可能传之久远、留存后世的。此外，动辄定价数千上万、几十万元的图书，且不说增加了读者和图书馆的负担，而且往往成为助长贪腐风气的"礼品书"。请问那些收到或索要此类图书的官员，有几人曾好好地翻过、读过几页？还不都束之高阁装点门面或堆积墙角了！想当年胡耀邦等国家领导人，要中华书局等出版社的图书，不仅都主动及时付款，而且有的书（如周振甫先生的《诗词例话》）都是放在床头，常常翻阅的。更重要的，且不说我们的广大读者对高定价读物会望而却步，也没有时间、没有必要去研读此类图书，一些高码洋的纸质图书（如《四库全书》），相对于相同内容的电子书，在"性价比"上也是完全处于劣势的。对于急需普遍提高文化修养的国民来说，我们还是要提倡读简明、准确、定价低廉的经典读物。这方面的需求不可轻视。

第三，纸质图书在形式上攀比开本求大、用纸精良、装帧豪华的风气也应该遏止与改变，相反应在设计的返璞归真、图版的高清晰度、文字的便于阅读上多下功夫。许多过去最常见普遍的小 32 开、32 开本的图书越来越少见，即便过去是 32 开本图书的重印，也为了赶时髦，为了增加印张、定价，而变成了上下左右都大留空白的 16 开。至于一些图录书，不管是否内容需要，多数采用 8 开、4 开印本，而且都是铜版纸或纯质纸彩印。即便是一些普及读物，也每每采用精装，加制腰封，不仅浪费，也为读者阅读带来障碍。其实，随着高清数字化技术的应用，现在倒是有条件在图版的高清晰度上有所改进。越是小开本的图籍，配合文字的图版可以印得愈加清晰。我国的不少印制公司（如雅昌），现在已经在印刷技术上超越了欧美、日本（如二玄社），应该努力将这种技术普及到更多工厂，以提高我国印刷行业的整体水平，提高所有出版物的印制质量。在装帧设计上，我们过去有很好的传统：简洁、朴素、典雅，并非繁富杂陈、眼花缭乱所能比拟。即便是一本几十页几万字的小册子，看起来也是赏心悦目。另外，针对日益庞大的老年读者群体，一些经典、普及读物，应该考虑推出成规模、有影响的大字本。中华书局所出的"干部经典读本"《月读》，在 2012 年改刊之前用的是小 32 开本，正文排小 4 号字，以适应干部阅读需要；但改刊为 32 开本后，字号反而缩小了，恐怕老年读者就不很适应了。可以说，如果我们的纸质出版物能做到雅俗共赏、价廉物美，和必须借助阅读器及一定程序的电子书相比，是具备相当优势的，更不用说相对于人数众多的少儿与老年读者，在用眼卫生与阅读习惯上也是优点明显的。

以上三方面的"应变"措施，只是我作为一个老编辑的不成熟的考虑。是否能够有效地应对图书市场的变化，还需要付诸实践，接受时间的考验。

（2014 年 2 月初）

*中华书局为了给渴望阅读优秀传统经典的老年读者提供适合阅读的文本，精心策划了"中华大字经典"系列丛书。率先推出的是四大名著：《红楼梦》《水浒传》《三国演义》《西游记》，好评如潮，之后接连推出第二辑《论

语大学中庸》《孟子》《老子孙子兵法》《庄子》《金刚经心经坛经》《三字经百家姓千字文弟子规》六种，第三辑《周易》《诗经》《墨子》《礼记·孝经》《黄帝内经》《左传》《史记》《唐诗三百首》《宋词三百首》《元曲三百首》《千家诗》《古文观止》。书的正文部分采用了大字（四号字）排列，疏朗有致，减少了老年读者的视觉障碍。此外，还对大部头图书采取了分册处理，避免图书过重给老年读者带来不便。迄今已累计出版 22 种，涵盖经史子集四大类，总印数已超过 30 万册。全部品种首印 8000 册，全都重印了，有十多种已经第三印，其中《三百千弟》《金心坛》《论语大学中庸》更多次重印。

　　** 中华书局编印的《启功给你讲书法》小册子，定价 16 元，已重印 20 多次，加上其典藏版，印数近 30 万册。

# 答《日记杂志》主编古农问卷 ·

　　《日记杂志》主编古农君就日记出版事宜发来问卷，兹将我的答卷简要梳理成文，答卷发出后，尚有少许内容补充其中。

　　我并无不间断写日记的习惯。也许开始写日记是因为上中学时语文老师布置的作业。后来自己想写的也有。当然不是每日必记，而是偶尔记之，想起来可以记点什么就写上几句。目前保存下来最早的日记是 1957 年的几则和1958 年的若干则。60 年代初在北师大中文系学习及参加农村"四清"运动时记得较多，之后零零散散的也有一些，恐怕大多散失了。基本内容是每天做了点什么的流水账，也包括一些当时的感受、感想。开始应该是老师的要求与启发，之后是想到有可记之事或可谈之事，而又有空闲时便记之。

　　我认为，严格地讲，"日记"是一类纪实文体，却并非是一种独立的"文学形式"，因为有许多日记并无文学性可言；当然一些名人（尤其是文人）文学性强的日记也不少，有的是很精炼的杂记、散说、感言，有的还录入了作者的诗词作品。总之，要给日记下一个确切的定义（概念）是很难的，各人有各人的习惯、写法，无法规定"应该怎样写"。

　　日记能否发表当然应遵从作者本人的意愿。我之所以强调"本人"，是因为有些作者不在世了，他的亲友也不宜随便发表他的日记，其中原因颇多。每人写日记的"动因"与"态度"并不相同，有些人本来就是为了要公开发表而写的，而我相信大多数人都不是为发表而写。记得当年季羡林先生委托我们编辑出版《季羡林全集》时，就明确告诉我："全集可以收录《清华园日记》，但不要收《北大日记》。"据说他去世后，这部《北大日记》也不知去向了。

我自己写日记很少，其中 2004 年 9 月 26 日—2005 年 1 月 9 日，我应聘在台北的中国文化大学做了一学期的专任教授，住在阳明山上的学校宿舍里，每晚临睡前或第二天清晨在电脑上记一日之事，后来以《台湾讲学日记摘抄》为题作为"附录"编入了我的一个自选集《敦煌学人和书丛谈》中（上海古籍出版社，2013 年 9 月出版）。（补叙：2019 年初，青岛出版社印行了我的《剑虹日记》，主要是上世纪 80 年代后所记的一些内容）现在翻阅我几十年前的一些日记，却可以引起不少亲情、友情、同学之情的温馨回忆。幼稚、可自我检讨的内容，不愉快的东西，当然也都会有，但我始终牢记启功先生常说的一句话："不温习烦恼"。

他人公开出版的日记作品我读得很少。记得前些年三联书店要出版《吴宓日记》前，一位编辑曾让我看其中部分校样，我草草读后一个直觉便是有些日记内容实在不宜公开刊布，尤其是涉及个人隐私的。季老的《清华园日记》里有些内容其实也不该发表，好像不久前就有人拿他日记里骂当时教授的话来责难他，也有年轻人则要以此为"效仿"。记得在上世纪 60 年代我读过"内部发行"的《侍卫官杂记》（又名《侍卫官日记》），那是一本"纪实小说"，主要是揭露蒋家王朝之内幕，当时甚为风靡。现在，藏在美国的《蒋介石日记》出现了，大概对研究那一段的历史也会产生很大的影响。至于这些日记对我个人的影响，实在微乎其微。几年前我协助整理出版了我的老师启功先生的部分日记（《启功日记》，中华书局 2012 年），很受教益。书中附录了我写的《读启功先生"文革"日记的感言》，《文汇读书周报》全文转载了。

日记的价值不能一概而论。不管是名人还是平民百姓，秉笔直书的日记，除了其可靠的史料价值外，会有多方面的社会启示、借鉴意义，或可称之为

"正面效应"；而有的弄虚作假、故作姿态、欲盖弥彰的日记，恐怕就会有种种副作用了，或可称之为"负面效应"。

（初稿拟于 2014 年 3 月）

# 中华书局与法国汉学

（柴剑虹 、孙文颖合写）

　　上一个中国农历的马年（2002）岁尾，作为由法国文化通讯部组织的读书节的活动内容之一，中华书局在北京著名的琉璃厂文化街成功举办了主题为"中华书局与法国汉学"的书展与讲座，引起各界不小的反响。当时的法国驻华大使及使馆文化处专员都亲临现场，致辞祝贺；为此，我们印行了《中华书局与法国汉学》的小册子，著名语言学家、东方学大师季羡林教授（1911—2009）亲笔题写书名，尊敬的张广达教授、许明龙研究员特撰专文评介。岁星一周，今岁又逢马年，正值法兰西学院创设汉学讲座二百周年，法兰西学院与北京外国语大学联合举办纪念性质的学术研讨会，使我们有机会和汉学家们在巴黎一起切磋研讨，也遵魏丕信教授（Prof. Pierre-Etienne Will）之嘱，谈谈我们对此论题的粗浅认识与感想，倍感荣幸！

　　众所周知，中华书局创建于1912年元旦，是中国民主革命推翻封建帝制后成立的第一家具有划时代意义的现代出版机构。中华书局的早期出版物，内容涵盖中国传统文化经典与普及读本、国内现实的经济、政治、文学艺术的基础读物以及外国的政治、经济、军事、科技知识及文学艺术创作与学术研究著作。尤其值得称道的是，由于书局特别注重联系当时国内具有民主革命思想和开放意识的进步知识分子（包括许多留学海外的学人，一个典型的例子就是：书局资助了担任编辑工作的张闻天（1900—1976）先生到日本、美国学习，他后来成为中国共产党早期的著名领导人），使得一些推介国外先进社科人文思想意识和自然科学技术的著作能比较迅速地在书局出版，惠及了广大的国内读者。此外，国外学者对中国传统学术、文化的研究，也引起了一些有远见卓识的中国学人的关注，开始翻译、介绍这方面的著述。其中，曾在法国巴黎大学留学的北京大学教授李璜（1895—1991）[1] 对法国汉学家葛兰言（Marcel Granet，1884—1940）[2] 的新著《古中国的跳舞与神秘故事》（Danses et Légendes de la Chine ancienne）的译述于1933年在中华书局出版发行。因为书后还附录了对法国汉学大家沙畹（Edouard Chavannes，1865—1918）所撰《法国汉学小史》（La Sinologie）的译介，以及《法国汉学重要书目》（著录40余种）。鉴于译者不是直译原书，而是采用了经过内容提炼并融入译者理解分析与评价的"译述"方法，论题明确，重点突出，语言流畅，更适合中国人的阅读习惯，所以该书成为中国学术界与出版界从微观到宏观全面介绍自法兰西学院设立汉学讲席（"中国和满洲鞑靼语文讲座"）以来一百余年间法国汉学状况的第一书。此外，著者还在书序中特别强调说明了为什么Sinologie称"汉学"而不称作"中国学"或"支那学"的原因，也开创了"汉学"这一至今为学术界公认的通行译称。故本书重要的历史意义自不待言。

一

我们一向认为，中华书局与法国汉学的"结缘"绝非偶然。如果要剖析

---

[1] 李璜，字幼椿，号学纯，曾化名伯谦。四川成都人。学者，政治活动家。中国青年党创始人之一。早年就读于成都洋务局英法文官学堂。1913年进入上海震旦学院学习。1918年参加李大钊等发起筹备的少年中国学会。1919年3月赴法国巴黎大学留学，获文科硕士学位。曾编译《法国文学史》《法兰西学术史略》等收入"少年中国学会丛书"在中华书局出版。1923年12月与曾琦等发起组织"中国国家主义青年团"。1924年回国，与张梦九等创办《醒狮》周报。后历任武昌大学、北京大学、成都大学历史系教授及香港中文大学教授。

[2] 葛兰言，该书中译作马尔赛尔格拉勒，简称格拉勒。

二者之间"因缘"的话，大致可以归结为三点：一，法国汉学家对于中国传统文化的"认同"与"识异"；二，中国一些著名学者专家和中华书局对法国汉学家研究成果的高度重视；三，在新的历史时期中法政府、学术研究机构、出版机构对推进文化学术交流意义的正确认识。二者结缘的经历，大致可以划分为三个阶段，即：① 20 世纪 20—40 年代；② 20 世纪 50—80 年代；③ 20 世纪 90 年代至今。下面试作具体介绍与论述。

诚如张广达教授曾指出的，中国学者大量翻译法国汉学论著，实始自上世纪二三十年代，其成就最显著的代表人物就是著名的翻译家、学术宗师冯承钧先生（1885—1946）。冯先生早年留学巴黎，1911 年获巴黎大学法学学士学位，后进入法兰西学院师从著名汉学家伯希和（Paul Pelliot，1878—1945），期间与沙畹等人交流甚多。故自 20 年代起即以极大的热情和毅力陆续翻译一批法国汉学名家多方面的著述。因为他与商务印书馆、中华书局的密切关系，所以后来这些译著最早都由这两家出版机构出版。我们从这些译著中不难看出，当时法国汉学家最关注也用力最勤的乃是对中国西部、北部及南海地区文化遗存及相关的中外文化交流的研究，如谢阁兰（Victor Segalen，1878—1919）的《中国西部考古记》，沙畹的《西突厥史料》及其补编，伯希和的《吐火罗语考》《蒙古与教廷》《元代白话碑》《交广印度两道考》，列维（Sylvain Lévi，1863—1935）等人的《西洋汉学家佛学论集》，马伯乐（Henri Maspero，1882—1945）的《汉明帝感梦遣使求经事考证》等等。这正充分说明了这些汉学家对中国传统文化的明确"认同"与睿智"识异"。所谓"认同"，即不仅认识到中国传统文化是以儒家文化为主干的多民族文化的共同体，也认识到中国传统文化在世界文明史上的重要地位；所谓"识异"，即对于处于古代陆地与海上两条丝绸之路在中外文化交融和文明发展中的特殊意义有敏感而清醒的认识，因而当中国绝大多数学者和文化人还局束于"国学"的旧框架之中，对西域、南海在文明交汇中的重要性仅有懵懂意识之时，这些汉学家已经以他们丰富的考古学、人类学、社会学、语言学、民族学知识为中国传统文化学术的现代科学研究开拓了一片广阔而奇异的"荒地"。必须指出的是,"识异"是建立在"认同"基础之上的,二者是相辅相成的辩证关系。法国这一时期的汉学家不仅大多熟悉中国的古典经籍史书,而且有较好的汉文化修养,有的还亲自译介过若干中国古籍(如沙畹评译了司马迁《史记》、儒连(Stanislas Julien,1797—1873)译介了《大唐西域记》、毕欧(Edouard Biot,1803—1850)翻译了《周礼》、葛兰言翻译了《佛国记》等)①;又诚如张广达教授曾精辟地指出的:沙畹和他的弟子们"无一不既具通识,又具问题意识"②。因此,才有登高望远、拓展视野的扎实基础。同样,中国以冯承钧先生为代表的老一辈汉学著作翻译家、学者,不仅有深厚的国学功底,而且往往通晓多种外语及民族语言,又有开阔的文化视野与创新的学术追求,才能积极、认真地将国外汉学家的著述及时和准确地译成中文。而中华书局、商务印书馆等中国现代出版的主要阵地正起到了展现中外学者成果的窗口和平台的作用。上世纪初叶,中华书局的创始人陆费逵与商务印书馆的创始人张元济,这两位勇于引进、接受新思想的浙江人,均将兴办新学、革新教科书、翻译出版欧美学术名著、培养新人作为出版社的重要任务之一③。可以说,正是汉学家、翻译家、出版家三家之间的惺惺相惜、灵犀相通,为20世纪上半叶法国汉学著作在中国的翻译出版创造了适宜的条件。


二


20世纪50年代,由于中国出版界专业分工的原因,中华书局被确定为以出版中国古籍整理图书与学术著作为主的出版社,商务印书馆原先出版的

---

① 在18、19世纪中,《四书》、五经等中国儒家经典几乎都已有了不止一种的法文或拉丁文译本。
② 请参见《中华书局与法国汉学》中张广达同题文章,中华书局印行,2002年。
③ 张元济曾在戊戌变法中进言光绪皇帝兴办新式学堂、培养各种人才、注重翻译。陆费逵创办中华书局前曾任商务印书馆《教育杂志》主编,他在创办中华书局时发表的《中华书局宣言书》上即倡言"立国根本在乎教育,教育根本实在教科书",而且将"融和国粹欧化"作为出版社的四大宗旨之一。

冯承钧先生的法国汉学译著纸型基本上都先后转给中华书局再版，形成一个小高潮。众所周知，二战期间，欧洲汉学遭到重创，法国一些著名的汉学家相继辞世，因而新版或重印老一辈汉学家的译著，对于促进新一代法国汉学及中国翻译人才的培育，都具有承前启后的积极意义。

1954年《马可波罗行纪》再版（商务印书馆1936年初版），拉开了"冯译法国汉学名著"在中华书局出版的序幕。此书是全面研究元代中国社会生活的重要资料，译注本有几十种之多。冯承钧先生选定法国沙海昂（A. J. H. Charigon, 1872—1930）注本为原本进行翻译，由于他的学养和翻译水平，该书遂成为中国流行最广的译本。之后，中华书局1955年—1958年间再版或新版的法国汉学译著有：

色伽兰（今译作谢阁兰）著《中国西部考古记》（商务印书馆1930年初版）费琅著《苏门答剌古国考》（商务印书馆1931年初版）

伯希和著《交广印度两道考》（商务印书馆1933年初版）

伯希和著《郑和下西洋考》（商务印书馆1933年初版）

闵宣化（Jos Mullie，旧译牟里）著《东蒙古辽代旧城探考记（附乘轺录笺证）》（商务印书馆1930年初版）

马司帛洛（今译作马伯乐）著《占婆史（附鄂卢梭占城史料补遗）》（商务印书馆1933年初版）

费琅著《昆仑及南海古代航行考》（商务印书馆1930年初版）

伯希和、列维著《吐火罗语考》、郭鲁柏著《西域考古记举要（附中亚佛教艺术）》（中华书局1957年初版）

沙畹著《西突厥史料》（商务印书馆1932年初版）

这些译著内容主要集中于南洋古代地理交通、元史及西北史地等方面，为中国历史的研究，特别是为西域南海诸国古代史地的考辨，提供了大量资料和重要的观点，也开拓了研究者的学术视野。

除以上专书外，《西域南海史地考证译丛》是冯承钧先生翻译的学术论文集。冯先生生前共汇辑了四编，在商务印书馆出版。后来其版权继承人陆峻岭研究员将冯译的一些遗稿和出版过的专书，以及散在旧杂志上的短篇论文，汇辑一起，又继续编了五编，即 1956—1958 年间由中华书局连续出版的《西域南海史地考证译丛》第五至九编。九编译文集共计收入法国学者论文 79 篇，原著大都发表在《通报》( T'oung Pao )、《亚洲学报》( Journal Asiatique ) 及《河内法国远东学院院刊》( Bulletin de l'Ecole francaise d'Extrême-Orient ) 上，所涉范围包括民族、语言、历史、地理、宗教、艺术各方面，集中体现了法国汉学家的学术视野、研究方法和成果。

冯承钧先生的史地译作，引进了法国汉学的成果和科学的治学方法，对民国时期以至后来的中外交通史、蒙古史的研究，都具有重大的推进作用。他无愧为"近四十年最大的史地译家"（顾颉刚《当代中国史学》，南京胜利出版公司，1947 年版）。"冯译法国汉学名著"至今仍为研究中外关系史、中亚史、蒙古史、南洋史的必备参考书，这些译著的集中出版，也为日后中华书局编辑出版中外文化关系史、西方汉学史类图书奠定了坚实的基础。

经过 60、70 年代的停顿之后，80 年代中期中华书局古代史编辑室主要由谢方编审策划并担任责任编辑，开始编译出版"中外关系史名著译丛"，其中法语著作占有最大的比重，如费琅辑《阿拉伯波斯突厥人东方文献辑注》（全二册，耿昇、穆根来译，1989 年初版）、伯希和著《蒙古与教廷》（冯承钧译，1994 年初版）、费赖之著《在华耶稣会士列传及书目》（全二册，冯承钧译，1995 年初版），荣振华著《在华耶稣会士列传及书目补编》（全二册，耿昇译，1995 年初版）等，都引起中、法两国文化学术界的广泛关注。这其中的一个重要原因，即是中、法两国正式建立外交关系为学界对中外关系的研究创造了良好的氛围和条件，而新一辈的法国汉学家已经成为欧洲汉学的中坚。另一方面，中华书局倡导做"学者型的编辑"，也为出版中外"学术前沿"论著创造了必要条件。具体到法国汉学著作的新译本而言，责编与译者有着良好、充分的互动互信，特别是作为中华书局资深编辑的谢方编审的认真负责与精益求精，耿昇等译者的勤奋和知难而上，使译文质量的不断提高有了很好的保障。

三

上世纪 90 年代，中华书局和法国汉学界的合作，在法兰西学院、法国远东学院和众多法国汉学家及法国驻华使馆、中国翻译家、中华书局编辑部的共同努力下，推进到了一个崭新的发展阶段。

1991 年，作为敦煌学研究者的中华书局《文史知识》杂志副主编柴剑虹，与中国社会科学院历史所副译审耿昇筹划翻译出版一套法国汉学家关于西域与敦煌学的著作。为此，时任法国驻华使馆文化参赞的郁白先生（M. Nicolas Chapuis）表示大力支持，并于 1992 年 1 月 15 日专门到书局与谢方、柴剑虹、耿昇等进行商讨，顺利达成共识，拟订了由法国外交部资助出版这套书的合同，使翻译出版"法国西域敦煌学名著译丛"的工作很快步入正轨。从 1993 年开始，玛扎海里（Aly Mazaheli，1914—1991）的《丝绸之路——中国波斯文化交流史》、谢和耐（Jacques Gernet）等的《法国学者敦煌学论文选萃》、伯希和的《卡尔梅克史评注》、莫尼克·玛雅尔（Monique Maillard）的《古代高昌王国物质文明史》、路易·巴赞（Louis Bazin）的《突厥历法研究》等名著中译本相继出版，引起学术界和出版界的极大关注与肯定。1993 年，法兰西学院敦煌研究小组的负责人、著名汉学家苏远鸣教授（Michel Soymié，1924—2002）邀请中华书局总经理等三人（邓经元、柴剑虹、许宏）访问法国，与法兰西学院、法国国家图书馆等就进一步编译出版法国汉学著作及法藏敦煌资料等事宜进行交流、协商，取得了多方面的共识，书局编辑也由此结识了一批优秀的中青年汉学家，为日后开展更广泛深入的合作打下了良好的基础。

1997 年 5 月，法兰西学院汉学所所长魏丕信教授邀请中华书局柴剑虹编审访法，并与戴仁教授（Prof. Jean-Pierre Drège）共同主持了柴剑虹关于中国敦煌吐鲁番学研究状况的演讲。也正是在这次访问的过程中，法国汉学家的交流热情与学术成果促使柴剑虹开始酝酿扩展出版法国汉学著作选题的计划。童丕教授（Prof. Eric Trombert）的新著《敦煌的借贷：中国中古时代的物质生活与社会》（法兰西学院汉学所论丛之二十九），就是在此时决定由书局物色中国年轻学者翻译并列入"法国西域敦煌学名著译丛"的。

1997 年 11 月，中华书局决定成立汉学编辑室——这也是当时中国大陆近六百家出版社中唯一以"汉学"冠名的编辑部门，得到了国内外学术界的关注与支持。为了开拓选题，1998 年 2 月 19 日，以柴剑虹为主任的编辑室首次邀请冯其庸、李学勤、严绍璗、阎纯德等 17 位专家学者来书局座谈，征求翻译出版汉学著作的意见和建议。最初要落实的与法国汉学有关的出版计划，就是一书（《东方的文明》）、一刊（《法国汉学》）。

《东方的文明》是曾经长期担任吉美博物馆馆长的雷奈·格鲁塞（René Grousset，1885—1952）的东方学名著，原著为四卷本，之前只分别出版过由著名学者常任侠、袁音（学礼）合译的前三卷（近东与中东、印度、中国文明）单卷本，图版上也有若干欠缺，第四卷（日本文明）译出初稿后一直未能完稿出版。鉴于原译者已经去世，汉学编辑室在获得译者家属授权与支持的基础上，在一些专家学者的大力帮助下，补译与校定书稿，统一译名并编制对照表，重新选取图版，克服了许多困难，终于在 1999 年 10 月出版了此书的四卷合集本。此书完帙出版，得到了著名东方学大师季羡林教授在图片资料等多方面的帮助，著名文史研究大家冯其庸教授专门为之撰写序言并在《光明日报》上发表书评，因此引起学界瞩目。之后，中华书局汉学编辑室开始规划出版"世界汉学论丛"，翻译出版了索安（Anna K. Seidel，1938—1991）的《西方道教研究编年史：1950—1990》等一系列汉学论著，冯承钧先生早年所译闵宣化（牟里）的《东蒙古辽代旧城探考记》、郭鲁柏（Victor Goloubew，1878—1945）的《西域考古记举要》和耿世民教授（1929—

2012）所译伯希和的《高地亚洲》等多种法国汉学著作亦列入这套论丛推出了新版本。

《法国汉学》原先是法国远东学院北京中心与中国学者合力编辑出版的学术辑刊，前三辑由清华大学出版社出版。鉴于编辑力量等方面的原因，李学勤、葛兆光教授希望该刊转移到中华书局编辑出版。1999 年 12 月，该刊第四辑正式在中华书局出版。该辑刊登录了多位当代著名汉学家的精彩论文，其中，桀溺教授（Jean-Pierre Diény, 1927—2014）①的论文《驳郭茂倩——论若干汉诗和魏诗的两种文本》引起中国古典文学研究界很大关注。该辑还在书前的"致读者"里首次发布了法国远东学院北京中心与中国多所大学及研究机构联合主办"中法系列讲座——考古、历史与社会"的消息。该讲座至今已举办了 140 多讲，产生了很大影响。之后，为了更好配合这些学术讲座内容和满足学界读者的不同需求，编委会决定从第五辑开始每辑有一个中心论题。至 2013 年，《法国汉学》已出版的第 6—15 辑中的敦煌学、科技史、宗教史、粟特、考古等专号都得到了学术界的热烈欢迎，有的应读者需求，正准备重印；第 16 辑是关于中国与欧洲司法研究对话的专辑，也已经编辑完成，可望在年内出版。法国、中国和其他国家作者的队伍也不断壮大，联系更加广泛与紧密，也开辟了其他项目合作的新途径。法国远东学院北京中心的历任负责人、研究人员和《法国汉学》的编委们，如杜德兰院士（Alain Thote）和蓝克利教授（Prof. Christian Lamouroux）、吕敏教授（Prof. Marianne Bujard）、华澜教授（Alain Arrault）、陆康研究员（Luca Gabbiani）等都为辑刊的编辑出版与学术讲座的举办付出了卓有成效的辛勤劳动。同时，北京语言大学阎纯德教授将他主编的《汉学研究》也从第四集开始移交中华书局出版，更拓宽了中国读者对汉学的认识。例如在第四集中，刊登了著名汉学研究家许光华教授的《二战后的法国汉学》一文，简洁而全面地介绍了 20 世纪下半叶以来法国汉学的代表人物、主要成果及发展趋势。

---

① 就在我们此文即将完稿时，获悉桀溺教授逝世的消息，谨表示我们深挚的哀悼与缅怀之情。

此文也成为作者日后撰著《法国汉学史》的先声。

中华书局与法国汉学家日益紧密的联系、合作，还可以再举几个比较典型的例子：

《戴名世年谱》。这是法国学者戴廷杰研究员（Pierre-Henri Durand）耗费十余年心力用中文撰写的学术年谱。1994年，作者结识书局汉学室柴剑虹编审，提及编著此年谱设想，得到赞同。十年间，作者为了搜集相关资料，几乎跑遍了中国北京、上海、南京和安徽省各大图书馆，得到了法兰西学院、法国国家科学院等学术机构和中国一些学者的鼓励与支持，也得到了法国驻华使馆文化专员戴鹤白先生（Roger Darrobers）的支持。作者在撰稿过程中一直与书局编审认真商讨，虚心听取意见与建议，不断修订，终于在2004年出版了这部煌煌九十万字的著作。全书不仅资料丰富，文字精练，考辨严谨；且体例多有创新，索引完备；更引人注目的是全书均用汉语文言文写成。所以此书一问世即引起了中国学术界的高度关注与充分肯定。中国著名文史研究大家、书法界泰斗启功教授（1912—2005）盛赞此书并专门为之题写书名。著名学者北京大学张芝联教授（1918—2008）、南开大学来新夏教授（1923—2014）等写信、撰写书评予以赞扬，北京大学袁行霈教授还在国家古籍整理出版项目的评审会上慨言："为什么我们中国学者未能用文言文写出这么好的书？"以此来激励中国的学者。可以说，此书的写作不仅是对法国作者本人的艰苦磨炼，也是对各国汉学家的巨大挑战。此书出版十年来，作者本着精益求精的态度，一直在做增补、修订的工作，有望不久后在中华书局推出新的版本。

《陕山地区水资源与民间社会调查资料集》。这是当代法国汉学家和中国研究者进行具体项目合作的成果，一共四册，由中华书局在2003年间陆续出版。诚如2004年在巴黎为此书举办的研讨会上该书责任编辑柴剑虹发表的感言所述："这套资料集的学术价值是多方面的，尤其是在中国人文社会科学界长期以来比较忽视的陕山地区的水利碑刻、簿册、民间传说与民风民俗、民间宗教信仰、村社管理制度的关系上，找到了一些既有亮点又有深度的突破口，将田野踏查与科学考察结合起来，将中国传统的碑铭、典籍、口头传说的收集整理归于比较研究的范畴之内，着力分析大的社会背景下具有典型意义的小环境，为深入研究中国民间社会特征的传承做出了积极贡献。"① 尤其值得提出的是先后任法国远东学院北京中心主任的蓝克利、吕敏二位教授，在组织与实施该中法学者交流合作项目中发挥了重要作用。魏丕信教授和蓝克利、吕敏直接参与了该书第一、二、四集的编著。法国汉学家不仅充分发挥了在社会学、田野调查、比较研究方面的特长与优势，而且在编辑、校对过程中坚持与书局编辑协商交流，使此书出版为中国学术界带来了一股清新之风。现在，由吕敏研究员发起与负责的另一个重大合作项目——对北京内城地区寺庙遗存的调查及其碑刻文字整理，也开始取得了积极的成果，《北京内城寺庙碑刻志》的前三卷已经由国家图书馆出版社正式出版。值得推崇的是，该项目的中方参加者以青年学人为主，他们在实际工作中，也得到了法国汉学家严谨学风与社会调查经验的感染与启发。中华书局编审对此项目也给予了全力的支持。

《法兰西学院汉学研究所藏汉籍善本书目提要》。此书是在魏丕信所长的指导下，由他负责监修，中国善本古籍著名鉴藏家田涛教授（1946—2013）主编，汉学所图书馆岑詠芳、王家茜二位工作人员助编的重要工具书②，2002 年初由中华书局出版。诚如魏丕信教授在为此书撰写的"序言"中所述，法兰西学院汉学所图书馆藏中文古籍类图籍，与伯希和、葛兰言、马伯乐、微席叶（Arnold Vissière，1858—1930）等人密切相关。这些汉学名家的深厚学养与访书慧眼，他们对中国图书市场的了解，为汉学所开设中国文化讲座对相关文献的热切需求，使得许多善本典籍得以入藏法兰西学院。但是，多年以来，不仅只有极少数的中国学者能够接触到这些图籍，即便是法国的汉学研究者，恐怕真正了解这些"珍藏秘籍"的也不多。在文化、学术

---

① 请参见柴剑虹：《品书录（增订本）》，甘肃教育出版社，2011 年，第 466—469 页。

② 为编撰此书提供意见与帮助的，还有戴廷杰研究员和时在汉学所图书馆工作的倪椿山、方玲、柯洁兰、马晟特几位女士。参见该书主编所撰"前言"。

大交流的新时代，为这批善本图籍编制书目提要并公诸于世，其意义自不待言。事实上，这本书目所著录的140余种善本书，仅占汉学所图书馆藏的汉文图籍的很小一部分；但一叶知秋，它们所反映出的以地理类方志和边疆、少数民族等内容为主的藏书特点，恰好印证了从19世纪晚期到20世纪前期法国汉学家对中国边疆社会历史地理的关注，这是法国汉学家的治学优势所在，也正是他们在西方汉学界处于领先地位的一个标志。可以毫不夸张地说，此书出版后，引发了中国学者对于欧洲各大学、研究机构图书馆所藏中国图籍的更多关注。由北京外国语大学张西平教授领衔的中国海外汉学研究中心，多年来将编制、翻译欧洲各国所藏汉文典籍目录作为一项重要工作。2005年8月12日，在中华书局汉学编辑室邀集专家举行的座谈会上，张西平教授还就此事提出了建议；之后，即就《梵蒂冈书目》与法国考狄（Henri Cordier，1849—1928）《西人论中国书目》等出版事项与中华书局进行了多年的合作。张西平教授还请德国汉学家、目录学家魏汉茂（Hartmut Walravens）为"考狄书目"编制了索引。去年4月，我们二人访法时，又就《法兰西学院汉学研究所藏汉籍善本书目提要》著录的二函三十三种《清代殿试策卷》，提出了与中华书局合作影印出版的建议，得到魏丕信教授和汉学所图书馆的认同。经过双方具体细致的协商与努力，该书的编撰工作进展顺利，可望在今年印行。

去年中华书局孙文颖副编审访法，得到法国远东学院和吕敏教授的大力帮助，推进了她担任责任编辑的《沙畹汉学论著选译》与《马伯乐汉学论著选译》这两本由北京大学孟华教授策划的重要译著的编辑进程。十二年前，张广达教授曾经提出这样的建议："中华书局在继续选译汉学著作之同时，不妨适当扩大题材。法国汉学是法国史学的一个组成部分，它既然与法国整个史学有着有机的联系，我们应该把翻译某些不限于汉学领域的重要史学著作也纳入我们的考虑。"他指出："江山代有才人出，今天，我们看到法国史学家仍然保持着这一传统，例如，专治中国近代史的巴斯蒂、专治清史的魏丕信、专治敦煌文书写本和中国出版史的戴仁、中国数学史家林力娜、道教史家劳格文、考古学家杜德兰等大批学者无不以通识与专长相结合见长，在诸多领域中推动着法国汉学的发展。"①虽然目前中华书局汉学编辑室已并入了历史编辑室，但出版汉学著作，尤其是法国当代汉学家的优秀论著，仍然是我们义不容辞的职责之一。多年来，法国汉学家和中华书局在共同培养出版社编辑队伍方面也做出了积极的贡献②。我们迫切希望，中华书局新一代编辑的成长，建立和法国汉学家更广泛、深入的联系与合作，尤其是共同承担一些具体的研究课题，将能更好地巩固与发展两者之间的历史文化因缘。为此，我们建议：双方在汉学著作和译著的出版信息交流上，能够建立起经常性或定期及时交换书目、书评等相关资料的机制，以便更快捷、全面地掌握动态；同时，我们也建议《国际汉学》《汉学研究》《法国汉学》三种辑刊的编委会能进一步加强对法国汉学著作（包括译著）的评介工作；建议中法学者联手编制比较完备的《法国汉学书目》（或《法国汉学论著目录》）《法国汉学家名录》《法国汉学手册》（或《法国汉学年鉴》）等工具书。

1911 年，中国的学术大师王国维（1877—1927）在《国学丛刊·序》里宣称"学无中西"，强调："世界学问，不出科学、史学、文学。"多元一体，学问相通，这正是交流与融合的基础。他在这篇序中断言："余谓中西二学，盛则俱盛，衰则俱衰，风气既开，互相推动。且居今日之世，讲今日之学，未有西学不兴，而中学能兴者；亦未有中学不兴，而西学能兴者。"③他的睿智卓识给我们留下了宝贵的思想财富。21 世纪是世界各种文化在保留各自特色与加强对话的基础上大交流、大融汇的时代，那种此消彼长、我强你弱的观点及企图一以统之的做法肯定是不正确的。例如，近三十年来，尤其是"敦煌学国际联络委员会"成立十一年来，中国的敦煌吐鲁番学研究取得了举世瞩目的成绩，也推动了包括法国汉学在内的世界汉学的发展，这与国际间

---

① 请参见《中华书局与法国汉学》中张广达同题文章，中华书局印行，2002 年。
② 如法国远东学院北京中心吕敏教授曾为中华书局汉学室编辑王楠学习法语提供重要帮助；该编辑后来在法国留学期间，又在戴仁教授指导下撰写论文，在复制吉美博物馆所藏伯希和中文档案时得到支持。
③ 参见《王国维全集》，浙江教育出版社、广东教育出版社，2010 年，第 14 卷第 129—133 页。

的交流、协调、合作是密不可分的。大家秉承"敦煌在中国，敦煌学在世界"的信念，交流互鉴，取长补短，共同推进学术发展。事实证明，国际汉学与中国传统国学研究是相辅相成、相得益彰的关系。今年3月27日，中国国家主席习近平在巴黎联合国教科文组织总部发表的演讲中指出："文明因交流而多彩，文明因互鉴而丰富。文明交流互鉴，是推动人类文明进步和世界和平发展的重要动力。"他还就文明的多彩、平等、包容做了精辟的论述[①]。二百年前，法兰西学院设立汉学讲席，开启了法国汉学和世界汉学的新时代，也开启了法国民众更好地认识中国优秀传统文化的一个重要窗口；近百年来，中华书局编译出版了一系列法国汉学家的论著，使中国学者和广大读者得以拓展文化学术视野，架设了中法文化学术界交流互鉴的一座通畅桥梁。风流俱往矣，遗泽万世长。对于中国的出版者来讲，只要我们更好地总结历史经验，与汉学家们共同不懈努力，就一定能继往开来，为促进学术的繁荣进步做出更大的贡献。

（2014年5月5日完稿）

---

① 见《人民日报（海外版）》，2014年3月28日第1版所刊新闻报道文章。

# ▪ 退休之后

　　时光如梭，我自2004年6月从中华书局按期退休至今，岁星一周，已经十二年多了。吾平生从事职业，实即教师、编辑两种，学术研究结合其中，成绩甚微。回顾这些年来，我所做的编辑、教学与研究工作，大致有如下这些：

　　师恩难忘，薪火传承至关紧要。我一直认为，自己所具有的一点知识、能力，做人做事的一些原则，都是前辈教师、学者传授给我们的。故而，为老一辈学者著作的编辑出版尽力是自己义不容辞之事，而在"出版产业化"的浪潮中，为老学者出书也常非易事。十余年来，我协助编辑出版了《启功给你讲书法》《启功讲唐代诗文》《启功给你讲红楼》《启功谈中国名画》《启功韵语精选（线装一函二册）》《启功三绝（宣纸影印）》《启功日记》《启功给你讲宋词》（以上均由中华书局出版）、《启功说唐诗》（人民文学出版社）；负责编辑出版了《启功谈艺录》、冯其庸《瓜饭集》（商务印书馆）、虞逸夫《万有楼诗文集》、冯其庸《瓜饭楼西域诗词》（中华书局）；作为《季羡林全集》（外语与教学研究社）编委会的负责人，我与赵伯陶、孙晓林二位编审及中华书局张进、张彩梅、孙文颖几位年轻编辑一道，圆满地完成了季老亲自交付的全书33卷的编辑任务；参与了《启功全集》（北京师范大学出版社）、冯其庸《瓜饭楼丛稿》（青岛出版社）、《来新夏全集》（广东人民出版社待出版）、《张宗祥全集》（浙江大学出版社待出版）的策划及编校工作。

父母养育之恩须牢记于心，师生、同窗友情要倍加珍惜。2013 年，我编印了纪念父亲的《柴焕锦百年诞辰纪念册》；2014 年，编印了庆贺岳父孟本善九十华诞的摄影集《我们一家人》；2015 年，编印了我曾执教的乌鲁木齐市第 19 中学 1974 届高中四班纪念册（1972—2015）；多年前受老前辈柴泽民大使嘱托及一些柴姓编委的委托，于 2015 年审校、编印了宗谱性质的《中华柴氏》。以上均是未公开出版的内部赠阅、参考资料。

书局返聘期间，我负责编辑出版了中华书局《学林漫录》（第 16 集）、《中华书局百年书目（1912—2012）》，协助审读了原汉学编辑室留存的"世界汉学论丛""吐鲁番研究丛书""华林博士文库"等系列的若干种书稿和张涌泉主编的《敦煌经部文献合集》。又参与主编了"走近敦煌"书系、"敦煌讲座书系"（甘肃教育出版社）和"浙江学者丝路敦煌学术书系"（浙江大学出版社）；继续担任"英藏敦煌社会历史文献释录"（科学出版社、社会科学文献出版社）编委；担任《法国汉学》（中华书局）、《敦煌吐鲁番研究》（上海古籍出版社）、《敦煌学辑刊》（兰州大学出版社）、《敦煌研究》（敦煌研究院）、《汉学研究》（学苑出版社）、《形象史学研究》（人民出版社）等学术集刊、期刊的编委或特邀编委。自 2008 年至 2015 年七八年间，受中央文史研究馆邀聘并经中华书局同意，担任《中国地域文化通览》（37 卷）审读小组成员，这项工作中参加审读会和出差调研、座谈、改稿频仍，耗费精力不小。

这一期间，我还协助推荐与审读了丁胜源、周汉芳两位老人花费半个世纪心血辑录的古籍整理项目《回文集》和法国汉学家吕敏等主编的《北京内城寺庙碑刻志》（已出 1—4 卷）（国家图书馆出版社），葛承雍《唐韵胡音与外来文明》、李重申等所著《丝绸之路体育文化论集》、赵丰等所著《敦煌丝绸与丝绸之路》、费泳《中国佛教艺术中的佛衣样式研究》、刘戈《回鹘文买卖文书译注》《昆山识玉：回鹘文契约断代研究》（均由中华书局出版），纪忠元、纪永元主编的《敦煌诗选》《敦煌文选》（作家出版社）、吕敏、陆康主编《香火新缘：明清至民国时期中国城市的寺庙与市民》（中信出版社），李重申教授等编著《丝绸之路体育文物图录》《中国马球史》（甘肃教育出版社）等书稿。协助并推荐了《法兰西学院汉学研究所藏清代殿试卷》《脩石斋藏汉画像砖石图册》以及杨敏如《唐宋词选读百首》、汤洪《屈辞域外地名与外来文化》（均由中华书局出版）、《舞论——王克芬古代乐舞论集》、黎烈南《物象、景象、意象——古典诗词丛谈》、孙其芳《唐宋词概说》、马克章《西域汉语通行史》（均由甘肃教育出版社出版）、郭磊《激励中国：新中国体育宣传画图典（1952—2012）》（当代中国出版社）、李爽《钱注杜诗研究》（上海古籍出版社）等书稿的出版。

退休伊始，2004 年 9 月至 2005 年 1 月，应台湾中国文化大学文学院之聘，担任该院专任教授，为两个本科班、一个硕、博士研究生班及两位文学博士生讲授敦煌学课程。中国文化大学曾是港台老一辈敦煌学家潘重规先生（1907—2003）举办敦煌学研究班的学府，也可以说是我国台湾地区敦煌学研究的摇篮和基地，但随着潘老退休、仙逝，文化大学的敦煌学教学与科研几乎停歇。因此，经陈文豪教授热心申请、安排，我赴台任课。敦煌学课程没有现成教材，必须根据学生的具体情况编讲，好在同学们学习兴致甚高，认真听讲、练习，取得良好效果。在台期间我还应邀到彰化师大、中正大学、成功大学等几所高校和中研院史语所、佛教文化研究所等研究机构演讲。一些具体情况见于拙著《敦煌学人和书丛谈》中所附录之《台湾讲学日记摘抄》（上海古籍出版社，2013 年）。

我自上世纪 80 年代末起，受季羡林先生等老一辈专家之托，也蒙广大敦煌吐鲁番学学者的信任，先后担任中国敦煌吐鲁番学会的副秘书长、秘书长兼副会长，也担任中国敦煌石窟保护研究基金会的副理事长，2003 年起担任敦煌学国际联络委员会干事。这都是需要无私奉献的为学者们服务的社会兼职，协调、联络性事务较多。因年龄的关系，在 2015 年中国敦煌吐鲁番学会的代表大会上，我已退出了学会理事会，基金会副理事长亦在 2016 年卸任。近些年，我也继续受邀参加了一些高校主要为敦煌吐鲁番学方面的硕博士学位论文与博士后出站报告的答辩工作，参加了一些出版项目的评审会、研讨会，深感学术传承责任重大，不敢掉以轻心。当然，我也从各种研讨会等学术活动中、从许多中青年学者身上学到了许多，获益匪浅。同时，为普及敦煌文化与敦煌学知识，我也陆续在国内二三十所高校和敦煌研究院、国家图书馆、首都图书馆、炎黄艺术馆、关山月美术馆和河南博物院、成都博物馆等机构做相关演讲，参加做电视台一些访谈节目和《大敦煌》《敦煌》《玄奘瓜州历险记》等电视片的录制工作。文化、学术的普及工作十分重要，我虽尽心力来做，但限于水平和一些难以掌控的因素，自觉还有很多欠缺。

作为中华书局的编辑，我一直勉励自己向许多老编辑学习，继承书局传统，经常参与学术研讨，做一个"学者型编辑"，在学术领域有一定的发言权；同时，也应该认真评介一些名家、好书，既为出版事业的繁荣做奉献，也为学术发展做贡献。因此，退休之后，我除了参加在国内的一些学术研讨会、论坛外，还出席了在法国、英国、俄罗斯、日本等国举办的国际学术会议，2013年9月则协助在斯里兰卡举行的第二届亚洲佛教文化节组织了"佛教石窟艺术论坛"。十二年来，我继续撰写了推介、评论书与人（学者）的一些文章，也勉力撰写了数十篇学术论文。蒙出版界的支持，这些年陆续编集出版了拙著《我的老师启功先生》（北京、香港两家商务印书馆，2006年）、《敦煌学与敦煌文化》（上海古籍出版社，2007年）、《品书录》（甘肃教育出版社，2009年；增订本，2011年）、《敦煌史话》（中英文对照本，与刘进宝合著，中国大百科出版社，2009年）、《高山仰止——论启功》（中华书局，2012年）、《敦煌学人和书丛谈》（上海古籍出版社，2013年）、《绿洲上的乐舞》（与王克芬合著，甘肃教育出版社，2015年）、《丝绸之路与敦煌学》（浙江大学出版社，2016年）。

吾生有涯而学无止境。从去年下半年始，我开始集中精力整理一些与学习、生活经历相关的资料，如部分日记、诗文习作、信札等。目前已整理出《剑虹韵语》和几种考察日记。自勉只要精力许可，仍然要继续为文化交流、学术传承做些力所能及的工作，以报答培养我的祖国、人民，报答多年来一直关怀和支持我的家人亲友和同仁们。

（2017 年 5 月于北京大兴寓所）

# ·《启功先生题签集》出版感言

为纪念启功先生一百零五周岁诞辰，丁酉岁初，编集启先生为中华书局所出图书题签的《启功先生题签集》工作启动，书局徐俊总经理嘱我协助，得以又一次温习先生那些蕴涵博大精深学养的墨宝，许多熟知的往事涌上心头。

为出版物题写书名，启功先生按本意写作"题籤"，所钤印文亦然，现简写为"题签"。启功先生为出版社图书题签，数量至钜，这同题写牌匾、机构名称等一样，是他书法艺术实践的重要内容之一。启功先生为中华书局图书题签，按出版时间算，最早始于上世纪 60 年代初，即"辛亥革命五十周年纪念论文集"一幅，该集 1962 年出版。70 年代初，他奉命从北京师范大学借调到书局参加"二十四史"与《清史稿》的校点工程。当时能暂离校园"文革"风暴，脱身于批斗"臭老九"漩涡的启功先生，在庆幸自己能比较安心地在书局这一方小天地里奉献学问之际，更把书局称为自己的"第二个家"，自然愿为"自家"多做些力所能及之事——可惜当时书局也并非世外桃源，在掌权发号施令的"造反派"眼里，这批有着"反动学术权威""摘帽右派"等等身份的人，是不准"乱说、乱动、乱写"的；尽管启功先生当时为书局一些员工书写过条幅（大多是毛主席诗词），而题签甚寥，1973、1974、1975 三年共 6 幅，且当时所出为数不多的图书中需学者题签者也不多。"文革"后，先生回师大继续任教，他在书法界的声名鹊起，随着书局出版的图书日益增加，无论是作者或编辑请启功先生题签的要求也持续不断。先生则一如既往地热诚允诺，及时书写，在 1977、1978 年所出图书中各有两幅，而改革开放伊始的 1979 年则有 12 幅，为书局的文史类出版物增添了光彩。

1978 年，作为"文革"后招收的第一届研究生，我从新疆考回母校北师大中文系师从启功、郭预衡、邓魁英、聂石樵、韩兆琦等教授研读中国古代文学。1980 年，作为撰写《岑参边塞诗研究》硕士论文的基础工作，我撰写了一些考辨西域地名的短文，呈给启功先生批阅。启先生看了以后，特意写信给书局傅璇琮先生，将其中的《"瀚海"辨》一文推荐给创刊不久的《学林漫录》，肯定我这篇文章有新意，适合在这个辑刊发表。1981 年初，拙文便刊登在《学林漫录》第二集中——而该集的书名即是启功先生所题。这一年，书局图书有启先生题签 14 幅，可谓数量空前。1981 年秋季我毕业分配时，启功先生又推荐我到书局进入文学编辑室工作。这个时期书局的文学编辑室，老中青三代编辑人才济济，出版古代文学典籍整理本与相关学术论著亦呈现一个小高潮，别的编辑室出版物也有较大增长，我因常回师大看望启功先生，即充当了频频请先生题签的"联络员"。据我统计，从 1982 年到 1987 年的六年中，启功先生为书局题签 70 幅，占这个题签集所收总计 175 幅的 40%，几乎每月一幅。自 1987 年夏秋之际我调到《文史知识》编辑部工作后，虽有时也依然会承担一些责编向启功先生求题书签的任务，但毕竟不像之前那么便捷了，加上其他原因，先生题签的数量也减少了许多。1988 至 1999 的十二年间，书局出版物中有先生题签的 47 幅，约平均每年 4 幅。2000 年至去世前一年的 2004 年，先生因身体原因，尤其是目疾严重，用毛笔书写已相当困难，但对书局的题签之请，则改用硬笔勉力而为，还书写了 8 幅。以上所述，只是题签数量上的统计，而启功先生的题签，还有更多感人的故事。对此，本集所附启先生的大弟子来新夏教授的《启功老师题书签》一文（原载《文汇读书周报》）中有生动的叙述。下面我再根据自己的切身感受做些补充。

与当下有些书家为图书题签开价取酬迥异，启功先生为书局题签始终不收分文。记得有一回书局领导想给启先生的题签开"润笔",让我了解别的出版社相关标准并征求先生意见。先生听我报告后,十分严肃地说:"书局是我第二个家,为自家干活天经地义,理所当然,岂可获取报酬啊?"启先生不仅对书局出版物题签"有求必应"(程毅中先生语),还常常主动为设计图书封面的美编着想,在题签前仔细询问书的开本大小、封面配图、繁体简体、竖排横排等情况,以便于安排字体的繁简、大小与位置。那时书局设计封面基本上靠美编自己绘图,而先生则对书局几位美编的一些专业特长也有所了解,有时题签还会尽量因人而异来书写。有一次,他觉得已印好的某本书封面还不尽如人意,不无遗憾地对我说:"某人画风细弱,这本书的封面要让我来设计就好啦!"常常有的作者或编辑没有讲明白求签书内容的繁简、版式,先生就会主动提出繁、简、竖、横各题一幅,以备选用;有时,同样的书名他题写几幅之后,会眯起眼睛细看,考问我:"哪条好些啊?"若他觉得还不太满意,就马上做圈补调整,甚至揉掉重写。我每次看先生题签,不仅仅是能够欣赏到他秀美、隽永的书法艺术风格,还能从他严肃认真、不厌其烦、精益求精的态度中获得教益。当然,启功先生不仅是对书局出版物书名的题写如此细心,对其他出版社的求签也同样如此,有时及时题、立等可取,有的约时待写也绝不拖延,外地的乃至自己费心封缄付邮。

我到书局文学编辑室担任的第一本古籍整理书是《罗隐集》。1982年,我还在对书稿进行编辑加工时,启先生就预先为该书写好了题签,整理者雍文华(与我同届的社科院研究生)听说后十分欣喜。1983年,室领导让我担任已故王重民先生《敦煌遗书论文集》的责编,启先生在书写题签时,专门给我讲述了50年代中他和王先生等学者一道编著《敦煌变文集》的一些往事,为在"文革"中受迫害的重民先生过早弃世而叹息不已,嘱咐我一定要编好此书。书名题写后,美编王增寅几易设计稿,并预先印好样张让我呈启先生审定,该书于1984年4月出版,获得了学界的好评。之后,与我编辑工作关系密切的一些书,如《古代小说戏曲论丛》《元诗选》《敦煌文学作品选》《文学二十家传》《宋诗纵横》《晚清小说理论》等,也都是先生主动提出题签的。

2001 年，启功先生因眼睛黄斑病变和前列腺病等身体原因，用毛笔书写已经十分困难，但只要书局有题签需求，仍勉力用硬笔书写。2002 年，北大荣新江、朱玉麒二位合著的《仓石武四郎中国留学记》由我担任责编，书名即请启先生用硬笔题写。在此之前，先生特意将他从日本东京旧书店购得的一函中村不折《禹域出土墨宝书法源流考》送我，指出此书资料珍贵，在东瀛已经印行大半个世纪，中国读者却难得阅读，很有必要译成中文出版，嘱我找人翻译。我遂请国家图书馆敦煌资料中心的李德范女士翻译全书，并配了图版，列入汉学编辑室的"世界汉学论丛"，于 2003 年 8 月正式出版。是书印制前，启先生特地用硬笔在宣纸上题写书名，因书名较长，不便与该论丛的其他书配套，便将先生的题签单印制于扉页之中。还有，法国汉学家戴廷杰先生费十年之功用中文撰著的《戴名世年谱》，是我退休前担任责编的最后一本书。我曾陪作者两次拜访启先生，先生很赞赏这位汉学家孜孜不倦的治学态度，在身体衰弱的情况下，还用硬笔为此书题写了书名（遗憾的是这次印制《启功先生题签集》漏了此幅）。当时先生俯身低首执笔题签的情景，一直深深地刻印在我的脑海之中……

丁酉岁杪，《启功先生题签集》正式印行。启先生为中华书局出版物的题签，是他书法作品的重要组成部分，也是他留给"第二个家"的一份宝贵的文化遗产。作为保护与传承这份遗产的必要举措，该书的出版，其意义非同一般，其影响定将深远。

（2018 年元月 7 日定稿，后刊登于《文汇报》）

# · 读李长之《论大学校长人选》感言

近年来，由于国内几所著名大学几个校领导贪腐行为的被揭发、处理，社会上对"什么样的人能当大学校长"这个问题又多了些关注。其实，在中国现代教育史上，这并非新鲜的议题，只是随着社会环境的变迁，人们关注的出发点和背景有所差别罢了。66年前，著名作家、文学史家李长之先生曾经在《世纪评论》第二卷第12期上发表过题为《论大学校长人选》的短文，他从当时中国社会存在的"许多因素"出发，提出："大学校长在未进大学门之前先要有三个条件，这就是：学术地位、政治地位和社会地位。"在诠释了这三个地位后，他又进而指出："这三个条件只是'必要条件'，而不是'充分条件'。"因为我们要求校长的是他的"通才"而非专长，是"治事"而非"治学"，不然，"或则用人不当，或则不能驾驭"。他特别提出学校"总务庶务之流"在其中的关键作用，如果"各大学里总务高于教务，职员高于教员"，教授没有尊严，办学必然失败。因此还必须要求校长"起码是一个公正负责的好人"！

细读李文，觉得他的论述不仅针对当时大学的一些弊端，也完全契合今天我们高校的实际。应该说，现在许多高校的校长倒不缺"三个地位"，但这些地位是否名副其实则另当别论；更重要的是他们是不是"通才"，能否公正"治事"，甚或是否称得上"是一个公正负责的好人"，恐怕有些校长都很难经得起实践的考量了。

李文收录在他的《迎中国的文艺复兴》小册子里，去年编入商务印书馆的"碎金文丛"第一辑，不久前承蒙于天池学兄赠阅。此书所收的文章大都写于上世纪 40 年代初期，其时长之先生还只是一位三十挂零的文学青年，提出的却都是关乎中国文化复兴的大论题，而且充满了足以惊当时、启后世的真知灼见，不能不令人钦佩与感慨。中华民族的伟大复兴离不开文化教育的复兴，而大学校长人选不但在学校教育中可谓举足轻重，也是触动社会神经的敏感点。因此，重温长之教授 66 年前的短文，对我们如何深入理解实现"中国梦"当不无补益。

（2014 年元月）

# 关于学术出版国际交流的新趋势

（在"中国图书对外推广计划"专家座谈会上的发言整理稿）

　　我 1981 年由导师推荐到中华书局做编辑工作至今近四十年了，约与诸位所讲我国改革开放的"不惑"之年相当。中华书局自 1912 年创办以来，由于专业分工等原因，曾长期以出版古籍整理与相关的学术著作为主。1987 年至 1997 年我在书局的《文史知识》杂志编辑部工作期间，也尝试着刊发了一些介绍德国汉学研究、日本中国学研究的文章，编辑出版了"法国学者西域敦煌学名著译丛"的几种著作，为之后成立汉学编辑室打下一点基础。这些年来，因为我自己也参与国际敦煌学的研究与学术交流工作，所以对我国学术著作对外推广的趋势也有了一点粗浅的感受。

　　学术著作出版的双向交流，是文明交流互鉴的重要内容。改革开放的前三十多年，我国学术著作的出版交流呈明显的"逆差"。在数量上，据约略统计，中国现当代学者的学术著作译成外文的数量不及翻译引进学术著作的十分之一。如敦煌学与西域研究图书，翻译引进的不下三四百种，而我国这方面著作外译的，包括一些重复出版的，只有三四十种。在质量上：我国学者翻译的外国名著多，质量普遍较高，这方面最具代表性的是商务印书馆的"汉译世界名著"（目前已达 700 种之多）；而因种种原因（主要是国内外译者语言、文化知识与专业水平），外译的中国学术著作质量问题还比较突出。在推广上，我们对国外学术著作的评介相对重视，书评较多且及时；而外国学界对中国学术著作的评介相对稀少且滞后，如我们书局组织翻译出版的法国学者阿里·玛扎海里的《丝绸之路》印行不久，著名学者季羡林先生就撰写了长篇书评。而季羡林先生的《蔗糖史》出版已多年，据我所知，并无外译，也无外国学者的相关书评发表。

近些年来，由于宣传与出版部门的重视，"经典中国""丝路书香"等外译工程的进展，上述情况有了改变，尽管相比较政治、经济、文艺创作、科技等类出版物，学术著作外译的数量增长还较缓慢，质量问题依然不可忽视。但是，一些带普及性的学术著作的外译出版却有异军突起之势，成为我国图书对外推广一个不容忽视的新趋势。如中国社会科学出版社的"简明中国"系列，中国大百科出版社的"中华文明史话"（中英文双语版）系列等。我相对熟悉的敦煌学、丝路文化著作，已外译出版和正在进行外文翻译的品种与日俱增（如《敦煌石窟艺术简史》《丝路之绸》《图说敦煌二五四窟》《敦煌学十八讲》等），而且这些书的外译大多与作者和国外相关学者协同翻译相关。如我参与主编的甘肃教育出版社"走近敦煌"丛书，其中三本书的日文翻译，就是经敦煌学国际联络委员会协调，专请日本著名的敦煌学、语言学家高田时雄教授具体指导日本几位年轻的敦煌学者协同翻译，质量得到了保障。同样，一些我们所熟知的国外汉学家也涉足这类图书的撰著，且与中国学者合作翻译成中文引进。如商务印书馆刚出版的《圣徒与罪人：一部教宗史》，作者埃蒙·达菲是英国教会史研究的杰出专家，译者龙秀清是研究欧洲宗教史的博士生导师。又如《博览群书》今年7月号上介绍2018年5月出版的英国吴芳思研究员的《口岸往事：海外侨民在中国的迷梦与生活（1843—1943）》（新星出版社）；美国梅维恒与郝也麟合著的《茶的真实历史》（三联书店）这类书，作者与译者都有一定的知名度，且书的内容深入浅出，普及性强，读者面广，重印率高，也比较好推广。诚如会上罗伯特·李总监先生所言，这种"变小众为大众"的努力，是当前图书对外推广一个不可忽视的趋势，也是文明交流互鉴的有效之举。这里还应该有各种辅助性手段。例如三联出版的《图说敦煌二五四窟》，初印一万册，不到一个月又加印一万册，仍然供不应求，这与敦煌研究院举办石窟艺术展览、两位年轻作者在各地做相关讲座及报刊评介有关；最近，为了不断学习体验敦煌艺术在不同文化背景的公众中的反应与推介方式，他们作为敦煌研究院文创团队的成员，远赴新加坡在文化旅游部举办的"中国文化周"做敦煌展览和展示"海外文创"主题的同时，与当地年轻学生进行了与图书内容密切相关的互动，效果显著。

诚然，相比较而言，中国学术著作的引进与对外推广，目前依然是"逆差"，最近一期《中华读书报》（2018.8.17）推荐的沪版好书 20 种中，翻译引进的美、日、德、加、法的学术著作就有 10 种。不管是翻译引进，还是外译推广，一方面，质量与数量都取决于作者、译者合作交流深入的程度，取决于出版社的编辑人员的责任心与业务水平，也取决于正确的舆论导向和宣传推广力度。我觉得，商务印书馆、中华书局、上海古籍、三联、外研社、五洲传播、中国社科、人民大学等出版社，在这方面已经积累了很多好的经验。另一方面，也应该防止有条件没条件都一哄而起抢占选题资源的做法。同时，加强翻译质量的检查和测评决不可忽视，这里也涉及一些翻译词语的规范化、标准化问题。如"一带一路"，我国领导人在 2013 年提出倡议，其英文翻译虽然到 2015 年已有了国家标准，目前仍不乏各行其是的译法。据我所知，一家翻译机构承担的一本敦煌学术语方面的工具书，经编辑审读发现有许多知识性的错误，导致出版单位只得退稿。前年，我本人的一本宣传敦煌历史文化的小册子被译成俄文、德文，我发现俄文本存在翻译上的不少失误，经与翻译者及出版方接洽，他们虚心听取了意见，重新翻译，不但提高了图书质量，还扩大了发行面。

学术著作，不管是引进，还是外宣，最基本的要求当然就是"好书"。"好书"的标准，最近复旦大学的葛兆光教授在一次演讲中提出有四个特征：好的选题，懂得行情，学术厚度，好的方法。翻译引进与对外翻译的书，我加上两条：好的译者，好的编辑。在译著工作中，美国翻译理论家劳伦斯·韦努蒂在《译者的隐身》中提出的不同文化的"归化"与"异化"的翻译策略，值得参考。同时，对于专业性很强的学术著作，当然还应该有专家的把关，有专业词语翻译标准的好工具书与资料库。如 20 年前，我们中华书局成立了汉学编辑室，专门出版国外研究中国传统文化的学术著作，在国内外许多著名学者的支持下，先后出版了"世界汉学论丛""日本中国学文萃"等几十种著作。如出版法国学者格鲁塞《东方的文明》全译本，不仅得到著名学者、译者常任侠、袁音先生的鼎力支持，还由季羡林先生题写书名，冯其庸先生撰写书评。又如当年为了出版美国著名学者施坚雅主编的《中华帝国晚期的城市》全译本，浙江大学陈桥驿先生专门组织并指导几位英语系教授来承担翻译工作，保证了翻译的质量。

总之，中国学术著作对外推广工作的新趋势激励我们继续努力，必须建立中外专家、中外出版机构进行实质性合作的科学、合理的长效机制，而且要把培养翻译与编辑人才作为一项重要的任务，而不是急功近利的短期行为。

（2018 年 8 月 20 日）

＊本文后刊登于《中华读书报》。

# · 迈开流失海外文物回归复原的坚实步伐

## ——《海外克孜尔石窟壁画复原影像集》出版的意义

19 世纪末 20 世纪初，一些欧洲与日本的探险家接踵而至进入我国的新疆与甘肃河西走廊地区，打着"考察队"旗号，发掘古代石窟、墓葬，盗运走了一箱箱珍贵的文物。其中最令国人和学界伤心的，是这些"探险者"采用各种手段，从新疆和敦煌石窟中剥离了大量璀璨的壁画，尤以位于丝绸之路中道的伯孜克里克、克孜尔两石窟被残害最甚，数以百计的壁画与塑像被运到德、俄、英、法、日等国，成为我们难以消除的心头之痛。众所周知，作为佛教艺术重要载体的佛窟，由石窟建筑、壁画、彩塑等综合构成。据统计，仅克孜尔石窟就有约五百平方米的壁画被外国探险队肆意切割与肢解，留下了斑斑斧锯疮痕，大批残块碎片脱离了原先依存的石窟母体，不仅丧失了整体性价值，而且其内涵的文化信息亦遭受难以估量的损失，给今人的研究工作造成了巨大困难。

中国改革开放四十年来，随着国力的逐渐强盛，对外文化学术交流不断推进，中国学者开始为有计划地考查、追寻这些流散文物进行艰巨而不懈的努力。据我所知，自本世纪初开始，许多研究机构及高校都组织了相关团队，申报立项若干重大课题，在取得国家支持与海外学者协助的大背景下，从调查、整理原始资料着手，开展初步研究，取得了可喜的进展。尤其令我们感佩的，是新疆龟兹研究院自 1998 年起，即在霍旭初研究员的带领下开始关注流失海外的克孜尔石窟壁画。十多年来，该院研究人员先后赴德国、美国、日本、法国、俄罗斯、韩国的博物馆和美术馆调查流失海外的克孜尔壁画等文物。经过该院赵莉研究员等学者的不懈努力，2012 年，新疆龟兹研究院和德国柏林亚洲艺术博物馆的合作进入实质性阶段；2016 年，新疆龟兹研究院又启动了和俄罗斯艾尔米塔什博物馆的合作。经过 20 年艰苦努力，在德、俄这两家收藏克孜尔石窟壁画最多的博物馆配合下，新疆龟兹研究院在已经收集到海外 8 个国家 20 余家博物馆和美术馆收藏的 470 多幅克孜尔石窟壁画的高清图片的基础上，进而对这些流散在海外的克孜尔石窟壁画与洞窟内被揭取痕迹进行反复核对与测量，并将遭揭取壁画的洞窟和壁面进行三维立体扫描，经过整合比对，大部分流失壁画已经找到了其所出洞窟及被切割的位置，取得了宝贵的复原成果。

今夏，龟兹研究院在京郊木木美术馆举办的一个展览，以图片形式和仿真洞窟展示流失海外的克孜尔石窟壁画的复原成果。此展不但令所有的参观者眼前一亮，也拓展了国内外文物专家的研究视野，在国内外美术界和文物界引起了不小的轰动。清华美院原院长常沙娜教授、敦煌研究院名誉院长樊锦诗研究员、中国敦煌吐鲁番学会郝春文会长、北京大学荣新江教授等著名专家都对龟兹研究院的复原成果予以高度肯定，认为这是具有开创意义的工作，迈开了流失海外壁画回归复原的坚实步伐；同时，为了能使更多的研究者和广大受众能更加细致了解和学习，也希望能将此成果用图书形式加以推广、宣传。不负众望，在 2019 年即将到来之际，由多年来担纲这项调研工作的赵莉研究员任主编、Lilla Russell-Smith 和 Kira Fedorovna Samosyuk 两位国外学者任副主编的《海外克孜尔石窟壁画复原影像集》由上海书画出版社正式印行出版了，真正值得庆贺！

作为一名长期关注新疆和敦煌石窟艺术的编辑，我亦与克孜尔有缘（曾撰文解说此缘，恕不再在此赘述），多年来十分关注流失海外的克孜尔石窟壁画。经过多次探寻，2009 年我应邀到俄罗斯圣彼得堡参观艾尔米塔什博物馆"千佛洞展"时，终于看到了展品中有 20 余块新疆石窟壁画（也收入了该展图录）；进而，又得到许可，与法国皮诺教授、日本高田时雄教授等一起，进入该馆一处库房，看到了储藏在那里另外 150 余块壁画！这些，正是勒可克、格伦威德尔探险队从新疆克孜尔等石窟割取的，原存放在柏林民族学博物馆，1945 年又被苏联红军截运至圣彼得堡，但长期秘而不宣。当时我们只能在一个多小时内匆匆浏览、记录，但不能照相。之后，我几次在学术研讨会上提及相关信息，也撰写了简要的介绍文章（请参见常书鸿著《新疆石窟艺术》清华大学出版社 2017 年版所附拙文），并建议龟兹研究院、敦煌研究院的专家学者能够和俄、德有关机构与专家进行实质性的合作，早日精心整理与刊布这批珍贵资料。今天，正是龟兹研究院的学者用他们的出色工作，上海书画出版社的编辑用他们的辛勤付出，实现了我们的愿望。我欣喜地看到，该书赵莉主编撰写的《克孜尔石窟壁画流失海外的历史回顾与现状调查》一文，梳理历史线索，叙述调查过程，内容翔实；书中近 200 幅洞窟、壁画、复原等高清图版，不但为我们提供了研究克孜尔石窟全新的壁画资料，也展现出该洞窟壁画复原的美好图景。推而广之，也给研究者开展新疆、敦煌其他石窟流失壁画、彩塑的回归复原工作带来启示，积累经验。当然，也让我们领略了现代数码影像技术在文物回归复原以及图书出版上实实在在的应用效果。所以，我也要赞美此书出版为推进流失海外文物回归复原工程做出了令人敬佩的贡献！

（2018 年 12 月 10 日）

*本文后刊登于《中华读书报》（2019 年 1 月 16 日）。

# 启功先生与中华书局 ▪

我的老师启功先生（1912—2005）诞生 7 个多月前的 1912 年元旦，中华书局在上海创办，所以我们称启功先生是"中华书局的'同龄人'"。又因为上世纪六七十年代的"因缘际会"，启功先生常说："中华书局是我的'第二个家'。"本文即拟从以下几个方面叙述自己的一些感受。

## 启功家世的启示

启功的九世祖为爱新觉罗·胤禛，即清雍正皇帝，八世祖和亲王弘昼系乾隆（弘历）胞弟；但是到他的曾祖父溥良（礼部尚书，广东、江苏学政）和祖父毓隆（典礼院学士、安徽学政）则已不靠世袭取得爵位，而是凭真才实学获取功名；他父亲恒同更因华年病逝而家境困窘。所以启功先生常强调：我出生于民国元年，既非清朝遗老，亦非遗少。少年时，他因家境困难无法读完中学，在留给我的一份自撰简历手稿上特意写明"曾读小学，中学未毕业"。启功先生的"外家"系蒙古族阿鲁特氏后裔，如外高祖赛尚阿曾任首席军机大臣，外曾祖崇纲为驻藏帮办大臣（其弟崇绮是清朝唯一一位蒙古族状元），母亲克连珍也是蒙古族。所以启先生常讲自己生长于"一个民族融合的大家庭"。他虽是北方满族人、清朝皇室后裔，却绝无丝毫狭隘民族主义的偏见，对祖国大好河山、西域边疆，对历史文化名城，对得中外文化交流风气之先中华书局的先后所在地上海、北京有着同样亲切的感情。他认为中华优秀的文化传统，是由各民族创造的优秀文化积淀而成。这就启示我们要从各民族文化交流、互鉴及融会贯通的视角来认识启功先生，来理解先生和中华书局的因缘。启功先生自 1934 年起历任辅仁大学附中及辅仁大学美术、国文教员，北京师范大学中文系副教授、教授、博士生导师，执教七十年。作为海内外知名的诗书画大师、文物鉴定大家，他更是一位杰出的教育家，也是中华书局杰出的作者和师友，为中国的教育与出版事业，为中华优秀传统文化的传承、创新、发展做出了杰出的贡献。

## "第二个家"的缘由

作为中华书局的同龄人，启功先生常说这样一句话："中华书局是我的第二个家"。启先生青年时代阅读了大量古籍及相关的整理本与学术研究著作，当然对中华书局的出版物情有独钟；1962 年，他曾应约为书局出版的《辛亥革命五十周年纪念论文集》题写了书名；但是，据我了解，他真正与书局的直接交往，应该始于 20 世纪 60 年代中。当时，启先生的书法造诣已为学界公认，书局遂邀约先生撰写《中国书法》一书，并预付了 200 元稿酬（这在当时几乎等于先生两个月的薪资）；可惜因为其时不可预料的原因而未能撰写出版，成为一大憾事。据他 1966 年 8 月 28 日的日记记载："下午到邮局寄还中华书局前预付《中国书法》一稿稿费二百元。（此已报红卫兵，指示如此。）"当时，启功先生的第一部著作《古代字体论稿》已在文物出版社印行；第二部书稿《诗文声律论稿》正在撰写之中，先生希望书局能出版此书，已经请他的恩师陈垣老校长题写了书名。

1971 年 8 月下旬某日，我母校北京师范大学的一位驻校军宣队员通知正在校园劳动的启功先生："你到系里去一下，要借调你到 24 师去。"先生闻言大吃一惊，十分疑惑："为何要我去部队呀？"8 月 30 日，先生到系里开借调介绍信，才得知是中央下达文件，要在各高校及研究机构抽调一些文史专家集中到中华书局去做"二十四史"和《清史稿》的古籍整理工作；先生的心方由忐忑不安转为又惊又喜，为自己能换一个环境去做自己喜欢之事而高兴。先生当天就急忙赶到位于王府井 36 号的书局办公楼去报到了。当时，为了这些专家能够减少来回奔波之劳，可以安排一些专家住在办公楼的临时宿舍里，这样也可节省时间，提高工作效率。启功先生很快就住进了大楼，成为这个"大家庭"中的一员。当时，尽管启功先生的夫人因病住院，他还得抽出时间去探视，除了经常必须参加的政治学习和业务会议外，他还是尽力抓紧时间进行分配给他的点校《清史稿》的工作。我下面选录了他当年 9 月份其中 7 天的日记如下：

9.6：上午《清史稿》组开会，分工，我先点志（舆服、礼、选举）三种。

9.13：上午上班，清史组商讨标点事，下午点书 3200 字。傍晚到医院，《选举志一》点毕，自今日点书始入正轨。

9.18：今日点志五毕三半，共计已点四卷半，自 9 号起至今共 9 个单元共点 37440 字，计每半日点 4160 字。

9.25：今日共点十五页，共 11700 字。

9.27：上下午点书，今日点 9300 字。

9.29：上下午点书。今日点约一万字，到协和。

9.30：上午点书约五千字，下午扫除，到北京医院看咳嗽，到协和。

我约略计算，在这半个月的日子里，启功先生已经点校了 8 万余字，工作效率是很高的。据当时一道参加点校工作的书局几位年轻编辑回忆，当时启先生和大家同吃、同住、同工作，既认真负责，又风趣幽默、乐观大度，仿佛给大家带来了和煦的春风，感到十分愉快。启功先生也常说：从 1971 年夏到 1977 年秋，在中华书局参加《清史稿》点校工作的六年，是他比较稳定、舒心、顺利的时期，书局真正成了他的"第二个家"。在这个大家庭里，先生享受到能为国家古籍整理事业贡献力量的快乐，也感受到了学者、同事之间互相关心和爱护的温暖。有一次，书局找出了一幅当时参加点校工作的人员 1973 年在办公楼四楼平台上的合影，让我拿给启功先生去看，先生不仅准确地辨认出每个人，而且马上用毛笔将姓名注写在每个人影像旁，还写明了拍摄的时间，使这幅照片成为书局也是中国古籍整理史上的珍贵资料。

就在 1977 年秋，启功先生的手写本《诗文声律论稿》几经波折，终于在中华书局正式出版——这是他在中华书局出版的第一部专著。此书后经先生修订，至今在书局已有几个版本问世，总印数超过了 20 万册。也是从这个时期开始，启功先生为中华书局出版的图书题写书名趋于"高峰"，只要是书局编辑或作者提出请有书法盛名的启功先生题签，他不仅会欣然允诺，而且会主动替美编的封面设计考虑，询问写繁体字还是简体字？横排抑或竖排？有时还各写几幅以备选用，甚至自己跑邮局寄给编辑。据我不完全的统计，他为中华书局的题签总数近 200 幅。2018 年初，中华书局出版了《启功先生题签集》，刊发了启功先生为书局的题签影印真迹 170 余件。书后附录了书局现在的掌门人徐俊执行董事题为《中华版图书他题签最多》的文章，叙述了启先生为书局出版物题签的一些生动故事和他的切身感受；书后还附录了先生20 世纪 40 年代的大弟子来新夏教授的文章《启功老师题书签》。启功先生的题签以及来、徐二位的文章，都是值得我们认真捧读温习的佳作和佳话。还有一个值得一提的小故事：八九十年代，因为启功先生的书法作品的市场价值越来越高，有一回，书局领导觉得不付先生题签费说不过去，让我去问先生给多少合适。不料先生听我一问，很不高兴地反问我："书局是我的第二个家，难道给家里人写字也要钱吗？"为书局出版物题签分文不取，是启先生坚定一贯的态度。2000 年，书局出版了启功先生主持并指导北师大几位教师共同校注的《红楼梦》，受到读者好评；先生也是坚持将稿酬支付给那几位老师，自己不取分文。

# 启功先生推荐我到中华书局做编辑

恢复高考后的 1978 年，我在新疆任教十年后考回母校北京师范大学中文系读研，启功先生是我们 9 名中国古代文学研究生的导师之一，也是我和其他两位撰写唐宋诗文论文的指导教师。其实，先生并不赞成将唐代文学作品截然分为初、盛、中、晚段的主观而生硬的做法，常常告诫我们要全面、贯通的研究古代文学，他同时也十分热心地指导撰写研究其他历史时期文学作品论文的同学。因为我有在新疆生活、工作的经历，读研期间关注唐人边塞诗歌作品，1979、1980 年暑期还专门到南、北疆进行实地考察，写了几篇考辨西域地名的短文。1980 年秋天返校后，习作呈请启功先生审阅，先生认为有发表的价值，便提笔给时任中华书局副总编的傅璇琮先生写了一封信，信中推荐了古汉语专家俞敏教授的《金文略说》和我的两篇西域地名考辨文章，特别强调"柴文尤望赐以指正"。先生对我说："傅先生和张忱石、许逸民在书局办了个学术集刊《学林漫录》，刚出版了初集，在学界颇有人气，我答应为他们提供一些随笔、题跋类短文，觉得你的文章也可以在该刊发表。"第二年初，拙文《"瀚海"辨》便刊登在《学林漫录》第二集中；不仅这一集的书名便由启先生题写，而且第一篇文章就是他撰写的纪念恩师陈垣先生的文章《夫子循循然善诱人》。春末我们的毕业论文答辩前，启先生又给傅先生写了一封信云："师大柴剑虹同志毕业论文，关于岑参者，敬求我公为校外审查，赐予评定，并参与答辩，其文公已大致看过，过目当不多费时间也。"当时还有其他几位同学论文答辩的校外委员，也是启功先生写信邀请的，所以傅先生来参加我的论文答辩，并没有引起我们特别的想法。其实，当时启功先生已经有推荐我进中华书局工作的想法，只是因为我是从新疆的教师岗位上带薪来读研的，还不清楚我毕业后的动向，所以没有跟我明说。研究生毕业了，师大规定我们几位从外地考来的研究生不能留校工作，我也觉得应该回新疆继续任教，但先生不赞成；后来，我有了留京指标，先生即推荐我到中华书局工作，体现了对我的关爱和对"第二个家"的衷情。

1981 年秋，我进中华书局古代文学编辑室工作。是冬某日，先生打电话来讲他要带一些研究生到故宫博物院参观，要我也参加。我知道，启功先生在他三十多岁时就担任过故宫博物院的专门委员，对院藏文物可谓烂熟于心。他认为做文史研究一定要有实地考察文物的经历与心得，做编辑亦如此，而我读研时并无此机会，因此特地给我一个补课的机会。那次跟着先生看故宫文物，给我留下深刻印象，有同学拍摄了我在考察间隙时向先生求教的一张照片，成为永久的纪念。

我在书局文学编辑室担任责编的第一本古籍整理著作是《罗隐集》，先生知道后，马上题写了书签。后来，我担任王重民先生《敦煌遗书论文集》的责编，启功先生不仅也为此书题写了书名，又给我详细诉说了 50 年代中和王先生等编撰《敦煌变文集》的一些往事，鼓励我要通过编书了解敦煌与敦煌写本，指出中华书局的一个重要特色是培养"学者型编辑"，要注意学术积累，要在学界有"发言权"，对我日后参与敦煌学的研究工作是莫大的启示和教诲。先生在 1985 年 9 月 10 日第一届教师节时有一幅题辞："得天下英才而教育之一乐也。"我体会，这种出自内心期盼学生成才、学术进步和书业兴旺的"辛勤快乐"，伴随了先生 70 年的教师生涯，也是一位高尚教育家的心灵独白。从 80 年代开始，启功先生出于对中华书局的信任与挚爱，几乎把他重要的著述都交由书局编辑出版。如他最为看重的《启功丛稿》论文、题跋、诗词、艺论四卷，他的"捅马蜂窝"之作《汉语现象论丛》以及他和金克木、张中行先生合著的《说八股》等，还有他曾参与点校的"二十四史"与《清史稿》等，都为提升书局品牌效应起到了很好的作用。

除了对书局出版高质量学术著作的支持，启功先生也十分重视普及类知识读物的编辑出版工作。书局 80 年代初创办的《文史知识》杂志在文化、教育界有很大的影响，启功先生在刊物创办五周年时题辞勉励办刊编辑："五年有如一日，宏扬文史知识。诸公再展新猷，学人受惠无极。"该刊百期纪念时，我正担任《文史知识》编辑室主任，先生又欣然题写了一首五言贺诗："民族凝聚力，首在知文史。理工还要办，自亦识厥始。百册今初盈，千里此一跬。题辞祝宏猷，不自愧其俚。"表达了他对书局刊物提高民众文史修养的高度肯定。

进入 21 世纪后，启功先生因年迈体弱，已不便用毛笔书写。即便如此，他还是坚持用硬笔为书局出版物题签。其时我在汉学编辑室工作，策划编辑出版"世界汉学论丛"译著，先生特地将他多年前从东京旧书肆上购得的线装《禹域出土墨宝书法源流考》一函交给我，说此书对研究日藏敦煌文书等很重要，但无中文译本，希望我找人翻译后出版。我遵嘱请国家图书馆敦煌资料中心的李德范研究馆员翻译完成，此书出版时先生还专门用硬笔题写了书名。2002 年春，书局举办纪念创办九十周年活动，先生不仅专门为纪念册题署，还不顾天气寒冷，再一次到位于丰台区太平桥西里的书局的办公楼看望老朋友。先生指导的博士朱玉麒和北大荣新江教授合作译注了日本的《仓石武四郎中国留学记》，在书局出版前先生也用硬笔题签。法国汉学家戴廷杰费十年之功编著了《戴名世年谱》，启先生不仅两次与他面谈自己对戴氏《南山集》的认识，也为之题写书名，这是我在书局退休前担任责编的最后一本书。

## "行百里者半九十"

启功先生晚年时，曾多次临写颜鲁公所书"行百里者半九十，言晚节末路之难也。"将它作为警示自己的治学指南。他对自己著述的不断修订以精益求精，对读者意见的重视，对书局编辑工作中疏忽的提示，都充分体现了这一点。如书局准备将北师大出版社印行的《启功韵语》《启功絮语》《启功赘语》合编为《启功丛稿·诗词卷》时，启先生特意寄来原《韵语》的校字本和《赘语》的清样，写信告诉我如何编排，如何插补，告知总序的写作，商量扉页的安排，使担任责编的我和刘石编审心中有数。2004 年春，《启功丛稿·艺论卷》校样排出后，先生不顾因眼睛黄斑病变造成的视力障碍，仍坚持亲自核看校样。又如有一位周姓读者写信给书局指出启功先生的手写本《诗文声律论稿》中似有讹误。我将信转给先生后，他非常认真地进行核查，很快便给我写信就读者指出的误字予以确认，一一予以改正，并要我回信转告这位读者，表示："周君校出，深可感谢！"《说八股》一书印行后，先生在校阅中发现有一页他的文章里的一段话居然完全重复了，而责任编辑并没有发觉，成为"一大笑话"，要我一定叮咛那位年轻的责编重排时将此页"改正为祷！"这也是先生对编辑工作中粗心大意的批评，足以使我们引以为戒。

还有一个最典型的例子是启先生的《诗文声律论稿》已印行多年，学界反响也很好，但是先生自己却仍不满足，一直在做修改补正的思考。在他年届九十之时，遂对该书手写本进行了一次较大的修订。当时负责此书修订的责编是语言编辑室的陈抗主任，也是一位非常专业而细心的编审，在编辑之前的认真通读中也提出了一些具体的意见和建议。启先生非常重视，十分高兴，连着给陈抗写了7封信，体现了诚恳、谦逊的精神，也高度称赞了陈抗及其他书局责编的工作作风。有一封信的开头写道："今晨承示拙稿蒙仔细校勘所见诸疵累，既深感荷，又见编辑工作之细入毫发的注意力。不但鄙人衷心佩服，又见无数作者未必俱能亲自体会，而读者草草过眼，又无人能见到、觉到乃至意识到尚有无名英雄在背后曾付出极大精力；而作者争稿酬、出版社扣效益，不知责编获得一句由衷的良心话否？"我相信，先生在话中对编辑工作的肯定，不仅仅是对陈抗个人的赞扬，也会使书局其他编辑"于我心有戚戚焉"！如前所述，先生晚年因视力衰减等原因，已不便用毛笔书写，但他为了便于手写本《诗文声律论稿》的修订，硬是用硬笔在若干绵纸上书写了修补内容，并一一注明补放在何处。当他把这一叠耗费了极大心血的绵纸交给我时，我真是满含热泪，感动不已。先生早年曾发表过论述《千字文》的论文，晚年时听说发现了敦煌藏经洞所出文献中有多件《千字文》唐写本后，就让我提供其中最完整的影印本，说要根据这些新材料写新的考论文章。可惜先生当时身体已衰弱到无法拿起纸笔撰写文章，这个愿望没能实现。

启功先生在他85周岁时曾就教师的职责写过一幅字云："先圣言人之患在好为人师。今吾职业已为师矣，将如何以免其患？惟有心无所欺行无所愧，不强不知以为知，庶几有免患之望。"这是执教70多年的一位教育家的真实心声。

# 启功著作绵延不绝

2004 年夏日，我几次到师大小红楼启功先生家里探望，告诉老师我已年届花甲，即将从书局如期退休。启先生非常惊讶，一遍又一遍地问："你为什么要退休啊？""你还要编书吗？"我当然知道，老师是心中不希望我从他看重的书局编辑岗位上退下来。我则向先生保证：即便退休了，我还愿意为编辑事业多做些力所能及的工作，特别是应该为像他这样的前辈学者专家出书贡献力量。2004 年 9 月，我应邀到位于祖国宝岛台湾台北市阳明山上的中国文化大学担任一个学期的专任教授，讲授敦煌文化与敦煌学，期间还和启功先生通过几次电话，知道他急切地盼我回京见面。2005 年 1 月 13 日，我回京后到先生寓所探望，他的身体已十分衰弱，不久即住院治疗。一次我们去医院探视时，他在病床上忽然跟我说："咱们的出版印刷工艺要赶上日本的二玄社，真想跳起来大干一场！"我知道，他仍关注着咱们的出版事业，尤其对他特别关注的中华书局、文物出版社、荣宝斋寄予厚望。

启功先生仙逝后，我协助一些年轻编辑先后在书局出版了《启功给你讲书法》《启功给你讲红楼》《启功讲唐代诗文》《启功韵语精选》（线装本）和《启功日记》《启功谈中国名画》《启功给你讲宋词》等先生的著作；也为商务印书馆编辑出版了《启功谈艺录》，为人民文学出版社编辑出版了《启功说唐诗》；参与了母校出版社编辑《启功全集》的工作。2012 年，为纪念启功先生一百周年诞辰，书局不仅重印了先生的若干著作，还特地推出了一套《启功三绝》的宣纸影印本，我也特地请先生家属为此书提供了先生的书画作品影印件，提供了我保存的先生手稿复印件；其中最吸引读者眼光的是启功先生为祝贺 1985 年第一个教师节绘制的朱竹图长卷复制品。启功先生在中华书局出版的著述有学界和广大读者公认的特点，即积淀丰厚，亦庄亦谐，平实易懂，雅俗共赏。据我约略统计，到今年 7 月，书局累计出版的启功先生著作已经超过 50 万册，其中《启功给你讲书法》的普及本和典藏本，特别受到广大读者青睐，多达近 30 个印次，总印数累计也达到了 30 多万册。我想，这是中华书局对自己的一位"家人"、也是亲密师友最好的纪念。

## 传承文化的主体"人"和重要载体"书"

2006 年，在启功先生逝世一周年之际，北京、香港两地商务印书馆出版了我写的《我的老师启功先生》一书。我在书中特别提出我能得到像启功先生这样好老师的教导，是一生的幸运。通过这几十年跟随启功先生，我对"好老师"的理解和感受不外乎几个方面：一，是他自己有真学问；第二，他有把自己学问教给学生的好方法；第三，他不仅教给学生做好学问，而且也教给学生做人的道理。这样的好老师，当然也是出版社最欢迎的作者。我是想把我的老师的教学方法、做人的态度告诉大家。其实，这也是启功先生从他的几位老师贾羲民、吴镜汀、戴姜福等先生，特别是恩师陈垣老校长那里学到并传承给我们的。2012 年，在纪念中华书局和启功先生百周年之际，我又在中华书局出版了《高山仰止——论启功》一书，想进一步将自己多年来"阅读启功先生这本大书"的点滴心得告诉年轻的朋友。我的认识：中国传统文化教育当中的师承关系，私塾也好，蒙学也好，有它的精华。我们过去总是在讲，中国的封建教育，如何腐败，如何落后，如何不好，一棍子打死。就像恩格斯讲的，把洗澡水和婴儿一块倒掉。我们的传统文化中，是有"洗澡水"，有脏的东西，但是它的内核，它的核心，有许多有价值的东西，有精彩的东西，如果能取其精华，并不断汲取现当代教育的营养，就可以焕发出新时代的光芒。

2012 年 3 月 22 日，在中华书局创办百周年之际，时任中共中央总书记、中国国家主席、中央军委主席的胡锦涛致信中华书局，指出：中华书局恪守传承文明职责，秉持守正出新宗旨，在一代又一代员工的不懈努力下，整理、出版了一大批古籍经典和学术新著，为弘扬中华文化、促进学术繁荣、提高民族素质、推动社会进步做出了重要贡献。我体会到："守正出新"是传承中华优秀传统文化的宗旨，而对于我们出版社来讲，"守正"，是遵循出版方针，遵守学术规范；"出新"，是要追求文化创新，推进出版事业。文化传承、创新的主体是"人"，教师与出版人"学为人师，行为世范"，是提高国民人文素养、道德修养的重要保障，也是文化自信的根基。而"图书"（包括数字出版物）则是文化传承、创新的重要载体。1924年，中华书局的创办人陆费逵先生在《书业商会二十周年纪念册·序》中开宗明义地指出："我们希望国家社会进步，不能不希望教育进步；我们希望教育进步，不能不希望书业进步；我们书业虽然是较小的行业，但是与国家社会的关系却比任何行业为大。"近百年来，中华书局与启功先生之间的因缘故事，生动地印证和实践了这位书局创办人的殷切期盼。

■ 启功先生与参加点校"二十四史"及《清史稿》同人合影

（2020 年 9 月 26 日）

\* 本文刊登于 2020 年 12 月 7 日《光明日报》，改题为《阅读启功这本大书》。